이혼까지 180일

지은이 | 미몽(mimong)
펴낸이 | 권순남
펴낸곳 | 마롱
디자인 | 신수현
편　집 | 연보화, 안효진
마케팅 | 심수진

1판1쇄 인쇄일 | 2023년 5월 3일
1판1쇄 발행일 | 2023년 5월 17일

등록일자 | 2008년 1월 7일
등록번호 | 제310-2008-00001호

주소 | 서울시 노원구 상계1동 1049-25 신영산업 BD 602호
대표전화 | 02-2091-0291
팩스 | 02-2091-0290
이메일 | marubooks@mayabooks.co.kr

979-11-368-2928-3 (04810)
979-11-368-2926-9 (set)

값 9,000원

* 저자와 협의하여 인지를 붙이지 않습니다.
* 잘못된 책은 교환하여 드립니다.

목차

#17 …007

#18 …058

#19 …088

#20 …118

#21 …146

#22 …176

#23 …206

#24 …227

#25 …247

#26 …277

#27 …306

#28 …335

#29 …366

#30 …395

#31 …424

#17

 이 집의 정원이 넓은 것은 천만다행인 일이었다. 작은 숲을 연상케 하는 드넓은 정원. 그곳을 빙 둘러가니 다행히 마스크를 쓸 일 없이 목적지에 도착할 수 있었다. 목적지, 즉 쓰레기 수거장이었다.
"언니."
 불안한 눈을 한 태희가 은재를 불렀다. 커다란 컨테이너 건물 앞엔 건장한 남자가 서 있었다. 집안 경비를 맡는 고용인 중 하나였다.
'잔뜩 짜증 난 얼굴인데.'
 커다란 덩치에 말끔한 정장, 자신이 왜 여기 있어야 하는가, 짜증이 서린 표정. 보는 사람 주눅 들게 하는 모양새다.

"어떻게, 해요?"

일단 은재에게 부탁은 했으나 뭘 어찌할지 생각하진 못한 듯했다. 불안한 태희의 얼굴에 은재도 침을 삼켰다.

"별로, 좋아하는 방법은 아니지만 해 볼게요."

"안 열어 줄 거예요. 힘으로도 절대 안 될 거고요."

"네. 그렇겠죠. 그러니까."

잠시 숨을 고른 은재가 옷가지를 바로 했다. 목에 걸린 카메라가 흔들렸다.

'이건 왜 달고 나와 가지고.'

묵직한 무게에 한숨을 쉰 그녀는 성큼성큼 앞으로 나섰다.

"직접 열게 해야죠."

단호한 말과 함께 나선 은재를 곧 경비가 발견했다. 대충 흘기듯 보던 그는 그녀를 확인하고 바로 고개를 숙였다.

"작은 사모님."

이야기를 나눈 적은 없지만 은재에 대해 들어 왔던 경비가 편히 인사를 했다. 목에 건 카메라가 의아한 듯 슬쩍 눈을 뒀지만 뭐라 하진 않았다.

"수고가 많으세요."

"별말씀을요. 그런데, 여기는 무슨 일로……."

'김주경'은 밖에 나서선 안 된다.

그렇게 알려져 있는 터라 묻는 경비의 말에 은재는 본론부터 꺼냈다.

"안으로 좀 들어갈게요."

그녀가 가리키는 곳은 당연히 수거장이었다. 헛바람을 들이켠 경비가 고개를 저었다.

"아… 죄송합니다. 큰 사모님께서 오늘은 열지 않도록 지시하셨습니다."

단호한 거절이었지만 은재도 지지 않았다.

"쓰레기장이에요. 거길 막아 놓는다는 건 이상한 일이죠."

"…이유는 모르지만 지시를 받았으니 따를 뿐입니다. 그리고 이렇게 나와 계시면 곤란하지 않으십니까. 이만 들어가십시오."

"부탁해도 안 될까요?"

"안 됩니다."

그는 견고한 벽처럼 손까지 들어 보였다. 묘하게 오만한 눈과 표정이 은재를 가벼이 여기는 것도 같았다. 은재가 다시 부탁했다.

"잠깐이면 돼요. 찾을 게 있어서 그래요."

"태희 아가씨 때문이십니까?"

거듭된 부탁에 경비가 물었다. 바로 정곡이 찔려 입을 다물자 그가 한숨을 쉬었다.

"그런 거라면 이러실 필요 없습니다. 겨우 인형들 때문에 그러시는 거라면 돌아가십시오. 저희도 얼마나 곤란한지 모릅니다. 이건 시간과 인력을 낭비하는 거 아닙니까."

못마땅하게 좁힌 미간이 한쪽으로 향했다. 어느새 은재 뒤편으로 태희가 안절부절못하고 있었다. 검은 시선엔 은재에게 향했던 시선보다 더한 무례함이 깔려 있었다.

"그깟 인형이 뭐라고."

"……."

"이러고 있을 때가 아닌데……. 어쨌든 자꾸 이러시면 사모님께 보고하겠습니다."

어디로 보나 은재와 태희를 가볍게 여기고 있었다. 특히나 태희를 대하는 태도는 무례함을 넘었다. 미연의 태도가 고용인들에게까지 옮아 있는 게 분명했다. 태희조차 덤덤해질 만큼. 그녀는 주먹을 꽉 쥐고 눈을 바로 떴다.

"어느 사모님 말씀하시는 거죠?"

또렷한 시선에 경비가 흠칫했다.

"예?"

"앞에 있는 저는 뭐로 보이시나요."

예의가 느껴지는, 하지만 분명한 힘이 담긴 말이었다. 경비가 당황하며 은재를 불렀다.

"…아니, 작은 사모님."

"네. 저도 과분하게 그 호칭을 받고 있습니다."

"……."

"그러니 다시 부탁하죠. 열어 주세요."

누구나 그러겠지만 그녀는 말꼬리 잡는 것을 좋아하지 않는다. 다만 어쩔 수 없는 경우란 게 있다. 경비가 크게 당황하며 흔들렸다.

"그게, 저는 이 앞을 지키고 태희 아가씨가 들어갈 수 없도록 하라는 지시대로……."

"그 지시는 그대로 지키세요."

"…예에?"

"들어가는 건 저만 합니다. 그럼 굳이 어머님께 보고를 드릴 필요도, 지시를 어기실 일도 없겠네요."

금방 기세가 꺾여 흔들리는 경비를 보며 은재는 한 걸음 다가갔다.

'어딜 봐서 순하다는 거야.'

말로만 들었던 작은 사모는 없었다.

"문, 열어요."

마지막은 부탁이 아닌 명령이었다. 결국 꽉 다물렸던 수거장의 문이 열렸다. 은재는 그곳으로 들어가기 전 말을 이었다.

"그리고 매일, 수거장 문을 닫기 전에 저한테 바로 보고하도록 하세요. 제가 와서 확인한 후에 문을 닫는 걸로 하겠습니다."

혹시나 후에 또 같은 일을 반복할까, 사전에 방지하는 것이었다. 그녀는 숨을 한 번 고르고 말했다.

"물론, 이것도 어머님께 말씀드릴 필요는 없습니다. 이런 사소한 일을요."

마지막 안전장치도 잊지 않고서.

인형을 찾는 건 오래 걸리지 않았다. 쓰레기더미에서 찾느라 옷이 엉망이 되긴 했지만 다행히 찾을 수 있었다. 봉지를 받아 들고 태희는 한동안 아무 말도 하지 않았다. 대신 그것들을 한참 끌어안았다.

"고마워요."

한참 후에 태희가 꺼낸 말은 그것이었다. 안경 속에 가려진 눈이 분명 울고 있었다. 눈물이 보이지 않아도 알 수 있다. 미연은 자신의 기준에 부합하지 않는 딸을 부끄러워하고 숨기려 한다. 그것만으로 힘들 텐데 이렇게 몹쓸 괴롭힘까지 더하다니.

'어떻게 보면 모두에게 평등하다고 해야 하나.'

쓴맛이 났다.

"가요, 언니."

애써 웃은 태희가 은재를 이끌었다. 처음 왔던 길대로 정원을 빙 둘러 걷는 길은 적막했다. 자박자박 걸음 소리만 남은 길. 어두운 하늘과 멀리서 비추는 가로등 불빛.

고요함 속의 소란.

"……."

잠시 하늘을 올려다본 은재는 앞서 가는 태희를 보다 목에 걸린 카메라를 내려다봤다. 퍼뜩 무언가가 스쳤다.

"아가씨, 잠깐만."

"네?"

은재의 부름에 돌아서던 태희의 눈이 휘둥그레졌다.

"어, 언니?"

어느새 은재가 무릎까지 꿇고 카메라를 들고 있어서였다. 놀란 태희의 모습을 은재는 여러 번 움직이며 셔터를 눌렀다. 그리고 태희에게 카메라를 보여 주었다.

"우와……."

카메라에 담긴 태희의 모습은 정원의 모습과 어울려 무척이나 예뻤다. 조명과 채광, 그림자까지 하나하나가 특유의 분위기를 자아냈다. 난생처음 제대로 된 제 사진을 본 태희가 반사적으로 중얼거렸다.

"예쁘… 읍."

금방 막혀 버리고 말았지만. 은재는 행여 말을 놓칠세라 말을 이었다.

"맞아요, 예뻐요."

태희가 황급히 손과 고개를 저어댔다.

"그, 그럴 리가요! 저는 뚱뚱하고 키도 작고, 안경도 엄청 두껍고……."

"여기 예쁘죠?"

"…에?"

금방 말을 바꾼 은재가 주변을 둘러보았다. 덩달아 돌린 태희의 눈에도 청아하고 맑은 정원의 모습이 들어왔다. 고요하고 섬세한 바람이 스며든 정원. 하늘의 달과 멀리서 뿜는 가로등 빛이 엉켜 보여 주는 짙은 초록의 우아한 향기.

"네, 예뻐요."

저절로 나온 대답에 은재가 되물었다.

"이 정원에는 눈도 코도 없는데, 그저 그대로 있기만 한데?"

"……"

"예쁘다는 건 외모를 기준으로 잡아선 안 돼요. 그건 겨우 사람들이 만들어 낸 기준이잖아. 쓰레기봉투에 담겼다고 안에 있는 인형들이 못생겨지는 건 아니에요."

"…언니."

"정태희는 예쁘고 소중해요. 그러니까 자신을 지키는 말을 참지 말아요."

태희의 눈이 빠르게 흔들렸다. 어설픈 위로나 감언이설이 아닌 '공감'으로 느낀 진심이었다. 태희는 쓰레기처럼 버려진 인형들을 꽉 끌어안았다. 그리고 숨을 한 번 몰아쉬고 은재에게 물었다.

"더, 찍어 주실 수 있으세요?"

용기 낸 한마디에 은재는 카메라를 들었다.

"물론이죠. 이 정원, 예쁜 곳이 정말 많거든."

"몰랐어요."

"이제부터 알아 가면 돼. 정원도, 본인도."

번져 가는 태희의 미소에 은재 역시 선명하게 웃어 주었다.

정원을 둘러 별채로 온 것은 좋았다. 문제는 다시 방 안으로 들어가는 것이었다. 창문은 아직 열려 있었지만 방으로 들어갈 수 있는 높이가 아니었다. 거기다 아직 어깨가 완전히 나은 거도 아니다.

"어쩌지."

계속 이곳에 있을 수도 없고, 휴대폰도 놓고 와 도움을 청할 수도 없었다.

"내가 죽도록 사랑하는, 내 사람."

폴짝, 폴짝.

"아이고."

디딜 것도 찾아보고 점프도 해 봤지만 결과는 같았다. 본채의 입구를 같이 쓰는 별채로 가려면 정문을 통하는 수밖에 없다.

'방을 코앞에 두고 이게 뭐 하는 짓이람.'

낮게 한숨을 쉬며 곤란해하는 은재에게 태희가 퍼뜩 수를 떠올렸다.

"아! 언니, 저쪽으로 가면 돼요. 저도 아까 언니한테 갈 때, 그쪽 뒷문으로 나와서 온 거였어요. 거긴 손님들은 못 와요."

태희가 가리킨 곳은 별채 뒤로 이어진 길이었다. 하지만 그곳은 미연의 온실이 있는 곳이었다.

"…온실은, 어머님 서재 같은 곳이라 들어가기가."

꺼려 하는 은재에 태희는 고개를 지었다.

"엄마는 회사 아저씨랑 나간 것 같았어요. 그리고 온실로 가는 뒷문이니까 괜찮아요."

태희는 은재에게 조금이라도 도움이 되는 것에 기뻐하는 눈치였다.

'확실히 계속 여기 있을 수는 없으니까.'

달갑지는 않지만 어쩔 수 없었다. 그녀는 카메라를 벗어 창틀 너머로 넘기고 태희에게 말했다.

"아가씨는 방으로 가요. 인형들 정리해야 하잖아."

담담한 배려에 태희가 얼른 손을 휘저었다.

"아, 아니에요. 이따 하면 돼요!"

"전 걱정 말고요. 온실에서 본채로 넘어가서 방에 가려면 한참 걸리니까요."

"하지만……."

"어서요. 전 진짜 괜찮아요."

은재는 태희의 어깨를 토닥였다. 믿음직한 말에 고민하던 태희가 고개를 끄덕였다. 태희는 마지막까지 머뭇거리다 겨우 모퉁이를 돌았다. 그녀의 모습이 완전히 사라진 후에야 은재도 팔을 걷어붙이며 중얼거렸다.

"속공이다."

은재는 망설이지 않고 움직였다. 온실로 통하는 뒷문까지 가는 것은 어렵지 않았다. 다행히 태희가 오면서 열어 둔 문도 그대로였다.

"후우."

이제 짧은 복도의 모퉁이를 돌면 바로 온실이 나온다. 그곳을 지나면 본채와 별채로 가는 갈림길이 나오는데, 출입이 통제되는 곳이니 걱정할 것은 없다. 단지…….

"괜히 마주치면 곤란하니까."

갑자기 나타날지도 모를 미연이다. 왜 나왔느냐, 무슨 이유냐 꼬치꼬치 캐물을 게 분명했다.

'제일 곤란하지.'

그것을 방지하기 위해 은재는 걸음을 서둘렀고 온실을 지나쳤다. 그리고 갈림길을 코앞에 두고 막 한 걸음을 옮겼을 때 사람들의 웅성거림과 발소리가 났다.

"……!"

은재는 거짓말처럼 멈췄고, 목소리가 들린 것도 그때였다.

"아서, 너무 그렇게 히죽거리지 마."

"어떻게 안 그래? 직접 초대장을 보내는 것도 모자라 따로 부르기까지 하는데."

"그래도 너무 티 내는 것도 실례야. 그런데 우리 사장님은 어디 계시지? 주인공을 못 봤잖아."

"사장님이라니? 이제 이사님이야, 본사 이사님."

"맞네, 맞지! 하하하."

익숙한 목소리. 익숙한 톤의 영어.

목소리가 확실해지는 가까운 거리, 은재는 목소리를 듣는 순간 확신했다.

"흐읍!"

이 목소리는 분명, 청성그룹 뉴욕지사 광고기획팀의 팀장.

'아서 스미스!'

에블린, 은재의 직속 상관이었다.

'저 사람이 왜!'

…라는 의문과 충격을 느낄 시간은 없었다. 본능적으로 몸이 먼저 움직였다.

'나가야 해!'

오직 그 생각뿐이었다. 황급히 돌아선 몸이 다시 출구로 향했다.
"…니까 적당히 잘 구슬려야 할 겁니다. 괜히 긴말이 오가면 꼬리가 밟힐 거예요."
낯선 남자의 목소리. 그리고.
"알아요. 일단 뉴욕에서 무슨 일이 있었는지 확인할 참입니다."
미연의 목소리까지. 끼익. 거짓말처럼 멈춘 걸음이 삐끗 돌았다. 당장 은재가 갈 수 있는 곳은 단 하나.
'으아아!'
미연의 온실뿐이었다. 불행인지 다행인지 온실 문은 잠겨 있지 않았다. 그녀는 허둥거릴 틈도 없이 숨을 곳부터 찾았다. 눈이 빠르게 돌아갔다. 애석하게도 화분들만 가득한 그곳에 숨을 데라곤 책상 아래뿐이었다.
'차라리 뒤로 도망갈 걸 그랬나? 아니, 그럼 갑자기 어디서 나타났느냐고 했을 거야. 어쩌면 도망치는 걸 눈치챘을지도 모르지. 아, 미치겠네!'
진퇴양난 속에서 상황은 점점 최악으로 다다랐다.
"방금 무슨 소리 나지 않았어요?"
"글쎄요. 혹시 그쪽 사람들이 와 있는 거 아닙니까?"
마침내 미연이 이름 모를 누군가와 온실로 들어왔다는 사실이다.
"없는데."
텅 빈 온실에 미연이 고약하게 성을 냈다.
"먼저 와 있으라고 문까지 열어두고 갔더니."
"함부로 문을 열어 두는 건 위험합니다."

남자의 조언에 미연이 눈을 찌푸렸다. 그러다 뒤따른 남자에게 말했다.

"임 이사는 회장으로 가 있어요. 괜히 같이 있는 거 보여서 좋을 것 없으니."

낯선 남자의 호칭인 듯했다.

'임 이사?'

은재는 목소리만 들으며 몸을 좀 더 웅크리다 슬쩍 고개를 움직였다.

'누구지?'

책상 너머, 아주 잠시 남자의 모습이 보였다. 분명 처음 보는 남자였다. 그것도 잠시, 그녀는 다시 황급히 몸을 숨겼다.

'으앗!'

남자가 잠시 이쪽을 보는 듯해서였다. 나행히 남자는 그녀를 보지 못한 듯했다. 그는 한숨과 함께 말을 이었다.

"시간이 없습니다. 오늘 지나면 총회가 코앞이에요."

"알아요. 누구보다 내가 더 잘 아니까 기다려요."

"언제까지입니까."

단호한 미연의 말에 임 이사가 물었다. 미연은 길게 숨을 내쉬고 남자에게 걸어갔다.

"곧."

"……."

"이제 얼마 남지 않았어요."

아무것도 볼 수 없는 은재로선 추측조차 되지 않는 말이었다.

남자가 속삭였다.

"오늘 특히 아름답습니다. 빨간색이 당신만큼 어울리는 사람은 없을 겁니다."

"당신이 선물한 거니까."

조금 의아한 대화가 이어졌다. 답답했지만 나설 수도 없다. 잠시 묘한 침묵이 이어졌고 발소리가 멀어졌다.

'어쩌지.'

한 사람이라도 나간 건 다행이지만 상황은 여전히 나쁘다. 그녀는 손톱을 물었다.

'어떻게 나가야 하지.'

도저히 떠오르지 않는 방법에 손톱과 입술만 잘근잘근 물어 댈 즈음이었다.

"이사님, 모셔 왔습니다."

그러나 엎친 데 덮친 격으로 또 다른 사람들이 온실로 밀려들어 오고 있었다.

"아, 어서 와요."

온실로 들어온 건 네 명이었다. 윤정과 외국인 셋. 마치 보이지 않는 은재를 위하기라도 하는 듯 윤정이 친절하게 세 사람을 소개했다.

"여기 계시는 분이 청성 뉴욕 지부 인사부 팀장, 제인 맥도널, 재무부 팀장 찰리 밀러."

결국 마지막 사람까지.

"광고기획부 팀장 아서 스미스입니다."

책상 아래 숨은 은재의 머리가 어지럽게 흔들렸다. 아서 스미스. 그를 본 것은 착각이 아니었다. 왜, 어째서, 무엇 때문에. 수많은 질문이 머리를 채웠다. 물론 답은 내릴 수 없었다.

"이렇게 만나 뵙게 되어 영광입니다, 장미연 이사님. 드레스가 정말 아름다우십니다."

"별말씀을, 고마워요."

진심 어린 칭찬에 미연이 콧대를 세웠다. 오늘 파티에 빨간색의 드레스를 입은 건 그녀 하나였다. 마치 오늘의 주인공처럼.

"우리 정 이사, 그러니까 지섭이를 도와줬다는 얘기 많이 들었습니다. 먼 길 오느라 고생 많았어요."

"아닙니다. 저희야말로 늘 도움을 받았습니다. 아주 훌륭하신 분입니다."

차라리 이럴 때 알아듣지 못한다면 얼마나 좋을까. 오랜만에 듣는 영어임에도 귀에 쏙쏙 박혀 왔다. 은재는 두 손으로 얼굴을 가리며 숨을 참았다. 이 와중에 바짝 긴장한 귀로 미연의 말이 들렸다.

"그래요? 안 그래도 내가 묻고 싶은 게 아주 많아요."

우아한 억양으로 그녀가 웃었다. 은재는 이 짧은 대화로 왜 아서가 이곳에 있는지 알 수 있었다. 그를 부른 건 미연이다.

'지섭 씨의 흠을 직접 캐내려고.'

빤히 보이는 의도에 대화에 집중한 은재가 책상으로 귀를 붙였다.

"여기 앉아서, 얘기 좀 할까요? 내가 우리 정 이사에 대해 묻고

싶은 게 아주 많거든. 아, 먼 길 와 준 감사의 뜻으로 작은 선물을 준비했는데."

　잠시 제 상황을 착각하고서.

　'…선물?'

　말을 마친 미연이 곁에 선 윤정에게 말했다.

　"책상 서랍에 있는 봉투 가져와."

　"네, 이사님."

　"넉넉히 넣었어?"

　"말씀해 주신 대로 준비했습니다."

　"그래? 아니다, 내가 직접 꺼내 주는 게 더 낫겠어."

　미연과 윤정의 대화에 은재는 잠시 멍해졌다. 책상에 바짝 붙였던 귀가 훅 떨어지고 그녀의 눈이 휘둥그레 커졌다.

　'어디? 책상?'

　은재의 눈이 빠르게 옆으로 향했다. 책상 서랍. 그러니까, 자신이 숨은 책상.

　"……!"

　순간 터져 나올 뻔한 소리를 가까스로 막았다. 물론 그런다고 상황이 달라지는 건 아니다.

　또각또각.

　가까워지는 구두 소리. 눈앞이 붉게 물든다.

　'어떡해, 어떻게 해, 어떡해!!'

　감당치를 넘어선 위기에 패닉에 빠진 은재가 몸을 최대한 책상으로 밀착시켰다. 물론 이런다고 숨겨질 리가 없다. 가까워지는 소리에 심장이 요동쳤다. 머릿속엔 온갖 생각이 떠올랐다.

'얼굴이라도 치고 도망갈까? 얼굴만 못 보게 하고 도망가면 혹시 모르잖아. 아, 아니야. 차라리 처음부터 들키는 게 나았을지도 몰라. 어디서 잘못된 거야?'

은재는 두 눈을 질끈 감았다. 이내 구두 소리가 멈추고, 짧은 침묵이 찾아왔다.

"네가… 왜, 여기에."

들켰다. 들켜 버렸다. 그것도 최악의 상황으로. 그녀는 감은 눈을 도저히 뜰 수가 없었다. 차라리 이대로 모든 시간이 멈춰 버렸으면…….

"정지섭."

멈춰 버렸으면 좋겠다는 은재의 기도가 닿았을까. 미연의 입에서 나온 건 그녀가 그토록 간절히 바란 도움의 손길이었다. 책상까지 왔던 미연의 걸음이 멀어졌다.

"갑자기 여긴 무슨 일이냐고 묻잖아!"

날카로운 질문에 지섭이 대답했다.

"제가 먼저 묻고 싶습니다. 왜 제 손님들이 다 여기 계시는 겁니까?"

"…그거야 먼 데서 온 손님을 특별히 맞이하는 건 당연히 내가 할 일이니까."

"예, 제 손님들이죠."

"……."

"오랜만에 반가운 얼굴들을 봐 인사나 하려는데, 이쪽으로 가더군요. 혹시 어머니께서 부르셨습니까?"

하나하나 틀림없는 말에 미연은 살짝 초조한 표정을 지었다. 그러곤 곧 뻔뻔하게 말을 이었다.

"널 도와준 사람들이라 특별히 초대했다."

"아, 귀국 환영 파티에 미국에 있는 직원들을요?"

다시 침묵해야 했지만. 시기 좋게 말을 아끼는 미연 덕분에 지섭은 금방 미소를 지었다. 그의 눈이 살짝 주변을 둘러보다 뉴욕 지사 직원들에게 향했다.

"다들 오랜만입니다. 제 어머니가 모자란 절 대신해 여러분을 초대해 주셨군요. 오랜만에 아는 얼굴들을 보니 무척 반갑습니다."

"아닙니다, 사장님. 아니, 이사님으로 불러 드려야죠? 다시 뵙게 되어 영광입니다."

"별말씀을요. 와 주셔서 감사합니다."

팀장들과 반갑게 인사를 하는 걸 보면 지섭의 평판이 어땠는지 알 수 있다. 지섭은 하나하나 악수를 나누고 어금니를 꽉 깨문 미연에게 말했다.

"어머니, 괜찮은 자리를 마련해 뒀으니 함께 가시죠."

"아니, 난 이쪽도 충분히……."

"가시죠."

드물게 지섭이 미연의 말을 잘랐다. 실눈으로 방긋거리던 눈이 뜨이며 검은 동공이 작게 빛났다.

"아니면 절 두고 꼭 이 사람들과 하셔야 할 이야기가 있으십니까?"

그 눈이 흡사 당장이라도 물어뜯을 듯한 맹수의 것처럼 매섭다. 온실은 오롯이 미연을 위한 공간이다. 이런 공간에 지섭의 사람이었던 이들을 데려왔다는 건, 좋은 이유는 아니다. 그것을 탓하듯 숨기지 않은 시선에 미연이 주먹을 꽉 쥐었다.

'빌어먹을 여우 새끼.'

애초에 부른 것 자체를 숨길 수는 없었다. 어설프게 숨기느니 대놓고 보이는 게 나을 테니까. 그렇다고 설마 온실까지 쳐들어올 줄이야. 하지만 이렇게까지 적극적인 것을 보면.

'숨겨야 하는 '무언가'가 있는 건 확실해.'

결국 미연이 한 발 물러섰다.

"그래, 그러자. 어디, 가 보자고."

넌지시 흘리는 기운에도 지섭은 웃기만 하다 뜬금없이 말을 이었다.

"후문에 사람이 없습니다. 제임스가 확인했습니다."

"…갑자기 무슨 소리를 하는 거야?"

"혹시 길을 잘못 들까, 알려 드리는 겁니다."

"헛소리."

미연은 지섭이 자신을 놀리는 것이라 생각했다. 설마, 지금 이 말이 책상 아래 숨은 은재를 향한 것이라곤 상상조차 할 수 없었다. 이윽고 사람들이 온실을 빠져나갔다. 이내 완전히 소리가 사라지고 한참을 더 웅크려 있던 그녀가 몸을 뺐다.

"아, 아윽!"

인기척이 완전히 사라진 후에야 기듯이 책상 아래에서 나온 은재가 앓는 소리를 냈다. 금세 굳은 몸이 우두둑거렸지만 아픔보다 먼저 놀라움이 들었다.

"내가 있는 걸… 어떻게 알았지?"

그가 온실에 온 것 또한 우연이 아니라는 뜻인가. 도대체 지섭이 모르는 것이 무엇일까. 놀랄 수밖에 없는 일이지만 지금은 감상에 빠질 시간이 없었다. 은재는 약간 후들대는 다리를 참고 움직였다.

"허억!"

길지 않은 길을 거슬러 처음 들어온 문을 열고 나선 순간, 숨이 탁 트였다. 아무도 없는 곳이 이렇게 감사할 줄은 몰랐다.

"사, 살았다."

이것이야말로 상황과 사람이 도운, 감사한 순간이었다. 겨우 숨을 몰아쉬며 가슴을 진정시킬 때, 누군가 그녀를 불렀다.

"여깁니다."

제임스였다. 비로소 상황 정리가 되었다는 게 느껴졌다. 그가 이미 이곳에 아무도 없다는 것을 확인했을 터였다. 은재는 가슴을 다시 크게 부풀리다 내리며 더듬거렸다.

"지, 지섭 씨가 제가 온실에 있는 걸 알고 있었어요. 어떻게 그걸……."

"태희 아가씨에게 온실 쪽으로 가셨다는 걸 들었습니다. 이쪽도 아서 스미스를 주시하고 있었던 터라 시간이 맞은 것 같습니다."

담담한 설명에 마지막까지 짓누르던 긴장감이 풀렸다. 태희가 잊지 않고 도움을 준 모양이었다. 물씬 밀려드는 감동과 고마움,

여러 가지의 감정이 엉켜 허탈하게 웃어 버렸다.

"정말 다행이에요. 아가씨가……."

그리고 그 웃음을 너무도 쉽게 빼앗겨 버렸다.

"서은재 씨."

"네?"

"지금 상황 파악 못 합니까?"

뾰족하게 찔러 오는 가시에 은재의 눈이 커졌다.

그는 성큼성큼 다가와 매섭게 말을 이었다.

"대체 왜 거기에 있었던 겁니까. 다른 데라면 변명거리라도 만들 수 있어요. 그런데 온실이라니요!"

제임스의 날 선 가시에 은재는 잠시 어쩔 줄을 몰랐다. 하지만 최소한의 이유는 설명해야 할 것 같았다.

"나오면 안 된다는 건 알고 있었지만 어쩔 수 없었어요. 그러다 돌아갈 길이 마땅치 않아서 간 곳이 하필……."

"나오는 게 문제가 아니라는 건 본인도 알 텐데요."

은재의 변명에 그가 말을 잘랐다.

"…네."

제임스의 말 그대로다. 처음부터 나오는 것은 큰 문제가 되지 못했다. 지섭도 나오고 싶으면 나오라고 몇 번이나 말했으니까.

'틀린 말이 아니야.'

문제를 만든 건, 그 후의 대처였다. 입술이 꽉 깨물렸다.

"일을 만들기 전에 먼저 연락할 생각은 못 했습니까?"

"……."

"그랬으면 적어도 온실에서 그렇게 곤란해질 일은 없었을 겁니다."

틀린 말은 없었다. 모든 것이 맞는 말이었다. 상황을 차악에서 최악으로 바꾼 건 그녀 본인이었다. 화를 내거나 목소리를 높이지도 않았지만 그의 말은 충분히 잘못을 깨닫게 했다.

"죄송합니다."

방으로 들어가는 것이 어려워졌을 때, 진작 연락을 했어야 했다. 당장 휴대폰이 없더라도 태희에게 부탁이라도 했으면 된다.

'자만했어.'

지금껏 실수하지 않았으니까, 이번에도 그럴 것이라는 무책임한 자만. 방법은 있었다. 그저 생각하지 않았을 뿐. 은재는 고개를 숙였다.

"후우."

침묵에서 전해지는 후회에 제임스는 한숨을 쉬었다.

"알겠습니다. 일단 바로 들어가도록 하세요. 별일 없이 끝났으니 다행입니다."

차마 더 대꾸할 말이 없던 은재는 고개를 끄덕였다. 그러다 걱정스레 묻고 말았다.

"지섭 씨는……?"

돌아보는 제임스에 그녀가 말을 이었다.

"지섭 씨는, 괜찮을까요? 저 때문에 혹시 많이 곤란해진 건 아닐지."

혼자 고군분투하고 있을 지섭이 걱정되어 묻는 말이었다.

다만 제임스의 표정이 썩 좋진 않았다. 그는 조금 전보다 더욱 목소리를 낮췄다.

"아까부터 신경이 쓰였습니다만."

"네?"

"아무도 없는 곳에서까지 그분 성함을 부르는 건 조금 곤란합니다."

얼굴이 새빨갛게 물들었다. 조금 전 질책 받은 것보다도 훨씬 더 많은 부끄러움이 몰려와 아무 말도 할 수 없었다. 제임스의 말이 그녀를 허공에서 밑바닥으로 끌어당겼다. 순식간에 현실감이 찾아든다. 그 현실감에 은재는 저도 모르게 물었다.

"제가, 이곳을 떠나면."

나지막이 이어지는 말과 함께 그녀가 제임스와 시선을 맞췄다.

"그다음엔 어떻게 될까요."

처음으로 은재는 자신이 떠난 후의 이곳을 생각했다. 사람과 사귀고 흔적을 남긴 이곳, 청성을 떠나면 남은 사람들은 어떻게 될까. 그녀의 넋 나간 질문에 그는 무심히 답했다.

"당분간은 혼란스러울 겁니다. 표면적으론 '이혼'과 다름없으니까. 물론 겨우 그런 혼란으로 문제가 되진 않을 겁니다."

차갑고 냉정한 말이었다.

겨우. 은재가 머무는 반년은 '겨우'로 치부될 일이다. 가슴이 쿵쿵 뛰어 그저 서 있는 것밖에 할 수 없었다. 제임스는 잠시 제 말이 심했나 싶었지만 번복하진 않았다.

"들어가요."

대신 자리를 피하는 것으로 마무리했다. 그가 떠나간 자리, 찬 바람만 남은 그곳에서 은재는 제 머리를 쓸었다.

"…창문으로, 못 들어가는데."

뒤늦은 중얼거림이 이미 사라진 제임스에게 들릴 리 없었다. 하지만 그를 다시 부를 기운도 없었다.

"그렇지. 어차피 그렇게 설계되어서 온 거니까."

그저 이 자리에 있어 주는 조건으로 온, 고용인.

대가를 받고 서로의 계약으로 맺어진 인연.

그녀는 가만히 눈을 감았다.

쏴아.

희미한 바람이 불었다. 바람은 차가웠고 허무했다. 은재의 고개가 아래로 떨어졌다.

'이혼.'

그렇게 바라고 원하던 단어이고 시작부터 셈하던 날짜인데.

"왜 이렇게 낯설어."

알 수 없는 일이었다. 숨이 자꾸 빠르게 쉬어졌다. 가슴이 뻐근하게 아려 오며 눈 밑이 시큰거렸다. 고개를 흔들고 입술을 물어봐도 소용없었다. 그녀는 황급히 주변을 둘러보며 감정을 가라앉힐 방법을 찾았다.

"음악 소리."

잔잔한 음악 소리가 들린 건 그때였다. 소리는 사람들이 없는 뒤편으로 쭉 이어진, 본채에서 흐르고 있었다.

"……."

그녀의 다리가 홀린 듯이 움직였다. 나무가 빼곡하고 사람이 오가기 어려운 틈을 지나 꾸역꾸역 향했다. 무언가 숨통을 틔울 것이 필요했다. 머릿속을 가득 채운 것들을 밀어 낼 뭔가.

"…아."

환한 불빛이 보였다. 사람도 없이 겨우 난 창문으로 비추는 빛나는 조명의 물결. 그녀는 높은 창문틀을 쥐고 까치발을 들었다. 화려한 세상이 은재의 눈앞을 채웠다. 그곳은 별세계였다. 우아하고 아름다운 사람들이 가득했고, 그들만의 세상 속에 완벽하게 녹아 있었다.

차마 부러움조차, 동경조차 할 수 없는 그곳에서 은재는 보았다.

'지섭 씨.'

혼자가 아닌 그를. 함부로 범접할 수 없는 공간과 아름다운 음악. 그 속의 선남선녀.

"예쁘다."

여자는 아름다웠다. 고운 이브닝드레스와 달콤한 눈웃음, 짧은 움직임까지 모든 게 고왔다. 그저 함께하는 것만으로도 한 폭의 그림처럼 잘 어울렸다.

"…예쁘다, 정말. 너무… 멋있네."

그리고 내내 그녀를 괴롭히던 현실감이 찾아왔다. 화려한 이브닝드레스와 쓰레기수거장을 뒤지며 엉망이 된 제 옷. 비교하고 싶지 않아도 자연스레 나뉘게 되는 초라한 마음.

"하, 하하……."

그들의 화려함이 부러운 건 아니다. 완벽한 이들의 틈에 들어서고 싶은 것도 아니었다. 그저 진짜 '서은재'로 나설 수 없는 자신에 대한 서글픔이었다. 은재는 창가에서 몸을 떨어트렸다.

"처음부터 욕심내면 안 되는 거였어. 그런 마음을 갖는 것도 해선 안 될 일이었어."

환한 조명 아래 빛나는 지섭.

아무에게도 보일 수 없는 자신.

"이미 알고 있었어."

거짓말처럼 깨닫는다.

"좋아해."

이 마음이.

"좋아해······."

어떤 것인지.

그의 손길에, 그의 웃음에, 그의 다정함에 이미 은재의 마음은 흔들려 있었다. 그래서 밀어 내려 했다.

"싫어."

누구보다 외로웠던 그녀의 마음속에 정지섭이라는 남자가 들어왔다는 것을 알면서도 거부하고 또 거절했다.

"상처받고 싶지 않아."

한정된 계약 기간 후, 떠나야만 하는 자신이 갖기엔 너무 과분한 마음이었다. 결국 떠나야 할 자리에서 만들어 버린 마음. 그를 품어 버린 심장.

"웃."

거짓말처럼 지섭의 시선이 창밖으로 움직였다. 당연히 그는 볼 수 없는 높이였고 은재는 행여나 지섭이 볼까 그대로 몸을 돌렸다.

"잠깐만, 조금만. 잠시만."

그녀는 다시 제자리로 향했다. 좁은 틈을 지나며 더러워진 옷을 쥐다 결국 정원으로 향했다.

'아무도 없는 곳. 정말, 아무도 올 수 없는 곳.'

그곳에서 가슴에 치미는 뭔가를 토해 내면 될 것 같았다. 그러면 다시 원래대로 바보 같은 서은재로 돌아갈 수 있을 것만 같았다.

'없어졌으면 좋겠어.'

이제 막 피어난 이 감정이 사라질 만한 곳을 찾았다. 깨달음과 함께 걷잡을 수 없이 커지는 감정을 어떻게든 토해 내야 했다. 어딘가, 어딘가에는 묻어 두고 아무도 모르게끔. 걷고, 걷고. 그러다 달리듯이 빠르게 아무도 없는 곳으로.

"읏!"

그 순간 강한 힘이 은재의 팔을 잡아당겼다. 놀랄 틈도 주지 않은 그가 매서운 얼굴로 물었다.

"무슨 일이야?"

물기 어린 은재의 눈에 지섭이 다그치듯 묻는다. 그녀는 잡힌 팔을 뒤틀어 빼며 고개를 저었다.

"아, 아무 일도요. 어디서 온 거예요? 저, 저는 좀 답답해서 산책이라도 나오려고 한 건데. 나와도 된다고 하셨잖아요. 맞죠?"

횡설수설하는 은재에 지섭이 다시 은재에게 다가섰다.

"무슨 일이냐고 물었어. 아까 일 때문에 놀라서 그래?"

흠칫 몸이 떨렸다. 그녀는 고개를 저었다.

"아니요. 전혀요."
"서은……."
"사람!"
"……."
"혼내실 게 있으시면 사람, 없는 곳으로. 아니, 사람은 없는데 혹시 모르니까 차라리 방에서."

은재는 겁을 내고 있었다. 처음 왔을 때보다 더 많이.

"혼을, 낸다고."

지섭이 짜내듯이 그녀의 말을 반복했다.

"대체 그게 무슨……."

지나치게 넓은 정원의 일부는 통제되어 있다. 그러니 이곳에 사람이 있을 리는 없다. 적어도 위험한 사람은 모두 저곳 본채에 있는 것을 확인했다.

"후우."

지섭은 재차 은재의 팔을 잡았다. 창밖으로 그녀를 본 것은 정말 우연이었다. 당장 울 것처럼 일그러진 표정이, 하얗게 질린 얼굴이 그의 가슴을 짓이겨 놓았다. 지섭의 눈이 불처럼 뜨거워졌다.

"내가 말했지. 뭐가 당신을 바뀌게 만든 거냐고."

"그런 거, 없어요."

"들어야겠어."

은재가 빠르게 고개를 저었다. 이래선 안 된다. 이러면 약해지고 잘못된 마음을 들켜 버릴지도 모른다.

"아니에요. 아니에요, 사장님. 뭘 오해하셨는지 모르지만 어서가 보세요. 저는 정말 답답해서 나온 거예요. 만약 문제가 되는 게 있다면 방에서 제대로 말씀드릴게요."

애써 가라앉힌 목소리는 제법 침착했다. 그녀는 입가에 그럴싸한 미소까지 만들었다.

"어서요."

그에게 배우고 습득한 '김주경'의 미소였다. 차분해진 음성에 지섭의 시선이 흔들렸다. 꽉 잡혀 있던 팔이 놓이고 겨우 제 손을 가슴으로 가져온 은재가 말을 이었다.

"아까 저 때문에 많이 놀라셨죠. 정말 죄송해요. 앞으로 걱정하시지 않도록 할게요."

놀랍도록 침착한 그녀의 말에 그는 아무 말도 하지 않았다. 이어지는 침묵에 가까스로 감정을 갈무리하던 은재가 지섭을 불렀다.

"사장님?"

물론 웃는 얼굴로.

"아니."

돌아온 건 차가운 화답이었다.

"당신 내 회사 사람 아니야. 그렇게 부를 이유 없어."

"…아니요, 저도 사장님한테 고용된 고용인이에요. 똑같아요. 계약직 직원 같은 거죠."

"……"

"사실 온실도 그래요. 잠깐 착각했어요. 그 잠깐도 잘못된 건데, 여기저기서 사모라고 부르니 정말 뭐라도 된 줄 알았던 것 같아요. 방에만 있는 게 자존심이라도 상했나 봐요. 진짜, 나 왜 이러는지 몰라."

은재는 계속해서 제 마음에 못질을 했다.

"정말 내가 정지섭이 사랑하는 김주경이 된 것처럼."

설마 자신의 말이 지섭의 가슴에도 망치질을 하는 것인 줄 모르고서.

"김주경도, 사랑도 다 만들어진 거니까, 더 헷갈리지 않아요. 아주 잠깐 그랬던 거예요. 그러니까 정말 걱정하지 마세요."

누군가 갈퀴로 가슴을 마구 찢어 내는 것만 같았다. 이렇게도 마음이 아프고 짓이겨질 수 있다는 것을 알았다. 몸보다 마음이 더 아프다는 것을, 처음 알았다.

아파.

아프지만, 이 비밀을 들키고 싶지 않았다.

"전 아무렇지……."

"서은재 씨."

"자꾸 그렇게 부르지 말아 주세요. 저는 서은재가 아니라……."

"서은재."

"사장님."

"사랑해."

모든 공기가 얼어붙었다. 행여 주변에 사람이 있을까 불안하게 흔들리던 은재의 눈이 멈췄다. 그녀의 넋 나간 시선이 멍하니 그를 향했다.

"…지금, 뭐라고."

지섭이 말실수를 한 것 같다. 뭔가 말뜻을 잘못 이해한… 아니, 잘못 들었다. 제 귀가 이상해져서 듣고 싶은 소리를 만들어 낸 것이 분명하다. 어쩌면 술에 취했을지도 모른다.

그렇지 않고서야.

"김주경이 아니라."

"……."

"서은재 너를."

그가.

"사랑해."

이런 말을 할 리 없다.

시간이 멈췄다. 끝없이 스치던 바람도 끊겼다. 거짓말처럼 모든 것이 사라지고 오로지 두 사람만이 남았다.

"서은재."

그가 부르는 이름이 현실로 다가오지 않았다. 은재가 고개를 저었고 지섭은 한 걸음 다가서며 다시 그녀를 불렀다.

"은재야."

다정하게 불리는 제 이름에 은재는 다리가 풀릴 뻔했다. 그녀는 더욱 강하게 부정했다.

"그만요, 그만……. 누가 들으면!"

"들으라고 해."

그럴수록 지섭은 더욱 단호했다. 그의 손이 은재의 팔을 휘감고 제 쪽으로 당겼다.

"상관없어."

가까워진 거리와 함께 지섭의 확고함이 분명하게 전해졌다.

은재는 저도 모르게 한 걸음 물러섰다.

"오지, 오면 안……."

"가게 해 줘."

물러섬이 무색하게 귓가에 파고드는 말이었다. 잡힌 팔을 빼기 위해 준 힘이 허무하게 풀렸다. 넋 나간 눈이 그를 향했다.

"가고 싶어."

자그마한 속삭임이 가진 힘은 무서울 만큼 크게 다가왔다. 그녀는 다시 부정하고 또 부정했다.

"착각하신 거예요. 잘못 알고 계신 거라고요. 잘못된 거라고요."

본능처럼 나온 거부였다. 받아들이지 못한 현실에 과부하가 걸렸다. 은재의 고개는 연거푸 흔들렸다.

"말이 안 되잖아요. 나는, 가짜예요. 그런 말을 들을 수가 없……."

"처음부터 말했어."

"……."

"나는 김주경이 아니라 당신이 필요했던 거라고."

어찌 보면 이기적인 말이었다. 일방적인 고백, 그에 대한 혼란을 모르지 않았다. 지섭은 단정히 묶인 넥타이를 당겼다. 모든 것이 제멋대로 흘러간다. 흔들리는 은재의 두 눈이 대답하고 있었다.

"받아 달라고 하지 않아. 고백할 생각도 아니었어. 내 마음이 서은재 씨에게 좋을 게 없다는 걸 아니까, 그래서 참을 생각이었어."

그의 해명 아닌 해명이 은재를 더욱 혼란스럽게 만들었다.

'참아? …대체 언제부터?'

이제 막 온전히 깨달은 자신과 달리 지섭의 고백엔 흔들림이 없었다. 이미 오래전에 깨달은 것처럼 분명했다. 그것이 은재의 마음을 어지럽혔다. 지섭이 그녀를 바라보았다.

"다른 걸 바라는 게 아니야. 내가 보이는 곳에 있어만 줘. 내가 부담스럽고 당신이 힘들면, 보내 줄게. 하지만."

은재의 팔목을 쥔 손이 떨리는 것 같았다. 언제나 당당하고 여유로웠던 그가 긴장하고 있었다. 고작 이런 일로. 지섭이 말했다.

"사라지겠다고만 하지 마."

뜨거운 진심을 담아서.

펑.

가슴 속에서 터져 버린 것은 이성이었다. 숨이 가빠졌고 온몸이 뜨거웠다. 더는 잘못들은 것도, 착각도 아니었다. 이것은 진실. 돌이킬 수 없는 비밀이었다.

"어떡해."

"서은재 씨."

"그럴 리가… 지섭 씨가 나를."

굳어 버린 그녀의 시선 속에 지섭은 이를 악물었다. 은재의 모습은 누가 보아도 '거절'이었다. 예상했던 것이지만 생각보다 훨씬 아픈 결과였다. 그럼에도 그는 그녀를 놓지 않았다. 이렇게라도 잡아야만 할 것 같았다.

은재의 말이, 그녀의 혼잣말이.

"나랑, 같을 리가 없는데."

제 가슴에 닿기 전까진.

"…같아?"

끝말을 따라 하는 지섭의 목소리가 낮았다. 은재가 퍼뜩 정신을 차리며 손을 빼내려 했다.

"아, 아니요. 아니에요. 아니야."

"…서은재."

부질없이 잡힌 손 아니, 손목. 아니… 온 마음. 힘이 아니라 그의 시선이 그녀를 옭아맸다.

"제발."

어디에도 갈 수 없게끔. 지섭의 검은 눈동자가 오롯이 은재를 담아 속삭였다.

"기뻐서, 떨려서, 미칠 것 같아."

"……."

"죽을 것 같아."

늘 냉정하고 어른스러웠던 남자의 나약함이 보였다. 은재의 한 마디에 부서질 것처럼 긴장하고 어쩔 줄 모르는 모습. 아이러니하게도 그런 그의 모습에 그녀의 마음이 허물어졌다.

'잡아.'

선택을 종용했던 그의 목소리가 말한다. 안 된다는 것을 알면서도 선택하게 만드는, 분명한 음성이 답을 내렸다. 이 순간, 지금 후회 없이.

"나도."

그를… 정지섭을 잡으라고. 꽉 감긴 눈과 함께 은재의 손이 지섭의 옷을 쥐었다. 서로가 서로를 잡아당기듯, 그렇게 닿았다. 더 참지 못한 열기가 은재를 삼켰다.

"흡!"

거침없이 파고드는 입술에 눈앞이 흐려졌다. 생생한 촉감이 은재를 덮쳤다. 꿈인가 싶었지만 그런 바보 같은 생각은 금방 깨졌다.

'꿈, 아니야.'

이것은 현실이었다. 정신을 차릴 틈도 없이 밀린 은재의 등으로 단단한 나무가 닿았다. 그리고 나무만큼 단단한 지섭의 가슴도.

"웃, 지섭……."

잠시 떨어진 입술에 뭔가를 말하려 했지만 그는 기회를 주지 않았다.

"이, 읍!"

숨을 막는 뜨거운 입맞춤이었다. 감히 상상할 수도 없는 상황에 순간 눈이 감겼다. 마지막까지 버티던 손이 풀려나갔다. 그런 그녀의 손을 휘감은 지섭의 고개가 움직였다. 그와 함께 은재의 발끝이 세워졌다. 아주 잠깐 시선이 마주쳤다.

'거짓말.'

의미 없는 부정은 허공으로 사라지고 다시 눈이 감겼다. 어설프게 움찔대던 그녀의 팔이 그의 목을 감쌌다. 지섭이 떨어져 겨우 눈이 마주칠 때까지.

"서은재."

젖어 버린 목소리가 은재를 부른다. 몸이 달아올랐다. 이미 알고 있다는 말이 정신을 지배했다.

"…아."

그녀는 조금 전까지 화려한 세계에 있던 남자가 제 앞에 있다는 게 믿기지 않았다. 제 자리를 확인시키던 제임스의 말을 들은 게 조금 전이라 더더욱 그랬다.

"모르…겠어요."

머리가 어지러웠다.

"모르겠어요."

불안정한 그녀의 말에 그가 다가왔다. 지섭은 두 팔 사이 은재를 가두고 말했다.

"부정하지 마."

"……."

"아무것도 바뀌는 건 없어."

행여 도망갈까 단단히 잡아 두는 그의 두 팔에 그녀가 마지막으로 한 번 더 확인했다.

"저는 김주경이 아니에요."

이 순간에조차 누가 들을까 봐 아주 작게 속삭이는 말이었다. 이미 받아들일 수밖에 없음에도 하게 되는 말.

"진짜가 아니야."

차라리 앞뒤 상관하지 말고 '서은재'로 나타났다면 문제될 게 없을 거다. 하지만 그의 가족에게 자신은 김주경이다. 부모를 잃고 혼자 뉴욕에서 살아온 김주경.

"그래서, 나중에. 정말 나중에……."

모든 것을 받아들였을 때, 뒤따를 수많은 잘못들이 그녀의 어깨를 짓눌렀다.

"이미 너무 많은 거짓말을 해 버렸는데."

전부 끝나는 날, 모든 것이 끝나고 되돌아가는 날. 그날 모든 사람들에게 뭐라고 설명할 수 있을까. 어쩔 수 없는 걱정과 두려움을 지섭은 알고 있다는 듯 말했다.

"나는 전부 끝나는 날을 기다리고 있어."

"……."

"모든 게 끝나면 제대로 시작할 수 있으니까."

"지섭 씨."

"잘못된 것을 바로잡을 수 있도록."

지섭의 말에 은재의 혼란이 멈췄다. 그는 조금도 흔들리지 않고 있었다.

"이 모든 게 끝나야 해."

결국 끝이 오면 지난 시간에 대한 죗값을, 벌을 받을 거다. 하지만 지섭은 진심으로 그날을 기다린다. 부정하고 밀어 낼 틈조차 없었다. 정신을 차린 순간 이미 그녀가 들어와 있었다.

"당신만 있어 주면 돼."

웃는 얼굴. 겁먹은 얼굴. 뾰루퉁한 얼굴. 때때로 바보 같은 얼굴까지. 처음부터 어느 것 하나 사랑스럽지 않은 것이 없었다.

"사랑해."

비밀과 거짓으로 가득한 지금, 유일한 진심. 그녀에게 배운 '진심'을 그는 여과 없이 외치고 있었다. 은재가 지섭의 옷을 꽉 쥐며 예언했다.

"벌 받을 거예요."

쓴웃음이 흐르는 입매에 그가 그녀의 이마에 제 이마를 마주 댔다.

"전부 내가 다 받을게."

지섭의 입가가 비틀 듯 미소를 지었다.

"네 몫까지, 내 몫까지. 내 죄가 너무 커서 네가 아파하더라도 나는."

"……."

"널 잃는 것보다 나아."

그녀의 힘 풀린 몸이 그의 가슴에 닿았다.

"무서워."

"그래."

아주아주 작아진 목소리에 대답한 지섭이 은재를 안았다.

"그래도 버텨."

이기적이고 오만한 말이 왜 이리도 든든할까. 분명 겁이 나는데 왜 이렇게까지 믿음이 갈까.

"서은재."

"…네."

"당신은 내 아내야."

"……."

"내가 죽도록 사랑하는, 내 사람."

은재는 기시감이 느껴지는 그 말을 곧 기억해 냈다. 처음 이 집에 들어왔을 때, 지섭이 해 주었던 말이었다. 그때 '김주경'에게 했다면 지금은 '서은재'의 것이다.

'나의 것.'

그녀가 고개를 들었다. 그사이 지섭이 다시 다가오고 있었다. 어느새 정신을 차린 은재가 그의 입을 막았다.

"누, 누가 보면!"

이제 와 걱정할 일은 아니다. 애초에 사람이 올 수 있는 곳도 아닐뿐더러 지금 온다 해도.

"그게 왜?"

"에?"

"뭐가 문제야."

아차 싶었다. 그러고 보니 청성가에서 이렇게까지 당연한 사이가 또 어디 있을까. 들켜선 안 되지만 들키게 되면 정말 곤욕스럽겠지만.

'부부니까.'

그리고 이젠 진심으로 사랑하는 연인이 되었으니까.

"웃, 잠깐… 음……."

조금 더 느릿해지고 다정한 입맞춤이 이어졌다. 이대로 시간이 멈춰 주길 바랄만큼 따스했다. 은재의 팔이 지섭의 목을 감싸고 지섭의 팔이 그녀의 허리를 안았다.

'내일'이 두려워도 '지금'은 아무것도 두렵지 않아.

'지금은 행복하고 싶어.'

훗날 무서운 결말이 기다리고 있더라도.

"고마웠어요. 부족하지만 편히 즐기다 가요."
"예, 이사님. 다시 한번 초대해 주셔서 감사합니다."

아름다운 온실, 짧은 대화를 마친 아서가 한국식 인사를 남기고 돌아섰다. 그가 완전히 온실을 나선 후, 한참 동안 말이 없던 윤정이 말했다.

"칭찬 일색이군요. 흠잡을 구석이 없었습니다."

조금 전 아서를 통해 들은 지섭은 그야말로 완벽했다. 뛰어난 경영 센스와 재능, 부족한 경험마저 무색하게 만드는 출중한 업무 능력은 그가 어떻게 3년 만에 본사로 돌아오게 했는지 알게 만들었다.

똑, 딱.

소파 팔걸이를 건드리는 손톱 소리에 윤정이 물었다.

"앞으로 어떻게 하시겠습니까?"

많은 것이 담긴 질문에 미연의 고개가 옆으로 기울었다. 교활한 미소가 그녀의 입가에 달렸다.

"그래도 실마리는 찾았잖아?"

만족스럽지는 않지만 분명한 실마리를.

'큰 건이라고 해 봐야, 몇 달 전 있던 광고계약 파기 정도입니다. 그걸로 직원 하나와 인턴이 해고되었습니다만.'

이어지던 대화 속에 아서가 흘린 정보였다. 그조차도 말하다 말고 금방 입을 다물었다.

'지금은 모두 해결된 일입니다.'

이왕이면 그 건과 직접적으로 연계된 사람들을 알아내면 좋았겠지만, 아서는 그것만큼은 끝까지 함구했다.
"충분해."
이조차도 지섭이 갑자기 어디론가 사라지지 않았으면 알아낼 수 없었던 정보다. 미연은 팔걸이를 두드리던 손을 들어 손짓했다.
"임 이사한테 말해서 뉴욕 쪽에 있던 광고 계약 건들 모두 알아내라고 해. 본사에서 연계 차원으로 업무 진행한다고 하면 될 거야. 특히 최근 파기된 것들까지 모두, 총회 전까지."
"예, 이사님."
서로가 서로의 약점을 찾아내는 이 시점에 작은 흠이라도 놓쳐선 안 된다.
"절대 그놈이 노인네의 대리인이 되게 해선 안 돼."
그녀의 굳은 의지가 온실을 휘감았다.

파티는 이후로도 꽤 오래 진행되었다. 사실상 공식적인 만남의 장, 인맥 관리의 장이 되었고 손님들이 모두 빠져나갔을 땐 어느새 새벽을 훌쩍 넘겨 있었다.
"후우."

씻고 나온 후 노곤해진 몸을 소파에 앉힌 은재는 눈을 깜빡였다. 몸은 피곤하고 무거운데 잠이 오지 않았다. 졸린데 잠이 오지 않다니. 모순적인 제 눈꺼풀에 그녀는 눈을 비볐다.
"먼저 자는 게 덜 민망할 것 같은데."
조금이라도 일찍 잠들고 싶은 건 이제 곧 지섭이 돌아오기 때문이다. 모든 것이 정리되었으면서 동시에 모든 것이 엉망이 된 오늘.
"어떻게, 봐야 하지."
그녀는 두 손에 얼굴을 묻으며 붉어진 뺨을 숨겼다.
"정말 어떻게 봐."
어떤 마음을 먹든, 이젠 정말 서로 마주해야 할 시간이었다. 스르르 내린 한 손이 다리 위로 떨어졌다. 그리고 남은 손은 제 입술 언저리를 만졌다.
"……."
따뜻하면서 부드럽고 그러면서도 낯선 타인의 피부. 느린 듯 빠르게, 빠르면서도 부드럽게 닿아 오던 입맞춤은 상상해 왔던 것보다 훨씬 더 꿈만 같았다.
"진짜지, 이거?"
비현실적이라는 말은 아니다. 상상하지 못했던 상대와 상상하지 못했던 일을 했다는 것에 대한 몽롱함이었다. 그녀의 몸이 뒤로 기울었다.
'…무서워.'
하얀 천장이 눈에 들어왔다. 은재의 손이 허공으로 뻗어졌다.
'그래도.'

조명과 닿을 것 같은 손이 한참 모자라다는 건 안다. 알면서도 그녀는 뻗은 손으로 주먹을 쥐었다.

꽉.

"해 보는 데까지.'

선택은 자신의 몫이다.

다짐을 응원하듯 도어록 풀리는 소리가 들렸다. 은재가 몸을 벌떡 일으켜 세웠다. 저도 모르게 긴장한 그녀가 애꿎은 머리끝을 쥐었다. 콩닥콩닥. 어린애 발장난 같은 심장 소리와 함께 문이 열리고 지섭이 보였다.

"…잘 줄, 알았는데."

조금 피곤함이 느껴지는 얼굴로 그가 말했다. 은재는 살짝 눈을 굴리다 물었다.

"끝났나요?"

생각보다 차분한 목소리였다. 지섭이 고개를 끄덕였다.

"다 보내고 오는 길이야. 정리는 꽤 걸리겠지만."

완전히 안으로 들어선 그는 넥타이부터 당겨 뺐다. 재킷 단추를 푸는 손가락을 따라 움직이던 눈을 바로 한 은재가 겨우 말했다.

"고생하셨어요."

톡톡.

백금으로 제작된 단추가 풀린다. 여러 뜻이 담겼다던 무늬가 보였지만 뜻이 생각나지 않았다. 입술이 말라 말아 물자 그가 웃었다.

"말이 딱딱해."

장난기가 서린 말이다. 은재는 턱을 살짝 아래로 당기며 투덜 댔다.
 "…더 많은 걸 바라는 건 아니죠."
 지섭이 다시 웃었다. 그는 넥타이와 재킷을 정리하고 와이셔츠 팔목 단추를 풀었다. 뻐근한 목을 이리저리 움직이는 동안 옅은 향이 퍼졌다. 알코올 향이었다.
 "아."
 그것을 지섭 스스로도 느꼈는지 살짝 팔을 들어 보이다 그녀에게 물었다.
 "독해?"
 은재는 바로 고개를 저었다.
 "아니요. 약간 단 향기가, 아, 저번에도 약간 났던 것 같아요. 포도 향 같은 거."
 "아, 그때?"
 그가 피식 웃으며 마저 단추를 풀었다.
 "뭐든 지나치지만 않으면 여러 가지로 도움이 돼."
 "어떤 도움이요?"
 남은 팔목 단추 하나, 목깃의 하나. 아니, 하나 더. 그리고 마주친 시선으로 지섭의 표정이 묘하게 변했다.
 "내가 당신을 함부로 하지 않을 수 있는 자제심."
 순간 읽을 수 없는 표정이 그의 얼굴로 스쳤다. 위험한 듯, 아슬아슬하게. 은재의 눈이 그의 팔과 목덜미에 닿았다. 짙은 피부 위로 살짝 도드라진 혈관이 보인다.

무슨 정신이었을까. 정신을 차렸을 땐 어느새 지섭의 팔을 잡고 있었다.

"함부로 대한다는 건, 어떤 건데요?"

어디서 나온 건지 모를 도발이었다. 옅은 술 냄새에 취하기라도 한 건지, 긴장해서 먼저 잘 생각부터 하던 것이 거짓말 같았다. 그가 열었던 옷장의 문을 닫으며 다가왔다.

"글쎄."

갑작스러운 도발에도 당황한 기색 없이 지섭이 움직였다. 제 팔에 닿은 은재의 손을 잡고 남은 손으론 그녀의 턱 끝을 잡은 그가 몸을 기울였다.

"차근차근."

잡힌 턱이 들리고 지섭과의 거리가 더욱 가까워졌다.

"하나씩, 전부."

은재의 눈이 꽉 감겼다. 이 순진함과 어수룩함이 사람을 유혹한다는 걸 모르고서. 그리고 조금 더 그가 다가설 때.

"널……."

똑똑똑.

저릿한 분위기는 우렁찬 노크에 무너졌다. 반짝 눈을 뜬 은재의 고개가 휙 돌아갔다. 똑똑똑. 다시 노크가 울렸다. 결국 지섭이 그녀를 놓아주며 말했다.

"방해꾼이 너무 많아."

"…지섭 씨."

"분가를 하든지 해야지."

농담인 걸 알면서도 두 뺨이 붉어지는 걸 막을 수가 없다. 어느새 움츠러든 은재를 두고 그가 문을 열었다. 예상은 했지만, 문밖에 있는 건.

"너무 늦은 시간인 거 아는데, 이사님이 들어가시는 걸 봐서."

태희였다.

이렇게 늦은 시간, 아니 애초에 이 방에 노크를 하며 찾아오는 사람은 태희 말고는 거의 없었다. 얼른 정신을 차린 은재가 조르르 다가갔다.

"괜찮아요. 아까는 잘 들어갔어요?"

아직 붉은 귓불까진 감추지 못했지만.

"네… 아, 늦었으니까 얼른 이것만 드리고 갈게요."

태희는 지섭의 눈치를 힐끔힐끔 보다 손에 든 것을 건넸다. 그것은 유리 상자 안에 곱게 든 두 개의 곰 인형이었다.

"어?"

지난번에 받았던 토끼인형과 형제처럼 닮아 있었지만, 다른 점이 있었다. 은재의 눈이 휘둥그레졌다.

"아가씨."

"또 언제 버려질지도 몰라서요. 그래도 이것만큼은 꼭 드리고 싶었어요."

상자 안에 든 것은 웨딩드레스와 턱시도를 입은 인형이었다.

"세상에."

놀라울 정도로 예쁘고 정교한 인형들을 본 은재의 말문이 막혔다. 순간 태희가 울먹이며 인형 얘기를 하던 게 떠올랐다.

"설마, 그렇게까지 인형들을 찾았던 이유가……."

더 말을 잇지 않았지만 태희노 은재도 서로의 뜻을 확인했다. 태희는 고개를 끄덕였다.

"늦었지만 언니랑, 이사님… 결혼 선물이에요."

은재와 지섭을 향한 수줍은 말이 조심스럽게 울렸다. 인형을 받아 들고 은재는 아무 말도 할 수가 없었다. 지금껏 받아 온 선물 중 이보다 값지고 소중한 것은 없었다. 아니, 카메라를 포함해 두 번째일까. 어찌 되었든 믿기지 않는 선물에 은재가 지섭을 보았다.

"지섭 씨."

그 역시 조금 놀라며 인형과 태희를 번갈아보았다. 설마 제 인형까지 있으리라곤 생각하지 못한 듯했다. 다만 태희는 긴장하며 말을 더듬었다.

"죄, 죄송해요, 이사님. 제가 너무 늦은 시간에……."

눈이 마주치자마자 나온 사과에 그가 말했다.

"전부터 신경 쓰였는데."

나지막한 목소리에 태희가 움찔했다. 그녀가 움츠러들며 긴장하자 지섭은 낮게 한숨을 쉬었다.

"네가 내 부하 직원은 아니잖아."

"…네?"

이해하지 못한 태희가 숙였던 고개를 들다 그대로 굳어 버렸다. 제 머리 위에 닿아 쓰다듬는 손길 때문에.

"고맙다."

여태까지 들려준 어떤 말투보다도 다정한 인사는 태희의 표정을 일그러트렸다. 나쁘게 찌푸린 얼굴은 아니었다. 어떤 표정을 지을지 몰라서 그러는 것 같았다.

"아, 으… 으아."

하지만 한 가지는 확실했다. 그녀는 기뻐하고 있었다. 그리고 잠시 숨을 고르던 태희는 용기 내어 말했다.

"저, 말할 거예요."

주어 없이 나온 말에 은재의 고개가 기울었다. 그것을 알면서도 태희는 설명하지 않았다.

대신.

"저를 지키는 말."

어느 때보다 밝은 표정을 짓고 있었다. 은재의 얼굴에도 선명한 미소가 번졌다. 그녀는 힘껏 고개를 끄덕여 주었다. 지섭만 알 수 없는 그들만의 이야기였다.

태희가 돌아간 뒤, 은재는 인형을 방에서 가장 잘 보이는 선반 위에 올려 두었다. 응접실에서 방으로 들어가는 문 바로 옆의 선반이었다. 바로 옆에 처음 받은 토끼 인형도 함께였다.

사랑스럽다.

예쁘다.

어떤 고운 말로 표현해도 다 채울 수 없다. 은재는 행복했고, 지섭은 그런 그녀를 보며 조금 질투가 났다.

'말하면, 곤란해하겠지만.'

그녀를 이렇게 기뻐하게 만드는 상대가 하나 더 있다는 것이 유치하게도 질투가 난다. 그러면서도 고마웠다. 그는 은재의 어깨에 손을 올리며 말했다.

"서은재 씨가 왜 태희를 보고 귀여워서 어쩔 줄 몰라 했는지, 조금은 알 것 같아."

지섭의 동조에 그녀가 열심히 고개를 끄덕였다.

"그렇죠? 너무너무 예쁘죠."

"지금까지 몰랐던 게 신기할 정도로."

"지금부터 보시면 돼요. 늦지 않았어요."

꼭 태희의 팬클럽 회장이라도 된 것처럼 열과 성을 다해 수긍했다. 그러다 다시 인형의 머리를 쓰다듬으며 씁쓸하게 말했다.

"아가씨에게 많이 미안할 거예요. 아니, 이미 많이 미안해."

모든 것을 숨기고 거짓말을 하고 있는 자신을. 그전에, 제 엄마를 적으로 두고 서서 이러고 있는 그녀를 원망할지도 모른다.

"너무 과분해."

깊은 한숨이 흘렀다. 자격도 없는데 선물을 받은 것 같아 슬픈 마음이 앞섰다. 축 처진 은재의 어깨에 그가 두 인형을 가져와 들었다.

"…응?"

그리고 톡, 은재의 두 뺨에 인형들을 가져다 대고 말을 이었다.

"이해해 줄 거야."

"……."

"당신 행동에 거짓은 없었으니까."

따스한 배려 속에 담긴 온전한 애정.

다른 것은 몰라도 분명히 완전한 내 편.

그것이 주는 충만함에 은재의 입가로 더없이 맑은 미소가 번졌다. 물론 굳은 의지도 함께였다.

"이해해 주지 않아도, 용서를 받을 욕심은 부리지 않을게요. 기다릴 거예요."

제 뺨에 닿은 인형을 받아 드는 은재의 눈이 선명히 빛났다. 초롱초롱하게 반짝이는 눈을 보며 지섭은 잠시 아무 말도 하지 않았다. 그는 가만히 웃다 그녀의 머리를 쓰다듬었다.

"그래, 그래야지."

깊은 울림을 가진 음성과 함께 손가락이 머리칼을 스쳤다. 부드러운 촉감에 은재가 기분 좋은 눈을 했다.

"기다리는 것만이, 잘못을 저지른 사람이 할 수 있는 전부니까."

어쩐지 슬프도록 쓸쓸한 음성에 그녀의 입술이 달싹였다. 왠지 지금은 아무 말도 하지 말아야 할 것 같았다. 설명할 수 없는 묘한 기분으로 인형을 다시 선반 위에 올려놓을 때, 지섭이 말했다.

"그보다."

덜컹.

어느새 옆으로 선 그가 방으로 통하는 미닫이문을 잡고 있었다.

"이제 자야지."

"네? 아, 네. 자야……."

방긋 웃는 눈에 은재가 고개를 갸웃거리다 멈췄다. 그녀의 눈이 빠르게 흔들렸고 지섭의 눈이 호선을 그렸다.

"들어가도."

은밀한 목소리가 은재의 귓가에 속삭였다.

"되나?"

그녀의 머릿속에서 커다란 폭죽이 펑펑, 터져 나갔다. 은재가 대답하기도 전에 그가 그녀를 이끌었다.

"아니, 잠깐!"

탁.

문이 닫혔고, 이혼까지 90일 남았다.

#18

 그가 가까이 다가온다. 저도 모르게 한 걸음 물러선 그녀에게 다시 한걸음 가까워진다. 한 걸음, 한 걸음. 그러다 결국 은재의 뒤꿈치에 침대가 차였다.
 "아!"
 힘없이 풀썩 주저앉은 그녀가 눈을 동그랗게 뜨고 고개를 들었다. 끔뻑끔뻑. 큰 눈의 깜빡임에 지섭이 몸을 앞으로 숙였다.
 "어, 어어?"
 앞으로 다가온 그로 인해 은재의 몸이 저절로 뒤로 기울었다. 그런 그녀를 놀리듯 팔로 침대를 짚으며 다가서던 지섭이 말했다.
 "못된 짓 하고 싶게 만드는 표정이네."
 "…네?"

"함부로."

안 그래도 달아올랐던 얼굴에 너 뜨겁게 열이 올랐다. 잠시 긴장한 은재를 보던 그가 물었다.

"무슨 생각해? 설마 나랑 같은 생각은 아닐 테고."

장난스러운 말에 그녀의 이마가 뜨끈해졌다. 이리저리 혼란스럽게 굴러가던 눈동자가 겨우 지섭을 향했다.

"가, 같은 생각일 것 같은데요."

지섭이 피식 웃었다.

"그럴 리가."

"키스 이상일 건 알아요."

"…뭐?"

"아니라면 저보다 더 순진한 거고."

당돌함을 넘어선 도발. 귀여운 반응에 장난으로 시작했던 마음이 꿈틀댔다. 그는 헛바람도 들지 않는 목에 겨우 침을 삼키고 깊이 한숨을 쉬었다.

"정말 모르고 그러는 건지, 아니면 사람 애태우는 데 타고난 건지."

"……."

"일단."

순간 그가 은재와 눈을 똑바로 마주했다. 적당히 멀었던 거리가 가까워졌고 그녀는 결국 뒤로 완전히 누워 버렸다.

"읏."

무방비하게 누워 버린 은재의 위로 그가 타 올랐다. 거리는 같은데 자세가 달라지는 것만으로도 분위기가 돌변했다.

"지섭……."

촉촉한 새벽 같은 기운은 사라지고 짙은 밤 같은 나른함이 찾아왔다.

"기대에 부응은 해 줘야지."

천천히 그녀의 뺨을 쓰다듬은 지섭이 몸을 내렸다. 그가 가까워지면서 긴장감으로 뛰던 심장이 설렘으로 가득 차올랐다.

'모두 다 현실.'

은재는 긴 밤이 끝나 가는 것을 느꼈다. 믿기지 않은 사실을 머금은 밤이.

"음……."

벌어진 입술로 오가는 숨결이 달았다. 약한 술 냄새가, 향긋한 와인 향이 은재 또한 취하게 만들었다. 느릿한 움직임이 신경을 자극시켰다. 예민해진 살갗이 그의 옷자락과 손길에 스쳐 따끔거렸다. 머릿속에 떠오른 많고 많은, 불손한 생각들이 하나둘 모습을 드러낼 즈음.

가만히 그와 시선이 마주쳤다.

'…청성.'

불현듯 그 무게가 떠올랐다. 지섭을 감싸고 있는, 아니 애초에 타고난 그의 많은 것들이 불안처럼 엄습했다.

'재벌, 후계자, 새어머니… 김주경.'

그 외에도 수많은 것들이 담긴 사람. 자신과는 연이 닿지 않을 것 같던 거대한 무게들. 그녀가 속삭였다.

"약점이 되고 싶진 않아요."

"그럴 리 없어."

"아니요. 이제 제가 들킨다면 저뿐만이 아니라 지섭 씨의 꼬투리가 될 거예요. 제자리로 돌아가 모든 용서를 빌어야 한다면, 적어도 지섭 씨가 원하는 것을 얻어 낸 후가 되었으면 좋겠어요."

"…서은재."

"아직 '김주경'이 필요한 거잖아요."

이 관계가 맺어짐으로써 그들이 지켜야 하는 건 '서은재'뿐만이 아니게 되었다. '김주경'을 반드시 지켜야 하는 이유가 생겼다.

"지킬게요. 모든 게 끝나는 날까지."

다시 시작되는 그날을 위해서. 아직 닥치지 않은 것들을 걱정하기엔 이르다. 옅게 번지는 그녀의 미소에 지섭은 뜨거운 심장 박동을 느끼며 고개를 끄덕였다.

"지킬게. 당신을."

이 여자를 사랑하게 된 것은 너무도 당연한 일이다. 제 삶에 이토록 필요하고 간절한 사람은 없었다.

"맹세해."

그는 다짐했다. 미연이 가진 아주 작은 가시조차 빼앗아 훗날, 은재를 곁에 세울 때 어떤 흠도 나지 않게 하겠다고. 지섭은 힘껏 주먹을 쥐고 부푸는 마음을 달랬다.

"이제 그만."

그리고 그녀의 이마에 다시 입을 맞췄다.

"오늘은."

자그마한 속삭임에 반짝, 정신이 들었다.

'오늘은? 오늘은? 그럼 내일은?'

은재의 당황 가득한 두 눈을 보며 지섭은 웃었다. 달콤한 입맞춤과 다하지 못한 말을 남긴 밤은 그렇게 지나갔다.

꿈조차 꾸지 않은 밤이었다. 잠자리는 편하고 따뜻했다. 알람도 없이 눈이 뜨이는 흔치 않은 날. 은재는 눈을 뜬 그대로 잠시 평온함을 즐겼다.

오랜만에 잘 수 있을 만큼 푹 잠들었다 깬 그녀는 넓은 침대를 더듬었다. 역시 옆엔 아무도 없었다.

'새벽에 응접실로 나가는 것 같긴 했는데.'

잠시 혀를 찬 은재는 침대에서 내려왔다. 매무새를 정리하고 방문을 연 그녀를 반기는 건 막 씻고 나선 지섭이었다.

"일찍 일어났네."

그의 말에 시계를 보니 6시를 넘어 있었다. 평소보다 늦은 시간이지만 전날 있던 파티로 오늘 아침은 각자 챙기기로 한 참이다. 젖은 머리를 털어 내는 지섭을 보던 은재가 물었다.

"소파 괜찮았어요?"

"새삼스럽게 다를 건 없어."

콩닥콩닥한 마음은 여전하지만 다행히 겉으로 드러나진 않았다. 그녀는 애써 표정 관리를 하며 말을 이었다.

"안에서 자도 되는데."

"곤란해. 소중히 대할 생각이거든."

'얼마나 더?'

곧장 든 생각이었지만 다행히 입으로 꺼내진 않았다. 그녀는 묘한 섭섭함을 삼키고 욕실로 향했다.

"씻고 바로 아침 챙겨 올게요."

욕실로 향하는 은재에게 지섭이 말했다.

"시간도 있는데 만들어 먹는 건 어때."

어느새 다가온 지섭이 수건을 빨래 통에 넣었다. 아직 젖은 머리가 이마를 덮어 그를 평소보다 어려 보이게 했다. 어쩐지 살짝 마음이 동한 은재가 눈동자를 굴렸다.

"저 요리는 잘 못하는……."

"왜 서은재 씨가 해?"

"네?"

그는 당연하다는 듯 말을 가로채며 웃었다. 애초에 시킬 생각은 조금도 없어 보였다. 지섭은 그녀 대신 욕실 문을 열어 주었다.

"맛있는 거 해 줄게."

상냥한 미소에 꼴깍, 침이 넘어갔다. 절대 배가 고파서 그런 것은 아닐 거다.

젓가락이 잘 익은 계란을 굴렸다. 색이 고운 노란빛의 표면은 찢어지거나 흠난 곳 없이 매끈했다. 은재가 감탄하며 물었다.

"어디서 배우셨어요?"

"배웠다기보다 눈대중으로. 많은 건 못해도 한두 끼 정도는 차려 먹을 정도야."

"와, 계란말이 진짜 예뻐요."

직사각형으로 척척 말리는 계란을 보며 은재는 진심으로 칭찬했다. 다른 무엇보다 일만 할 줄 알 것 같은 남자의 솜씨에 저절로 나오는 말이었다. 그는 짧게 웃으며 말했다.

"당신 눈에 안 예쁜 게 있긴 해?"

프라이팬에서 나온 계란말이가 접시에 얌전히 앉았다. 그것을 식탁에 놓던 은재가 잠시 고민했다.

"음."

곰곰이, 하나둘 생각하자 금방 하나가 떠올랐다. 그녀는 지섭에게 조르르 다가가 귓가에 속삭였다.

"엄마가 만들어 준 도넛이요."

행여 누가 들을까 소곤대는 목소리였다.

"도넛이 왜?"

"방법 그대로 했는데, 외계에서 온 괴생물체 같았어요. 정말… 으음."

은재는 일그러지는 표정을 숨기지 못하고 고개를 저었다. 반죽은 묽고 속은 안 익고 겉은 타고. 총체적 난국의 도넛이었다.

"엄마가 요리를 엄청 잘하시는 편도 아니긴 했어요."

우스운 그녀의 반응에 지섭 역시 가볍게 웃다 팬을 놓았다. 그리고 막 지은 밥까지 뜨며 말을 이었다.

"사진을 찾아보고 있어."

"응? 누구?"

"카메라 주인."

두루뭉술한 대답에 고개를 갸웃거리던 은재가 퍼뜩 놀랐다. 그녀의 놀란 시선에 지섭은 밥을 식탁에 놓고 담담히 말했다.

"보지 않는 게 나을 거라고 생각했고, 그게 당연하다고 생각했는데."

"……"

"정말로 잘 기억나지 않아서 조금 놀랐거든."

그는 잠시 눈을 감았다. 검은 공간 속에 하나씩 이목구비를 그려 본다. 애석하게도 눈과 코, 입은 비슷한 것 같은데 전체적인 분위기가 잘 떠오르지 않았다.

"떠올리는 것도 오랜만이라서."

은재와 대화를 나누며 생각한, 돌아가신 어머니에 대한 머릿속 초상. 다만 흐릿한 기억에 죄스러운 마음이 들었다. 그것을 아는 듯 은재가 그의 팔을 잡았다.

"천천히요."

서두르지 말고, 조금 늦어도 분명하게. 그녀의 눈이 그렇게 말하고 있었다.

"어머님 성함, 알 수 있나요?"

"최, 서 자, 영 자."

오랜만에 올린 이름이 낯설지만 나쁘지 않은 기분이다. 은재는 입 안에 몇 번 이름을 굴리다 고개를 끄덕였다.

"응. 기억할게요."

방긋 웃는 얼굴이 예쁘다. 보고만 있어도 마음을 평온하게 하는 마법 같은 힘이 은재에겐 있다. 자꾸 웃고 즐거워지게 하는 그런 힘이.

"닮은 것 같아."

"…네?"

"말투나, 웃는 게 닮았나. 잘 기억나진 않지만 분명 그랬을 거야. 잘 웃고, 잘 울고. 감정에 솔직한 사람. 물론 당신은 당신이지."

알 수 없는 대상에 대한 비유가 되었지만 은재는 그것이 칭찬임을 알 수 있었다. 그녀는 입가를 가리며 기쁨을 감췄다.

"설마요, 제가 어떻게 지섭 씨 어머님을……."

"당연히 그럴 리가 없지."

자그마한 기쁨을 겸손으로 덮기도 전, 불청객은 찬물을 뿌렸다. 깜짝 놀란 은재가 돌아섰다. 지섭 역시 살짝 미간을 좁혔고 큰 걸음으로 들어온 불청객은 뒤따르는 홍 집사에게 손짓했다.

홍 집사는 쟁반에 들려 있던 설거지거리를 놓고 눈치 빠르게 자리에서 물러났다.

"안녕히 주무셨어요, 어머님."

은재가 공손히 인사를 하자 불청객, 미연은 도도하게 말했다.

"언제 사람이 오갈 줄도 모르는 곳에서 함부로 그런 얘기들을 하면 곤란하지. 아랫사람들이 듣고 뭘 생각하겠어요. 아니면, 날 가볍게 생각해서 하는 말인가?"

불쾌함이 역력한 목소리였다. 지섭은 은재를 살짝 가리며 대꾸했다.

"그런 뜻이 아니란 건 아시지 않습니까."

"아니겠지. 아니이아지."

코웃음 가득히 못마땅함을 남긴 그녀가 돌아섰다.

"사모님."

식당 밖, 미연을 기다리고 있던 홍 집사가 조심스레 그녀를 불렀다. 다른 건 몰라도 '최서영'의 이야기에 미연이 얼마나 예민한지 알아서였다.

"회장님 약 가져다 드리고 시간 확인해. 방에 있을 테니까 일 있으면 그쪽으로 오고."

"네, 사모님."

공손한 인사와 함께 홍 집사가 멀어졌다. 미연은 빠른 걸음으로 제 방으로 가 깊이 차오르는 화를 억눌렀다.

"최서영."

이름이 가진 힘은 여전히 강하고 매섭다. 영원히 늙지도, 추해지지도 않을 여자. 그녀는 가쁜 걸음으로 작은 금고의 문을 열었다. 제 지문에 열린 금고 안, 몇 가지 서류와 함께 작은 봉투 하나가 있었다.

"……."

하얀 손이 봉투를 들어 조심스레 펼쳤다. 그곳에서 나온 건 오래된 사진 하나였다. 순백보다 더욱 하얀 눈부시게 아름다운 여자. 가장 아름다운 순간, 가장 아름답게 떠난 이 집안의 진정한 주인.

닮고 싶었고, 닮기 위해 아무도 몰래 남긴 유일한 사진이었다.

"…하."

문득 본 거울 속 제 모습에 고소가 터졌다. 결국 그녀는 '최서영'과 닮지 못했다.

"이건 욕심이 아니야. 지난 17년간, 그 노인네 옆에서 당신을 대신한 대가야."

대답할 수 없는 여자는 언제나처럼 웃고 있었다.

"그러니, 내가 뭘 하더라도 넌 자격 없어."

매서운 말을 끝으로 그녀는 사진을 다시 금고 안에 던지듯 넣어 버렸다. 이 사진을 버리지 못한 건 아직도 마음 한구석 어딘가에 닮고 싶은 욕망이 있어서일지도 모른다. 피식. 자조적인 코웃음을 칠 때였다.

똑똑.

누군가 그녀의 방문을 두드렸다. 빠르게 감정을 갈무리한 미연이 허리를 바로 세우며 말했다.

"들어와."

가벼운 허락에 문이 열렸다. 그리고 열린 문밖으로 보인 상대에 미연의 눈이 드물게 놀람으로 차올랐다.

"…너."

그녀를 찾아온 건 다름 아닌.

"엄마."

태희였다.

"들어와."

안쪽에서 들리는 목소리에 굽었던 태희의 허리가 세워졌다. 바짝 언 얼굴로 긴장이 가득했다. 태희는 손으로 얼굴을 몇 번 문질렀다. 굳은 표정이 겨우 조금 풀렸다.

"후."

짧게 한숨을 내쉰 그녀가 문고리를 잡아 돌렸다. 세상 무엇보다 무거운 문이었다. 겨우 열고 들어간 방 안, 태희를 본 주인이 눈을 크게 떴다.

"…너."

설마 태희가 제 방에 올 줄 몰랐던 미연의 표정이 흐트러졌다. 적잖이 놀란 눈치였다.

"엄마."

조심스레 부른 호칭이 어색했다. 누구보다 가까워야 할 사이지만 이미 그런 당연함은 없었다. 서로 마주치는 것조차 불편한 사이. 그게 태희와 미연의 관계였다.

"아침부터 무슨 일이야?"

무심한 말에 태희는 심호흡을 했다. 엄마의 딱딱함이 서운할 시간은 오래전에 지났다. 그저, 지금 해야 할 말이 입 안에서 어렵게 맴돌 뿐이었다.

'괜찮아.'

어제 이후 내내 생각했다.

'할 수 있다, 할 수 있다.'

문을 여는 방금까지도, 태희는 앞에 모은 손을 꼭 쥐고 고개를 들었다.

'정태희는 예쁘고 소중해요. 그러니까 자신을 지키는 말을 참지 말아요.'

다짐하는 태희의 마음속엔 주경의 말이 가득했다. 그뿐 아니라 긴 시간, 그녀는 태희에게 용기를 주었다. 지금 이 자리에 올 수 있도록.

"말씀드리고 싶은 게 있어요."

또렷한 말에 미연이 팔짱을 꼈다. 그리고 턱 끝을 움직였다.

"말해."

도도한 허락에 태희도 더 망설이지 않았다.

"아시겠지만, 유학 안 갈 거예요. 가고 싶지 않아요."

지금껏 하지 못했던 가장 솔직한 말이었다. 너무도 짧고, 간단하지만 여태 담아 두기만 했던 진심. 분명한 의지에 미연의 눈이 가늘게 휘었다. 그녀의 서늘한 시선에도 태희는 지지 않았다.

"여기 있고 싶어요."

언제나 침묵하는 것만이 전부였던 태희에겐 큰 용기였다. 태희는 한 걸음씩 더 다가가 제 진심을 보였다. '주경'의 말처럼 나를 지키기 위해서.

"살을 빼라고 하시면 뺄게요. 많이는 아니더라도 열심히 할게요. 공부도, 운동도 다. 지금처럼 인형에만 매달려 있지 않고 노력할세요, 엄마."

언제나 물과 기름처럼 대립만 해 왔던 모녀다. 시간이 지날수록 깊이를 더해 가는 감정의 골 때문에 이런 가벼운 이야기도 처음이었다.

"떠나고 싶지 않아요."

이런 간단한 말들조차. 혼을 내도, 모진 말을 해도 제어할 수 없던 태희를 다스리는 유일한 수단이 인형이었다.

"엄마, 이렇게 부탁할게요."

이 말이 왜 이렇게 힘들었을까. 고작 이 한마디가, 이 진심이 너무나 힘들었다.

'말했어. 해 버렸어.'

태희는 고개를 숙였다. 난생처음 그녀는 제 마음을 보였다. 들어주지 않을 거라고, 말이 통하지 않을 거라고 말문을 닫은 게 어느새 수년이었다. 지지부진했던 관계의 경계, 이제 미연이 대답해 줄 차례였다.

"태희야."

내내 조용하던 그녀가 딸을 불렀다. 태희의 고개가 퍼뜩 올라왔다. 전에 없는 상냥한 부름에 놀라서였다. 미연은 천천히 다가와 태희를 바라보며 말했다.

"알아."

"…네?"

선한 목소리에 태희가 당황해 반문하자 미연은 담담히 딸의 어깨를 쏠었다.

"네가 얼마나 열심히 하는지, 노력하는지."

믿을 수 없는 이야기에 안경 속의 눈이 흔들렸다. 당황함을 넘어 아무 생각도 들지 않았다.

"엄마?"

"네 성적표를 봤다. 운동하는 것도 봤고, 선생들 얘기들도 모두 들었어."

"……."

"뭐 하나 게을리 한 적이 없더구나. 뭐든 성실히, 열심히. 솔직히 말해서 의외였다. 성적도 그래. 꾸준히 오르는 걸 알 수 있었어. 그 이상이 되지 못하는 건, 어쩔 수 없는 일이지."

차분하게 이어지는 말은 상상할 수 없는 것들이었다. 엄마가, 다른 사람도 아닌 장미연이 자신을 인정해 줄 줄은 몰랐다. 꿈이라도 꾸는 것 같았다.

"널 낳고 내가 얼마나 행복했는지 몰라. 계기가 되었고, 희망이었고 감사한 일이었어. 모든 게 감사했지."

태희의 눈으로 그렁그렁한 눈물이 매달렸다.

"…엄마, 나는."

왜 진작 말해 볼 생각은 하지 못했을까. 밀려드는 후회와 감동에 태희는 눈을 질끈 감았다. 이렇게 쉽고 간단한 것을 괜한 고집으로 엉망으로 만들고 있었다는 사실이 안타까웠다.

"고마워요."

엄마를 너무 몰랐다. 미연이 태희의 손을 잡았다.

"이제 알았어."

이제야 비로소 엄마와 제대로 마주할 수 있을 것 같았다.

"너는 안 되는 거야."

녹듯이 부드러운 음성 속에 숨어 있던 가시가 가슴에 박히기 전까지는. 미연은 느리게 태희의 손을 쓰다듬었다. 곱게 손질한 손톱이 살짝살짝 태희의 하얀 손등을 긁었다.

"노력으로도 안 되는 걸 더 일찍 알았어야 하는데. 네가 정지섭처럼 될 수는 없어. 조금이라도 닮아서, 영악하기라도 했으면 좋았을 텐데. 그러면 이 집안 핏줄이라고 내놓을 수도 있었는데, 어디 하나 보일 구석이 없잖아."

"…엄마?"

"그릇이 다르고 머리가 다르니 당연한 건데, 그 당연한 걸 포기 못 했어. 네가 있으면 내가 힘들어져. 장미연 핏줄은 고작 이 정도구나, 결국 근본 없는 핏줄이구나."

"……."

"내가 실패했어. 인정해."

태희가 튼 물꼬는 거짓말처럼, 순식간에 일그러졌다. 똑같이 아무런 생각이 들지 않았다. 아니, 더 생각할 수가 없었던 것 같다.

'실패.'

그것이 무엇을 지칭하는지 모를 리 없었다. 미연이 제 딸을 똑바로 바라보며 말했다.

"떠나, 태희야."

잡았던 손이 놓였다. 그나마 곱게 쓰다듬던 손길이 사라지고 남은 것은 차가운 명령이었다.

"더 귀찮게 굴지 말고."

그 순간 태희는 깨달았다. 엄마를 향한 마지막 기대가 완전히 무너져 내렸음을.

📷

7시를 조금 넘긴 아직은 이른 아침. 그를 태우러 제임스가 오기 전, 저택 앞에 선 지섭에게 은재가 말했다.

"잘하고 오세요."

오늘의 인사는 '다녀오세요'가 아니었다. 좀 더 힘이 들어가고 응원이 들어간 강한 어조에 지섭이 웃었다.

"가지 말까?"

분명한 농담에 은재가 살짝 뾰루퉁해졌다.

"가지 말라면 안 가실 거예요?"

지섭의 눈웃음이 조금 더 짙어졌다.

"누구 말인데."

"……."

"이제 아무래도 상관없어."

이번엔 진심. 그의 말은 '일'보다 '은재'를 더 위한다는 반증이었다. 그것이 감사하고 뿌듯하면서 또 부끄럽지만 좋다. 하지만 오늘은 감상에 빠질 날이 아니다.

"잘될 거예요."

오늘은, 청성그룹의 총회가 있는 날이다. 이 회의에서 공석이나 다름없는 정창만 회장의 대리인을 투표한다. 사실상 대리인은 청성의 주인이 될 기회를 얻는다.

"어려울 건 없어. 이변만 없으면 정해진 일이니까."

한국으로 돌아올 수 있던 데에는 그의 노력과 함께 지섭을 대리인으로 만들기 위한 임원들의 힘도 있었다. 미연의 손에 청성을 넘기지 않기 위해서.

"청성은 망가지지 않아."

청성이 약자들을 짓밟고 괴물이 되어 무너지는 것을 막기 위해서라도. 그러니, 답은 정해져 있다.

"잘되어야지. 무조건."

그것을 위해 내달린 시간들이었으니까. 복잡한 감정과 무거운 짐, 미연의 방해 속에서도 지섭은 버텼다. 다만 은재의 눈엔 그의 시선 끝에 담긴 고단함이 보였다. 그녀가 손을 뻗었다.

"서은재는."

담담히 입을 연 은재는 지섭의 어깨를 꼭 쥐었다. 오직 그만이 들을 수 있게 작게 운을 뗀 그녀는 한 걸음 다가서 말을 이었다.

"'정지섭'을 기다리고 있을 거예요."

이사 정지섭이 아닌 남자 정지섭. 일이 어그러지고 혹시 문제가 생기더라도 괜찮다는 위로였다.

"그래."

미연이 온 힘을 다해 막을 것을 안다. 그녀의 사람들이 투표를 방해하고, 회의 자체를 중지시킬 가능성도 있다.

'아니, 그럴 확률이 가장 높겠지. 당장 결정을 뒤집을 만한 권리가 없으니까.'

어떤 꼬투리를 잡을지, 아직 완벽하게 알아내지 못했다. 그렇지만 이렇게 웃을 수 있는 건 다른 이유 때문이 아니다.

"이제 알겠어."

행여 실패하고 무너져도 돌아올 곳이 있다. 은재를 이곳에 데려온 건 이기기 위해서가 아니라 돌아갈 곳을 만들기 위해서라는 것.

"다녀올게."

그의 입술이 그녀의 머리에 닿았다 떨어졌다. 때맞춰 차가 들어오는 소리가 들렸다. 어쩐지 모든 것이 잘될 것 같은 날이었다.

오늘 있는 총회로 승기가 어느 쪽으로 잡히는지 갈피가 잡힌다. 자세한 건 몰라도 미연이 대리인이 되어선 안 된다는 것은 안다. 장미연 같은 독선적인 사람이 그 큰 회사를 가진다면 다수가 행복한 결말은 없다.

"말을 해 줬어야 했나."

지섭이 떠나고 방으로 돌아온 은재는 내내 그 생각이었다. 귀국 환영 파티가 있던 날, 그녀는 미연의 온실에서 낯선 목소리를 들었다. 늘 함께 다니던 윤정이 아닌 중년 남자의 음성. 너무 다급한 상황이라 지나쳤지만 하나는 확실히 기억한다.

"임 이사."

내용까진 몰라도 누구와 이야기를 했는지는 안다. 단지 그날 임원들이 한둘이 온 것도 아니었고 그 이상의 것은 떠오르지 않아 말하지 못했다.

"후우."

조금 후회가 되어 한숨 쉬기를 잠시, 선반 위가 눈에 들어왔다. 은재의 입가로 선한 미소가 번졌다.

"그래, 잘될 거야."

선반 위의 인형들이 웃고 있었다. 그녀는 선반까지 가 신랑 인형으로 손을 뻗었다.

"걱정 말아요."

마저 다 하지 못한 응원을 던지며 코끝에 손이 닿기 전이었다.

툭.

얌전히 앉아 있던 지섭의 인형이 옆으로 기울어 넘어졌다. 분명 그녀의 손은 아직 인형에 닿지 않았다.

"…이게 왜."

쿵쿵.

조금 놀라는 사이 노크, 아니 큰 두드림이 문을 흔들었다. 문 밖에서 다급한 목소리가 들려왔다.

"작은 사모님, 사모님!"

힘껏 부르는 목소리가 문을 뚫고 온 방 안으로 퍼져 나갔다.

철렁.

아무것도 모르는 심장이 발아래로 쿵 떨어졌다. 그녀는 황급히 문을 열었다.

"무슨 일이에요?"

문 앞에 선 건 사색이 되어 있는 고용인 소영이었다. 소영은 파리한 안색으로 입술을 벙긋거렸다.
"사고가, 사… 사고가. 사고…….."
"천천히."
 놀란 가슴은 같지만 은재는 놀랍도록 차분했다.
"침착해요."
 불길함이 밀려들었지만 귀를 막을 수는 없었다. 소영은 몇 번을 더 더듬거리다 간신히 말을 이었다.
"이사님이 사고를 당하셨는데."
 무언가 안 좋은 일이 일어났음은 예상했다.
"의식이, 없으시다고."
 이렇게 숨이 멈춰 버릴 것이라는 것까지도.

"…헉!"
 숨이 목구멍으로 퍽 밀려들며 눈이 번쩍 뜨였다. 가슴을 꽉 조이는 듯한, 기분 나쁜 압박감에 기침을 한 지섭은 가슴에 손을 얹었다.
"윽!"
 순간 밀려든 통증은 가슴이 아닌 팔목에서부터 시작됐다. 놀란 그가 손을 들어 올렸고 아직 흐릿한 시야에 붕대가 감긴 팔이 보였다.

"…이게, 무슨."

미간을 좁히며 중얼거리는 사이, 다급한 음성이 지섭을 불렀다.

"이사님!"

제임스였다.

"괜찮으십니까?"

얼른 지섭의 곁으로 다가온 제임스가 그를 내려다보며 물었다. 그제야 머릿속으로 잠시 잊었던 기억들이 떠올랐다. 회사에 도착하기 직전, 뒤에서 무언가가 들이받았고 그대로 정신을 잃었다.

"나쁘진 않은데… 내가, 얼마나 정신을 잃었었지?"

"한 시간 정도입니다. 피로 누적과 충격으로 정신을 잃으신 것 같습니다. CT상 문제는 없었지만 오늘은 입원하셔서 상태를 보는 게 좋다고 하셨습니다."

금방 본래의 제임스대로 사무적인 말투지만 그 나름대로 걱정한 티가 역력했다.

"팔목의 인대가 조금 늘어나고 다리 근육도 살짝 놀란 상태입니다. 그 외엔 약간의 찰과상이 있는 것을 제외하곤 큰 문제는 없습니다. 다만 의식을 잃었던 터라 정밀 검진이 있을 예정입니다."

담당의의 말을 복사한 듯 일러 주는 제임스에 지섭은 얼굴을 쓸어내렸다.

"어처구니가 없군."

교통사고였다. 지섭의 차를 들이받은 무언가로 인해 벌어진 일. 그는 이 상황이 왜 벌어졌는지 어렵지 않게 유추했다. 제임스도 마찬가지였다.

"설마 이렇게까지 막 나올 줄은 몰랐습니다."

예상은 했지만 역시 이 사고는 고의다. 그것도 '누구'에 의해 만들어졌는지 답이 뻔한 일이다. 지섭이 어금니를 물었다.

"조급해졌을 테니까. 시간상 판을 뒤집을 정보도 찾지 못했을 테고."

장미연. 그 여자 말고는 답이 나오지 않는다. 지섭의 눈이 날카로워졌다.

"어디에 있지? 회의에 참석했나?"

"같은 병원에 입원 중입니다. 전치 10주라고 들었습니다. 그 이상은 받아 내지 못한 것 같습니다마는, 이쪽보다 중한 건 사실입니다."

순간 말문이 막혔다. 이 사고를 낸 장본인이 더 중상이다? 그가 기가 막혀 중얼거렸다.

"…본인도 상해를 입어 가면서 사고를 냈다고."

"예. 덕분에 총회는 이사님과 장미연 이사의 완쾌까지 보류되었습니다. 전치 10주니, 3개월가량 미뤄졌군요."

총회 연기는 두 사람 모두 불참하면서 벌어진 일임이 분명했다.

"뭔가를 하긴 하겠다고 생각했지만."

총회가 다가오는데도 얌전한 미연에 의심을 두던 차였다. 괜한 용의자나 가해자를 만들지 않고 본인도 다치면서 '실수'로 위장할 줄이야. 뻔뻔스럽고 영악한 술수였다.

"두 마리 토끼를 다 잡으셨군."

지섭은 인정했다.

"당했군."

"예, 당하셨습니다."

제임스 역시 순순히 인정했다.

'모자(母子)'지간에 난 접촉 사고. 그것을 법적으로 처리할 사람도 없고, 그럴 수도 없다. 총회는 미뤄지고 미연은 시간을 벌었다. 이번엔 지섭의 패배였다.

"후우."

그나마 다행인 건 제임스는 별다른 상처가 없어 보인다는 거였다. 낮게 한숨을 쉰 그가 손을 내밀었다.

"전화 좀."

"자택이라면 연락은 드렸습니다."

먼저 나온 답에 지섭이 고개를 기울였다.

"누구한테."

"홍혜란 집사가 받았습니다."

불쾌한 이름에 그의 표정이 더욱 굳었다.

"서은재 씨가 아니라 그쪽이라고."

"예."

"내가 정신을 잃었을 때 연락을 한 건가?"

"그렇습니다만, 왜 그러십니까?"

"젠장."

의아해하는 제임스에 그는 대답 대신 몸부터 일으켰다. 그러나 팔은 물론 발목까지 시큰거리며 아파 와 일어서다 주저앉았다.

"이사님!"

"제길… 휴대폰부터 줘, 얼른."

지섭의 말에 제임스 역시 그가 뭘 하려는지 깨달았다. 제임스의 미간도 확 찌푸려졌다.

"설마 서은재 씨한테 가십니까?"

지섭은 부정하지 않았다.

"얼굴을 보여야지. 그래야 걱정을 안 해."

"그러실 필요 없습니다. 제가 연락 넣겠습니다."

"됐어, 내가 해."

두 사람 모두 단호하게 말했다. 어차피 이것은 지섭이 이긴 싸움이었고 그것을 아는 제임스가 물었다.

"이유를 여쭤 봐도 되겠습니까?"

묘하게 어두운 낯빛의 제임스를 향해 지섭이 고개를 들었다.

"이미 알잖아."

그는 놀라울 정도로 침착했다.

"내가 왜 이러는지."

"예, 알겠군요."

제임스는 한탄이 나올 뻔한 것을 꾹 참으며 사실을 짚었다. 결국 우려 했던 일이 터졌다. 예상했으나 예상보다 빨랐고 더 깊어 보였다.

"가짜… 반년, 아니 이제 석 달만 있으면 없던 인물로 만들어 보내야할 사람에게."

"이름을 제외하곤 모든 게 그 사람 전부야."

"궤변이십니다."

"제임스."

"왜 스스로 방해물을 만드시는 겁니까."

부정할 수 없는 현실을 그가 직시시켰다.

"처음부터 허구였습니다. 그 사람이 원래는 이 사람이라고 설명하시겠습니까? 얼마나 놀림감이 되실 생각이십니까."

문제가 한두 가지가 아니다. 지섭이 그것을 모르지 않을 거다. 그런데도 시작했다는 것이 제임스로서는 이해가 되지 않았다.

"거기다 그게 전부가 아니라는 걸 알고 계시지 않습니까."

그들의 시선이 잠시 맞닿았다. 지섭의 눈이 아주 조금 흔들렸다. 낮게 한숨을 쉰 제임스는 분명하게 사실만을 직시했다.

"장미연 이사가 가만있지 않겠죠."

은재의 정체를 아는 순간, 그녀는 그 모든 것을 수단으로 쓸 거다. 그녀의 부모, 형제 모두. '시은재'를 숨기려 했던 것이 모두 그것을 지키기 위해서였다.

"그런데 일을 더 복잡하게 만드시다니요. 시간만 지나면 해결될 '김주경'까지 해결해야 할 문제로 만드신 겁니다. 아니, 장 이사는 그것조차 이용하려 들 겁니다. 회장님을 농락한 죗값으로 다시 해외 발령이 날지도 모릅니다."

구구절절 틀림이 없다는 것을 안다. 아직 창만이 미연의 손에 있고, 지섭이 완전하게 자리 잡지 못한 이상 위험이 크다. 그럼에도 불구하고 지섭은 확고했다.

"알아챌 수 없게 만들 거고, 만약 그렇게 된다 해도 아무것도 할 수 없어."

"……."

"남은 석 달, 감히 손끝 하나도 댈 수 없게 전부 빼앗을 테니까."

그 순간 제임스는 깨달았다. 제 상관의 우선순위가 이미 바뀌었다는 것을.

'목적은 달라도 결과는 같다는 건가.'

어느 쪽이건, 석 달 후에 모든 것이 끝난다는 점만은 분명해졌다. 어느 것도 확신할 수는 없다. 은재와 지섭의 관계가 이렇게 될 줄 몰랐던 것처럼.

'활은 시위를 떠났다.'

그는 빠르게 생각을 정리했다. 지금 필요한 것은 벌어진 일에 대한 비난이 아니었다.

"링거를 달고 가실 게 아니라면 담당의 불러오겠습니다."

결국 정지섭이 청성을 갖는 것은 정해진 일이다.

"미안하다."

지섭이 사과했다. 그것은 자신을 이해해 달라는, 유일했던 아군에게 보내는 도의였다. 제임스는 살짝 묵례를 하고 몸을 돌렸다. 일단 깨어난 것을 보고하기도 해야 했다. 그가 병실 문을 열었다.

드르륵.

"…어떻게."

문을 열자마자 보인 방문객에 놀라는 것은 플랜에 없었지만. 단단히 닫힌 문 밖에 선 것은 은재였다. 갑자기 열린 문에 그녀 역시 조금 놀란 눈이었다. 제임스는 다급히 은재를 이끌어 들여왔다.

"서은재 씨?"

놀란 것은 지섭도 마찬가지였다. 그가 일어서려다 실패했고 은재가 움찔 굳었다.

"괜찮아. 아무렇지도 않아."

지섭이 서둘러 변명했으나 그녀의 표정은 나아지지 않았다. 제임스는 기가 막혀 은재를 다그쳐 물었다.

"어떻게 온 겁니까?"

다그치는 듯한 말에 은재가 말했다.

"지섭 씨랑 어머님한테 사고가 났다는 연락을 받고, 아버님 말씀으로 왔습니다. 차도 사람도 모두 정리해 주셔서 문제없이 왔으니 다른 건 걱정하지 않으셔도 돼요."

생각보다 침착한 목소리가 답했다. 제임스는 골이 아픈 상황에 이를 드러냈다.

"함부로 다니면 곤란하디는 거 알잖아요."

"네, 알아요. 하지만 아버님의 말씀을 모르는 척할 수 없었고, 제 등에 제가 누구인지 써 붙이고 다니는 게 아니라는 건 여수에서도 알았으니까요."

그녀는 담담히 답하고 지섭을 바라보았다. 환자복을 입은 그가 침대에 앉아 은재를 보다 못 버티고 일어섰다. 그녀는 얼른 손을 저었다.

"앉아 계세요. 오기 전에 여기 병원 주치의에게 연락을 받았어요. 괜찮다고, 크게 다친 데 없다고……. 다만."

아직 의식이 없다는 것만 들었을 뿐. 은재는 창백한 안색만 빼면 평소와 다를 바가 없어 보였다.

"괜찮아 보여서 다행이에요. 정말, 정말로."

가슴에 얹은 손이 사정없이 떨렸지만 애써 감춘 그녀가 설명을 이었다.

"어머님은 같이 온 홍 집사가 들어갔어요. 저는 이쪽으로 바로 왔고요. 아버님도 많이 걱정하셨어요."

평범한 어조, 담담한 어투. 그러나 설명할 수 없는 아슬아슬함이 있었다. 누구도 먼저 말을 꺼내기가 어려운 그때, 은재가 말했다.

"제임스 실장님, 잠시만 지섭 씨와 있어도 될까요?"

조용한 부탁에 제임스가 눈살을 찌푸렸다.

"무슨 소리를 하는 겁니까?"

"말 그대로예요. 지섭 씨랑 얘기를 조금 하고 싶어서요."

"서은재 씨, 뭔가 착각을 하는 것 같은데 지금 상황이……."

불쾌함을 숨기지 않은 그가 은재를 다그치려는 것을 지섭이 막았다.

"제임스, 내가 설명할 테니까 잠깐 나가 있어."

"불가합니다. 두 분이 어떤 관계이건, 객관적으로 상황을 설명할 필요가 있습니다."

"지금은 일단… 윽!"

때 아닌 충성심을 보이는 제임스에 지섭이 몸을 세우다 휘청거렸다. 몸이 아픈 것을 떠나 방금까지 정신을 잃었던 그다.

"지섭 씨!"

흔들리는 지섭에 은재가 놀라 외쳤다. 그녀는 그나마 남아 있던 핏기마저 없애고 입술을 바르르 떨었다. 심장은 쿵쾅쿵쾅 기분 나쁠 정도로 아프게 뛰었다. 은재는 숨을 꽉 참아 심장박동을 짓누르며 입을 열었다.

"제임스."

날카로운 부름에 제임스는 잠시 멍해졌다. 그것은 지섭도 마찬가지였다. 휘둥그레진 두 남자의 시선에도 그녀는 확실하게 제임스를 향해 말했다.

"당신이 저를 마음에 들어 하지 않는 건 알아요. 부정하지 않을게요. 하지만 지금 여기 있는 나는, 저 남자의 '보호자'예요."

저 남자. 그것이 가리키는 사람이 지섭임을 모르는 사람은 없었다.

"…예?"

넋이 빠진 제임스가 반문했고, 은재는 망설임 없이.

"제가 당신에게 고용된 게 아니리는 뜻이고요."

"……."

"나가 보세요."

명령했다.

#19

 은재의 단호한 말에 제임스의 입술이 벙긋거렸다. 놀란 듯 당황한 듯 아무 말도 못 하던 그는 잠시 숨을 고르다 병실을 나섰다. 표정엔 달리 변화가 없어 보였다.
 탁.
 "……."
 제임스가 나간 뒤 문이 닫히고 병실엔 두 사람만 남았다. 순간, 정신을 차린 그녀의 얼굴이 확 붉어졌다.
 '정신 나갔나 봐.'
 너무 많은 것들이 한꺼번에 몰아닥쳐 잠시 제정신이 아니었다. 제임스의 황당한 표정이 떠올랐다. 그녀는 허둥지둥 문가로 향했다.

"나, 나가서 사과를 드려야겠어요. 잠시만요."

당장이라도 나가려는 은재를 지섭이 막았다.

"괜찮아, 그럴 필요 없어. 이쪽으로 와."

"하지만, 그, 그렇게 대할 분이 아닌데… 제가 급한 마음에 함부로."

그녀는 정신을 차릴 수가 없었다. 집에서부터 여기까지 너무 많은 생각에 머리와 심장이 터지는 줄 알았다. 아직도 심장이 불안하게 뛰고 있었다. 은재의 눈이 문가에서 지섭에게로 돌아갔다. 환자복에 붕대를 한 팔, 아파 보이는 다리. 여기저기 붙은 반창고.

"…그런데 그렇게 하지 않으면, 계속 계시면."

병실로 들어오자마자 보인 그의 모습에 그녀는 꾹 참고 있었다.

"이 꼴을 보일지도 몰라서."

왈칵 터질 것 같은 울음과 걱정을. 결국 울컥 올라오는 감정에 은재는 두 손으로 얼굴을 가렸다.

'의식이, 없으시다고.'

소영의 말에 그녀는 주저앉을 뻔했다. 바로 다른 고용인이 찾아와 창만이 찾는다는 말을 하지 않았다면 정말 그랬을지도 모른다.

"죄송해요. 죄송해요, 이러려고 온 게 아닌데."

울음을 참기 위해 숨을 멈추는 은재에 지섭이 몸을 세웠다. 아픈 발은 무시하고 그녀에게 향한 그는 그대로 그녀를 안았다.

"이러려고 온 거 맞아."

"……."

"날 대신해서 아파해 줄 사람은 당신뿐이니까."

어떤 의심도, 감춘 뜻도 없는 순수한 마음. 물론 제임스는 서운해하겠지만.

"고마워."

꽉 끌어안는 몸이 뜨거웠다. 은재는 가렸던 얼굴을 그의 가슴에 묻고 입술을 물었다. 그녀의 손이 하얀 환자복을 꽉 쥐었다.

"…들어올 수가 없었어요."

문밖에서 한참을 서 있었다. 다행히 사람이 오갈 수 없는 곳이었지만 누가 봐도 수상할 모양새였다. 그것을 알면서도 문을 열 수 없었다.

"무서워서."

아직 깨어나지 못했을까 봐. 아픈 사람을 두고 호들갑을 떨고 싶지 않아 괜찮은 척, 차분한 척했으나 결국 완전히 숨기지 못했다.

"괜찮아. 정말로."

오히려 자신을 다독이는 손길에 은재가 한 걸음 물러나며 물었다.

"정말 괜찮은 거죠?"

여태 어떻게 감췄는지 신기할 정도로 불안과 걱정이 가득한 눈이었다. 차분한 그녀에 조금 서운할 뻔했던 지섭이 미안할 정도였다.

"2주 정도면 충분하다고 들었어. 2주는 넘어져서 까진 상처도 주는 진단서야. 굳이 붕대 할 필요 없는데 호들갑 떨었고."
"의식이 없었잖아요."
"피로가 쌓여서 그런 것 같아. 봐, 팔 말고 어디 아파 보여?"
 괜찮은 척하지만 괜찮지 않은 것을 안다. 사고라는 것이 단순히 몸만 따질 수 있는 것이 아니니까. 은재는 아랫입술을 꾹 내밀고 눈에 힘을 줬다.
"울 것 같아."
 솔직담백한 말이었다. 헛웃음을 터트린 지섭이 그녀의 눈 밑을 건드렸다.
"울지 마."
"울려고 실장님 보낸 거예요."
"안 돼. 그럼 나도 울 거야."
"……."
"내가 또 한 울음 하거든."
 뭐가 그리 좋은지 싱글벙글한 표정에 은재의 입술이 더욱 밀려 나왔다.
"뭐든 잘하셔서 좋겠네요."
"…미안."
 살짝 가시가 박힌 목소리에 그는 얌전히 사과했다. 어쨌든 지섭의 농담에 마음은 달래졌다. 그리고 자연스레 의문들이 떠올랐다.
"사고는 어떻게 난 거예요? 어머님은 왜 같이 다쳤고요. 같은 차를 탄 건 아니었잖아요."
 빤히 올려다보는 시선에 그의 눈동자가 사선으로 움직였다.

"사고를 낸 차량이 그쪽이니까."

씁쓸함이 담긴 눈이었다. 가만히 지켜보던 은재의 얼굴이 조금 전보다 훨씬 더 파랗게 질렸다.

"…설마."

부정할 수도, 변명할 수도 없는 사실. 그녀의 안색이 초마다 변했다. 입가를 틀어막은 은재가 중얼거렸다.

"사람이 어떻게 그래요? 말도 안 돼. 어떻게, 그렇게 무서운 일을 벌여요? 본인 몸까지 버려 가면서? 정말 큰일이 날 수도 있었어요. 만약 조금만 잘못되었으면 아니, 만약 정말 만약에……."

은재는 혼란스러웠다. 우연이 아닌 고의로 만들어진 사고라는 게 믿기지가 않았다. 아무리 미워도, 틀어진 사이라도 이럴 수는 없다.

"싫어, 정말."

그녀는 미연을 향한 완벽한 미움을 느꼈다. 그나마 남아 있던 미움과의 거리가 완전히 사라졌다. 한 사람을 완전하게 미워할 수 있다는 사실을 비로소 깨닫는 순간이었다. 지섭은 놀라 어쩔 줄 모르는 그녀의 뺨을 쓰다듬으며 말했다.

"처음부터 사고를 크게 낼 생각은 아니었을 거야. 예상했던 범주였겠지. 총회를 막고 연기시키는 게 목적이었을 테니까."

"그런 문제가 아니에요. 사람이 다치고 이렇게……."

"난 못 죽어."

못을 박는 장담에 은재의 눈이 커졌다. 그는 아픈 손으로도 그녀의 허리를 당겨 안으며 미소 지었다.

"당신하고 하고 싶은 게 너무 많아서, 절대 내가 먼저 당신을 떠나는 일은 없어."

오늘 사고가 나서 의식까지 잃었던 사람이라기엔 믿을 수 없는 여유였다. 이 태연함이 야속하고 얄미운데 막을 수가 없었다. 그가 천천히 다가와 미움을 담은 은재의 입술을 덮었다.

"…으응."

부드럽게 엉키는 입술에 그녀의 마음이 진정되었다. 대신 다른 의미로 뜨겁게 차오른다. 은재의 몸이 지섭의 힘에 조금씩 밀려 나갔다.

"으, 지섭… 읍."

벌어진 입술 사이로 겨우 뱉은 말이 먹힌다.

응응.

은재의 주머니에 있던 휴대폰이 울렸다. 혜란과 만나기로 해서 맞춰 놓은 알람이었다. 순간 흐트러진 집중력에 주머니로 손을 넣는 그녀의 손을 지섭이 막았다. 훅, 숨통이 트이고 은재가 응얼거렸다.

"가야, 하는데."

"가지 마."

그것은 명령처럼 단호하고 확고했다. 그가 다시금 밀려든다. 막을 수 없는 힘과 열기를 머금고 깊이, 더 깊이. 가슴 속에서 무언가가 뭉글뭉글 위험하게 피어올랐다.

"읏."

살짝 풀린 다리에 휘청거린 은재를 지섭이 받쳐 올렸다. 아픈 사람이 맞나 싶을 만큼 강한 힘이었다.

"서은재."

달콤한 부름이 머릿속을 녹이는 것 같다. 침대에 툭, 걸쳐진 몸이 자연스레 뒤로 기울었다. 그런 그녀의 위로 오른 지섭이 은재의 바깥 다리를 쓸어 올렸다.

"흐읏."

살갗이 따끔따끔거린다. 터질 듯이 두근거리는 심장과 함께 온몸 곳곳에서 불꽃이 튀었다. 그의 몸이 더욱 가까워졌다. 지섭이 아프고 불편한 몸을 하고 있다는 것을 알면서도 그만두라고 말할 수가 없었다.

아니 오히려.

'더, 더……'

조금만 더. 더, 깊게.

대담한 생각을 하게 만드는 입맞춤에 정신을 놓을 때였다.

쿵쿵쿵.

문이 흔들리고 정신이 번쩍 뜨이게 만드는 소리가 병실로 퍼졌다.

"으, 읍! 훗… 잠깐……"

맹렬한 기세의 노크에도 놓아주지 않는 그 때문에 은재가 발을 굴렀다. 물론 그녀도 떨어지고 싶진 않지만 지금은 아니었다.

꽉!

"…아."

결국 지섭의 입술을 물고 나서야 그가 떨어졌다. 작게 흘린 낮은 신음이 묘하게 야릇했지만 은재는 황급히 그의 입술을 닦으며 말했다.

"모, 못됐어."

볼멘소리에 지섭의 한쪽 입꼬리가 올라갔다. 예뻐 죽겠다는 듯이.

쿵쿵!

또다시 열정적인 노크가 울렸다. 그녀는 황급히 그를 밀어 내고 문으로 향했다. 당연히 문밖엔 제임스가 서 있었다.

"오, 오셨어요."

어색하게 인사를 건네자 그는 담담히 눈인사를 하고 들어와 말했다.

"쫓겨난 김에 주치의에게 다녀왔습니다. 담당의 소견으로도 큰 문제는 없다고 합니다."

"정말요?"

듣던 중 반가운 소식에 은재가 저도 모르게 대꾸했다. 그녀가 말에 있는 뼈를 알아채지 못하자 그는 까딱 고개를 숙이며 대답했다.

"예, 사모님."

얼굴이 붉어지고 당황스러운 호칭이었다. 그녀는 고개를 푹 숙이며 사과부터 건넸다.

"…죄송해요."

"아니요. 어리바리하게 순진하고 울기만 하는 것보다는 사태 파악 빠른 사람이 좋습니다."

그의 말엔 감정이 없어 보였지만 그것이 비꼬는 것으로 들리진 않았다. 조금은 의심스럽게 제임스의 말을 가늠하던 은재가 지섭을 돌아보았다. 어느새 침대에 걸터앉은 그가 대신 설명했다.

"서은재 씨 칭찬하는 거야."

다른 의미로 다시 얼굴이 빨갛게 물들었다. 고맙다고 말하기도 뭐한, 애매한 부끄러움에 어쩔 줄 모르자 제임스는 단호하게 말했다.

"상황 파악 못 하고 본능에 매달려 사리 분별이 흐려지는 상관은 싫습니다."

"……."

"물론 이건 칭찬이 아닙니다."

말을 마친 그의 시선은 정확히 지섭을 향해 있었다.

"그러니까, 그 큰 광고 계약이 무산되고 관련된 인물들이 퇴사 처리 되거나 징계를 먹었다는 거잖아."

막 받은 보고의 내용을 짧게 함축한 미연이 비서를 올려다보며 확인했다.

"맞아?"

평소보다 더 찌르는 듯한 시선에 비서는 담담히 대답했다.

"예, 이사님. 약 반년 전의 일로 지금은 모두 정리된 상태입니다. 1급 보안 문서로 일부는 확인할 수도 없었습니다."

수석비서로 일하는 윤정의 부하이자, 미연의 차석비서 윤나현

이었다. 때론 '오정연'이 되어 미연의 수족이 되었던 그녀다. 미연이 이해할 수 없다는 듯 되물었다.

"이 정도 건이 어떻게 본사로 연락이 오지 않을 수가 있지?"

"한국 내 지사와 다르게 뉴욕은 완전히 독립적으로 운영되는 터라 어쩔 수가 없었습니다. 정지섭 이사 쪽에서도 아직 뉴욕과 연결되어 있을 테고요."

"…젠장."

여러모로 미연에게 불리한 상황이다. 그녀는 제 팔과 목에 한 깁스를 만졌다.

"기껏 이런 꼴까지 되어서 미룬 보람이 없어지잖아. 그 자식은 벌써 퇴원하는 마당에."

집을 비우는 위험을 안고도 벌인 일. 아무것도 준비되지 않은 시점에서 총회를 열어 지십에게 보는 것을 뺏길 순 없었다.

"시간은 벌었고, 그 시간이면 주주들 수도 늘어날 테니 지분 싸움으론 지지 않아."

계획된 사고는 만족할 만한 성과를 만들어 냈다.

"이제 공격할 수단만 있으면 되는데……. 차라리 아예 엉망이 되도록 만들 것을."

표독스럽고 악마 같은 심보를 보인 미연이 재차 다그쳤다.

"다른 건 더 없어?"

"정확도는 낮지만 광고기획부서에서 돌던 이야기가 있긴 했습니다."

"뭔데."

"광고 파기로 연관된 인턴에게 귀책금으로 5만 달러가 책정되었다고 합니다."

욱신거리는 목에 손을 올리며 씩씩대던 미연의 눈이 휘둥그레졌다.

"얼마? …5만 달러? 5억이 넘는 돈이, 고작 인턴한테?"

"예. 법무팀에 알아본 결과 확실하진 않지만 정상 처리가 되어 있는 사안이라 모든 문건이 보안 문서로 들어가 있었습니다. 확인할 수는 없지만 모두 정리가 되었다는 뜻인 것 같습니다."

말을 듣던 미연이 헛바람을 들이켰다.

자그마치 5억.

그 큰돈이 오간 일이 이렇게 빨리 끝났다? 물론 그럴 수도 있지만 그녀의 촉이 말한다.

"냄새가 나."

그냥 넘어가선 안 된다는 무언가가 있었다. 미연은 입술을 잘근 깨물다 명령했다.

"다른 것 접어 두고 그 인턴부터 찾아. 광고기획부에서 알아낸 거라면, 이름 정도는 알아낼 수 있잖아."

"쉽지는 않을 것 같습니다. 무슨 수를 썼는지 모두 그에 관해선 함구하고 있습니다."

맞다. 지난번 아서 스미스도 사람에 관련해선 입을 다물었다.

"그만큼 숨기고 있다는 건 뭔가를 했다는 거잖아. 돈을 줬건 사람을 썼건 대단하신 정지섭 머리채를 잡을 기회라고."

비로소 보이는 실마리에 미연의 안색이 환해졌다.

"이 짓거리 하지 않았으면 억울할 뻔했잖아?"

사고를 내놓고도 뻔뻔하게 만족하는 미소였다. 그녀는 번갈아 제 앞길을 막는 두 사람을 읊조렸다.

"김주경, 정지섭."

짓씹듯 중얼거린 그녀가 주먹을 꽉 쥐며 말했다.

"그 인턴, 찾아서 내 앞에 데려와."

차가 멈추고 검은색의 커다란 철창문이 열렸다. 느리게 열리는 문을 보던 제임스가 룸미러로 지섭을 살폈다. 내내 확인하던 서류를 가방에 넣는 것이 보였다. 그가 물었다.

"확인하셨습니까?"

지섭은 약간 뻐근한 손목을 돌리며 답했다.

"확실히 겹쳐지는 곳이 있어. 그것도 꽤 많이."

"그곳들 모두 지난 3년간 청성과 연이 닿았고, 귀국 환영회에 참석한 기업들을 분석한 결과, 모두 가파른 성장세를 보였습니다. 주식 상장을 한 곳도 상당수입니다."

"그들이 모두 청성의 주식을 사서 주주가 되었고."

"이 정도의 가파른 상승세라면 분식 회계를 했을 가능성도 있습니다. 만약 이 가설이 확실해진다면……."

"비공식적 투자금을 이익으로 조작해 그것으로 주식을 샀겠지."

"예. 지금처럼 주식을 사게 되면 3개월 뒤에는 이사님의 주식과

대등할 정도의 양이 될 겁니다. 다른 건 몰라도 다음 총회에선 주식 자체로 제동을 걸 가능성도 높습니다."

"결국 그 주식을 사게 만든 투자금이 어떤 방식으로 만들어졌는지 꼬리를 잡으면 될 일인데."

결국 결론은 하나다. 누가 먼저 뒤통수를 치느냐, 그것이 관건이다.

"장 이사 쪽도 분명한 카드가 없어 사고를 낸 건 분명합니다. 더욱이 이쪽에선 책잡힐 일이 없고요. 물론, 서은재 씨만 잘 보호한다면 말입니다만."

마지막엔 약한 부분을 콕 집어내는 제임스였다.

쿠궁.

때맞춰 철문이 완전히 열리고 차가 움직였다. 차는 금방 정원을 지나 저택 앞에 멈췄다.

"최대한 푹 쉬십시오. 다시 쉬실 일은 없을 것 같으니까요."

제임스 진심에 지섭이 피식 웃었다. 바로 퇴원이 가능했음에도 사흘이나 입원을 하고 주말까지 병가를 낸 건 다른 이유가 아니었다.

"너야말로."

한국으로 돌아온 후 그 많은 업무를 두 사람이 해결했다. 피로가 누적되는 건 당연했다. 이제 싸움은 청성의 '주인 자리'가 아니다. 누가 어떻게 밑바닥으로 떨어지느냐의 문제였다. 그때를 대비한 잠깐의 휴식이었다.

'본의는 아니지만.'

밖으로 나선 그는 차가 떠나는 것을 보고 집 안으로 향했다. 늘 그랬듯 현관에는 그를 마중 나온 고용인들이 있었다.

'어서 와요.'

고용인들과 함께 선 은재가 입모양으로 속삭였다. 지섭은 '집'에서 느껴지는 평온함에 자연스레 웃다 시선을 돌렸다.

"다녀왔습니다."

창만이 있는 곳으로. 놀랍게도 그 역시 지섭을 마중 나와 있었다. 그리고 그의 휠체어를 잡고 있는 건 은재였다. 이 자리에 창만이 나오게 된 것도 분명 그녀의 덕일 거다.

"고생이 많다."

걸걸한 목소리가 먼저 말을 걸었다.

"아닙니다. 괜찮습니다."

역시 무디고 담담한 대꾸였다. 작은 변화지만 달라졌다는 것이 중요했다.

"그래, 몸은 좀 어떠냐."

투박하게 전해진 걱정에 지섭은 어쩐지 얼굴이 간지러웠다. 익숙하지 않아서였다. 다행히 대답은 수월하게 나왔다.

"크게 다친 곳이 없어 금방 퇴원했습니다. 저보다는 어머니가 크게 다치셔서 걱정입니다."

"그 사람도 괜찮다는 연락 받았다."

"…다행입니다."

말을 하면 할수록 쓴맛이 나는 대화였다. 살갑지 못한 부자의 대화는 그렇게 끝이 나는가 싶었다.

"지섭아."

짧은 침묵 속에 창만이 지섭을 불렀다. 그가 고개를 들자 창만이 말했다.

"미안하다."

"……."

"용서해라."

다 알고 있지만 어쩔 수가 없다는 것처럼. 지섭은 조금 숨이 막히는 기분이 들었다. 어쩌다 이렇게 나약해진 걸까. 태산 같던 아버지는 온데간데없이, 마르고 노쇠한 노인만 남았다.

'어디서부터 잘못된 건지는 모르지만.'

분명 총기를 흐리고 마음에 분탕질을 쳐 놓은 것은 미연이 맞다. 그러나 그것이 전부 장미연의 탓이라고 할 수 있을까. 그는 제 아버지를 닮았고 이제 조금은 알 것 같다.

'왜 그렇게까지 무너졌는지.'

어머니가 돌아가시고 엉망이 된 아버지를. 쓴웃음을 그린 지섭은 담담히 미소 지었다.

"충분합니다."

더 긴 대화는 없었지만 묘한 공감대가 만들어지는 순간이었다.

오묘했던 마중을 끝내고 방으로 돌아가는 길, 내내 티를 내지 않던 은재가 말했다.

"다녀오셨어요."

그의 얼굴을 보자마자 하고 싶었던 인사였다. 걸음을 조금 늦춘 지섭이 그녀의 손을 잡았다. 겨우 손 하나 잡은 것에 얼굴이 붉어졌다. 부끄럽고 창피해서가 아니라 좋아서였다.

"어떻게 모시고 나온 거야."

느릿한 걸음을 따르며 은재가 대답했다.

"홍 집사가 약 드실 시간이라고 약을 가져가더라고요. 일부러 같이 가서 모시고 나왔어요. 어머님 허락을 받아야 한다고 하는데……."

"하는데?"

"아들 걱정하는 데 누구 허락이 필요해요."

흥.

무의식중에 내쉰 콧방귀가 지섭에겐 귀여웠다. 그는 잡은 손을 바꿔 깍지를 끼웠다.

"보고 싶었어."

대뜸 던진 달콤한 말에 그녀의 눈동자가 굴렀다. 이번엔 부끄러워하는 것이 분명했다.

"겨우 하루 이틀인데."

"그러니까."

"……."

"그 하루 이틀을 못 참겠더라고."

조금의 망설임도 없이, 기다렸다는 듯 대답한 지섭이 완전히 걸음을 멈췄다. 그리고 살포시 은재의 팔을 잡아당기며 다가설 때.

"아! 아, 안 돼요."

그녀가 맹렬히 거부했다.

"…안 돼?"

대놓고 나온 거절에 꽤 충격을 받은 지섭이 되물었다. 보들보들한 감정이 밀려든다. 은재는 당장이라도 '돼요'라고 하고 싶은 것을 꾹 참았다.

"방에 기다리는 사람이 있어요."

"누구."

약간 퉁명스러워진 질문의 답은 그리 오래 걸리지 않았다. 불퉁한 모습으로 향한 방, 두 사람의 보금자리엔 예상했던 손님이 그를 기다리고 있었다.

"따로, 만나기도 뭐하고 시간 맞춰서 있기도 그렇고… 언니가 방에 있으라고 해서."

지섭의 얼굴을 보자마자 태희는 변명부터 꺼냈다.

"자, 자꾸 방에 와서 죄송해요."

아무래도 계속 두 사람의 방에 오는 것이 불편한 것 같았다. 어쩔 줄 모르는 태희를 보며 은재가 거들었다.

"아가씨가 걱정 많이 했어요. 연락해도 된다고 했는데 어려워해서."

안절부절.

눈치를 보느라 바쁜 태희의 어깨를 은재는 여러 번 다독였다. 지섭의 사고로 놀란 것은 태희도 마찬가지였다. 거기다 미연까지 똑같이 입원했으니 오죽했을까. 은재가 고개를 끄덕였고 용기를 조금 얻은 태희가 조심스레 말을 이었다.

"괜찮으세요?"

"보다시피 멀쩡해."

무뚝뚝한 듯하지만 예전과 달랐다. 억양, 말투, 표정. 예민한 태희에겐 분명히 보였다.

"다행이다……."

경직되었던 어깨가 가라앉자 지섭은 피식 웃었다. 자세히 보니 확실히 귀여운 구석이 있다. 그는 재킷을 벗어 놓으며 말했다.

"들었겠지만 어머니는 일주일은 입원하셔야 해. 병원에 가 보는 게 좋을 것 같은데."

"네? 아, 아니요. 굳이 갈 필요는 없을 것 같아서요."

"가 봐."

"……."

"다른 뜻 없어."

그것은 진심이었다. 적어도 이간질은 하고 싶지 않은 그였다. 하지만 태희는 조금 다른 관점으로 되물었다.

"거기 사람들 많겠죠."

청성의 상무이사이자 청성의 안주인인 장미연 이사의 사고는 결코 작은 일이 아니다. 최대한 매스컴에 타지 않도록 했지만 중요 인물들은 너 나 할 것 없이 모였을 터다.

"…아마도."

물론 지섭의 병실도 퇴원 직전까지 문전성시였다. 솔직한 대답에 태희는 웃으며 고개를 저었다.

"그럼 안 좋아할 거예요. 안 가는 게 나아요."

이미 마음을 굳힌 듯 쓴웃음도 아니었다.

"갈 이유도 없고."

오히려 서늘함이 느껴지는 차가운 눈이었다. 은재는 문득문득 전해지는 태희의 굳은 눈에 입술을 물었다. 전에 없던 그늘이었다. 처음부터 태희를 방에 보내지 않은 것도 이 때문이었다.

"곧 아가씨 생일이래요."

냉큼 나선 은재가 말했다. 지섭의 눈이 조금 커졌다.

"…생일?"

지금껏 한 번도 생각해 본 적 없는 기념일이었다. 그런 것을 챙길 이유도 시간도 없었다. 아니, 그럴 마음도 없었을 거다. 그의 표정이 조금 굳자 태희가 손을 휘저었다.

"신경 쓰지 마세요! 정말로요! 어, 언니."

태희가 당황해서 은재를 부르며 연신 지섭을 힐끔거렸다. 행여 제 이야기로 문제가 될까 걱정하는 눈치였다. 하지만 은재는 알고 있었다. 지금 지섭의 굳은 얼굴에 감춰진 표정은 '미안함'이었다. 그녀가 방긋 웃으며 말을 이었다.

"왜요, 같이 얘기하면 좋지. 갖고 싶은 게 있거나 먹고 싶은 게 있으면 말해 주세요."

"아니, 근데 진짜 그런 거 생각해 본 적이 없어서요. 좀 신기해서."

태희는 정말 그렇다는 듯 손을 저었다. 오히려 머쓱한 얼굴이었다. 그 반응에 은재는 조금 당황했다.

"…정말 없어요?"

"네. 필요한 건 대부분 있고, 그렇다고 생일을 챙기는 것도 아니니까. 특별하진 않아서요. 생일에 맞춰 제 이름으로 기부를 하기는 하는데."

 하긴, 생일이 축하를 받을 날이기는 하시만 꼭 챙기지 않는대도 틀린 것은 아니다. 날을 꼽아 가며 무언가를 소원하는 일 같은 건 이들에겐 필요하지 않을 거다. 어쩐지 살짝 민망함이 들었다.

"아, 그렇구나."

 괜히 혼자 들뜬 기분에 머쓱해진 은재가 뒷머리를 긁적였다. 뭐라도 해 줄 핑계가 생긴 것 같아 홀로 기뻐했는데. 이내 어색하게 웃는 그녀를 보던 지섭이 가볍게 말을 흘렸다.

"그럼 해 주고 싶은 사람이 직접 생각해서 해 주면 되겠네."

"…응?"

"태희한테 뭐가 필요한지 생각해보고 해 줘. 답은 당신이 내리면 될 것 같은데."

 그는 흘러가는 말로 애매한 분위기를 잡아 주었다. 잠시 눈을 깜빡이던 은재의 얼굴로 화색이 돌았다.

"아!"

 은재가 금방 눈을 빛냈다.

"그래도 될까요? 나 정말 아가씨한테 뭔가 해 주고 싶어서……."

"저 괜찮아요! 괜히 언니 귀찮게 해 드리고 싶지 않아요!"

 빛나는 은재의 눈을 막은 건 태희였다. 어느새 두 손을 뻗은 태희가 허둥거렸다. 가만히 지켜보던 지섭이 물었다.

"그렇게까지 불편한 거야?"

 어쩐지 조금은 걱정하는 듯한 말투였다.

"생일을 챙기는 집이 아닌 건 맞지만 꼭 그 이유 때문만은 아닌 것 같아서 그래."

눈에 훤히 보이는 태희의 표정을 그가 모를 리 없었다.

"아니, 그게. 그러니까."

순간 얼굴을 붉힌 태희의 시선이 어쩔 줄을 몰라 하다 점점 가라앉았다. 지섭을 닮은 검은 눈동자가 바르르 떨리고 있었다.

"너무 좋은 기억은, 나중에 힘들 것 같아서요."

"무슨 걱정이야. 다음에도 하면 그만이지."

"…아니요. 그냥 자꾸 생각나면 보고 싶어질 테니까요."

"그게 무슨."

"……."

"정태희."

태희는 이 상황이 그저 꿈만 같았다. 이야기조차 해 보지 못한 '오빠'와 이런 이야기를 하고 있다니. 그리고 하필 이런 이야기를 이제야 할 수 있다니. 어느새 태희의 눈에 눈물이 그렁그렁 맺혔다. 울먹이는 눈에 지섭의 표정 역시 바뀌었다.

"무슨 일이야."

낮게 깔린 목소리가 물었다. 태희는 그것이 자신을 향한 것이 아님을 알았다. 태희가 고개를 툭 떨어뜨렸다.

"…저 곧 유학 가요."

여린 마음을 열게 만드는 목소리였다.

"무슨, 말이에요?"

먼저 반응한 것은 은재였다. 놀라서 커진 그녀의 눈이 태희를 향했다.

"유학이라니요. 어, 언제요?"

갑작스러워 저도 모르게 더듬은 말이었다. 태희는 시무룩한 얼굴로 말했다.

"아마도, 한 달… 아니면 두 달 안에. 엄마가 전부터 준비해 오고 있던 거라, 더 빠를 수도 있어요."

태희의 말에 은재의 표정도 울상이 되었다. 온 얼굴로 느껴지는 서운함과 섭섭함에 태희는 오히려 기쁜 마음이었다. 자신을 내보내려는 사람만 있는 곳에 이렇게 아껴 주는 사람이 있다는 것이 기쁘면서도 슬펐다.

"…미리 말 못 해서 죄송해요. 아니, 가지 않으려고 했어요. 그랬는데."

머뭇거리는 말이 끊겼다. 뭔가를 말하고 싶어 하는 것 같았지만 습관적으로 멈춘 것 같았다. 은재의 정신이 번쩍 들었다.

'같이 가라앉을 때가 아니잖아.'

그녀는 놀란 마음을 다잡고 불안하게 흔들리는 태희의 손을 쥐었다.

"아가씨, 제대로 얘기해 줘요."

차분히 되묻는 말에 태희의 눈이 지섭과 은재를 번갈아 보았다. 꼭 겁을 내는 것처럼 보였다.

"아니, 아니에요."

"말하고 싶은 게 있잖아요."

"그, 그런 게 아니었어요. 어차피 정해진 일이라서. 언니 저 가 볼게요. 이사님도 피곤하실 텐데 제가 방해를……."

"도와줄게요."

"……."

"도와줄 수 있는 거라면, 꼭 도울게요."

어차피 제 코가 석자면서 호기를 부렸다. 하지만 모르는 척할 수가 없다. 처음부터 그랬던 것 같다. 태희는 자꾸 눈이 가고 신경이 쓰였다. 누군가의 도움을 기다리던 뉴욕에서의 서은재처럼.

"…소용없어요."

벌써 전부 포기한 듯 어두운 눈이었다. 그 순간 은재가 태희의 뺨을 잡아 고개를 올렸다.

"정태희."

허탈하게 멍하던 눈이 금방 돌아와 당황으로 물들었다. 은재는 단호하게 말을 이었다.

"말하기 싫어서 그런 거라면 더 묻지 않을게요. 그게 아니라면 확실히 말해야지. 말하지 않으면 몰라."

"……."

"말하고 싶어요?"

답지 않게 분명한 은재의 의지가 닿았을까. 말을 할까, 말까. 몇 번이나 고민하고 달싹이던 입술이 비로소 열렸다.

"엄마가."

떨리는 목소리와 뜸을 들이는 입술이 무거워 보였지만 제 할 말을 멈추진 않았다.

"유학을, 가라고 했어요. 전부터 하던 말이긴 한데… 이번엔 가야 할 거예요. 계속 제 방의 물건을 버리고 정리하는 것도 그런 것 때문이었어요. 가야 해요."

예상했던 대로 원흉은 언제나 미연이었다. 이상할 정도로 태희에게 냉정한 미연이 이해가 가지 않았다. 뒤에서 듣고 있던 지섭이 다가왔다.

"기간은."

"모르겠어요. 아주 오래, 어쩌면 못 올지도 모르고… 아니다. 못 오겠다."

고개를 저은 태희는 허탈하게 웃었다.

"난 엄마한테 필요 없으니까."

상처를 입을 일도 아니라는 듯, 슬퍼하는 기색도 없었다. 태희는 그저 담담했다. 유학이 문제가 아니다. 태희는 아마 아주 오래전부터 모진 말들을 들어 왔을 것이고 그것에 무뎌졌을 거다. 더 상처받고 아파할 깃도 없이.

당연하다는 듯이.

'말도 안 돼. 이건, 학대잖아.'

덤덤한 태희의 모습에 오히려 은재의 몸이 파르르 떨렸다. 전부터 느꼈지만 미연과 태희의 골은 깊었다. 어쩌면 다시 메울 수 없을 만큼. 그녀가 입술을 짓씹자 지섭이 은재를 당기며 고개를 저었다.

본인을 다치게 하지 말라는 뜻이었다. 그녀의 입술이 풀리자 지섭이 태희에게 눈을 돌렸다.

"가기 싫어?"

대뜸 묻는 말에 태희가 당황했다.

"…네?"

"그거부터 확실히 해. 유학 자체가 싫은 거야, 아니면 어머니 말씀이라 싫은 거야."

"그게 무슨 상관인지… 저, 저는."

"상관없는 게 아니야. 객관적으로 분명하게 생각해. 가서 네가 얻을 수 있는 게 있다면 가. 단순히 시키는 게, 떠밀리듯 떠나는 게 자존심 상하는 게 전부라면 가. 유학은 나쁜 게 아니야."

그는 매서울 정도로 단호했다. 이성적으로 판단한 답을 바랐다. 조금 야속하게 느껴질 정도로 냉정한 말에 은재가 지섭의 팔을 잡았다. 그는 잠시 숨을 고르고 말을 이었다.

"대신 전자라면 가지 마."

유학이 싫다면 가지 마라. 오래전부터 태희가 듣고 싶었던 말이었다. 그러나 감히 할 수 없는 말이자, 애써 용기 내 봤자 구겨진 바람이었다. 태희는 반사적으로 고개를 저었다.

"어, 엄마가 정한 일이에요. 제가 함부로 결정할 일이……."

"내가 도와줄게."

"……."

"내가 네 오빠 노릇을 할 수 있게 허락해 준다면."

순간 두 사람을 지켜보던 은재의 가슴에서 울컥한 것이 치밀어 올라왔다. 이사님으로, 그저 피가 반쯤 통한 이복동생 정도로밖에 여기지 않던 두 사람의 변화가 보였다. 어느새 서서히 변한 남매의 모습에 그녀의 마음이 동했다. 그리고 그것은 태희도 마찬가지였다.

"가고……."

겨우 꽉꽉 참아 내던 태희의 눈이 결국 눈물을 하나 가득 머금었다. 믿을 수 없지만 분명한 현실. 제 앞에 있는 두 사람을 향해 그녀가 힘껏 고개를 끄덕였다.

"가고 싶지 않아요, 오빠."

처음으로 부른 제대로 된 호칭이었다.

눈은 퉁퉁 부었지만 태희는 어느 때보다 상쾌한 얼굴로 돌아갔다. 처음 봤을 때를 떠올릴 수 없는 환한 미소도 함께였다.

톡톡.

뜨겁게 데운 수건을 가져온 은재가 지섭의 팔목 위에 올렸다. 미리 제임스에게 찜질을 부탁받아서였다.

"뜨거우면 말해 주세요."

"내가 하면 되는데."

"해 주고 싶어서 그래요. 병원에서도 계속 업무 봤다면서요. 팔이 나을 겨를도 없었을 거예요."

아프지 않게 토닥이는 손길이 부드러웠다. 혹시나 실수할까 조심스러운 손을 가만히 보던 지섭이 말했다.

"이틀이나 혼자 있었는데, 괜찮……."

"아가씨는 어떻게 할 거예요?"

찜질에 집중하느라 미처 듣지 못한 은재가 물었다. 본의 아니게 그의 말을 자른 그녀는 눈만 깜빡였고 지섭은 별수 없이 대답했다.

"뭔가 할 필요도 없어. 보내지 않으면 돼."

"그게, 될까요?"

"태희가 그걸 바라니까."

그보다 확실한 방법은 없다는 듯 그의 표정엔 확신이 담겨 있었다. 믿음이 가는 말에 은재의 얼굴로도 옅은 미소가 번졌다.

"왜 그렇게 웃어?"

"좋아서요."

"뭐가 그렇게 좋아."

"좋잖아요. 아가씨도, 지섭 씨도 이렇게 가까워지고."

"…너무 흐뭇해하는데."

"들켰어요?"

예전이라면 당황했을 은재가 이젠 제법 장난스럽게 대꾸할 줄도 안다. 그만큼 지섭이 편해졌다는 것을 의미했다. 그녀는 그의 팔을 토닥이며 말을 이었다.

"두 사람 다 어린애 같아. 귀여워. 이제 정말 오빠랑 동생 같아서."

"……."

"진짜 다행이에요. 아가씨, 그렇게 아프게 가면 나 너무 속상했을 거야. 나도 잘못한 게 많지만… 괜한 오지랖이라도 아가씨가 그렇게 웃었으니까 정말 다행이죠."

태희, 태희.

어쩌다 보니 은재의 말에는 온통 태희가 가득했다. 어느새 그는 말없이 빤히 그녀를 바라보았다. 한참 말을 잇던 은재도 뒤늦게 시선을 깨달았다. 그녀의 눈이 어색하게 움직였다.

"제, 제 얼굴에 뭐 묻었어요?"

지섭은 웃고 있지 않았다. 무언가 못마땅함이 느껴지는 묘한 무표정이었다. 그것을 읽어 낸 은재가 그를 불렀다.

"지섭 씨?"

후우.

길게 한숨을 내쉰 그가 제 팔목에 얹어진 수건을 떼어 냈다. 약간 붉어진 살이 뜨끈했다. 아니, 그보다 더 뜨거운 것이 마음에서 꿈틀댔다. 지섭이 퍽 헛웃음을 터트렸다.

"다시 느끼는데 나는 좋은 오빠는 못 돼. 천성에 안 맞아."

"으응?"

"미안."

"갑자기 그게 무슨… 으앗!"

지섭이 은재의 팔을 잡아당겼다.

"아무렇지 않은 척할 수가 없네."

버틸 힘을 쓰기도 전에 그녀의 몸은 그에게 쏠렸다. 지섭은 가볍게 은재를 받치며 제 다리 위에 그녀를 앉혔다.

"…아, 아니… 이, 이건."

생각지도 못했던 자세에 은재의 얼굴이 새빨개졌다. 남자의 다리 위. 고작 그것 하나가 주는 묘한 감정에 그녀는 어쩔 줄을 몰랐다. 그는 가만히 은재의 손을 잡아당겨 제 뺨에 얹었다.

"나는 아주 편협하고 협잡해서, 대범하게 넘길 수가 없어."

타고나길 그런 건지 매끈한 피부가 손바닥을 타고 느껴졌다. 은재는 어쩐지 정신을 차릴 수가 없어 더듬거렸다.

"무, 무슨 말인지 모르겠어요."

"이 손이 나에게만 닿았으면 좋겠어."

"…잠깐, 읏!"

손은 어느새 지섭의 입술로 옮겨갔다. 보드라운 손바닥에 그보다 더 부드럽고 촉촉한 입술이 닿았다.

'어, 엄마야……!'

짙은 키스도 여러 번 나누었는데 이상할 정도로 부끄러웠다. 마치 어른의 장난이라도 하는 것처럼. 심장이 빠르게 뛰었다. 지그시 감았던 그의 눈동자가 바로 뜨였다.

"어린애도 이렇진 않을 거야. 알아. 아는데도 조절이 잘 안 돼."

새까맣고 깊은 눈이 온전히 은재를 담았다.

"당신과 연관되는 일에는."

화가 난 건가? 아니, 그것과는 달랐다. 그녀는 지섭이 서운해한다고 느껴졌다. 그의 눈, 입술, 손길이 그렇게 말하는 것 같았.

나를 좀 봐줘.

"당신이 신경 쓰는 건 내가 유일했으면 해."

나를.

"유치하고 뻔뻔하게… 치졸한 걸 알면서도."

오로지 나 하나만.

그의 말대로 유치하고 어린애 같은 감정이었다. 동생에게 간 관심에 질투하는 지섭의 모습이 평소와 달라서 어떻게 반응해야 할 줄 몰랐다. 그런 와중에도 분명히 느끼는 건 있었다.

'어떡해, 너무… 너무, 기뻐.'

오직 자신을 원하는 지섭의 선명한 마음. 그것이 주는 충만한 행복과 애정에 그녀는 심장이 터질 것만 같았다. 은재의 촉촉해진 눈을 알았을까. 다가오던 그의 입술이 낯선 곳에 닿았다.

"흐, 으읏!"

목덜미에 닿은 입술에 저도 모르게 나온 소리였다. 제 소리에 당황한 은재가 허둥거리며 몸을 틀었다.

"이상… 이상해요. 잠깐, 지섭… 지섭 씨."

그러나 이미 잡힌 몸은 단단하게 묶여 놓이지 않았다.

"이미 말했잖아."

"……."

"참을 수가 없다고."

꼭 사슬에 묶인 것처럼.

#20

숨이 막힐 것 같은 긴장감이 흘렀다. 아무것도 하지 않았고 그 이상 닿은 것도 없었다. 바라보고 숨을 공유했다. 그저 함께 공유하는 숨이 가깝고 예민하게 다가올 뿐.

'…이상해.'

평소의 은재라면 이 낯선 상황에 경계하고 긴장해야 한다. 상대가 지섭이라 해도 타고난 성격은 변할 수 없으니까. 하지만 뭔가 달랐다. 밀착한 몸과 섞인 숨이 이상할 정도로 좋았다.

"지섭, 씨."

그녀가 그의 옷을 쥐었다. 촉촉해진 눈동자가 스스로에게 당황한 듯 흔들리고 있었다.

"서은재."

조심스레 부른 이름 끝에 지섭의 손이 스쳤다.

동그란 어깨.

가느다란 팔.

얇은 팔목.

작고 하얀 손.

섬세하게 뻗은 손가락.

하나하나 새기듯 모든 감정을 담아 쓰다듬은 그가 은재의 뺨에 입을 맞췄다. 당장이라도 터질 것만 같은 뜨거운 욕망은 애써 덮어 둔 애틋한 무언가가 있었다.

'참아.'

지섭은 필사적으로 자신을 억눌렀다. 당장이라도 그녀를 원하는 제 욕심을 짓누르고 귀한 보물을 대하듯 은재를 안았.

심장박동이 느껴질 정도로 가까이 닿았나. 지섭의 빠른 심장이 무엇을 원하는지 알 것 같았다. 그녀는 마른 입술을 물다 천천히 고개를 들었다.

"…저……."

낮은 목소리에 그가 은재를 바라보았다. 조금 상기된 얼굴로 두 눈에 지섭을 담은 그녀가 말했다.

"괜찮아요."

"……."

"지섭 씨라면 하나도 안 무서워."

용기 낸 한마디는 안 그래도 끓어오르는 기름에 불을 붙이는 격이었다. 한탄이 나올 만큼 고약한 말이다. 아니, 고맙고 기쁜 말이었다. 단지 본인조차 모르게 긴장한 두 눈이 좀 더 깊은 진심을 말할 뿐이었다.

아직은 아니라고.

"알아."

물론 은재의 말이 거짓말이 아니라는 것도 안다. 그렇기에 지섭은 좀 더 그녀를 소중히 여겼다.

"내가 무서워."

"…네?"

"널 다치게 할까 봐."

촉촉한 입술이 이마에 닿았다. 살짝 움츠러든 은재의 어깨를 잡아 바로 앉힌 지섭은 부드럽게 미소를 지었다.

"내 욕심대로, 멋대로 아프게 할까 무서워."

이 또한 사실이었다. 그가 믿지 못하는 것은 은재가 아닌 바로 자신이다. 본능과 욕심에 져 행여 그녀를 다치게 할지도 모른다는 것이 무서웠다. 지섭은 은재의 머리를 쓸어내렸다. 긴 머리가 쏠려 흔들렸다. 살며시 등을 감싸고 당겨 안는 손길이 느껴진다. 하나하나 모든 것이 분명하게 다가왔다.

'좋아. 분명 좋은데.'

두근두근.

소중히 다뤄지는 기분.

'좋지만.'

무언가가 부족한, 알 수 없는 이 느낌. 그가 다정하게 웃으며 은재를 안았다. 조금 전과 다른 맑고 깨끗한 포옹이었다.

"보고 싶었어."

방으로 오기 진 했던 말이다. 결국 지섭은 이 말을 하고 싶었던 모양이다. 은재가 아주 조금 허탈하게 웃었다.

"응, 나도."

작게 대답한 그녀가 그의 어깨에 얼굴을 묻었다. 아직 박동하는 지섭의 심장이 느껴지는 것 같다. 하아. 낮은 숨을 몰래 쉰 은재가 그의 옷을 꼭 쥐었다.

"나도, 똑같아요."

입 밖으로 나온 마음과 어쩌면 심장으로 요동치는 욕심까지도.

'아파도, 괜찮은데.'

용기 없는 진심은 고요히 마음 속 깊은 곳으로 가라앉았다. 마치 앙금처럼.

커다란 철창문이 미연의 차를 확인하고 열렸다. 다시 움직이는 차창 밖으로 정원이 보였다. 여전히 아름답고 우아한 정원이다.

"그 계집애만 없었어도 이렇게까지 할 필요는 없는데."

미연이 목을 매만지며 중얼거렸다.

"괜찮으십니까?"

윤정의 걱정에 미연은 대답하지 않았다. 그녀가 일정보다 좀 더 일찍 퇴원을 하는 건 혜란에게서 주경이 제멋대로 돌아다닌다는 이야기를 들어서였다. 안이나 밖이나 안정을 취할 곳 하나 없는 현실에, 미연은 숨을 골랐다.

"다른 건 필요 없어. 그 사람만 있으면 돼."

무릎에 얹은 손에 힘이 들어갔다. 그녀는 앙칼진 시선으로 어금니를 물었다.

'처음부터 임명장을 써 줬으면 이럴 필요도 없었잖아.'

3년 동안 회장 대리가 되기 위해 노력했지만 창만은 끝까지 허락해 주지 않았다. 지섭과 이 사달을 벌이게 된 것도 결국 정창만 때문이다.

"빌어먹을 노인네."

조바심과 끓는 속을 겨우 가라앉힐 때였다.

"…저게 뭐야."

차가 멈추는 정원의 끝. 그녀는 생각지도 못한 광경에 헛바람을 들이켰다.

"저 사람이 왜 저기 나와 있어. 저것들 뭐 하는 거야?"

기가 막혀 터진 외침과 함께 미연이 차 밖으로 나섰다.

"아버님, 찍을게요."

은재가 카메라를 들고 손짓했다.

"조금만 더 붙어 주세요. 조금만 더, 네."

손짓 끝에 있는 건 휠체어를 탄 창만과 태희 그리고 그들을 찍고 있는 은재였다.

"이게 무슨."

일부러 조용히 들어온 것이 화근이었을까. 미연이 온 것도 모르고 저들끼리 신난 모습에 순간 화가 치밀어 올랐다.

"지금 뭐 하는 거야!"

감정을 갈무리하지 못한 미연이 성큼성큼 다가섰다. 그녀의 외침에 막 셔터를 누르던 은재가 깜짝 놀라 몸을 세웠다.

"어머······."

"누구 허락으로 회장님을 밖으로 모셔!"

인사를 하기도 전에 성부터 내는 미연이었다. 창만이 놀란 은재에게 손짓하며 말했다.

"아침 먹고 시간이 남아서 그랬네. 컨디션이 좋았어."

"아무리 그래도요. 주경 씨, 그깟 사진 하나 찍자고 회장님을 밖으로 모신 거예요?"

앙칼진 가시가 고스란히 은재에게 박혔다. 생각지도 못한 상황에 은재가 잠시 머뭇거리는 사이 창만이 나섰다.

"나야. 내가 나오자고 했네. 카메라 주면서 내가 한 상 찍어 달란 적이 있었어. 그래서 찍어 주는 것뿐이고. 뭘 그렇게 화를 내. 그러는 자네야말로 벌써 퇴원을 했나."

"회장님 걱정 때문이죠. 감기라도 걸리시면 큰일이라는 거 아시잖아요. 재작년에 폐렴으로 고생하신 거 잊으셨어요?"

"그야 그렇지만 오늘은 날씨도 이렇게 좋은데······."

"들어가세요. 이러니까 빨리 올 수밖에 없지. 믿고 맡길 사람이 없어."

미연은 아픈 사람인 게 무색하게 빠르게 다가와 창만의 휠체어를 잡았다. 그녀는 냉정하게 은재를 노려보며 중얼거렸다.

"생각이 없어도 정도가 있지."

당연히 제 말에 겁이라도 먹을 거라 생각했던 '주경'이 담담히 미연을 바라보았다. 그 시선이 너무도 무미건조해 오히려 미연은 부아가 치밀었다.
"…정태희."
어느새 은재의 뒤로 숨은 태희를 나직이 부른 그녀가 돌아섰다.

드르륵.
휠체어 바퀴 구르는 소리만 정원에 남았다. 강제로 외출을 끝내고 돌아온 서재에서 창만이 말했다.
"태희 유학은 없던 일로 해."
뜬금없는 소리에 감정을 누르던 미연의 미간이 좁아졌다.
"…갑자기 무슨 말이에요?"
"태희 문제는 자네 소관인 거 알지만 내 말 들어. 아이도 가고 싶어 하지 않는다는 건 왜 말하지 않았나."
애써 가라앉힌 감정이 다시 끓는 게 느껴졌다. 미연은 머플러를 벗어 던지듯 내려놓았다.
"갑자기 무슨 사진인가 했더니, 그런 얘기를 하느라 자리를 마련한 거네요. 정말, 착한 며느리네. 태희 일도 신경 써 주고."
누가 들어도 비꼬는 것이지만 창만은 아무 말 없이 미연을 바라보았다. 그녀는 고지식한 눈에 애써 말을 이었다.
"이대로 두면 태희는 방에 박혀 아무것도 못 할 거예요. 보세요. 지금도 인형만 만들어 대느라 아무것도 안 하고 있잖아요."
"그것도 지섭이가 도와주기로 했어. 뉴욕에 괜찮은 디자이너

가 있던 모양이야. 직접 선생을 초빙해서 태희가 관심 있어 하는 분야로 적극적인 지원을 해 줄 참이라고 하더군. 직접 와서 한 이야기야."

"…하, 하하."

헛웃음이 저절로 나왔다.

'이젠 정지섭까지 태희 일에 참견이라고?'

집안 속속들이 파고드는 속셈이 눈에 보인다. 멍청한 노인네는 그냥 넘어간 모양이지만 자신은 아니었다. 미연은 주먹을 꽉 쥐며 말했다.

"이미 결정된 일이에요. 태희는 유학을 갈 거고, 변하는 건 없어요."

그녀는 단호함에 창만이 휠체어를 움직였다. 어느새 창가에 선 그의 시선은 아직 정원에 남은 은새와 태희를 향해서였다.

"태희가 있고 싶어 해. 나 역시 이 상태라면 가는 게 낫다 생각했네. 하지만 이제 마음 맞는 사람과 있고 싶다잖소."

희미하게 번지는 미소. 지난 몇 년, 아니 십수 년을 함께하면서도 미연은 보지 못했던 미소였다. 울컥울컥 치미는 감정에 그녀가 입가를 씰룩였다.

"마음에 맞는 사람이 혹시 김주경인가요?"

"그게 누구건."

"김주경을 왜 그렇게 쉽게 들였어요?"

"…그건 또 무슨 소리인가. 갑자기 그 말이 왜 나와."

"그렇잖아. 그 근본도 모르는 여자를 너무 쉽게 받아들였어.

진짜 이유가 뭐예요?"

내내 생각해 왔다. 아무것도 아닌, 재미 교포의 어린 계집애. 미연이 신랄하게 비꼬았다.

"정말 지섭이 사랑 타령에 넘어가신 건 아니죠? 그런 걸로 따지면 곤란하지. 내가 이 집에 오기까지 받은 수모가 얼만데. 태희를 가지지 않았다면 난 아직도 거기 그 밑바닥에 있었을 텐데."

파르르 떠는 눈이 사납게 창만을 향했다. 창만과 미연이 만난 곳은 고급 요정. 말이야 고급이지 결국 그녀는 화류계 출신이었다.

"이해할 수가 없어. 아니, 이해 못 해."

아내를 잃고 망가져 가던 창만을 알았다. 밑바닥에서 벗어나고 싶었던 미연은 모든 것을 만들어 냈다. '최서영'처럼 보이기 위해 옷도, 머리도, 화장도 모두.

'서영아.'

그가 자신을 안도록 만들었다. 그래도 좋았다. 비로소 밑바닥 인생에서 벗어날 수 있을 거란 희망 속에서 매일처럼 노력했다.

그렇게 17년을.

잠시 감정을 주체하지 못한 미연이 분통을 터트렸다.

"최서영을 따라 하려고 내가 얼마나 노력했는데!"

이곳에 남은 최서영의 흔적을 지웠다. 지우고 또 지우고. 그러나 정작 이곳에 남기 위해 그녀는 매일같이 '최서영'처럼 우아하게, 아름답게 스스로를 꾸몄다. 하지만 김주경은 어떠한가.

"그 계집애는 정지섭 하나만 믿고, 아무것도 하지 않고 들어와선 내 집을 망가트려!"

무엇이 그녀를 감정적이게 만들었는지 알 수 없다. 자신을 두고 화목한 제 가족의 모습에 질투가 났던 것일지도 모른다. 아니, 빼앗겼다고 생각했던 것 같다.

'내 자리. 내가 있어야 할, 그 자리.'

덤덤한 창만의 시선이 미연을 향했다. 가쁘게 숨을 몰아쉬던 그녀가 퍼뜩 정신을 차렸다. 미연은 당황한 얼굴로 그에게 다가가 무릎을 굽혔다.

"미, 미안해요. 이러려고 한 게 아닌데. 형님 이름을 그런 식으로 부르면 안 되는 건데, 내가 아직 약 기운이 남아서 그래. 죄송해요. 죄송해요, 회장님."

금세 본래의 모습으로 돌아온 그녀가 애처롭게 말했다. 창만은 가만히 미연을 바라보다 제 손을 잡은 그녀의 손등 위에 손을 올렸다.

토닥토닥.

짧은 손길 끝에 그가 말했다.

"자네를 그렇게 만든 건 나야."

허탈하고 허무한 음성은 힘없이 흘렀다.

"내 잘못이야."

후회를 가득 담고서.

창만에게 태희의 유학 문제를 꺼내도록 한 건 지섭의 아이디어였다. '오빠'인 건 맞지만 지금 당장 지섭이 태희의 문제에 직접적으로 나설 수 없었다. 창만은 데면데면한 딸을 위해 도울 것이 있다는 것을 기뻐했다.

'여기, 있어도 될까요?'

태희의 조심스러운 말에 창만은 망설임 없이 말했다.

'여기가 네 집인데 그런 당연한 걸 뭐 하러 물어.'

그토록 태희가 듣고 싶었던 이야기였다. 모두 미연이 집에 없어서 할 수 있던 일이다.
딸깍.
마우스 커서가 사진을 클릭했다. 아직 어색한 두 사람 표정이 화면에 보였다.
"닮았어."
저절로 나온 말이었다. 딱 한 뼘 거리에서 창만과 태희가 나란히 서 있었다. 데면데면한 것이 빤히 보이는 부녀의 모습이 이상하게 예쁘다.
"…하아."

쭉 보고 있던 은재의 입에서 한숨이 나왔다. 그들이 어색하게나마 웃어 주는 사람은 '김주경'이다.

'김주경이 아닌 서은재한테도 웃어 줄까.'

아니, 받아 주기는 할까. 벌써부터 막막함이 흘렀다. 문득문득 걱정과 두려움이 찾아왔지만 결과는 늘 같았다.

"…기다려야지."

기다림.

그들이 제 이야기를 들어 줄 마음이 생기도록. 이야기를 듣고 용서할 마음이 생길 때까지. 시간이 얼마나 걸릴지는 몰라도 용서란 그런 것이라 생각이 들었다.

달칵.

문 열리는 소리가 들렸다. 잠시 멈춰 있던 은재의 고개가 돌아갔다.

"머리 다 말리고 나오지."

"아… 물 떨어져?"

"아니, 감기 걸리니까."

자리에서 일어난 그녀가 욕실에서 나온 지섭에게 다가갔다. 아직 촉촉한 머리에 은재가 그의 머리에 수건을 덮었다.

토닥토닥.

그러다 문득 든 생각에 물었다.

"잠깐, 일부러 안 닦은 거 아니에요?"

"그럴 리가."

"원래 다 말리고 나오잖아요. 요즘은 거의 안 말리고 그냥 나오는 것 같은데."

"전엔 당신이 이렇게 신경 써 주지 않았으니까."

"그야 그렇지만… 응? 으응?"

"얘기 계속해. 어머니 퇴원해서 돌아온 다음에는, 별일 없었어?"

분명 말을 돌리는 것 같았지만 주제가 주제인 만큼 넘어가 주기로 했다. 사실 그의 머리를 닦아 주는 건 생각보다 재미있다.

'머리 위에 서는 기분이야.'

은밀한 기쁨과 함께 지섭의 머리를 털던 은재는 고개를 저었다.

"아까 했던 말이 전부예요. 별로 신경 쓸 건 없었어요."

지섭이 퇴근하고 은재는 있던 일을 짤막하게 설명했다. 미연이 퇴원한 것을 미리 알고 있던 그는 예상했던 듯 불쾌감을 숨기지 않았다.

'그래도, 조금은 알 것 같아.'

그녀가 왜 그렇게까지 자신을 싫어하는지. 정원에서 마주쳤던 순간 미연이 보여 준 눈빛을 은재는 분명하게 기억하고 있었다.

질투와 불안으로 휩싸였던 눈이 선명했다. 마치 은재가 자신의 자리를 빼앗기라도 한 것처럼 초조하게 보다 창만을 데리고 사라졌다.

'어쩌면.'

처음부터 그녀는 지섭의 아내가 제 자리를 빼앗을까 걱정했던 건 아닐까. 무엇이 미연을 그렇게까지 불안하게 만든 걸까. 꼬리에 꼬리를 무는 생각 속에 은재는 머리를 휘휘 저었다.

'어설프게 동정해 주고 싶은 마음은 없어.'

그녀는 괜히 드는 감정을 지우고 마저 지섭의 머리를 닦았다. 박박.

"아, 아아······."

"어? 아, 어! 미, 미안해요!"

얌전히 버티던 지섭이 신음할 때까지.

"네, 저쪽. 저쪽이에요."

은재가 가리키는 방향으로 지섭이 핸들을 돌렸다. 굽이굽이, 좁은 골목들을 자연스럽게 빠져나온 그가 차를 세웠다. 안전벨트를 푸는 지섭을 보며 그녀가 조심스레 물었다.

"정말 이렇게 와도 괜찮은 거예요? 나야 같이 와 줘서 고맙지만."

집에서부터 몇 번이나 물었던 것이다. 지섭은 다시금 단호히 말했다.

"같이 와 준 게 아니라 내가 따라온 거야. 당신은 고맙게도 날 데려와 준 거고."

같은 말이라도 참 고맙게 한다. 은재는 머쓱하게 목덜미를 긁적였다. 출근까지 미루고 함께 온 것이 좋지만 미안하기도 했다.

"바쁘잖아요. 오후에도 출근해야 한다면서."

"바빠도 가장 중요한 게 뭔지는 알아."

"······."

"같이 가고 싶어. 아니, 하고 싶어."

다정한 미소가 부드럽게 다가왔다.

"데이트."

듣는 귀가 화끈거린다. 어찌 보면 이것은 그들의 첫 데이트나 다름이 없었다. 물론 꽤 여러 번 함께 나가긴 했지만 그때와 지금은 분명히 다르다. 계약 관계와 연인을 비교할 수는 없다.

덕분에 태희의 생일 선물을 사러 나온 진짜 의도는 잠시 잊은 것 같았다.

"뭘 살지는 생각해 봤어?"

차에서 내리며 그가 물었다. 은재는 가볍게 고개를 끄덕였다.

"부족한 건 없으니까, 새로운 걸 선물하고 싶어서요."

"생각해 둔 게 있는 얼굴이네."

"네. 이 근처에 사진 전시회가 하나 있어서요. 작가님이 무척 유명하신 분인데, 부드러운 분위기 위주로 사진을 많이 찍으세요. 그래서 아가씨하고 어울리는 작품으로 고르려고요. 물론……"

돈은 지섭의 것이지만. 처음부터 지섭이 '같이' 선물하자며 제안한 것이기는 했다. 그래도 민망함이 드는 건 어쩔 수가 없다. 힐끔대는 그녀의 시선에 그가 말했다.

"어려워하지 마. 서은재 씨는 제작사, 나는 투자자라고 생각하면 돼."

"회수할 수 있는 제작비가 없을 텐데요?"

"벌써 회수하고 있잖아."

시원하게 답한 지섭이 은재에게 다가와 곧장 손을 잡았다.

"이미 손익분기점 넘었어."

행여 그녀가 도망이라도 갈까 꽉 잡은 손이었다. 은재는 배시시 웃으며 함께 손을 꼭 잡았다.

"전시관 열려면 아직 한 시간 정도 남았는데, 어디 가고 싶은 곳 있어요?"

"글쎄. 이쪽은 처음이라… 잘 아는 곳이야?"

"네. 유학 가기 전에 다녔던 학교가 여기에 있어요."

그녀는 어깨를 으쓱하며 한쪽을 가리켰다. 언덕으로 된 도로 위, 큰 학교의 건물이 보였다. 그러고 보니 은재의 눈에 그리움과 반가움이 묻어난 것 같다.

"그럼 오랜만에 가 보는 것도 좋겠네."

그의 말에 그녀가 조금 심드렁한 반응을 보였다.

"어… 아직 졸업 못 한 애들도 꽤 있을 것 같아서요."

"아, 사람들을 보면 조금 곤란하겠지."

지섭은 곧 은재의 말을 수긍했다. 공식적으로 그녀는 유학 상태이니 말이다. 하지만 은재는 고개를 저었다.

"아니요, 절 본다고 식구들한테까지 소식을 전할 정도로 친한 친구들은 없어요. 만나도 잘 모를 거고, 대부분 데면데면해요."

그냥 하는 말이 아니라 정말 그런 모양이다. 은재는 살짝 지섭의 눈치를 살폈다. 제 얘기가 조금 부끄러운 모양이었다. 지섭이 피식 웃었다.

'확실히 사진으론 외골수 경향이 있는 것 같으니까.'

지섭은 은재의 뺨을 꼬집었다.

"으, 으응?"

"그런 면까지 전부 좋아."
"…아, 아니… 조, 좋아하라는 게 아니고."
"열심히 했네, 서은재 씨."
왠지 어린애 취급을 당한 것 같지만, 좋은 건 어쩔 수 없었다. 결국 이렇게 웃고 마는 것을 보면.

데이트라고 할 수 있는 시간은 예상보다 짧았다. 지섭은 생각보다 훨씬 바빴고 그의 휴대폰은 더더욱 그랬다. 최대한 정리를 하려 했던 모양이지만 그게 쉬울 리 없었다.
"어서 가 보세요."
"괜찮아. 전화로 하면 돼."
그는 끝까지 남으려 했지만 오히려 은재가 먼저 고개를 저었다.
"아쉽기는 해도 섭섭하진 않아요. 지섭 씨는 충분히 다 해 줬어. 여기서 집까지 가는 길은 많으니까 걱정하지 말고 가 봐요."
행여 지섭이 걱정할까 두 주먹까지 불끈 쥐어 주었다. 이 와중에도 그의 전화가 열심히 울리고 있었다. 결국 쉼 없는 연락에 진 지섭이 밀려드는 메시지를 넘기고 번호를 눌렀다.
"사람 불러 줄 테니까 같이 다녀."
"사람이요? 누구?"
"집에 대기 중인 기사들."
"…응? 어? 엑?"
무심히 나온 말에 벙하니 있던 은재가 금방 사색이 되었다.
"어, 어후! 아니에요! 자, 잠깐!"

"혹시 무슨 일이라도 생기면 경호할 사람이 필요해."

이게 무슨 해괴한 소리인가 싶었으나 지섭은 진지했다. 집 안에서는 느끼지 못했던 격차에 그녀는 허둥거리며 휴대폰을 막았다.

"저 유학 가기 전까지, 아니 유학생활에서도 혼자 잘 다녔어요! 같이 다니면 더 불편할 거야!"

필사적인 외침이었다. 경호를 붙이고 움직이다니? 상상도 할 수 없는 일이었다. 하지만 그는 꽤 단호했다.

"어차피 나중엔 익숙해져야 해."

"…에?"

"말 그대로."

이해 못 한 은재의 두 눈이 깜빡거렸다. 뭐가 어쨌든 당장 이해할 수 있는 사안은 아니었다. 그녀는 지섭의 손을 꼭 쥐고 고개를 저었다.

"그, 그래도 지금은 아니에요."

격렬한 거부반응에 그도 어쩔 수 없었다. 결국 손을 내린 지섭이 한발 물러섰다.

"무슨 일 있으면 바로 전화해. 아니, 생길 것 같아도. 아무 때나 상관없어."

"…저 어린애 아닌데요."

"아니니까 그렇지."

"……."

"누가 채 갈까 봐."

농담이 아닌 진심이 잔뜩 묻어난 눈이었다. 행여 누가 들을까 부끄러워진 은재가 고개를 돌리며 중얼거렸다.

"팔불출……."

"뭐?"

"아, 아니에요. 얼른 가 보세요. 전화 또 들어온다."

고마운 집착에 웃어 버린 그녀는 지섭의 등을 밀었다. 그 후로도 그는 차에 올라 출발할 때까지 걱정했다. 간신히 지섭을 보낸 후 겨우 혼자가 된 은재는 헛웃음을 지었다.

"남이 보면 욕하겠네."

그러면서도 올라가는 입꼬리는 막지 못했다. 그사이 시간은 금방 지나 기다렸던 전시관 오픈 시간을 훌쩍 넘겨 있었다. 그녀는 서둘러 걸음을 옮겼다.

"리스트는 대충 알아 놨으니까."

멀지 않은 전시관 앞, 표를 끊으러 향하던 은재가 혼잣말을 했다. 팸플릿 속 작품들 중 몇 개가 눈에 들어왔다. 물론 당장 구매할 것은 아니다. 여러 작품들을 확인하고 지섭과 상의도 할 참이다.

"같이 왔으면 좋았을 텐데."

괜찮은 척했지만 역시 아쉬운 것은 어쩔 수 없는 모양이다. 그녀는 앙금처럼 남은 아쉬움을 뒤로 하고 계단을 오르며 숨을 골랐다.

"냄새 좋다."

전시관이나 박물관들이 내는 특유의 냄새가 은재를 반겼다. 익숙하면서도 낯선 향. 태희의 선물을 떠나 전시관을 오는 건 오랜만이었다. 휴학 후 처음이니 거의 일 년 만이다.

"꼭 이런 때 무슨 일이 생기던데."

들뜬 마음에 괜한 설레발을 떤 은재는 짧게 웃었다.

"나 참, 요즘 너무 버라이어티하게 살았나 봐. 별생각을……."

"서은재?"

아.

"맞네!"

정말.

"서은재 맞지?"

입이 방정이다.

만날 수도 있을 거라는 예상은 했다. 이곳은 학교 근처이고 이 근방에 전시관이 꽤 여러 개 있으니까. 그곳에 취업한 동기들도 제법 되리라는 것 정도는 예상했다.

'그래도.'

설마, 정말 마주칠 줄은 몰랐다.

"…문희수."

그녀의 눈앞에 있는 건 1년 남짓했던 한국 대학 생활 중, 기억에 남은 몇 안 되는 인물 중 하나였다.

"어머, 기억해 주네! 맨날 책에 카메라만 보고 다녀서 알까 싶었는데. 근데 정 없이 문희수가 뭐야. 이름 불러, 이름."

그것도 가장 꺼려지는 상대 말이다. 까르르 웃음을 터트린 희수는 습관처럼 은재를 위아래로 훑었다. 그러곤 수수하고 단정한 차림새에 피식대다 옆에 있는 제 동행에게 말했다.

"맞다, 오빠도 얘 알지? 우리 과 탑이었던 서은재."

희수의 말에 은재 역시 고개를 돌렸다. 그녀의 옆엔 건장한 체격의 남자가 서 있었다. 그는 희수처럼 은재를 훑다 어깨를 으쓱였다.

"아아… 기억해. 갑자기 유학 갔다던?"

"맞아, 걔가 얘야. 근데 너 진짜 왜 갑자기 유학 갔어? 다들 이런저런 말 엄청 많았는데."

우리가 이렇게 대화를 나눌 정도로 사이가 좋았던가. 아니, 나쁘다면 나빴을 사이였다. 희수는 자신감이 지나치게 넘쳤고 사람들의 중심에 있는 타입이었다. 그와 반대로 은재는 혼자 조용히 다니면서 학과 1등을 도맡던 학생이었다.

'늘 그걸로 시비를 걸었었지.'

못마땅함에 좁아지는 미간을 겨우 막은 은재가 말했다.

"공부 더 하려고 갔던 것뿐이야."

"그렇겠지. 너 공부 아니면 출사 둘 중 하나였잖아. 근데 한국에 돌아온 거야? 뭐 하고 있어?"

대놓고 움직이는 시선이 불쾌했지만 은재는 담담히 대답했다.

"잠깐."

"잠깐?"

또 눈이 은재의 모양새를 탐색했다. 슬슬 불쾌감이 차오를 즈음, 희수가 콧소리를 섞어 비꼬았다.

"잘 안 되는 모양이다. 애가 더 재미없어졌네. 사람은 좀 변해야 되는데. 그러니까 너 아는 사람들마다 다 별로라고 그러지."

기가 막힌 소리였다. 학교를 다닐 때도 희수는 은재에게 괜한 시비를 걸곤 했었다. 아마 상반된 성격이 서로와 맞지 않아서 그랬을 거다.

거기다.

"그러게."

은재 역시 자존심 강한 희수에게 호락호락 당한 적이 없었다.

"너는 좀 변하면 좋았을 텐데."

잠시 침묵이 이어졌다.

"…뭐?"

바보 같은 반문에 은재는 무심했다. 의외의 반응은 희수의 남자 친구였다.

"풉."

제 여자 친구가 당하는 것을 보고도 웃는 것을 보면 둘 중 하나다.

'생각이 없거나, 마음이 없거나.'

은재는 남자를 힌 번 보다 밀쳤던 걸음을 움직였다.

"그럼 갈게. 수고해."

"잠깐."

하지만 희수는 은재를 그냥 놔줄 생각이 없는 듯했다.

"여기 들어가는 거면 같이 가자."

전혀 반갑지 않은 소리에 은재가 단호히 거절했다.

"아니, 난 괜찮아."

"여기 실장님이 우리 오빠랑 잘 아는 사이야. 그냥 들어갈 수 있거든. 오랜만에 만난 친구의 호의를 설마 이렇게까지 무시하진 않겠지? 네가 나를 진짜 우습게 생각하지 않으면."

맙소사.

'그냥 져 주고 말걸.'

괜히 맞장구를 치다가 귀찮은 꼴을 당하게 생겼다. 끝까지 거절해도 결국 안에서 만날 것이 분명했다. 은재는 지끈거리는 머리를 감싸며 한숨을 내쉬었다.

예상했던 대로 희수와의 동행은 은재에겐 최악의 수였다. 오랜만에 온 전시관을 관람할 틈은 고사하고 끝없는 자기 자랑에 귀를 혹사당하는 중이었다.

"졸업하고 나서 여기저기 오라는 곳이 많았거든. 근데 누구 밑에서 일하는 건 별로라서, 그냥 아버지 사업 물려받기로 했어. 지금은 팀장으로 있고. 사실 오늘도 여기 괜찮은 작품 있나 보려고 온 거야. 설마 여기서 널 볼 줄은 몰랐지만."

'마찬가지야.'

"너 혹시 일 없으면 나한테 연락해. 자리 하나 마련해 달라고 해 볼게."

아마 자신이 얼마나 잘나가고 있는지 말해 주고 싶었던 모양이다. 이쯤 되니 이젠 희수가 귀엽게 느껴질 지경이었다.

'이 사진 좋네.'

희수는 희수대로, 은재는 은재대로. 언제쯤 지칠까, 언제쯤 자신에게 질려서 헤어질까 고민뿐인 은재에게 희수가 코웃음을 쳤다.

"참, 우리 아빠 알지? 하긴 모를 리 없지. 우리 아빠가······."

"모르는데."

"···광고하시잖아, 광고! 우리 학교 알림지도 찍어 줬던 거기!

내가 모델이었던 거기!"

"아, 그 사비로 찍어서 낸 개인지."

"……."

"대단하시네."

진심으로 하는 감탄이었다. 사비까지 들여 딸의 개인지를 찍어 줄 아버지는 흔치않다.

'그걸 고약하게 이용 중인 문희수가 잘못이지.'

희수는 뭘 해도 통하지 않는 은재를 어떻게든 건드리고 싶은 듯했다. 전시관을 반쯤 돌 동안 제 자랑만 하던 그녀가 처음으로 은재에 대해 물었다.

"넌 요즘 뭐 하고 살아? 아직 유학 중이면, 졸업은 못 한 거네?"

건수를 잡기 위해 노력하는 희수를 위해서라도 은재는 성실히 대답했다.

"응. 등록금이 부족해서 일하면서 다니느라 휴학 중이야. 등록금 모으면 다시 다녀야지."

한 치의 거짓도 없는 말에 희수의 입이 다물렸다. 잡을 만한 꼬투리가 없어 입술만 질겅이던 그녀가 결국 몹쓸 도발을 걸었다.

"돈도 없는데 무슨 유학이야. 하여간 옛날부터 진짜 분에 넘치는 짓은 엄청 한다, 너. 부모님 힘들게 하는 거잖아."

그러다 보기 좋게 은재의 아킬레스건을 건드렸다. 어떤 말보다도 확실한 공격에 은재의 얼굴이 굳었다. 그것을 희수가 보지 못했을 리 없었다.

"괜히 거기서 사고 치고 그러는 거 아니야? 원래 얌전한 고양이가 부뚜막에 먼저 올라간다고 그랬다."

"……."

"어머, 설마 진짜 뭐 있어?"

금방 호기심으로 가득해진 얼굴이 보인다. 은재는 가방끈을 꾹 쥐었다. 우연찮게 맞아떨어진 소리가 하나같이 들어맞았다. 사고를 치고 한국에 온 것은 사실이니까. 순간 변한 그녀의 표정에 희수는 좀 더 집요하게 밀어붙였다.

"말해 봐. 뭔데? 도와줄까? …야, 서은재. 사람이 말을 하면 대답을……."

"자자, 그만하자."

그런 그녀를 막아 준 건 생각지도 못한 사람, 희수의 남자 친구였다. 희수의 어깨를 잡아 뒤로 뺀 남자는 서글서글한 웃음으로 말했다.

"뭘 그렇게 캐려고 해. 친구가 말 안 하면 참을 줄도 알아야지."

"뭐야, 오준영. 지금 누구 편이야?"

"편은 무슨. 친구끼리 잘 지내라는 거지. 안 그래?"

씩 웃는 얼굴이 사람 좋은 기운이 역력했다. 다만, 누구도 알지 못하는 속마음엔 희수보다 훨씬 새까만 것이 품어져 있었다.

'전부 국내에선 구경도 못할 제품들이야. 이 계집애가 달고 다니는 어설픈 것들하곤 다르다고.'

처음 본 순간부터 그는 알아보았다. 은재가 입은 옷, 가방, 구두. 일반인들은 알아볼 수도 없는 명품이자 초고가의 물건들이었다.

'물건이다.'

준영은 반짝이는 눈을 애써 감추고 말을 이었다.

"은재는 옛날부터 사진 좋아했지? 생각해 보니까 어릴 때부터 사진을 좋아했던 걸로 들었던 것 같은데."

친근하게 다가오는 말에 은재가 고개를 들었다. 물론 대다수가 전공을 빨리 준비하기는 한다.

"아니요. 전 좀 늦게 시작했는데요. 다른 사람이랑 착각하셨나 봐요. 전 선배님이랑 얘기해 본 적 없어서요."

"어, 아닌데. 너 2학년 때 만났던……."

"전 2학년 시작 전에 유학을 가서, 아닌 것 같습니다."

단지 은재가 조금 흔치 않은 케이스일 뿐. 희수의 마수걸이에서 빼내 준 감사를 담은 답에 준영이 쾌활하게 웃었다.

"내가 실수했나 보다. 그럼 사진 잘 알아? 오늘 전시회 작가님, 연락하려면 연락할 수 있거든. 여기 전시관 실장님이랑 잘 아는 사이라서 가능할 거야."

내내 무심하던 은재의 눈에 살짝 이채가 띠었다.

"…그래요?"

안 그래도 희수의 말을 듣는 와중에 본 작품 하나가 자꾸 눈에 밟혔다. 더 많은 작품들을 볼 수 있지 않을까, 잠시 생각하던 차 그가 다가왔다.

"그렇다니까. 내가 나중에 연락할게, 연락처 좀 줄래?"

"네? 아니요, 그렇게까지."

반사적으로 물러서는 은재를 따라 준영도 한 걸음 움직였다.

"그러지 말고……."

"오빠, 지금 뭐 하는 거야?"

이 상황이 기가 막힌 희수의 당김에도 그는 뻔뻔하게 변명했다.

"아니, 서로서로 돕고 살아야지. 어차피 이 바닥 좁은데 서로 돕는 게 뭐가 나빠."

"무슨 정신 나간 소리야? 야, 너 또!"

"전 괜찮아요."

그 순간 은재는 엮이면 귀찮아질 것이란 촉이 확실하게 섰다. 그녀는 후다닥 뒤로 물러나며 분명하게 거절했다.

"말씀만 감사히 받겠습니다."

그때 준영이 팔을 뻗었다.

"어, 뒤에 모서리 있어. 조심해."

길게 뻗어진 팔이 그대로 은재의 어깨를 잡았다. 흠칫 놀란 은재가 모서리라는 말에 돌아보는 그녀를 준영이 당겼다.

"읏!"

놀랄 틈도 없이 당겨진 은재를 보며 준영이 상냥한 미소를 지었다.

"조심해야지."

"아니요, 저는……!"

누가 봐도 억지스러운 상황에 당황한 은재가 준영의 뒤를 보았다. 벌써 노발대발해야 할 희수가 너무 조용했다.

'어?'

아니, 어딘가 얼이 빠진 것 같았다. 그녀는 정말 넋이라도 놓은 사람처럼 준영과 은재의 뒤를 보고 있었다. 이해할 수 없는 희수의 반응에 고개를 기울이는 찰나.

"아, 아아……!"

뜻밖의 소리는 희수도, 은재도 아닌 준영에게서 터져 나왔다. 깜짝 놀란 은재가 제 어깨로 고개를 돌렸다. 거기엔 두 개의 손이 있었다.

"잠깐, 잠깐만! 당신 누구, 으아!"

은재의 어깨를 잡은 준영의 손과 그 몹쓸 손을 우악스럽게 틀어쥔 손 하나.

툭.

보란 듯이 준영의 손이 떨어져 나갔다.

"아오, 아오오!"

그 손을 보는 순간 그녀는 모든 상황이 이해가 되었다. 내내 굳어 있던 은재의 표정이 펴지고 불쾌한 손이 닿았던 그녀의 어깨로 부드러운 손이 얹어졌다.

"괜찮아?"

준영을 떼어 내느라 핏줄까지 섰던 손은 어느새 음성만큼 다정해져 있었다. 천천히 은재를 제 쪽으로 당긴 그가 머리 위에서 말했다.

"놀랐잖아."

상냥하기 그지없는 미소.

정지섭.

그는 존재 자체로도 모든 것을 정리할 수 있는 사람이었다.

#21

 희수는 눈앞의 상황이 믿기지 않았다. 어디서 본 적 없는 미남이 걸어오고 있었다. 무섭게 굳은 얼굴이었지만 그조차도 당황스러울 만큼 빛이 나는 남자였다. 제법 잘생긴 제 남자 친구 준영이 순간 평범해 보일 만큼.

 그가 다가온다. 큰 키에 맞춘 듯한 슈트까지. 완벽한 맵시의 남자가 점점 더 자신에게 다가오고 있었다.

 "……."

 아니, 제 앞에 있는 동기 서은재에게.

 "왜 전화를 안 받아. 얼마나 놀랐는지 알아?"

 걱정으로 가득한 두 눈이 은재에게 물었다. 정작 그 눈을 제대로 파악하지 못한 은재는 허둥대며 더듬댔다.

"…어, 어떻게 여기 있어요?"

"가던 길에 돌아왔어. 생각보다 중요한 일이 아니라 저녁에 정리하면 될 것 같아."

회사로 가도 벌써 갔어야 할 사람의 등장이 반가우면서도 당황스러웠다. 은재는 연신 제 어깨를 털고 있는 손을 인식하지 못하고 입만 벙긋했다.

"그런데."

가만히 은재와 대화를 나누던 그, 지섭이 고개를 들었다. 그의 시선은 정확히 얼얼한 손을 움켜쥔 준영에게 향해 있었다.

"무슨 상황인지 좀 알고 싶은데."

미묘하게 낮아진 음성이 서늘하게 꽂혔다. 준영이 흠칫거리며 입을 다물었고 은재는 몸을 돌려 지섭과 마주 봤다. 그녀가 고개를 저었다.

"아무 일 없었어요."

"너무 가까웠잖아."

"응? 아, 아니. 모서리가 있다고 해서 도와주신 것 같아요."

"…모서리?"

지섭의 눈이 주변을 둘러보다 다시 준영에게 닿았다. 이곳 어디에도 모서리라고 할 만한 곳이 없다. 그의 한쪽 입꼬리가 올라갔다.

"다행이네. 조금만 더 가까웠으면 정말 화날 뻔했어."

시선이 떨어지고 나서야 준영이 숨을 퍽 터트렸다. 눈으로 사람을 해칠 수 있다면, 벌써 열두 번 정도 쓰러졌을 것 같다. 그사이 겨우 정신을 차린 희수가 은재를 불렀다.

"으, 은재야?"

그녀의 눈은 필사적으로 말하고 있었다.

'설마 아니겠지. 아니겠지, 아닐 거야. 절대 그럴 리 없어. 저 남자가.'

어서 빨리 지섭에 대해 설명하라는 듯한 압박에 은재의 미간이 좁아졌다. 순간 그를 어떻게 설명해야 할지 가늠이 서질 않았다. 아니, 딱히 소개를 하고 싶지도 않았다. 아주 잠깐 머뭇거리자 지섭이 먼저 나섰다.

"인사가 늦었습니다."

정중하고 낮은 목소리와 함께 그는 은재의 어깨를 감쌌다. 말보다 먼저 한 대답.

"반갑습니다. 서은재 씨 남자 친구입니다."

그는 망설이지 않았고 은재는 아무 말도 할 수 없었다.

'서은재'의 남자 친구.

김주경의 남편이 아닌, 진짜 자신의 사람.

우리가 정말 시작했고 그것이 그저 흘러가는 이야기가 아니라고 말한다. 처음으로 돌아가는 것. 그것이 의미하는 건, 바로 이런 게 아닐까.

어색한 분위기가 되었다. 갑자기 나타난 존재감 넘치는 남자로 인해 묘해진 상황 속, 전시회 관람은 계속되었다. 애매한 인사까지 한 마당에 헤어지기도 난감해 동반 관람을 하는 중.

힐끔.

가장 신경 쓰이는 건, 집요하게 뒤따르는 커플의 시선이었다.

"혹시."

은재와 함께 걷던 지섭이 살짝 고개를 낮추며 물었다.

"친구한테 돈 빌린 적 있나?"

"전혀요."

"…그래?"

답을 듣고도 미심쩍은 듯 그의 눈이 뒤를 향했다. 마침 바짝 따라붙던 희수가 화들짝 놀라며 굳었다. 마주친 시선에 얼굴을 붉히는 건 덤이다. 지섭이 다시 물었다.

"아니면 저 친구가 서은재 씨를 좋아했나?"

"네?"

"연애 감정으로. 나한테 질투를 하는 건지도 모르잖아."

헛바람 나는 소리에 그녀의 걸음이 잠시 멈췄다. 은재의 얼굴이 드물게 일그러졌다.

"…어딜 봐서요?"

"당신을 안 좋아하는 것도 어려워."

"……."

"지금 눈으로 욕한 것 같은데. 제임스가 자주해서 잘 알아."

순간 자리에 없는 제임스에 대한 연민이 밀려들었다.

"여기 온 거… 정말 별일 아니라서 온 거 맞아요?"

의심스러운 시선에 그는 방긋 웃었다.

'제임스 실장님, 정말 죄송해요.'

이 와중에도 희수와 준영은 끊임없이 지섭에게 집중했다. 그가 뭘 하는 사람인지, 어떤 사람인지 설명 하나 듣지 못했지만 이상하게 긴장한 태세였다.

'사람 아우라에 넘어간 것 같지만.'

어쨌든 뒤통수가 따가운 건 사실이라 어서 이곳을 빠져나가는 게 좋을 듯했다. 일단 이곳에 온 목적은 태희의 선물을 위해서니까.

"얼른 돌고 정하는 게 좋을 것 같아요. 행여나 이름은 말하지 말아요."

"우리는 왜 항상 이름을 숨겨야 하지?"

근본적인 질문에 은재는 입을 다물었다. 어쩌다 보니 그렇다. 비스듬히 기우는 그녀의 고개에 피식 웃은 그가 물었다.

"다시 보고 싶은 곳 있어?"

"아니요, 여기만 보면 돼요. 몇 가지 봐 둔 게 있으니까 그걸 위주로 팸플릿을……."

빠른 결정을 내리고 팸플릿을 들던 은재의 말과 걸음이 멈췄다. 깜빡. 그녀의 눈이 크게 한번 뜨였다가 반짝였다.

"와아."

방금까지 예민하던 게 거짓말인 양 저도 모르게 감탄사까지 뱉고 있었다. 엉겁결에 함께 멈춘 세 사람도 동시에 멈춰서 은재가 보는 것에 집중했다. 이를 알지 못한 은재는 지섭의 옷을 콕콕 잡아당겼다.

"이거 너무 예쁘지 않아요?"

초롱초롱한 눈동자가 새로운 것을 발견한 즐거움으로 가득했다. 순간 지섭은 입술을 꾹 다물고 하고 싶은 말을 참아 냈다.

'네가 더.'

언제부턴가 세상 모든 기준점이 은재가 된 것 같았다. 물론 사람들은 이것을 팔불출이라 부른다. 어쨌든 은재에게 꽂힌 건 수평선을 배경으로 노는 아이들이 찍힌 작품이었다.

"작가님이 이거 찍으실 때, 정말 즐거웠나 봐요."

"그런 걸 어떻게 알아?"

"여기 초점이 살짝 어긋난 게 보여요. 근데 그게 잘못 찍은 게 아니라 감정이 느껴진다고 해야 하나? 아닐 수도 있겠지만 진짜 행복해하는 게 전해져. 소중하게 느껴지잖아."

전시관을 도는 내내 지금처럼 생동감이 넘친 적은 없었다. 돌고 돌아 눈에 콕 박히는 작품을 본 듯 은재는 작품 앞에서 이리저리 움직였다. 지섭이 작품 옆에 있는 제목을 읽었다.

"그러네, 제목이 가족이야."

제목과 작품 설명도 보지 않고 은재는 주제를 읽어 냈다. 그녀는 더없이 반짝이는 모습으로 웃었다.

"사진은 그 순간을 남기는 몇 안 되는 방법이니까요."

행복해하는 은재의 모습에 지섭은 그녀를 이해할 수 있었다.

'이런 느낌이군.'

사진이란 건 찍는 사람은 물론 찍히는 사람도 또, 보는 사람조차 그 순간에 빠지게 만든다. 지금 그가 은재의 모습에 흠뻑 취한 것처럼.

"그럼 이걸로……."

더 망설일 것 없이 지섭이 입을 열 때였다.

"오빠, 나 이거."

훈훈했던 분위기에 찬물이 끼얹어졌다. 어느새 성큼 다가온 희수가 정확히 은재가 보고 있던 사진을 가리켰다.

"이걸로 해야겠어."

"…문희수."

"넌 이제 본 모양인데, 이거 아까부터 내가 보고 있었어."

은재의 부름에 제 발이라도 저린 듯 희수는 변명부터 꺼냈다. 그녀는 지섭을 한 번 힐끔거리다 조금 짜증 섞인 목소리로 준영을 채근했다.

"오빠, 뭐 해? 나 이거라니까."

연인을 보는 눈이 곱지 않았다. 사실 희수는 지섭이 온 후부터 짜증이 나 있었다. 갑자기 나타난 비현실적인 남자가 은재를 좋아 죽겠다는 눈으로 본다. 그것도 모자라 어화둥둥.

'재수 없어, 진짜.'

거기다 분명 잘생긴 제 남자 친구가 못나 보이고 모든 것이 불쾌해졌다. 그나마 자랑할 것이 있다는 게 다행이었다.

"오빠, 얼른!"

"너……."

준영은 희수의 눈에 보이는 짜증에 성을 내려다 꾹 참았다. 이 전시관에 걸린 작품 한 점이 얼마인지 모르니 저런 헛소리를 하는 것일 터다. 준영의 눈이 다시 지섭을 향했다.

'그렇다고 물러나자니, 열 받고.'

게다가 찝찝한 것이 하나 있다.

'어디서 본 것 같단 말이야.'

생각은 나지 않지만 묘하게 낯이 익었다. 저 정도의 얼굴이 이 정도로 기억나지 않는 걸 보면 분명 직접 마주한 적은 없을 거다.

"오빠!"

칭얼대는 희수를 차치하고 준영이 눈을 굴렸다. 아주 찝찝하고 답답하지만 그는 일단 생각을 멈췄다. 그리고 애써 어깨를 들썩이며 말했다.

"그래, 사 줄까?"

지고 싶지 않은, 남자로서의 자존심이었다. 여유를 가장한 답에 희수는 금방 우쭐해졌다. 그녀는 화사한 미소와 함께 말했다.

"미안해, 은재야. 아무래도 이건 내가 가져가야겠다."

"……."

"아니다. 어차피 살 수도 없을 거니까, 사과할 필요는 없지?"

제멋대로 사과하고 제멋대로 회수하고. 은재는 기가 막혔지만 더 말을 하고 싶지도 않았다. 아쉽기는 하지만 괜히 힘 빼며 말싸움을 할 마음도 없었다.

'일단 좀 헤어지는 게 좋겠어.'

같이 있는 것만으로도 피곤해 한숨을 쉰 그녀가 답했다.

"그래, 네가 좋으면 그렇게……."

"마음에 들어?"

은재의 말이 끝나기 전, 잠자코 있던 지섭이 말했다. 어서 자리를 떠날 궁리만 하던 은재가 고개를 갸웃거렸다.

"네?"

반문하는 그녀에게 그의 눈이 한쪽을 가리켰다.

"아, 그거요."

지섭은 지금껏 함께 보고 있던 사진을 말하고 있었다. 은재는 머쓱하게 웃었다.

"그렇긴 한데… 괜찮아요. 다른 걸로 찾아볼게요."

"사 줄까?"

생각지도 못한 말에 은재의 눈이 휘둥그레졌다. 그 말은 조금 전 준영이 한 말처럼 유치하고 직설적이었다. 평소엔 하지 않을 소리에 당황한 그녀를 대신해 희수가 말했다.

"이봐요, 이건 이미 우리가 골랐거든요?"

앙칼진 목소리가 지섭에게 콕콕 박혔다. 그러나 그는 개의치 않고 은재에게만 집중했다.

'어쩌다 이렇게 됐담.'

정리하지 않으면 꼴사나운 일이 벌어질 것 같다. 그녀는 괜한 일에 휘말린 지섭을 위해 손을 저었다.

"맞아요, 지섭 씨. 전 정말 괜찮아요. 우리는 다른 데 가 봐요."

"아니, 사진 말고."

그는 가볍게 은재의 말을 부정했다. 이젠 더 알 수 없는 지섭의 말에 저절로 미간이 좁아질 즈음, 그가 손을 움직였다.

톡톡.

"여기."

"……."

"갖고 싶어?"

지섭이 두드리는 곳은 정확히 사진의 옆, 전시관 벽이었다.

씩씩.

거친 숨을 내쉰 희수가 전시관 계단을 거칠게 내려갔다. 그런 그녀를 준영이 따랐고 겨우 바닥에 발을 내디딘 희수가 외쳤다.

"허세를 부려도 정도가 있지!"

앙칼진 외침은 방금 나선 전시관을 향해 있었다. 계단 위, 이쪽을 보고 있는 두 사람이 보였다. 그녀는 그들을 향해 찌릿한 시선을 던지며 이를 갈았다.

"잘생기면 다야? 키만 크면 다냐고. 목소리까지 좋을 바엔 연예인하지, 왜? 쓸데없이 부티 나게 생겨 가지고, 서은재 저거는 어디서 저런 남자를 만나서… 기가 마힌다, 진짜. 어이가 없어서. 안 그래?"

자신이 무슨 말을 말을 하는 줄도 모르는 것 같았다. 방방 뜨는 희수를 보던 준영이 한숨을 쉬었다.

"욕을 하든, 칭찬을 하든. 하나만 해라."

준영의 일갈에 희수가 뜨끔하며 더듬거렸다.

"…요, 욕이지! 이게 어떻게 칭찬이야!"

"아, 그래?"

"자기가 뭔데 전시관을 사네, 마네야? 허세도 병 아니야? 쟨 어쩜 만나도 저런 얼굴만 멀쩡한……."

"끼고 있던 시계가 아파트 한 채 전셋값이더라."

"뭐?"

말을 제대로 듣지 못한 희수의 찌릿한 시선에 준영이 입을 다물었다. 허세인지 뭔지 모를 남자의 말에 네 사람 모두가 강제로 침묵했다. 아니, 분명 근본 없는 허세인데 누구도 딴죽을 걸지 못했다.

"쪽팔리게."

왜 그랬는지는 알 수 없었다. 그의 웃는 얼굴에 그 누구도 '허세'를 부정하지 못했다. 미묘한 찜찜함과 불편함 속, 준영이 입을 열었다.

"근데 말이야, 그 사람 어디서 본 것 같지 않아?"

"당연히 봤지! 서은재 우리 학교 다녔다니까?"

"아니, 걔 말고 걔 남친. 그러고 보니까 이름도 못 들었는데… 본 적 없어?"

연신 짜증, 아니 질투를 하던 희수가 눈을 찌푸렸다. 안 그래도 시끄러운 속이 더 복잡해진 얼굴이었다.

"봤으면 저 정도 얼굴을 내가 기억 못 할 리가 없잖아. 뭐야, 진짜 연예인이야? 맞지? 그렇지? 그래, 연예인이겠지. 아니, 근데 무명이라고? 말도 안 돼."

"……."

홀로 혼란에 빠진 희수에 준영이 고개를 저었다. 확실히 배우를 해도 모자람이 없어 보였지만 그런 느낌은 아니었다. 꾸미지 않아도 드러나는 태가 있다. 그러니까 특유의 아우라 같은… 굳이 따지자면.

"아!"

"왜, 기억났어? 누군데?"

그의 감탄사에 희수가 후다닥 다가왔다. 어느새 준영의 얼굴이 혼란으로 가득했다. 무언가 떠오를 듯 말 듯, 뿌옇다.

"…설마, 아니겠지."

"뭐야? 어디 소속사인데?"

"아냐. 아닌 것 같아. 그럴 수가 없어."

아주 잠시 범위 이상의 것을 상상했다. 그는 고개를 저었다. 설마, 설마다. 그런 사람이 이런 데 있을 리가.

"뭔데 그래, 오빠?"

놀란 준영의 고개가 다시 계단 위를 향했다. 거기엔 남자 혼자가 가만히 서서 그를 내려다보고 있었다. 남자는 웃고 있었고 정확히 준영을 향해 말하고 있었다.

'관심 갖지 마.'

"……."

'내가 너한테 관심 갖기 전에.'

그의 눈은 그렇게 말하고 있는 듯했다. 그 순간 준영은 몸을 돌렸다. 그리고 더 생각하는 것을 멈추고 빠르게, 빠르게 멀어져 갔다.

"오빠!"

자신을 부르는 희수를 두고서.

전시관 매니저와 만나 작품을 구매하고 나선 은재가 중얼거렸다.

"폭풍이 지나간 것 같아요."

기운 빠진 목소리에 지섭이 말했다.

"자존심 강해 보이는 친구라 살짝만 건드릴 생각이었는데."

뭔가 그렇게 재밌는지 연신 웃는 얼굴이다. 나란히 주차장으로 향하던 은재가 물었다.

"…농담이었죠?"

"반은."

"……."

남은 반은 진담이었느냐, 묻고 싶지만 그녀는 입을 다물었다. 오늘은 여기까지다. 푹, 한숨을 내쉰 은재가 시간을 확인했다. 벌써 늦은 오후였다.

"후우, 이제 집에 가는 일만 남았네요."

몇 시간 되지 않았는데 온몸이 녹초가 된 듯했다. 무거운 몸으로 차에 오르자 운전석에 탄 지섭이 물었다.

"가려고?"

"네… 아, 혹시 회사 다시 가야 해요?"

"아니, 아직 가고 싶지 않아서."

"네?"

"데이트. 이제 겨우 방해꾼 없이 제대로 할 수 있잖아."

드르릉.

잠들었던 차가 깨며 웅웅 울었다. 그와 함께 처졌던 은재의 몸도 바짝 힘이 들어갔다. 그녀의 눈이 빙그르르 돌았다.

"아니… 뭐, 그게."

괜히 안전벨트를 괴롭히는 손길에 지섭이 웃었다.
"싫어?"
"아니, 그야 당연히!"
싫을 리가! 이미 정해진 답을 바라는 지섭에 불퉁한 표정을 짓다 웃어 버렸다. 그리고 살짝 고개를 저었다.
"저녁 시간이에요. 다른 땐 몰라도 식사 시간은 지켜야 하니까."
"…꼭 지켜야 한다고, 누가 그래?"
"누가 시킨 건 아니에요. 그래도 과분한 호칭을 받는 중인데 할 일은 해야 할 것 같아서요. 미안하잖아요."
그녀는 머쓱한 웃음을 지으며 어깨를 으쓱였다. 누군가 시키지 않아도 제 할 일을 찾아서 하는 건 딱 은재다운 생각이었다. 아마 매일매일, 그가 없는 곳에서 그녀는 청성에 익숙해졌을 거다. 자연스레 혹은 강제적으로. 지섭은 은제의 머리를 쓸며 말했다.
"당신이 미안할 건 아무것도 없어."
"……"
"예전에도 지금도, 앞으로도."
어쩐지 씁쓸한 감정이 담긴 말이었다.
'힘들어 보였나.'
그녀는 자신의 말이 지섭을 미안하게 만든 것 같아 도리어 미안해졌다. 잠시 생각하던 은재는 안전벨트를 길게 당겨 완전히 끼워 넣고 말했다.
"드라이브 정도는 괜찮겠죠?"

약간의 욕심을 담아서.

주황빛으로 물든 해가 창밖으로 비추었다. 물길에 번지는 색, 그 물길 자체의 색. 모든 것이 맞물려 시간을 알려 주고 있었다. 퇴근 시간과 맞물려 꽉 막힌 도로 위라 오히려 창밖을 여유롭게 볼 수 있었다.
"카메라만 있었으면 딱인데."
순간을 남기지 못하는 아쉬움에 은재가 아쉬운 듯 혼잣말을 했다. 그래도 나쁜 표정은 아니었다. 아니, 오히려 즐거운 듯했다.
"이렇게 밀려선 시내에서 돌다 시간이 다 가겠는데."
물론 운전을 하는 사람에겐 고약하겠지만. 아까운 시간만 흐르는 것이 못마땅한지 찌푸린 지섭의 표정에 은재가 고개를 저었다.
"이것도 좋아요. 오랜만에 여유 있잖아."
거짓말이 아닌 듯 그녀의 얼굴은 생기로 가득했다. 은재는 창밖을 가리키며 말했다.
"이거 한강 맞죠? 시선을 조금만 좁히면 꼭 바다 같아요."
해가 지기 시작한 하늘과 물결은 서로 다른 색을 가지고서 하나의 색처럼 엉키고 있었다. 말로 표현할 수 없는 노을의 색은 언제나 그녀를 새로운 기분으로 만들었다.
"예쁘다."
흔해 빠진 감상이지만 이보다 완벽한 묘사는 없었다.
예쁘다.
보는 눈과 느끼는 마음까지 모두. 길고 넓은 대교를 건너면서 겨우 조금 달리기 시작한 무렵, 은재가 말했다.

"이제 와 말하는 건 좀 웃기지만 한국도 많이 변한 것 같아요. 묘하게 달라졌어."

상황상 집에서 자주 나올 수 없다 보니 나오기만 하면 이런 감상이 나온다. 그리고 그것은 지섭의 마음을 쓰리게 만들었다.

"응?"

쓰린 마음 때문인지 아니면 변덕인지, 차가 대교를 건너다 말고 옆으로 빠졌다.

"지섭 씨?"

놀란 은재가 불렀지만 그는 대답 대신 계속 옆으로 빠지기를 반복했다. 그러다 결국 다리 중앙, 갓길에 차를 세웠다. 갑자기 멈춘 차에 놀란 은재가 눈을 깜빡였다.

"왜요? 무슨 일 있어요?"

"이 정도 사치는 괜찮잖아."

"네? 어, 어?"

지섭은 말을 마치고 운전석에서 내렸다. 당황한 그녀가 어쩔 줄 모르는 사이, 금방 조수석으로 넘어온 그가 문을 열었다. 여전히 당황한 은재에게 지섭이 손을 내밀었다.

"이리 와."

주황빛 노을을 역광으로 받아 그의 얼굴이 잘 보이지 않았다. 하지만 웃고 있는 건 확실히 알 수 있었다.

"…정말, 갑자기 뭐야."

그 미소를 받는 은재도 마찬가지였다. 더 망설이지 않고 지섭의 손을 잡은 그녀가 밖으로 나섰다. 나서자마자 다리를 타고 올라오는 강바람이 강하게 불어왔다.

"우와."

어디서도 쉽게 경험할 수 없는 바람. 은재가 살짝 몸을 움츠리자 어느새 재킷을 벗은 지섭이 그녀의 어깨에 그것을 얹었다. 따스한 온기가 옮겨지는 느낌이었다.

"…고마워요."

은재가 수줍게 인사하자 그가 그녀의 어깨를 감쌌다. 바람은 거셌고 공기는 묘했다. 춥지도, 덥지도 않은 신기한 공기 속, 은재는 난간을 잡고 숨을 들이켰다.

"하아……."

순간 아무런 생각도 들지 않았다. 모든 게 정지된, 모든 순간이 멈춰 버린 듯한 기분. 탁 트인 눈앞에 가슴까지 뻥 뚫리는 듯했다. 그녀는 흩날리는 머리를 쓸며 웃었다.

"아까, 사실 조금 놀랐어요. 정말로 그 큰 곳을 아무렇지 않게 농담거리로 삼을 수 있고… 아니, 농담이 아니라 진담으로 그럴 수 있다는 게."

전시관을 가지고 부린 농담이 당황스러웠던 건, 그것이 단순히 허세가 아님을 알아서였다. 때때로 느껴지는 현실감은 그가 누구인지, 어떤 사람인지 알게 했다. 은재는 짧게 웃으며 지섭을 바라보았다.

"진짜 대단한 사람이구나."

너무 가까워서 객관적으로 보지 못했던 부분을 본 것 같았다.

그녀의 웃는 얼굴에 그가 씁쓸히 미소 지었다. 은재는 난간을 잡았던 손을 떼고 지섭에게 다가갔다. 반짝이는 눈이 어느 때보다 눈부시게 빛났다.

"그런데 신기하죠. 부담스럽고, 걱정되는 건 맞는데, 그게 지섭 씨가 청성 사람이라서가 아니야."

"……"

"당신이 얼마나 좋은 사람인지 알아서, 멋진 사람인지 알아서 그래요. 이렇게 대단한 사람이 날 좋아한다는 게 신기해서."

"…서은재."

"지섭 씨는 좋은 사람이에요. 그거로 충분한 사람."

배경을 떠나 존재 자체로도 좋아할 부분이 많은 사람. 그래서 그녀는 이 사람을 좋아하고 사랑하게 되었다.

"사랑해."

조금은 뜬금없지만 진심이 가득 담긴 고백이었다. 은재는 환하게 웃으며 고개를 끄덕였다. 천천히, 조금씩. 스며들 듯이.

지섭의 입술이 그녀의 입술에 포개져 따뜻한 온기를 나눴다. 차가운 바람과 흔들리는 머리카락은 아무래도 상관없었다. 이 순간 그들에게 존재하는 건 서로뿐이었다. 달고 단 입맞춤 속, 아주 조금 허무하게 물드는 감정 하나.

'부족해.'

다시금 은재의 마음속으로 희미한 바람이 피어올랐다. 조금 더, 조금 더. 얄궂게 속삭이는 마음의 소리가 가슴으로 번져 나갈 즈음 그가 멀어졌다.

"⋯지섭 씨."

깊지만 짧았던 입맞춤이 멈추고, 은재가 그의 이름을 불렀다. 지섭은 타오르듯 끓는 속을 애써 억눌렀다. 본능적으로 피어나는 그녀를 향한 욕심이었다. 아직 은재에겐 이를 지독하게 거친 마음. 그녀의 어깨를 잡았던 손을 놓은 그가 말했다.

"감기 걸리겠다. 가자."

그것이 지금 지섭이 보일 수 있는 최대한의 인내심이었다. 자신에게 뻗어진 그의 손은 크고 단단해 보였다. 은재는 가만히 그 손을 바라보았다. 어디로든 가장 안전한 곳으로 이끌어 줄 손. 그녀를 위한, 배려가 가득한 손.

하지만.

'오늘은.'

그 배려가 야속할 만큼 아쉽다. 고개를 든 은재가 의아한 그에게 말했다.

"제가 미안해하지 않아도 된다고 했죠."

이것이 얼마나 발칙하고 겁 없는 말일지는 모르지만, 어쩌면 조금 무서울지도 모르지만 한 가지는 확실했다.

그녀가 똑바로 지섭을 응시했다.

"집에 가고 싶지 않아요."

후회는 없을 거라고.

그가 찻잔을 내밀었다.

김이 모락모락 올라오는 따뜻한 커피였다. 그녀는 그것을 받아

들고 짧게 한 모금 마셨다.

"…맛있다."

솔직한 평가 혹은 묘하게 부끄러운 속삭임. 은재의 말에 지섭이 말했다.

"있는 게 얼마 없어서."

그나마도 이곳을 관리하는 관리인이 마시는 것일 터다. 넓고 깨끗한 이곳은 지섭이 뉴욕으로 떠나기 직전까지 지낸 아파트였다. 그가 입꼬리를 올리며 말했다.

"둘이 있기에 이보다 좋은 곳은 없지."

묘하게 엉큼하고 부끄러운 말이었다. 긴장을 풀어 주는 가벼운 장난에 은재는 컵으로 입가를 가리며 물었다.

"항상 정리가 되고 있나 봐요."

"언제라도 쫓아낼 수 있게 사람을 시키고 있거든."

"누구… 아."

굳이 묻지 않아도 쫓아내려 애쓰는 사람이 누구인지 알 수 있었다. 가만히 일어선 은재가 주변을 둘러보았다. 깨끗하고 정돈되어 있지만 사람의 냄새가 없다.

"언제부터 여기서 살았어요?"

조심스런 질문에 그가 답했다.

"열여섯, 열일곱… 아마도 그 즈음."

생각보다 이른 나이였다. 은재의 눈이 아래로 향했다.

"주기적으로 본가에 가긴 했었으니까, 그런 얼굴 하지 않아도 돼."

그녀의 표정이 조금 어두워진 탓인지 지섭이 말했다. 오히려 은재를 위로하듯 담담히 웃는다.

"정말 괜찮아. 오히려 나와 사는 게 훨씬 편했어."

살짝 가라앉은 분위기 탓인지 지섭은 쏩쓸히 말을 이었다.

"이런 얘기는 하지 말까?"

그가 돌아보며 물었다. 가만히 지섭을 지켜보던 은재는 숨을 길게 내쉬었다. 분명 조금 어렵고 무거운 말이기는 하지만 피하고 싶지는 않았다. 그녀는 고개를 저었다.

"지금이 아니더라도, 천천히 다 들을래요. 이젠 내 일이기도 하니까."

모든 것을 받아들이기로 용기를 냈으니까. 가만히 그녀를 보던 지섭이 그녀의 손에 들렸던 머그를 옆에 놓았다. 피어나는 하얀 김, 그 사이 두 사람의 시선이 닿는다.

하아.

누군가의 것인지 모를 숨이 오갔다. 지섭은 그녀의 뺨, 입술, 턱 끝을 차례로 쓸다 제 쪽으로 당겼다.

'떨려. 죽을 것 같아.'

두근거리는 심장 소리가 모든 것을 잠식했다. 숨은 가빠지고 손이 조금 떨리는 것 같았다. 그런 은재를 달래듯 그가 속삭였다.

"당신이 행복했으면 좋겠어."

"……."

"무너지지 않게, 그렇게 사랑하고 싶어."

"지섭 씨."

"하고 싶은 말이 많아. 지금이라도 전부······."

"다 괜찮아요."

그녀는 먼저 다가서 그의 어깨에 손을 얹었다. 촉촉해진 눈동자가 지섭을 가득 담으며 말했다.

"무슨 말이 들려와도 그건 달라지지 않을 거야. 하지만 지금은."

오로지 나에게 집중해 주길. 자그마한 욕심이 분명하게 말하고 있었다. 지섭의 표정이 괴로운 듯, 뜨거운 듯 알 수 없는 것들로 범벅이 되었다. 하지만 한 가지는 확실했다.

그가.

"서은재."

그녀를.

"···은재야."

미치도록 원한다는 것. 대답 않는 그녀를 부른 지섭이 살짝 그녀의 턱을 잡아 올렸다. 완전히 눈이 마주친 순간 왠지 눈물이 날 것 같았다.

"어, 아니. 아니, 이건 그러니까. 잠깐만요. 이게 이상하게."

정신없이 자신을 달래도 감정이 피어올랐다. 그는 가만히 그녀를 바라보았다.

"속상해?"

한결 다정해진 눈과 목소리에 가슴이 떨렸다. 그리고 깨달았다.

'알겠어.'

이 눈물이 무슨 의미인지.

"아니요. 기뻐요."

넘치는 이 감정은 안도감이다. '혼자'가 아니라 지켜 주는 사람이 있다는 그런 안도감. 수년간 느끼지 못했던 마음.
"지섭 씨가 절 진짜로 많이 좋아하는 거 같아서."
"…뭐?"
"좋아하지 않으면 이렇게 걱정도 안 해 주는 거니까. 이렇게까지 좋아해 줄 줄은 몰라서, 정말… 안심도 되고 다행이고, 또 좋아서."
이것이 이런 상황에서 나올 말이란 말인가. 그러나 그녀는 진심으로 그렇게 생각했다.
"너무 기뻐."
지섭의 말 하나하나에 담긴 마음이 고스란히 전해졌다. 이 사람이 나를 정말로 사랑하고 있다고. 그녀는 참지 못한 감정을 그대로 터트렸다.
"나도 좋아해요, 나도 지섭 씨 많이 사랑해."
갑작스러운 그녀의 고백은 그의 이성의 끈을 끊었다.
"앞으로는 절대 숨기는 거 없……!"
감정에 부풀어 있던 은재의 입술이 순식간에 막혔다. 달려들 듯 그녀를 삼킨 지섭은 그대로 그녀를 안았다.
"지섭……."
살짝 난 틈에 벌린 입술로 그의 숨을 머금은 혀가 밀려들었다. 바람처럼 다가온 지섭에 그녀는 속수무책으로 당하고 말았다.
"하, 아… 읏."
들리듯이 밀려간 은재의 몸은 소파에 걸려 무너졌다. 그런 그녀의 몸을 제 쪽으로 당겨 뜨게 만든 지섭은 여린 몸이 부서지도록 세게 안았다.

"으응……."

강한 힘에 찡그린 은재의 신음도 지금의 그에겐 들리지 않았다. 넘어지는 그녀 대신 소파에 앉은 지섭은 그녀의 몸을 제 다리에 앉히고 다시 가쁘게 입술을 탐했다.

"흐, 으… 으음."

모자란 숨에 은재의 손이 그의 가슴을 밀었다. 하지만 지섭은 그런 손조차 단숨에 움켜쥐고 더욱 당겼다.

"으웃!"

간신히 난 숨길에 은재가 숨을 터트리자 그는 그녀의 뒷머리를 감싸 쥐며 속삭였다.

"도망가지 마."

"……."

"아프게 하고 싶지 않아."

놓아주지 않겠다는, 아니 놓을 수 없다는 경고. 결코 밀어 내고 싶지 않은 속삭임. 지섭이 넘기는 숨은 벅찼다. 묵직하게 감겨 오는 그의 팔과 손아귀에 조금도 벗어날 수 없었다.

지난 몇 번의 키스와는 다른 무언가가 있었다. 경험한 적 없어 감히 설명할 순 없지만 이건, 달랐다.

"아… 지섭 씨. 잠깐만."

할 수 있는 말이라곤 잠깐, 잠깐만이 전부였다. 겨우 난 틈으로 그의 가슴을 밀었지만 더 가깝게 당겨졌다.

"읏."

지섭의 손길이 은재의 몸을 다독이듯 감쌌다. 그녀는 자꾸 힘이 풀리는 손을 떨다 결국 그의 어깨에 올렸다.

'숨 막혀……. 아니, 어지러워.'

황홀할 정도로 깊고 아찔한 입맞춤이었다. 닿았다 떨어지기를 반복하며 입술에 있는 모든 감각들을 건드리는 간지러운 만남이었다.

"지섭 씨……."

몇 번이나 더 그를 불렀다. 질리지도 않은 이름을 담고 부르고 또 부르기를 한참. 나른해지는 그녀의 음성에 지섭은 조금 더 다가왔다. 어느새 얇은 옷자락이 벌어지고 숨어 있는 연약한 살결을 연신 스쳤다.

"으응."

"말해 줘."

"……."

"전부, 지금 당신의 진짜 마음."

달래듯 끝없는 그의 배려에 은재는 어느 때보다 대범하게 진심을 말했다.

"좋아. 너무, 좋아."

온몸 곳곳에 지섭의 손이 닿는 곳만 신경이 증폭되는 것 같았다. 어느새 스르르, 은재의 몸이 소파 위에 뉘였다. 본가의 소파와는 달리 조금 더 좁고 푹신한 소파는 그녀의 몸을 폭 감쌌다.

"하, 하아……."

저절로 나오는 은재의 신음조차 지섭은 남김없이 삼켰다. 그의 몸이 그녀의 위에 오르고 단정하던 옷차림이 구겨졌지만 누구 하나 신경 쓸 겨를은 없었다. 몇 번의 신음이 터지고 공기가 뜨겁게 달아올랐다.

"은재야, 서은재… 은재야."

반복되는 이름에 담긴 애정이 넘치도록 가득했다. 강한 힘에 당겨진 넥타이가 은재의 팔을 타고 소파 아래로 떨어졌다. 단단하게 묶여 지섭의 목을 두르고 있던 첫 번째 단추도, 목선을 감추고 있던 두 번째 단추도 풀려 버렸다. 그의 입술이 그녀의 입술을 떠나 가녀린 목덜미에 닿았다.

"아……."

낯선 정보들이 연이어 살갗을 통해 전해졌다. 눈이나 귀가 아니라 촉감을 통해 가장 먼저 닿는 새로운 것들은 은재의 머릿속을 어지럽게 했다.

'괜찮아.'

부족하고 모자라다고 생각했던 많은 것들이 자리를 잡는다. 더, 더 많이. 조금만 더. 바라고 바라던 것들도 채워지기 시작했다.

"갖고 싶어."

순수한 욕심이 허공으로 흩어진다. 그녀는 그를 더욱 감싸 안았다. 지섭의 손이 은재의 가벼운 옷자락 안으로 파고들었다.

"읏."

톡, 닿은 손길에 은재는 등을 살짝 들어 올렸다. 공기마저 팽팽해지는 낯선 긴장감 속에서 하얀 피부에 살포시 닿았던 지섭의 손이 멈췄다.

"……."

"왜, 왜요?"

목덜미를 지분거리던 그의 고개가 들어 올려졌다. 조금 풀어진 눈으로 지섭을 보던 은재가 눈을 깜빡였다. 그가 말했다.

"힘들 텐데."

"…뭐가요?"

모르쇠로 굴러가는 눈동자에 그가 은재의 뱃가죽을 툭 건드렸다.

"흡."

흐으읍. 주변 공기를 힘껏 빨아들이느라 그녀의 콧구멍이 팽창했다. 지섭은 웃음이 나올 뻔한 것을 참으며 말했다.

"힘 빼."

"…제, 제 배인데요."

"이렇게 단단한데?"

"네, 네. 제 배 원래 단단해요."

사정없이 흔들리는 동공에 헛웃음이 나왔다.

"그래?"

"그, 그럼요."

콕콕. 몇 군데를 더 찔러 보니 그녀의 배는 벽돌처럼 단단했다. 누가 봐도 있는 힘껏 힘을 주고 있는 거다.

"운동 열심히 했나 보네."

"당연하죠. 읍."

절대 뱃살을 들키지 않겠다는 신념이 느껴졌다. 그래 봐야 마른 배, 안쓰러울 정도로 고집스러운 모습이었다. 그가 피식 웃으며 말을 이었다.

"괴롭힐 수는 없으니까."

짧게 말한 지섭의 손이 배가 아닌 조금 더 위험한 곳으로 노선을 변경했다.

"응? 으응?"

갑자기 위로 쑥 올라오는 손에 놀란 은재가 두 눈을 크게 떴다.

"아으읏."

순간 명치까지 올라온 큰 손에 애써 배에 주고 있던 힘이 풀렸고 민망한 신음이 흘러나왔다.

"우앗!"

놀란 그녀가 지섭의 손을 움켜쥐었다. 하지만 그는 그녀의 뺨과 입술, 콧등에 연신 입을 맞추며 속삭였다.

"부드러워."

쾅쾅. 누군가 은재의 심장으로 망치질을 해 댔다. 짙게 깔린 숨소리도 귓가까지 들려왔다.

"흐, 흐으… 아."

우수수 소름이 돋아났다. 기분 나쁜 소름이 아닌 정신이 흔들리는 아찔한 기분이었다. 그녀의 머릿속이 엉망으로 흔들렸다. 그리고 결국.

"…우웩."

극심한 긴장감은 은재를 한계로 몰고 갔다. 한껏 달아올랐던 분위기가 와장창 깨지기에 충분한 한 마디, 아니 행동이었다.

"헉!"

 기겁한 그녀가 입을 틀어막았지만 지섭은 나른하게 웃고 있었다. 그가 은재의 뺨을 톡 건드렸다.

"그만할까?"

 예뻐서 어쩔 줄 모르겠다는 듯, 사랑스러워 못 견디겠다는 눈이다. 그녀는 얼른 고개를 저었다.

"아, 아니. 이건 시, 싫어서 그런 게 아니라."

 분위기 파악도 못하고 튀어나온 제 몸쓸 습관에 울상을 지을 때, 그가 물었다.

"정말 솔직하게."

"네?"

"당신 뜻에 따를 거야. 그게 옳아."

 흥분하지도, 그렇다고 식은 목소리도 아니었다. 평소의 그처럼 다정하고 상냥한 음성이었다.

"말해 줘."

 꽉 막혀 있던 긴장감이 비로소 조금 풀리는 것 같았다. 자연스레 이어지던 분위기에 맞추기 위해서 안간힘을 쓰던 근육도 늘어졌다.

"…아니요."

"……."

"긴장되고 신기하고 걱정되지만."

 몇 번을 더 몰아쉬던 그녀는 더더욱 분명하게 말해 주었다.

"무섭지 않아요."

더 이상 은재의 눈은 흔들리지 않았다. 지섭 못지않게 분명하고 확실한 신뢰와 믿음을 갖고 그의 목에 팔을 감았다.

"고마워."

그가 속삭였다. 그리고 천천히, 조심스레 다가왔다. 틈 없이 붙은 몸이 하나가 된 듯 엉켰다. 조금 더 농밀하고 좀 더 뜨겁게 서로가 서로를 탐했다. 바닥으로 떨어진 옷이 엉망으로 구겨졌지만 누구도 신경 쓰지 않았다. 이 순간 그들에겐 오로지 서로만이 존재했다.

눈동자만큼 촉촉해진 몸이 똑같은 방향으로 움직였다. 부드러운 살결이 낯선 통증과 감각 속에서 붉게 달아올랐다.

"사랑해."

그가 끊임없이 속삭였다. 가물가물 뜨고 감는 눈에 오롯이 자신을 향한 지섭의 시선이 보였다.

혼자가 아닌 것.

이미 그녀는 모든 것을 가졌다.

#22

"은재야."

누군가 그녀를 불렀고 감았던 눈을 떴다. 뭔가 깨닫기도 전에 이것이 꿈이라는 것을 알았다. 포근한 부드러움. 은재는 이번에도 엄마의 다리를 베고 있었다.

"...엄마."

몸을 세워 일어난 그녀가 엄마를 불렀다. 여전히 인자한 표정을 띤 엄마는 고개를 끄덕였다.

"왜 자꾸 꿈에 나와? 누가 보면 엄마가 어디 멀리 간 줄 알겠어."

괜히 퉁명스럽게 말하지만 이렇게 보는 엄마가 반갑고 기뻤다. 그것을 아는 듯 엄마 역시 옅게 웃었다.

"네가 부르니까 오지."

"내가?"

"그래, 네가. 말하고 싶은 게 있는 거잖아."

빙긋 웃은 엄마의 손이 은재의 가슴에 닿았다.

"여긴 어때?"

박동하는 심장 부근에. 순간 멍해진 은재가 눈을 깜빡였다. 숨이 한 번 멈췄다 다시 트인다. 그녀는 엄마의 손을 꼭 쥐고 머릿속에 가득한 속삭임들을 물었다.

"죄책감이 될까요?"

지금 말한 '죄책감'은 지섭과 함께하면서 다가올 거짓말의 값이다. 내내 마음을 무겁게 만든 조금 후의 이야기. 그것에 대한 불안감으로 물을 수밖에 없었다.

"글쎄."

조심스러운 질문에 엄마는 담담히 미소 지었다.

"되겠지. 그 사람이 네 큰 빚을 갚아 주는 건 사실이니까. 그리고 그것을 위해 거짓말을 한 것도."

인식하지 못하고 있어도 남아 있는 무거움. 결국 돈으로 매개된 관계라는 짐. 엄마의 입으로 듣는 사실은 좀 더 매서웠다. 모두 자신이 지고 가야 할 사실이기에 더더욱 그랬다.

"맞아."

생각보다 담담히 인정한 은재는 길게 숨을 내쉬었다. 왜 이렇게 꿈을 꾸는지 알 것 같다. 그녀는 코앞의 행복에 가장 중요한 사실을 잊고 싶지 않은 거다. 이 꿈도, 엄마도 모두 분명히 기억하라는 뜻이다. 그녀는 고개를 끄덕였다.

"잊지 않을 거야."

"잊지 않으면?"

"무슨 일이 있더라도 난 아주 오랫동안 그 사람 곁에 있을 테니까. 그 사람이 기다려 준다면, 꼭 제대로 갚고 싶어. 이기적이고 말도 안 되는 소리라고, 쓸데없이 자존심 세우는 걸지도 모르는데."

말로 뱉는 순간 마음은 조금 더 확실해졌다. 그녀는 엄마의 손을 꽉 잡았다.

"그리고 당당하게 서은재로 그 사람 옆에 설 거야."

호기 가득한 은재의 대답에 비로소 엄마의 입가로 미소가 가득히 번졌다.

"그 선택에 대한 답은 오롯이 네 몫이라는 걸 잊지 마."

신랄하게 해 주었던 처음과 달리 응원과도 같은 조언이었다. 문득 제 앞에 있는 엄마가 '엄마'가 아닌 자신으로 느껴졌다.

'잊어선 안 되고, 꼭 기억해야 하는 것.'

그와 마음이 통한 것을 면죄부로 삼지 않기 위한, 어쩌면 자존심일지도 모를 마음. 이것은 누군가에게 선택을 종용받은 적이 없다. 이번의 것은 분명한 '서은재'의 선택.

"응, 내 선택이야."

수많은 문제들을 뒤로하고 지섭의 곁에 남기로 한 것은 제 선택. 그에 대한 분명한 확신에 비로소 은재는 환하게 웃을 수 있었다.

꿈과 현실의 경계를 오가기를 한참, 어느 순간 꿈조차 꾸지 않고 잠이 들었던 것 같다. 공기가 조금은 따뜻해지고 묵직한 피곤이 물러나자 정신이 들었다.

"으음……."

아주 자연스럽게, 천천히 눈이 뜨였고 눈앞엔 그가 있었다. 묘한 감정이 가슴 가득히 일렁이기 시작했다. 아침잠 많은 자신임에도 정신이 또렷하게 돌아와 시야에 지섭을 가득 채웠다.

"정, 지섭."

은재는 저도 모르게 그의 이름을 불렀다. 언제부터인지 몰라도 이미 깨어 있던 지섭의 눈이 부드럽게 호선을 그렸다.

"그래."

나지막한 대답이 달콤하게 귓가를 울렸다. 심장이 기분 좋은 빠르기로 뛰었다.

'어제.'

아주 조금 걱정하기도 했던 것 같다. 이런 일은 처음이라, 일어난다면 그의 얼굴을 어떻게 봐야 한지 무슨 말을 해야 할지.

'이상해.'

하지만 아무렇지도 않다. 당연한 기분이다.

'…좋아.'

그저 좋다. 처음 겪는 기분이다. 자다가 일어나 다른 사람의 얼굴을 보는 것이 이렇게 좋고, 따뜻할 줄은 몰랐다.

"지섭 씨."

어떻게 표현해야 할까. 어떤 말로도 감정이 설명되지 않았다. 그저 그의 이름을 부르는 것밖에는. 가만히 시선을 마주치던 지섭이 천천히 속삭였다.

"고마워."

일어나자 듣는 감사 인사에 은재가 눈을 깜빡였다.

"갑자기요?"

부끄러움을 느낄 틈도 없이 당황한 그녀의 뺨을 지섭이 쓰다듬었다.

"전부. 생각이 나면, 시간이 생기면 또, 해야 할 때가 생기면 끝없이 말해 주고 싶어."

"……."

"고맙다고."

은재의 눈동자가 이리저리 움직였다. 민망한 듯 부끄러운 듯 구르던 눈동자는 조심스레 그와 맞춰졌다. 그녀가 머쓱하게 물었다.

"그 말하려고 계속 기다렸던 거예요? 저 깨어나는 거?"

"기다리는 것도 감사했어."

지섭의 담담한 표정과 손길이 다정했다. 조금 더 안으로 파고들어도 된다고 허락하는 것처럼.

"음."

그녀는 낮게 목을 가다듬고 다가섰다. 몸의 낯선 곳들이 욱신거리며 지난밤의 일을 상기시켰다. 조금 부끄럽기도 하지만 허무한 꿈이나 망상이 아니라는 사실이 좋았다.

"나도 고마워요. 이렇게 옆에서 기다려 줘서."

아침이 외롭지 않고, 이 특별함이 당연하다고 느끼게 해 줘서.

"당연한 거야."

포근한 품과 다정한 목소리가 든든하고 따뜻했다. 그녀는 자신을 다독이는 손길을 느끼며 말했다.

"세상에 당연한 건 없어요."

"……."

"만약 그런 게 있었다면 저는 당연히 지섭 씨를, 사장님을 좋아해선 안 되는 거였으니까."

모든 당연한 것들에서 뒤틀린 만남. 제자리로 돌아가기 위해선 이어질 수 없는 관계. 그럼에도 불구하고 그들은 함께 있고 이 계약의 끝을 기다리고 있다.

'다시 처음으로 돌아가기 위해서.'

은재는 낮은 한숨과 함께 말했다.

"당연해지고 싶지 않아요."

뻔한 결말도 원하지 않는다. 차츰차츰 걸어가는 마지막 계단 끝엔 뭐가 있을까. 넓은 평지가 있을까 아니면 밑으로 떨어지는 절벽이 있을까.

"마찬가지야."

지섭의 손이 느리게 그녀의 등을 다독였다. 모든 게 잘될 거란 믿음을 주는 손길에 잠시 눈을 감았던 은재가 물었다.

"만약, 사모님이 제가 서은재라는 걸 알게 된다면 어떻게 될까요?"

막연한 질문에 지섭의 손이 멈췄다.

"…내 가장 큰 약점을 갖게 되는 거니까, 어떻게든 이용하겠지."

"나쁜 쪽으로?"

"적어도 본인에겐 좋은 쪽으로."

김주경은 '서은재'를 구성한 많은 것들을 지키기 위해서 만든 인물이니 당연한 말이었다. 그는 은재의 머리를 다시 쓰다듬었다.

"이제 얼마 남지 않았어. 다른 건 몰라도 네 자리는 다치지 않게 할 거야."

"…지섭 씨."

"내겐 그게 가장 중요해."

지섭은 어느 때보다도 강하게 다짐했다. 그녀를 감싸는 손길에 힘이 가득했다.

"네가 돌아갈 자리는 지켜."

"……."

"반드시."

제 사명이라도 되듯 뜨거운 한 마디에 입술이 말랐다. 은재는 지섭의 옷을 꽉 쥐며 고개를 묻었다. 그의 말이 고맙고 감동으로 밀려들었다.

"네, 알아요."

하지만 그 말이 가지는 진정한 의미가 다시 새겨졌다.

'내'가 돌아갈 자리.

당연히 하고 싶은 일들이 가득한, 배움이 가득한 뉴욕? 부모님의 곁? 결국 정지섭이 없는 곳.

"……."

그녀는 눈을 감고 지섭의 품에 좀 더 파고들었다.

'이젠 거기가 집으로 생각되지 않아.'

지금 이 순간이 너무도 감사하고, 또 기쁜 만큼.

이 사람이 없는 곳이 떠오르지 않는다.

"뭐?"

-어느 순간부터 3년간 재무표를 모두 분석한 것 같습니다. 아마 의심스러운 부분들을 체크했을 것으로 예상됩니다.

예상은 했으나 생각보다 빠르다. 빠르고 정확하다. 자금 융통을 하며 모든 위험도를 낮추고 은밀히 작업했지만 지섭이 꼬리를 문 게 확실했다. 윤정의 말은 끝나지 않았다.

-그리고 경선물산을 포함해 이쪽과 연계된 업체들도 파악한 것으로 생각됩니다. 몇몇들은 벌써 이쪽과 선을 긋기 시작했습니다.

허탈한 소리에 미연이 파르르 몸을 떨었다.

"빌어먹을 새끼들이, 받아먹은 값도 못하고."

-물론 대다수는 저희 측에 설 예정이지만, 만약 징 이사가 본격적으로 나선다면 총회에서도 쉽지는 않을 것 같습니다.

그녀는 밀려오는 현기증에 주춤주춤 물러나 책상에 기댔다. 뭘 해도, 무슨 짓을 해도 지섭을 건드릴 수가 없다. 그는 언제나 견고했고 아무렇지도 않게 미연을 내려다보았다.

"어떻게 이럴 수 있지? 그놈이 대체 뭔데?"

-……이사님.

"그깟 놈이 뭐라고, 그놈은 저가 원하는 걸 다 가지는 거야. 대체 뭔데. 핏줄? 그 귀한 핏줄 덕분이야?"

그녀는 창만을 등에 업고 청성의 안주인이라는 이름을 가지고도 모든 것이 쉽지 않았다. 이 자리에 오기까지 얼마나 많은 고통을 겪었던가.

"정지섭, 정지섭… 정지섭!"

태어나자마자 정해진 길을 걷는 지섭은 상상도 못 할 것이다. 미연은 손톱을 세우며 책상을 긁었다.

"노인네만 날, 나를 제대로 믿어 줬어도. 정지섭이 오기 전에 날 자기 대신으로 세워만 줬어도 이 지경까진 오지 않잖아!"

기껏 지섭을 보내 놓은 보람도 없이 허송세월이 될 위기였다. 하지만 안다. 지섭이 미국에 가 있는 동안 이 기회를 얻을 수 있었다는 것을. 잠시 숨을 고르는 사이, 윤정이 말했다.

-아주 답이 없는 건 아닙니다.

격분하며 씩씩대는 미연을 유능한 부하, 윤정이 달랬다. 언제나 그랬듯.

"…무슨 소리야."

-일전에 지시하셨던 것, 기억하십니까? 정지섭 이사가 뉴욕에 있을 때 있던 광고 파기 건으로 연관된 사람들 말입니다.

순간 미연의 눈이 번쩍 뜨였다.

"인턴, 찾았어?"

돌연 밝아지는 미연의 목소리에 윤정은 침착하게 답했다.

-당사자인 인턴과는 연락이 되지 않았지만 함께 퇴사했던 대리와는 접촉했습니다. 다른 직원들과 마찬가지로 지시를 받은 듯 입을 다물고 있습니다마는, 회유가 그리 어렵지는 않아 보입니다. 어차피 퇴사한 사외 인물이니까요.

나쁜 소식 뒤의 좋은 소식인 걸까. 막막한 상황 속에 그나마 하늘구멍이 보이는 듯했다.

"얼마 들어도 좋으니까 반드시 알아내. 더 시간 끌지 말고 당장."

-예, 이사님.

전화를 끊은 미연은 조금 들뜬 얼굴로 입술을 풀었다. 이리저리, 불안한 눈은 여전했지만 한 줄기 희망이 비쳤다. 그녀의 직감이 말하고 있었다. 지금 알아내는 것들이 지섭이 자신을 치기 전에 먼저 칠 수 있는 분명한 카드가 될 거라고.

"그래, 완전히 죽으란 법은 없는 거야."

결국 최서영의 아들은 자신의 목을 비틀어 버릴 모양이고, 자신은 호락호락 당할 생각이 없다. 그녀는 유령처럼 남아 있는 최서영의 그림자를 떠올렸다. 그러다 단단히 잠긴 금고에서 사진을 꺼내 들었다.

"최서영."

내내 부적처럼, 그녀처럼 되기 위해 가지고 있던 단 하나의 사진. 일부러 모든 흔적을 지웠지만 결국 스스로 채웠던 족쇄.

"그냥은 안 당해. 절대, 절대."

미연은 그대로 사진을 구겨 쓰레기통으로 던져 버렸다.

톡, 데구루루.

구겨진 사진은 쓰레기통을 맞고 책상 뒤로 들어가 버렸지만 미연은 보지 못하고 다시금 곱씹었다.

"뭐든 다 잡아낼 거야."

더 이상 우아하게, 고상하게 움직일 시간은 없었다.

"내 방식대로."

시간은 차곡차곡 흘렀다. 언제쯤 오나, 싶었던 끝은 점점 다가오고 있었다. 시간이 가는 만큼 은재 역시 하나씩 정리를 해 나갔다. 가만히 달력을 보던 은재가 입술을 뗐다.
"끝이."
하나, 둘. 날짜를 셈하니 어느덧 정말 코앞이다.
"오긴, 오는구나."
공항에서 날짜를 셈하던 때가 떠올랐다.

'이혼까지 180일.'

정식으로 한 결혼은 아니지만 '김주경'으로 보낸 반년의 시간은 은재의 인생을 통틀어 다시 올 수 없는 놀라운 시간들이었다. 그녀는 가만히 제 가슴에 손을 얹었다.
"……."
먹먹함이 차올랐다. 시려 오는 마음을 달래듯 은재는 깊게 숨을 삼켰다.
"잘, 이겨 낼 수 있어."
끝은 새로운 시작의 다른 말. 어려운 길을 가기로 마음먹은 것은 제 선택이다. 누구도 탓할 수 없고 탓하고 싶지도 않다. 그녀는 가슴을 툭 치며 고개를 끄덕였다.
"체했어?"

"…예?"

"가슴을 두드려서."

어느새 다가온 지섭이 물었다. 멍하니 있던 은재가 진지한 얼굴을 새빨갛게 물들였다. 그녀의 손이 꼿꼿하게 그를 향했다.

"오, 옷은 왜 안 입고 있어요?"

다른 이유가 아니라 아랫도리에 수건만 겨우 걸친 지섭 때문이었다. 그는 당당히 말했다.

"챙겨 둔 게 없어서. 속옷은 입었어."

"…그럼 말하면 되는데."

당황한 은재가 두 손으로 얼굴을 가렸다. 그러면서도 힐끔대는 시선은 본능적이었다. 사실 '이미' 본 모습이지만 부끄러운 건 어쩔 수가 없다. 그녀의 모습에 지섭이 다가왔다.

"창피해?"

어쩐지 주객이 전도된 질문에 은재가 울컥했다.

"지섭 씨는 왜 안 창피해하는 거예요?"

"좋아서."

"……"

"내가 당신한테 남자로 보인다는 게."

듣는 은재의 눈이 휘둥그레졌다. 그게 도대체 어떻게 그렇게 되느냐, 반문하고 싶지만 틀린 말도 아니었다. 이건 부끄러움이지 부담이나 싫은 건 아니었으니까. 그저 정확한 말에 심술이 날 뿐.

"…변태."

"난 당신이 괴로워하면 그렇게 좋더라."

생글생글 웃는 얼굴에 그녀는 힘껏 손부채질을 했다. 훅훅, 온몸에 열이 오르는 기분이었다. 그는 더 놀릴 생각은 없는 듯 드레스 룸으로 들어갔다. 그런 지섭을 조르르 따른 은재가 기웃거리는 사이, 그가 옷을 입으면서 밖으로 나섰다.
"기다리는 사람이 있으니까 마음이 조급해지네."
"네?"
"똑같이 안달 나잖아."
셔츠를 갈무리하며 하는 말에 그녀가 눈을 깜박였다. 순진한 눈망울에 지섭이 그녀의 손을 잡았다.
"어, 잠깐……."
그리고 그대로 은재를 침대에 눕히며 올라탔다.
"우와앗!"
깜짝 놀라는 그녀에 지섭이 은근하게 속삭였다.
"왜, 예뻐해 달라는 게 아니야?"
"아, 아니에요!"
"그럼 왜 등 가려운 사람처럼 움찔대고 있어."
비유 한번 참 옹골차다. 꿀꺽 침을 삼킨 은재가 아직 자유로운 손을 가슴 앞에 두고 꼼지락거렸다.
"아니, 다른 건 아니고요."
"뜸들이면 아예 못 하게 할 거야. 당신이 생각하는 것 이상으로……."
키스하고 싶어 죽겠으니까. 아니, 그 이상의 것도. 지섭의 표정이 그렇게 말하고 있었다.

"그게."

코앞의 얼굴에 은재의 뺨이 붉어졌다. 그녀는 괜히 말을 돌렸다.

"혹시, 제임스 비서님은 다 알고 계시나요?"

상황에 맞지 않게 나온 이름에 지섭의 미간이 다시 좁아졌다.

"뭘?"

"어, 그러니까 우리… 사이?"

"대놓고 말한 적은 없지만 굳이 숨긴 적도 없어. 왜, 무슨 일 있었어?"

의아해하는 그의 말에 은재는 황급히 손을 흔들었다.

"아뇨! 전혀요, 그냥요."

"그냥?"

"지섭 씨의 가장 가까운 분이니까요. 워낙 능력도 출중하시고, 지섭 씨가 믿고 맡기는 분이니까. 그러니까 저도 믿고 따라야지, 싶어서요."

제임스의 냉정한 말들이 있긴 했지만 그것은 탓할 거리가 아니었다. 다 이해가 가는 것들이었으니까. 덕분에 현실감을 잃지 않을 수 있어서 고맙게 생각하고 있었다.

"그분이 있어서 정말 다행이에요."

은재는 솔직하게 말했다. 단지, 무심한 그의 시선이 따끔거릴 뿐.

"어, 뭔가 마음에 안 드는 일이라도?"

늘 무딘 은재의 촉이 오랜만에 재가동을 했다. 지섭이 입꼬리를 당겨 올렸다.

"내가 왜?"

문제는 눈은 그대로라는 거다. 그녀는 슬쩍 엉덩이를 뒤로 뺐다.
"지금 살짝 화가 났나 싶어서."
"그렇게 보여?"
느슨하게 풀린 그의 모습이 묘하게 유혹적이었다. 흐트러진 머리칼과 촉촉한 살결이 왜인지 자꾸 은재의 마음을 자극했다.
'무슨 생각이야, 서은재!'
그녀는 불손한 제 머리를 황급히 흔들었다.
"후우."
혼자 바쁜 그녀를 보며 지섭은 한숨을 삼켰다. 이렇게 마음 조절이 안 되다니. 하나하나 반응하는 자신이 비참할 따름이었다.
"뭔지는 몰라도 미안해요. 뭐가 어쨌건 난 지섭 씨만 보여."
"……."
"정말로."
순진한 건지, 영악한 건지. 그는 앓는 소리가 나올 것 같은 숨을 참고 속삭였다.
"당신 정말 위험한 거 알아?"
은근한 속삭임에 가슴이 콩닥거렸다. 그녀의 눈이 이리저리 구르다 끝내 그에게 닿았다.
"좋은… 쪽인 거죠?"
꽤나 도발적으로.
지섭의 손이 살며시 은재의 몸에 닿았다. 가는 허리에 닿은 손길은 천천히 등으로 타고 올라가 쓰다듬는다. 야릇하고 섬세한 손길에 그녀가 어깨를 움츠리다 그가 물었다.

"피곤해?"

얌전히 지켜보던 은재가 입술을 달싹였다.

"피곤한 게, 중요해요?"

어떤 허락보다도 달콤한 대답. 지섭은 그녀에게 다가서며 촉촉한 입술에 입을 맞췄다.

밤은 아직 깊었다.

고요한 하루가 지난다. 미연은 이상할 정도로 조용했다. 아직 몸이 낫지 않았다는 이유로 식사까지 따로 하니, 마주칠 일조차 없었다. 어느 때보다 평온한 청성가, 은재는 미연이 있을 온실을 지그시 바라보는 중이었다.

"너무 조용하니까… 불안한데."

사사건건 어떻게든 사람을 볶아 대던 미연이 너무 조용하다. 분명 그냥 있을 것 같지는 않은데, 감을 잡을 수도 없었다. 그렇다고 아픈 사람에게 가서 의중을 떠볼 수도 없고 말이다.

"후우."

낮게 한숨을 쉰 은재는 다시 걸음을 옮겼다. 이제 곧 지섭이 퇴근할 시간이었다.

"작은 사모님."

현관으로 향하는 그녀를 소영이 불렀다. 그녀는 반갑게 다가와 은재에게 말했다.

"수거장 쪽에서 연락이 왔는데, 내일 아침에 쓰레기를 수거해 가는 모양이에요."

"그래요?"

"지금 확인하시겠어요?"

잠시 시간을 확인한 은재는 고개를 끄덕였다.

"네. 지금 바로 갈게요."

쓰레기를 수거하기 전 은재가 확인 하는 것은 지섭의 귀국 환영 파티 이후부터였다. 태희의 물건들을 함부로 버리는 것을 방지하기 위해서였다.

"매번 귀찮으실 텐데."

소영이 넌지시 말했지만 은재는 웃음으로 답을 대신했다. 벌써 몇 번째 확인 중이지만 별다른 이상은 없었다. 그래도 소홀히 할 수는 없다. 태희가 얼마나 안심하는지 알고 있어서다.

'그래, 적어도 내가 있는 한은.'

이곳에 머물 수 있는 얼마 안 되는 시간 동안이라도, 그렇게라도 돕고 싶은 마음이다. 함께 수거장으로 가는 길, 소영이 말을 이었다.

"태희 아가씨가 고용인들에게 사모님에게 선물 받은 거 자랑하고 다니는 거 아세요?"

"네?"

"사진 너무 좋다고요. 받아 본 선물 중 최고라고 어찌나 자랑하던지… 아가씨가 얼마나 밝아졌는지 몰라요. 다 작은 사모님 덕분이에요."

"……."

말처럼 늘 있는 듯, 없는 듯 살던 태희가 웃기 시작했다. 같이 밥을 먹고 산책을 하고 제 아버지와 이야기를 나눈다.

이제야 집이 집처럼 느껴진다는 듯 그렇게.

"…다행이네요."

그러나 은재의 가슴은 무겁게 가라앉았다.

'다행이지만.'

예전과 달라진 태희가 싫은 건 당연히 아니다. 단지, 모두에게 미안하지만 태희에겐 너무나 많은 죄책감이 들어서였다.

지섭을 선택하면서 그녀는 모든 거짓말을 감내해야 할 책임이 생겼다. 하지만 다른 사람들의 상처까지는 허락받은 적이 없다.

"사모님?"

너무 많이 가까워졌고 마음이 통했다. 은재는 픽 쓰린 웃음을 터트렸다.

"해 줄 수 있는 게 이것뿐이니까요."

뒤이을 상처나 배신감은 어떻게 사죄를 할 수 있을까. 전부 제 탓인 것만큼은 부정할 수가 없다.

'이름만이라도 내 것이었으면 좋았을 텐데.'

이제 와 하는 후회는 쓰고 아팠다. 무거운 마음을 곱씹으며 도착한 수거장에 제법 많은 쓰레기가 모여 있었다. 다만 본가에서 나오는 것들은 따로 분류해서 살펴볼 것은 많지 않았다.

'없네.'

다행히 이번에도 태희의 인형이나 물건은 없었다. 그래도 혹시 몰라 좀 더 세심하게 살펴보는 사이, 수거장으로 고용인이 들어섰다.

"어머, 작은 사모님."

소영과 마찬가지로 꽤 친하게 지내는 고용인, 선하였다. 그녀는 손에 쓰레기통을 들고 있었다.

"오늘도 확인하러 나오신 거예요?"

꽤나 반가운 인사에 은재는 얼른 몸을 세웠다.

"전 신경 쓰지 않으셔도 돼요. 볼일 보세요."

방해가 되지 않도록 은재가 옆으로 빠지자 다가온 선하가 쓰레기를 정리했다.

"예전에 사모님이 가르쳐 주신 방법으로 쓰레기를 치우니까 훨씬 낭비가 덜해요. 여기는 부족한 게 없다 보니까 쓸데없이 손이 커지곤 해서요."

"원래 다 잘하시는데요, 뭘. 저도 많이 배우고 있고요."

"별말씀을요."

"근데 쓰레기통도 버리나요?"

"아, 아니요. 이건 큰 사모님 온실을 청소하다가 좀 더 나왔거든요. 봉지에 담으니 조금 빈곳에 나눠 담으려고요. 책상 뒤로 빠진 것들이 몇 개 있어서요. 제대로 버려 주시면 정말 감사할 텐데 말이에요."

헛웃음인지 뭔지, 어깨를 으쓱인 선하는 마저 움직였다. 그때, 은재의 눈에 익숙한 것이 보였다.

"그거."

"네?"

"사진…이네요?"

아무 생각 없이 쓰레기통에 있던 것을 봉지에 담던 선하가 제 손에 잡힌 종이를 펼쳤다.

"어머, 그러네요!"

그것은 정말 손바닥만 한 크기의 사진이었다. 선하는 놀라며 사진을 은재에게 건네주었다. 아무 생각 없이 사진을 받은 은재가 그것을 보았다.

그리고.

"어?"

그녀의 눈이 휘둥그레 커졌다.

"어어?"

"사모님?"

고용인들의 부름에도 은재는 대답할 수 없었다. 아니, 어떤 생각도 들지 않았다. 지금 그녀의 눈앞에, 손에 들린 사진 속의 사람은 분명.

'이게 어떻게?'

아주 오래전, 은재의 인생을 바꾼 바로 그 사람이었다.

은재는 다급히 움직였다. 손에는 구겨진 사진이 들려 있었고 눈은 정면과 사진을 번갈아 보았다.

'분명 그 사람이야. 그 사람. 그때, 그때 봤던 그 사람.'

이름도, 나이도 모르는 여자. 학교에서 가게 된 작은 전시관 가장 후미진 곳에 있던 사진 속 주인공이다. 팸플릿 홍보에도 나오지 않았고 우연히 보게 되어 지금까지도 잊히지 않았다.

"누구한테… 누구한테라도 물어야 하는데."

가슴이 쿵쾅거렸다. 당장이라도 이 사진 속 주인공이 누구인지 알고 싶었다. 그러나 소영이나 선하도 이 사람이 누구인지 알지 못했다. 그녀는 다시 사진을 보았다.

'화보 같은 게 아니야. 개인 사진인데, 그런데 어떻게 이게 여기 있어?'

도무지 답이 나오지 않았다. 어떻게 이 사진이 여기에 있을 수 있을까. 결국 은재의 걸음이 멈췄다. 당장 물을 곳이 없어서였다.

"언니?"

우뚝 선 그녀를 부른 건 태희였다.

"무슨 일 있으세요? 뛰시다가 갑자기 멈춰서."

아마 은재가 집 안으로 들어온 후부터 보고 있었던 모양이다. 막 운동을 다녀온 듯한 태희는 이리저리 은재를 살폈다. 걱정하는 표정이었다.

"아니요, 아무 일도……."

괜한 걱정을 덜어 주던 은재가 잠시 말을 멈췄다. 그리고 주변을 살피다 조심스레 물었다.

"아가씨, 혹시 이 사진 속 사람, 누군지 알아요?"

기대보다는 혹시나 하는 마음에서였다. 태희는 눈앞의 사진을 가만히 보았다.

"아니요, 저는 잘……. 근데 엄청 예쁘다. 좀 옛날 사진 같은데… 언니 아는 사람이에요?"

예상했던 대로 태희는 알지 못했다. 오히려 감탄하며 되물었다. 은재는 고개를 저었다.

"저도 예전에 전시회에서 딱 한 번 봤던 모델이에요. 그런데 우연히 찾게 되어서……. 개인 사진인 것 같은데 혹시 아는 사람이 있을까 싶어서요."

"으응… 잘 모르겠어요. 죄송해요."

태희는 정말 미안한 얼굴이었다. 대신 눈을 가늘게 뜨며 사진에 집중했다.

"근데 왠지 누구 닮은 것 같아요."

"누구요?"

"확실하진 않은데요, 그러니까 전체적으로… 아닌 것 같기도 한데."

사진에 대고 손가락을 휘휘 움직이던 태희를 따라 은재도 사진을 살폈다. 어디서 본 적 없는 굉장한 미인. 오래된 사진이라 화소가 떨어지지만 그 자체로도 충분한 미인이었다.

"어?"

그렇게 잠시 돌아가던 태희의 손이 딱 멈췄다.

"어!"

이내 감탄을 터트린 태희가 눈을 동그랗게 뜨고 말했다.

"지섭 씨!"

"오빠랑 닮았어요!"

"내가 누굴 닮아?"

두 사람의 외침에 당사자가 대답했다.

"히익!"

"엄마야!"

놀란 은재와 태희가 서로 붙잡고 돌아보았다. 언제 돌아왔는지 지섭이 다가오고 있었다.

"뭘 보는데 그렇게 놀라는 거야. 내 얘기하고 있었나?"

의아한 듯한 그의 눈에 은재는 겨우 숨을 골랐다. 그러다 얼른 사진을 품에 넣으며 태희에게 말했다.

"아가씨, 제가 사진 얘기한 건 비밀로 해 줘요."

"네? 아, 네. 그럴게요."

"고마워요."

태희의 대답을 들은 은재는 곧장 지섭에게 향했다. 그리고 아직 상황 파악을 하지 못한 그의 손을 잡고 방으로 이끌었다.

"빨리, 빨리."

"갑자기 무슨……."

"보고 싶어서 그러죠. 어서요."

누가 들어도 영혼 없는 은재의 말에 지섭은 가슴에 손을 얹었다. 살짝 감동받은 표정이었다. 그것을 가만히 지켜보던 태희는 고개를 끄덕였다.

'애처가.'

무섭기만 했던 오빠의 새로운 모습이다. 물론 나쁘지는 않았다.

오자마자 방으로 지섭을 이끈 은재는 빠르게 생각을 정리했다. 하나, 둘. 여러 개의 생각이 한꺼번에 차올랐다. 그녀는 숨을 고르고 지섭을 올려다보았다.

"은재야?"

그의 부름에 은재는 침을 삼켰다.

'설마, 그럴 확률이 얼마나 될지는 모르지만… 만약 정말이라면.'

"왜 그래. 무슨 일이 있어?"

"지섭 씨."

"말해."

약간의 장난도 지우고 지섭 역시 진지해졌다. 그녀의 심장이 어느 때보다 빠르게 뛰고 있었다. 은재가 사진을 내밀었다. 덩달아 심각한 표정이 되었던 그가 사진을 받았고 바로 표정이 무너졌다.

"…어머니."

그녀의 생각이 맞았다. 지섭은 아무 말도 하지 못하고 사진만 바라보았다. 다 읽을 수 없는 수많은 감정을 가지고 그가 입술을 물었다.

"어떻게."

무려 십 수 년 만에 보는 어머니의 얼굴이었다. 배우 활동조차 제대로 하지 못했고 남은 기록들은 모두 없애 버렸으니까. 혼란으로 가득한 지섭이 은재에게 물었다.

"이 사진을 어떻게 가지고 있어? 아니, 어디서?"

"온실에서 나온 거예요. 청소를 하면서 구겨져 있었던 걸 발견한 거고요."

"뭐?"

사진의 출처가 미연의 온실이라는 사실에 그의 표정은 더욱 굳었다. 그도 그럴 게 이 집에서 '최서영'이라는 사람을 지운 장본인이 미연이기 때문이다. 혼란으로 물든 지섭에게 은재는 한마디를 더했다.

"이분이에요."

"…무슨."

"제가 사진을 시작하게 해 주신 분. 그분이 이분이세요."

"뭐?"

"전에 말했었죠. 고등학교 때 전시회를 갔고 사진 하나를 봤다고. 딱 하루, 개인 전시가 되었다고 해서 그 이후로는 본 적이 없었는데."

그녀는 최대한 목소리가 떨리지 않도록 노력했다. 너무 놀랍고 믿기지 않지만 사실이었다.

"제 기억이 분명하다면 그 사진에 있던 분."

모든 이야기의 시작.

"지섭 씨 어머니예요."

이 사진을 보지 않았다면 시작할 수 없었던 이야기. 오래전, 심드렁한 표정으로 전시관을 거닐었던 날이 떠오른다. 이유 없이 꾸역꾸역 공부만 해 왔던 그녀에게 그날은 너무도 선명했다.

작은 액자 속에 담긴 사진 한 장.

모두가 무심히 지나치는 그곳에서 혼자, 세상에서 가장 행복한 표정을 봤던 기억을 그녀는 결코 잊을 수가 없다. 영상이나 소설도 아닌, 고작 사진 한 장에 담긴 수많은 감정을 고스란히 받았다.
 이 앞에 누가 있었을까.
 이것을 찍은 사람은 누구일까.
 어떻게 하면 이토록 행복해 보일까.
 그리고.

'나도 저렇게 행복해질 수 있을까.'

 그렇게 의문과 바람을 가지고 시작한 사진은 결국 지섭을 만나게 했다. 가슴의 일렁임이 더욱 강해졌다. 놀라움이 가시고 믿을 수 없는 우연을 받아들이면서, 그녀는 이제 알 것 같았다.
 "제 선택은 옳았어요."
 올바른 길을 가고 있다고. 정지섭을 선택한 것은 틀리지 않았다.
 "당신은 대체."
 내내 입을 다물고 있던 지섭이 입을 열었다. 꽉 눌린 목소리는 감정이 흔들리고 있음을 알려 주었다. 그가 그녀의 뺨에 손을 올렸다.
 "나한테 얼마나 더 많은 걸 주려는 거야."
 "받은 건 저예요."
 은재는 제 뺨에 닿은 지섭의 손을 잡았다.
 "지섭 씨 어머니가, 지섭 씨에게 날 인도했어."
 아주 먼 길을 돌고 돌아 긴 시간이 걸려, 뜻을 품고 날아간 타국에서 만난 인연. 지섭은 다시 사진을 내려다보았다. 사진을 쥔 손이 떨리고 있었다.

"지섭 씨."

그는 혼란스러워 보였다. 생각지도 못한 선물이 이미 사라졌다고 생각했던 기억을 끄집어냈다.

그리움. 고독함. 설움.

억지로 죽인 감정들이 겨우 사진 한 장으로 토해진다. 이 작은 사진 하나로. 지섭이 고개를 저으며 입을 열었다.

"나를 이 집에서 내보낸 후, 본격적으로 모든 것들을 처리했어. 이유는 아버지의 극심한 우울증 때문이었고. 어머니의 흔적이 아버지에게 독이 되었으니까."

"……."

"당연한 일이야. 아버지는 장미연이 집에 오기 전까지 여섯 번이나 자살 기도를 했을 정도였으니까. 내가 장미연을 받아들인 건, 그런 아버지를 살게 해 줬으니까. 그것으로 충분하니까……. 그런데 왜 그 사람이 어머니 사진을."

의문은 그것이었다. 이 사진이 왜 미연에게 있었을까. 그리고 또 하나.

"대체 전시는 누가 한 거지?"

"그럴 수 있는 건 딱 한 분뿐이세요."

후자는 너무도 쉽게 답이 나온다. 팸플릿에도 없는 작품을 전시할 수 있는 힘과 그 사진을 가지고 있었을 사람. 은재는 지섭의 팔을 꽉 잡았다. 드물게 흔들리는 그의 시선을 보며 그녀가 물었다.

"지섭 씨는, 아버님과 이야기를 나눈 적이 있나요?"

"…나쁜 사이는 아니야. 데면데면하긴 해도 충분히 많은 대화를……."

"어머니 얘기요."

"……."

"어머니가 돌아가신 후에, 두 분이서 그분의 이야기를 한 적이 있나요?"

지섭은 잠시 숨이 막히는 것 같았다. 은재의 곧은 시선에 눈앞이 흐렸다.

어머니.

태연하게, 아무렇지 않게 내뱉는 단어지만 지섭과 창만에게 있어 '최서영'은 금기였다. 타인에겐 할 수 있으나 서로에겐 할 수 없었다. 해선 안 될 이야기가 되었다.

"할 기회조차 없었던 거죠. 몇 번이나 삶을 포기하시려고 했을 때에도 말하지 못했을 거예요. 왜냐면 지섭 씨도 당사자였으니까."

"…나는."

"아내를 잃은 아버님처럼, 어머니를 잃은 아들이었으니까요."

쿵쿵.

이어지는 은재의 말에 지섭의 심장이 거칠게 뛰었다. 철이 들기도 전, 어머니를 잃었고 그의 아버지는 부서졌다. 세상을 잃은 것처럼 무너진 창만을 보며 지섭은 제 슬픔을 가뒀다.

마치 없던 것처럼.

"없는 사람으로 만들어야, 살 수 있을 것 같았을 테니까. 보지 않으면, 생각하지 않으면 나아질 거라고 생각했을 거예요."

그는 아무런 말도 하지 않았다. 그렇다고 감정을 터트리는 것도 아니었다. 묵묵히 은재를 볼 뿐이었고 그녀는 지섭의 시선에서 고스란히 감정을 공유했다.

"그런다고 아픈 게 사라지는 게 아닌데."

아주 오랜 시간, 아픈 것도 모르고 있었을 그에게.

천천히 손을 뻗은 은재가 그를 안았다.

'사진'이란 그렇다.

시간을 기억에 담는 가장 짧고 분명한 흔적.

"운명이니 뭐니, 그런 이야기로 포장하지 않을게요. 이건 우연이에요. 가늠할 수도 없는 엄청난 우연. 하지만 그 우연의 당사자로서 말할게요."

그 흔적이 말해 주는 것을 은재는 안다. 그녀는 '지금' 지섭이 가장 먼저 해야 할 일을 말해 주었다.

"지금 당장 아버님에게 가세요. 미루지도 말고, 고민하지도 마. 가서, 지섭 씨의 이야기를 하고, 아버님의 이야기를 들어요."

지섭의 몸이 떨리는 게 느껴졌다. 은재는 좀 더 강하게 그를 안고 속삭였다. 이 집에 들어온 이유. 그건 아마도.

"슬퍼해도 괜찮아. 내가 위로해 줄게."

"……."

"내가, 도와줄게요."

선택권도 없이 소중한 사람을 잃고 스스로를 돌보지 못한 이

가여운 사람들을 위해서.

#23

똑똑똑.

늦은 밤 울리는 노크에 창만이 고개를 들었다. 이제 막 잠자리에 들기 전, 미연이 나간 지 겨우 5분 정도밖에 지나지 않은 후였다.

"들어와."

그는 당연히 그녀가 다시 돌아왔을 거라 생각했다. 무겁게 닫혀 있던 문이 열렸고 문밖에 선 것은 미연이 아니었다.

"…무슨 일이라도 있는 거냐."

첫마디는 어색했다. 이해한다는 듯 들어선 장본인, 지섭도 담담히 인사했다.

"늦은 시간에 죄송합니다."

"네가 이유 없이 찾아올 놈은 아니니까."

창만의 이해에 지섭이 안으로 들어섰다.

"앉아라."

침대에 앉은 그가 조금 떨어진 의자를 가리켰다. 지섭이 그곳에 앉고 잠시 침묵이 흘렀다. 늙은 아버지와 젊은 아들이 마주했다. 그것은 아주 오랜만이었고 낯설었다. 이렇게 '이유 없이' 단둘이 함께하는 것은.

"무슨 일이냐."

창만이 먼저 운을 뗐고 지섭은 돌려 말하지 않았다.

"어머니에 대한 얘기입니다."

"…그 사람이 왜."

무심히 되묻는 아버지에 지섭이 입을 다물었다. 천천히 창만이 깨닫기 바라서였다. 아무 말이 없는 그에 창만이 미간을 좁혔다.

"왜 말을 하다……."

그리고 깨달았다. 지금 지섭이 말하는 '어머니'가 누구인지를. 놀라 굳어 버린 창만을 보며 지섭은 숨을 한 번 골랐다.

'생각보다.'

금기였던 어머니를 꺼내는 건 어렵지 않은 일이었다. 아버지의 앞에서 '어머니'를 꺼내는 것은 20년도 더 되었다. 무슨 말을 해야 할지 가늠이 되지 않았다. 한꺼번에 너무 많은 것이 떠올랐다.

은재의 손에 있던 그 사진이 왜 온실에서 나왔는지, 미연이 어째서 사진을 가지고 있었는지. 하지만 가장 먼저 하고 싶은 말은 이것이었다.

"저는 싫었습니다."

"……."
"어머니의 모든 것을 그렇게 한꺼번에 없애는 것이 싫었습니다."
어리광처럼 들릴 수 있는 말이었다.
"그게 아버지에게 가장 필요한 조치였다고 해도요."
당연하게 덮어 둔 진심을 오래된 사진 한 장이 불러냈다. 누구보다 자기제어가 강한 그로서도 믿을 수 없는 일이었다.
"차라리 제게 주시기를 바랐습니다. 아니, 저조차 말씀드릴 수가 없었으니 아버지를 탓할 수는 없을 겁니다. 그래도."
한번 물꼬를 튼 말이 천천히 이어진다. 어머니의 사진을 보는 순간, 그는 청성의 '정지섭 이사'가 아닌 '아들 정지섭'이 되어 있었다.
"남기고 싶었습니다."
지섭의 고개가 아래로 내려갔다. 진심을 입에 담는 순간 심장이 울렁였다. 머리는 나약하고 하찮은 소리라는데 멈춰지지 않았다.

'내가, 도와줄게요.'

은재의 속삭임이 쭉 곁에 있었다. 앞뒤 자른 무책임한 말이었지만 창만은 그것을 탓하지 않았다. 오히려 모두 이해한 듯 담담히 지섭을 보았다. 장성한 아들이 아니라 열 살 겨우 넘어 엄마를 잃은 어린 아들을.
"내 삶은 온통 후회다."
그래서 이제야 말할 수 있었다. 지섭이 고개를 들었고 창만은 주름진 얼굴을 쓸었다. 나이보다 훨씬 더 나이가 든 얼굴이었다.

"나를 보느라 너를 보지 못했다."

"……."

"내가 너무 힘들어서, 네가 보이지 않았어."

덤덤히 잇는 말은 고요히 퍼져 나갔다. 이렇게 쉬운 물꼬를 지금까지 트지 못한 것이 신기할 정도로.

"다 가졌지. 돈도 명예도 지위도 사람도. 전부를 가져서 그 사람을 귀하게 여기지 못했다. 당연히 늘 그 자리에 있을 거라고 생각했지."

허탈하게 몸을 기울인 창만이 지섭에게 고개를 저어 보였다.

"네가… 나만큼 아플 수 있다는 걸 헤아리지 못했어."

지그시 향한 시선이 흔들렸다. 서로가 서로의 상처를 깨달았을 땐, 이미 아무것도 말할 수 없게 되어 있었다.

"아버지."

많은 질문이 있다. 그것을 지금 당장 전부 할 수 없다는 것도 안다. 그러나 반드시, 꼭 묻고 싶은 것이 있었다.

"이제 괜찮으십니까?"

넌지시 건넨 말에 창만이 웃었다. 지섭은 이제 겨우 한 걸음 다가선 순간에 고마워할 사람을 잊지 않았다.

"위로해 줄 사람이 있습니다. 지금이라도 가서 이야기를 할 수 있는 사람이, 생겼습니다."

그것이 은재를 말하는 것임을 창만은 모르지 않았다. 창만이 느리게 움직였다.

"…나 역시 그랬다. 그게 얼마나 귀한 일인지 알아. 그래서 더 너에게 미안해."

"……."

"미안하다, 지섭아."

덤덤하게 나오는 말은 조금은 협박처럼 들려왔다. 지섭은 제 아버지처럼 얼굴을 쓸어내리고 똑같이 담담히 말했다.

"저는 멈추지 않을 겁니다."

"그래야지."

"예."

"그게, 네가 선택한 거라면."

창만은 옅게 웃고 마저 몸을 움직였다. 다리를 하나씩 침대 밑으로 내려 겨우겨우 일어섰다. 마르고 볼품없는 몸. 늙은 몸. 그 몸이 아주 느리게 걸어 책장으로 향했다.

"세상엔 많은 우연이 있어. 말로 설명할 수 없는, 기적 같은 일이. 아주 오랜 시간이 지나도 잊을 수 없는 한순간이라는 게 있지. 보자마자 알 수 있었어."

그는 눈앞에 있는 낡은 책을 하나 집었다. 그리고 무심히, 의미 없다는 듯 책을 펼쳐 몇 겹으로 접힌 종이를 꺼냈다.

"…그건."

"마지막으로 남은, 그 하나를 그냥 보낼 수가 없었다. 네 엄마는 본래 사람들을 좋아했던 사람이었지. 나 때문에 하고 싶어 했던 일도 못 했으니, 마지막이라도 제대로 보여 주고 싶었어. 그래서 딱 한 번, 사람들에게 보였다."

한 겹, 한 겹 펼쳐진 것은 사진이었다. 눈부신 미소를 짓는 아주 오래된, 젊은 날의 여자였다. 창만이 그것을 지섭에게 내밀었다.

"그 아이에게 줘."

"아버지."

"지금이 아니어도 돼. 나중에, 정말 죄책감 없이 볼 수 있다면 그때 주거라. 그리고 전해 줘. 고마웠다고. 외롭지 않게 보낼 수 있도록 해 줘서. 나 혼자만의 장례에 함께해 줘서."

쿵.

듣는 지섭의 머리가 순간 멍해졌다. 그는 창만이 무슨 말을 하는지 바로 알아듣지 못했다. 지섭이 벌떡 일어나 그를 보았고 창만은 흐릿한 눈에 빛을 담았다.

"지켜라. 지키지 못한 것을 후회로 남기고 싶지 않다면."

일순 머뭇거린 입술이 떨렸다. 지섭은 창만만큼 느리게 나가 사진을 받았다.

그것은 어머니였다.

믿기지 않지만, 믿을 수 없지만 지섭은 물을 수밖에 없었다.

"아버지, 혹시."

닮은 두 눈이 마주쳤다.

"…혹시 처음부터."

"피곤하구나. 쉬고 싶어. 이만 나가 봐."

창만은 단호히 말을 끊었다. 처음부터 이상했다. 아무렇지 않게, 오히려 그를 돕듯이 창만은 지섭과 은재를 받아들였다. 지섭은 그것을 총기를 잃은 노인의 감성으로만 생각했다. 그저 안타까워만 했다.

"아버지."

미련 없이 돌아서는 그를 지섭은 잡지 못했다.

그저 바라볼 뿐.

📷

"뉴욕 N대에서 휴학 중으로 이름은 에블린, 26세. 장학금 조의 특채로 청성그룹의 인턴 생활을 했고 한국 이름은 서은재, 한국 유학생으로 확인되었습니다. 당사 법무팀으로부터 5만 달러의 귀책금을 받고 바로 퇴사 처리가 되었습니다. 또……."

미연이 손을 들어 말을 막고 물었다.

"고작 실수 하나로 5만 달러나?"

"예."

"…계속해."

"퇴사 전, 꽤 여러 차례 정 이사와 접촉이 있었던 것 같습니다. 뉴욕에서 꽤 오랫동안 거주하던 곳의 정리도 곧바로 이어졌고… 함께 살던 룸메이트에게 알아본 바, 바로 보증금만 챙겨 떠난 것 같습니다. 마약 투약으로 병원 입원 상태여서 신빙성은 부족합니다마는."

"그래, 알겠어. 그래서 당장 어디 있는 건지는 모른다는 거 아니야. 하다못해 사진이나 얼굴, 뭐 한국 주소 같은 건 없어?"

"그게."

준비한 보고를 잇던 윤정의 입이 다물렸다. 결국 미연의 미간이 좁아지며 버럭 소리를 쳤다.

"결국 알아낸 게 없다는 뜻이잖아!"

쾅!

책상을 후려치는 손이 매서웠다. 그 손이 꼭 저를 치는 듯 움찔한 윤정은 다급히 되물었다.

"이사님, '에블린'이라는 이름 기억하십니까?"

"그게 왜!"

"작은 사모, 김주경의 이름입니다."

난데없이 나온 주경에 미연의 눈이 찌푸려졌다. 그녀가 붉어진 얼굴을 가라앉히며 입을 열었다.

"그런데."

"절대 흔한 이름은 아닙니다. 같은 뉴욕에서, 이것만 봐도 분명 뭔가가……."

"권윤정, 너 미국을… 뉴욕을 대한민국 시골 정도로 생각하는 거야?"

기가 찬 미연이 묻자 윤정이 고개를 저었다.

"하지만 이사님. 정지섭 이사와 연관된 두 여자의 이름이 같습니다. 그것도 둘 다 한국과 연관이 있고요."

"김주경은 쭉 미국에서 살아왔어. 그 정보는 네가 알아온 거라고."

"…그렇긴 합니다마는."

"그래, 흔하지 않지. 하지만 고작 그 정도가 끝이야. 그리고

213

정지섭이 제 사람 데려오면서 신분까지 바꿔 데려올 이유가 뭐가 있어. 결국 일만 귀찮아질 것을. 지금 정지섭이 김주경 대하는 태도가 신분 바꿔다 놓은 물건 대하는 태도야?"

이어지는 미연의 말에 윤정은 대꾸할 것이 없었다. '사용'하기 위해 데려온 것이라기엔 지섭의 모습은 진심으로 가득했다. 미연은 깊은 한숨과 함께 지시했다.

"일단 서은재에 집중해. 이름 알아냈으면 한국에서 알아보긴 쉬울 거야. 그러니까……."

벌컥.

"사모님! 사모님!"

기껏 낮춘 목소리가 무색하게 누군가 그녀를 떠나가라 외쳤다. 확 화가 오른 미연이 고개를 돌리자 노크도 없이 온실로 들어온 혜란이 탓을 하기도 전에 말했다.

"작은 사모, 아니 김주경이 최서영의 사진을 가지고 있었습니다."

한껏 고양된 혜란은 침을 꿀떡 삼키고 말을 이었다. 순간 넋이 나간 미연이 눈을 크게 떴다.

"…뭐?"

"분명 그분 사진이었습니다. 그것도 사모님께서 가지고 계시던 그 사진이요."

"그게 왜 그 계집애 손에 있어!"

들으면 들을수록 기가 막힌 소리에 미연은 사색이 되었다.

"분명 제대로 버렸는데!"

그것이 어째서 거기에 가 있단 말인가. 온실을 뒤지기라도 했단 말인가. 혜란의 말은 그게 끝이 아니었다.

"거기다 김주경이 최서영을 알고 있었던 것 같습니다."

들으면 들을수록 이해도, 파악도 못 할 말이었다. 미연은 애써 침착하게 대꾸했다.

"그야… 정지섭한테 들었을지도 모르니까."

"아니요, 그게 아니라 어느 전시회에서 최서영 사진을 본 모양이에요. 그 왜, 예전에 회장님께서 하셨던……."

"그건 또 무슨 말 같잖은 소리야? 김주경이 거길 어떻게 가?"

미연은 부정하며 고개를 저었다.

"전시회라니. 그건 분명 딱 한 번, 한국에서."

"예! 쭉 미국에서 살았다던 사람이 볼 수 있을 리가 없죠!"

단순히 얼굴을 아는 것이 문제가 아니었다. 국내에서 딱 하루, 창만이 제 아내의 마지막 사진으로 내보였던 전시회. 그런데 그것을 뉴욕에서 나고 자란 '김주경'이 볼 수 있을 리 없다.

"그런데도 봤다면?"

쿵, 쿵.

미연의 심장이 가쁘게 뛰었다. 그녀가 이리저리 걸음을 옮기며 입술을 물었다.

"결국 둘 다 같은 시기에 뉴욕에 있었어. 하나는 나고 자랐고 하나는 유학을 갔지. 아니, 설명이 안 되잖아. 대체 왜? 왜 이름을 바꿔서 데려와? 무슨 이유로? 왜 굳이 그런 어려운 일을……."

그 순간 정수리로 벼락이 내리쳤다.

'뉴욕에서는 했다는 혼인신고를 한국에선 하지 않았어. 당장 주식을 하나라도 모아야 할 판국에 대외적으로 내보이지도 않았고. 꼭꼭 숨겨 두고 지켜 왔지.'

왜. 어째서. 하나, 하나만 놓고 보았을 땐 보이지 않던 것들이 보인다. 별개로 두면 겹쳐지지 않을 공통점이 나타나고 답이 생겼다.

"왜긴."

미연이 움직임을 멈추고 중얼거렸다.

"그래야 하니까."

하얗게 질려 있던 그녀의 얼굴로 화색이 돌기 시작했다.

"들켜선 안 되니까."

환희와 가까운 미소. 결코 잡히지 않을 것 같았던 실마리가 눈앞에 있었다.

"모든 게 거짓말이니까."

비로소 모든 아귀가 맞아 가기 시작했다.

잠이 들지 않는 밤이었다. 아주 늦은 밤, 굳이 잠들기 위해 노력하지 않던 새벽 내내 그들은 함께했다.

"손이 커요."

조금 나른해진 목소리였다. 지섭은 그녀가 잡고 있는 제 손을 들었다. 마디가 도드라진 큰 손이었다.

"손도 잘생겼네."

장난스러운 말에 그가 피식 웃었다.
"놀리는 거야?"
"놀림이나 당하고?"
"그런 놀림이라면 얼마든지."
 능글맞은 대처는 절대 이길 수가 없다. 은재는 고개를 한 번 젓고 지섭의 어깨에 머리를 기댔다. 동이 트고 있었다. 날이 밝으면 우리가 가장 바라던 날이 온다. 그녀가 넌지시 날을 가늠했다.
"이혼까지 앞으로 얼마나 남았더라."
 이번에도 장난스러웠지만 묘한 아쉬움이 담겨 있었다. 정말 결혼한 적은 없지만 결국 표면적으론 그런 결말일 거다.
"뉴욕으로 돌아가서 당신이 할 일을 해. 머물 곳과 학비는 걱정하지 말고. 생활비는……."
"그거요."
 지섭의 말을 자른 은재가 눈을 굴렸다. 그리고 머쓱하게 머리를 긁적였다.
"없던 일로 하고 싶어요."
"…뭐?"
"어느 순간부터 그게 중요하지 않아서 말하지 않았는데, 이제 확실히 해야 할 것 같아요."
"……."
"진짜 욕심나는데요, 그래도 지섭 씨한테 받고 싶진 않아."
 그녀는 어깨를 으쓱거리며 고개를 저었다. 살짝 당황한 지섭이 물었다.

"부담스러워서 그래?"

"네."

은재는 대답에 틈을 주지 않았다. 어찌나 솔직한지 순간 그의 말문이 막혔다. 그녀는 웃으며 말을 이었다.

"자존심을 세우는 걸지도 모르지만, 솔직히 말해서 귀책금을 당장 갚을 수 있는 것도 아니고… 그렇다고 뭐 대단한 플랜이 있는 것도 아니지만. 그것 말고도 문제가 어마어마하게 많은 것도 아는데요."

"귀책금은······."

"지섭 씨."

그에게 기댄 고개를 든 은재가 빤히 지섭을 보았다. 피곤함이 묻어나던 목소리와 달리 맑고 반짝이는 눈이었다.

"나 진짜 아주 멋진 사람이 될 거예요."

꼭 어린아이 소원처럼 추상적인 말이었다. 하지만 그것에 담긴 진심이 고스란히 느껴졌다. 그녀는 지섭의 큰 손을 쥐고 곱씹듯 말했다.

"대단한 사람이나, 돈 많은 사람은 못 될 것 같은데… 그래도 어디 가서 부끄럽지 않은 사람이 될게요."

"…서은재."

"네, 그렇게요. 이왕이면 다른 사람들에게도 '서은재'로 불리고 싶어."

화사한 웃음이 동이 트는 새벽빛을 받아 빛난다. 지섭은 천천히 그녀의 머리를 쓸었다. 간지러운 촉감에 어깨를 들썩이던 은재가 소곤댔다.

"뉴욕으로 돌아가면, 만나러 와 줄 거죠? 나, 나는 못 와요. 적어도 공부 다 마칠 때까지는, 못 올 거야."

조금 민망해하는 눈치다. 그는 마른 입술을 꾹 다물다 말했다.

"미안해."

"…안 올 거예요?"

지섭의 사과에 은재가 충격 먹은 듯 입을 벌렸다. 그는 결국 다시 웃어 버리고 말았다.

"사랑해."

넌지시 건네는 속삭임에 그녀의 뺨이 금방 붉어졌다.

"응."

이제 정말 끝을 이야기할 때가 왔다는 것이 실감난다. 수줍은 대답에 지섭이 은재를 안았다. 뽀근한 품에 그녀가 눈을 감고 그가 입을 열었다.

"잘못된 시작은 끝내야 해."

"……."

"처음으로 돌아갈 수는 없지만 다시 시작할 수는 있어."

"…지섭 씨."

"내가 당신에게 전부를 보여 주는 날 말할게."

크고 따뜻한 손은 은재의 등 전체를 감쌌다. 어디 빠져나갈 수도 없을 만큼 단단히 그녀를 안은 지섭은 오직 은재만이 들을 수 있도록 말을 이었다.

"정말 내 사람이 되어 달라고."

쿵.

온몸이 저릿해지는 심장의 울림. 꼭 프러포즈 같은 소박하지만 분명한 고백에 은재는 고개를 끄덕였다. 가슴이 뜨겁게 차올라 두근거렸다.

'행복해.'

그 이상의 표현은 필요치 않을 만큼.

더 이상 미룰 수 없는 날은 찾아왔다. 청성 일가가 고요했다. 언제나 조용했지만 오늘은 유난히 더 그랬다. 그들 모두 안다. 오늘을 기점으로 많은 것이 변한다는 것을. 누군가는 승리할 것이고 누군가는 패배한다. 길었던 싸움의 끝이었다.

"다녀와요."

지섭의 넥타이를 다독이던 은재가 말했다. 후우. 낮은 숨을 내쉰 그녀는 그를 안았다.

"어떤 결과가 있든, 저는 당신 곁에 있어요."

자그마한 응원은 어떤 것보다 깊이 지섭의 마음에 담겼다. 아주 오래전 느낀 어머니의 손길만큼이나 따뜻했고 그만큼 소중한 것 같았다.

"이런 마중, 배웅, 인사 전부. 너에게 고마워."

지섭이 가만히 웃었다. 모두 떠나 무의식중에 배제하던 '어머니'를 꺼내게 해 준 것만으로도 충분했다. 그녀가 한 걸음 물러섰다. 지섭 역시 숨을 고르며 돌아섰다. 기다리고 있던 제임스가 고개를 숙이며 그를 맞이했다.

"가자."

D-Day였다.

제임스의 손에 들렸던 서류가 책상에 내려앉았다.

"본래 목표는 이사님이 뉴욕에 있는 시점에 회장님의 대리인이 되어 총수직을 가지려고 했던 게 분명합니다. 그러니 공격적으로 주식들을 사들이고 지분을 늘려 왔을 겁니다."

다시 하나, 또 하나. 차가운 눈이 내려놓는 서류를 사납게 노려보고 있었다.

"많은 주식을 사기 위해선 비자금이 필요했을 겁니다. 비자금을 어떤 방식으로 생성했는지 아는 게 우선이었고 서은재 씨에게 주려 했다던 논현동 전시관부터 조사를 시작했습니다."

"비자금 조성을 위해 만든 전시관을 그 사람에게 넘겨 이쪽 발목을 잡으려고 했겠지."

"예. 하지만 서은재 씨가 거절하고 알려 준 덕분에 빌미를 잡은 겁니다."

잠시 말을 멈춘 제임스는 숨을 한 번 고르고 말을 이었다.

"기부금과 경선물산 같은 중소기업 투자를 빌미로 자금을 돌리고 회계를 조작해 이익을 불렸습니다. 그것으로 기업들을 이용해 청성의 주식을 사 지분율을 늘렸고요. 이번 총회에서 지분 싸움으로 이겨 볼 참이었겠죠."

끝이 없는 비리였다. 지금 말한 것은 큼직한 것들이지 세세하게 들어가면 절로 한숨이 나온다. 미연은 안팎으로 청성을 망가트리고 있었다. 지섭이 이마를 쓸었다.

"예상은."

"변수가 없는 한 무조건입니다."

준비한 자료들만 해도 오늘 안으로 분석이 다 모자랄 정도였다. 만약 이 모든 게 터진다면 청성도 흔들릴 거다. 불공정 인사 관리, 회계 조작, 비자금 생성, 불법 투자. 하나같이 무거운 것들이었다.

"후우."

지섭은 의자에 몸을 기대며 눈을 감았다. 지독한 침묵에 제임스가 물었다.

"괜찮으십니까?"

그는 아무런 대답도 하지 않았다. 기뻐할 수도, 좋아할 수도 없는 처지다. 결국 미연과 지섭은 모자(母子)관계였고, 세간은 재벌가의 재산 다툼이라며 조롱해댈 거다. 하지만 그것이 무서운 것은 아니다.

'정말 무서운 건.'

모든 것이 끝난 후. 후회해도 늦은, 돌이킬 수 없는 먼 기억 속의 실수. 몇 번을 곱씹어도 후회밖에 남지 않는 감정에 그가 제얼굴을 쓸어내릴 때였다.

벌컥.

"……!"

갑자기 열린 문에 놀란 제임스가 몸을 돌렸다. 감히 재무이사 사무실을 멋대로 열어젖힐 사람은 몇 안 된다. 아니, 하나뿐이다.

"…장 이사님."

곱씹듯 중얼거리는 제임스의 말에 그녀가 코웃음을 쳤다.

"주인을 닮아 싸가지가 없는 건지, 인사부터 하는 게 먼저 아닌가?"

또각또각.

"안 그러니?"

우아한 걸음으로 허락도 없이 들어선 미연을 보며 지섭이 몸을 세웠다. 책상 위의 자료들은 한데 모아 덮은 후였다.

"노크라도 하시지 그러셨습니까."

놀란 사람치곤 덤덤한 말에 그녀가 어깨를 으쓱였다.

"회장에서 만나는 것보다 먼저 얘기를 나누는 게 좋을 것 같아서."

"……"

"이제 와 미룰 수 있는 방법도 없잖아."

농담인지 진담인지 모를 소리였다. 물론 진담일 확률이 높다. 피식 코웃음을 친 지섭이 책상 앞으로 나서며 말했다.

"차라리 갖고 싶다고, 순수하게 달라고 하시지 그러셨습니까."

"그랬으면, 줬을까?"

"예. 그저 갖는 게 목적이었다면요. 청성을 모욕하고 더러운 것들로 물들이는 걸 보고만 있을 순 없잖습니까."

"어쩔 수 없지. 내 태생이 그렇게 더럽고 하찮은걸. 날 이렇게 만든 건 높은 분들이지."

"아, 남 탓 하시는 버릇은 여전하시군요. 제 어머니 사진에 대고 모두 당신 탓이다, 하소연이라도 하셨습니까?"

"……."

"왜 사진을 가지고 계셨는지는 묻지 않겠습니다. 선물, 잘 받았습니다."

순식간에 미연의 말문을 막아 버린 지섭은 생긋 웃었다. 그리고 제 책상 위에 엎어진 작은 액자를 돌렸다.

"…하, 하하."

액자엔 미연이 버렸던 구겨진 서영의 사진이 있었다.

"진심으로 감사합니다, 어머니."

고약한 비꼬기였다. 제 손에 사진이 있다는 것을 숨기지도 않는 대범함이었다. 부들부들 떨던 미연이 곧 입꼬리를 올렸다. 어차피 말장난을 하러 온 것이 아니다. 그녀는 소파에 털썩 앉으며 지섭에게 말했다.

"어떻게 할까 생각해 봤어."

제 머리카락 끝을 잡고 빙글빙글. 유난스러운 손동작이었다. 미연의 눈이 이리저리 움직였다.

"기다린 이유는 다른 게 아니야. 네가 가진 모든 카드를 내가 가져갈 수 있을 때. 어중간하게 정리하고 싶지 않았으니까."

"저 역시 그렇습니다. 어중간하게 할 거라면 돌아오지도, 굳이 이렇게까지 할 필요도 없었을 겁니다."

여유롭게 미소 짓던 지섭의 눈이 차가워졌다. 그는 자리에 앉은 미연을 똑바로 응시했다.

"지킬 게 많아졌거든요."

꼭 당장이라도 물어뜯을 듯 맹수 같은 눈이었다. 두 사람 사이에서 스파크가 튀었다. 도도하게 꼰 미연의 다리가 흔들렸다. 뾰족한 구두 끝이 멈추고, 그녀가 속삭이듯 말했다.

"김주경을 내가 그냥 둘 것 같아?"

"별수 없으실 겁니다."

"내가 그 집에 있는 한 그 계집애는 절대 가만 안 둘 텐데."

"그러실 수 있겠습니까?"

"……."

"제가 어머니를 가만두지 않을 텐데요."

명백한 경고, 아니 협박. 웃고 있지만 그 웃음에 숨은 칼날이 매서웠다.

'빌어먹을 새끼.'

저릿하게 올라오는 공포에 미연이 입술을 물었다. 그녀는 애써 턱을 들어 올렸다.

"맞아, 그렇겠지. 우리 대단하신 아드님이 그냥 계실 리 없겠지."

도도하게, 자존심을 잃지 않으려 꿋꿋하게 허리를 세웠다. 지섭은 그사이에도 미연의 의중을 파악하려 했다. 이유 없이 이곳에 왔을 리는 없다.

'뭔가 있어.'

그녀가 기운 빠진 사람처럼 한숨을 쉬며 고개를 저었다.

"네가 준비한 것들이면 난 당장 쫓겨나 그 집에 틀어박힐 거야. 두고두고, 시간이 지나면서 내가 아무것도 가질 수 없게 되면, 너는커녕 김주경에게도 고개 조아리며 살아야겠지. 네가 그렇게 만들 거니까."

"……."

"어차피 밝혀져야 할 것이니까, 이혼이라도 하려고 했을까? 아니다, 어차피 다 조작된 거겠지? 뭐, 결국 시간이 지나면 모두 네 뜻대로 됐을 거야. 내가 감히 건드리지 못하도록."

흘러가듯 지나가는 말이 지섭의 숨통을 쥐었다. 곁에 섰던 제임스의 숨까지도. 지섭의 눈이 빠르게 흔들렸다.

설마.

…설마.

미연이 천천히 눈웃음을 지었다.

"그런데 어쩌지? 네가 움직이기 전에, 내가 알아 버렸네."

자그마한 속삭임과 함께 그녀가 붉은 입술을 움직였다.

"서은재."

쿵.

쿵.

지섭의 심장이 뒤집히듯 뛰고 안색이 새파랗게 질렸다. 흔치 않은 광경에 미연은 너무도 기쁘게 웃으며 말을 이었다.

"들키지 마셨어야지, 아드님."

#24

어디서.

도대체 어떻게.

'김주경'을 만들어 낸 것은 오로지 '서은재'를 지키기 위한 것. 수많은 돈과 인력을 사용해 신분을 만들었고 은재의 흔적을 철저히 지웠다. 하다못해 같은 부서 사람들에게까지 전부. 만약 알아낸다 하더라도, 그것이 지금은 아니었어야 했다.

"이사님."

제임스가 지섭을 불렀다. 지섭은 괜찮다는 듯 손을 들었다. 아주 잠시 시선이 흔들렸다. 그러나 곧 본래의 제 것으로 돌아와 똑바로 미연을 응시했다.

"그게."

나지막한 목소리가 말했다.

"제가, 그 사람을 지키지 못할 이유가 됩니까?"

오만한 목소리가 오만한 말을 했다. 순간 움찔하게 되는 강한 어조에 미연의 입술이 말랐다. 그녀가 입가를 씰룩였다.

"서은재는 지키겠지."

서은재, 서은재.

미연의 입에서 나오는 그녀의 이름에 지섭의 신경이 날카로워졌다. 꽉 쥔 주먹이 흔들렸다. 그것을 본 것처럼 그녀가 어깨를 으쓱였다.

"하지만 서은재가 가진 것들까지 지킬 수 있을까."

피식 웃은 미연은 휴대폰을 꺼내 들었다. 그리고 준비한 듯 바로 무언가를 읽어 갔다.

"서경호. 30년 넘게 작은 건축 회사에서 일했고, 근태 성실하고 덕망도 높아. 주변에 사람도 많고 평판도 좋아. 있는 건, 대출 조금 남은 아파트에 저금 몇 개일까. 윤진숙, 가정주부네. 그러다 몇 년 전부터 부업을 하고 있어. 딸 유학 자금 때문인가? 거기다 오빠도 있더라고."

"……"

"서은태. 제법 좋은 회사 다니고 있긴 하지만 딱히 모은 재산은 없고, 결혼한 지 몇 년에, 이제 막 아이까지 가졌다지? 돈 들어갈 곳도 많은데 직장이라도 잃으면 곤란할 거야."

보란 듯이 은재의 가족 관계를 읊었다. 우롱하듯, 혹은 안타깝다는 듯 고개까지 저어 가면서. 준비한 것을 모두 읽은 그녀가 휴대폰을 내리며 고개를 기울였다.

"당연히 아무것도 없는 내 힘으론 그 계집애를 건드릴 수 없어. 하지만 그 계집애가 아닌 건 망가트릴 수 있지."

긴 말을 잇던 미연이 자리에서 일어섰다. 천천히 몸을 세운 그녀는 다시 우아하게 걸어 지섭의 책상 위, 명패를 쓰다듬었다.

〈청성그룹 재무이사 정지섭〉

가장 대외적인 그의 이름을. 그녀가 똑바로 지섭을 응시했다.
"내가 물러나더라도, 나는 청성그룹 총수를 아들로 둔 엄마니까. 그거 하나면 내 한마디 말에 움직일 물건들이 한둘이 아니거든."
"…하."
"그게 지섭이 널 아들로 둔 내 힘이야."

결국 미연의 수는 뻔했다. 예상했던 것에서 조금도 벗어나지 않는다. 지섭은 유치하고 더러운 그녀의 수작에 이를 드러냈다.
"그럼 세간은 재미있는 꼴을 보게 되겠군요."
"…뭐?"
"패륜을 저지르는 청성의 후계자를 보게 될 테니까요."

지지 않는 기세가 순식간에 미연을 덮쳤다. 궁지에 몰린 것은 그인데 조금도 흔들리지 않는다. 적어도 겉은 그랬다. 그녀는 꿋꿋하게 목을 세웠다.
"선택은 네 몫이야."

마지막 말을 남긴 미연은 그대로 사무실을 나섰다. 더 있다간 지섭에게 휘말릴 게 분명했다. 빠르게 빠져나가는 그녀를 보며 제임스가 다급히 지섭을 불렀다.

"이사님."

지섭은 대답하지 않았다.

꽤 오랫동안.

괜한 불안과 긴장감이 감도는 집, 은재는 선반 앞에 서 있었다. 그녀는 조금 높은 위치의 선반으로 팔을 뻗으며 중얼거렸다.

"왜 넘어지고 그래."

선반 위에 나란히 있던 인형 중 턱시도를 입은 인형이 넘어져서였다. 그것을 바로 세운 은재는 다시 올려다보았다.

"다른 건 몰라도 너네는 나랑 같이 가자."

조금 기운 없이 중얼거린 혼잣말이었다. 그녀는 쓰게 웃었다.

"이럴 줄 알았으면 서은재로 올 걸 그랬어."

이제 와 하는 늦은 후회였다. 하기야 설마 지섭과 이런 관계가 될 줄 누가 알았을까. 보호가 되어 주던 '김주경'이 벽이 되었고, 남은 것은 후회뿐이었다.

"후우."

인형들을 한 번씩 쓰다듬은 은재가 말했다.

"미안해요."

그것은 인형들을 만들어 준 태희를 향한 사과였다. 당장 본인에게 말하지 못한다는 것이 무겁게 가슴에 얹혔다.

"속이게 되어 버린 것도, 지금 말하지 못하는 것도 전부 미안해."

비겁하지만 비겁할 수밖에 없는 사실도. 어쩐지 인형들의 표정이 슬퍼 보였다. 마치 은재의 마음을 아는 것처럼 지섭의 인형이 또 기울었다.

"이게 왜 자꾸."

시무룩하게 기운 인형을 다시 세우며 발끝을 세울 때였다.

Rrrrr. Rrrrr.

멀지 않은 곳에 뒀던 휴대폰이 바쁘게 울렸다. 저 휴대폰으로 연락이 올 곳은 한 곳뿐이었다.

"지섭 씨?"

툭, 투둑.

서둘러 달려가 전화를 받는 사이, 선반 위에 있던 인형들이 굴러떨어졌다.

'아이고.'

괜히 숨이 헉 들이켜진다.

-숨이 가쁜데… 뭐 하고 있었어?

"아니요, 인형을 좀 보느라고. 그런데 무슨 일이에요?"

바닥에 널브러진 인형들을 주운 은재는 살짝 묻은 먼지를 털어 냈다. 토닥토닥. 쓸어 내는 손길과 함께 지섭의 낮은 목소리가 이어졌다.

-그냥. 당신 목소리 들으면 뭐든 확실해질 것 같아서.

어쩐지 잔뜩 가라앉은 목소리였다. 평소보다 더 깊고 낮은 음성에 인형을 제자리에 놓던 은재가 물었다.
"…아직 고민하고 있는 게 있어요?"
혹시 진행하는 일에 문제가 있는 건 아닐지, 걱정이 들었다. 다행히 그는 단호히 말했다.
-아니.
"그럼, 무슨 일이에요?"
-이미 모두 결정했어. 후회는 없어.
보지 않아도 얼마나 단호한지 알 수 있었다. 그러나 금방, 쓴웃음이 이어졌다.
-아니, 하나 있네.
"하나?"
-당신.
"……."
-당신에게 한 내 잘못들.
"무슨 잘못을 했는데?"
-아주 큰 잘못. 모든 걸 나쁘게 만들어 버릴지도 모를 사실.
단호함과 별개로 속앓이가 묻어나는 말들이었다. 은재는 금방이라도 나올 것 같은 한숨을 겨우 참았다.
'내색하지 않아도 많이 힘든 거야. 아니, 내색하는 방법을 모르는 거겠지. 항상 견뎌야 했으니까.'
약해지는 것에 익숙하지 않은 사람.
타인의 도움이 낯선 사람.
언제나 혼자 해 왔던, 정지섭.

그런 그에게 그녀가 할 수 있는 말은 하나였다.

"무슨 일이 있을지는 몰라도 나는 당신을 사랑해요."

-…….

"그게 지금 내가 해 줄 수 있는 유일한 답이야."

은재는 볼 수 없는 그를 향해 고개를 끄덕였다. 지섭만큼이나 굳은 의지가 담긴 끄덕임이었다.

-충분해.

그것은 그에게 닿았다. 한결 단단해진 목소리에 자신이 도움이 되었음을 느꼈다. 짧은 통화였지만 알 수 있었다.

'내가 이 사람을 위로해 줄 사람이라는 거.'

그리고 도움이 되는 사람이라면.

"정말 도움이 되어야겠지."

그녀는 다시 휴대폰을 들었다. 무언가 일이 있는 건 분명했다. 통화가 끊기기가 무섭게 은재가 전화를 건 곳은 제임스였다.

-…서은재 씨?

뜬금없는 그녀의 전화에 제임스는 당황한 것 같았다. 놀란 듯 '아니, 서은재 씨가 왜 저한테.' 같은 말을 반복했고 은재는 바로 본론부터 꺼냈다.

"혹시 지금 지섭 씨에게 생긴 일이 저와 관련된 일인가요?"

-예? 갑자기 그게 무슨…….

"저와 관련이 없고 말할 수 없는 거라면 하지 않으셔도 돼요. 하지만 저와 관련된 거라면, 제가 문제가 되는 거라면 말해 주세요."

지섭만큼이나 단호함이 가득한 말이었다.

이곳에서 반년 가까이 지내면서 허투루 보낸 것은 아니다. 제 의견을 피력할 때, 우물쭈물해선 안 된다는 것을 배웠다. 다만 제임스도 호락호락하진 않았다.

 -무슨 말씀을 하시는 건지는 모르겠습니다마는, 아무 걱정 마십시오. 이쪽 일은 이쪽에서 처리하면 됩니다.

 물론 은재도 지지 않았다.

 "실장님에게 가장 중요한 건 제가 아니죠."

 -…….

 "제일 중요한 게 뭔지 생각하세요. 제가 도움이 될 것 같다면 더더욱."

 지금 그들에게 가장 무서운 공격은 진실이다. 빠져나갈 수 없는 올가미에 제임스는 한숨을 쉬었다. 그가 혀를 차며 말을 이었다.

 -놀랍도록 이사님과 닮아 가는군요.

 분명 칭찬이었다. 잠시 뜸을 들인 제임스가 말했다.

 -장미연 이사가 서은재 씨를 눈치챘습니다.

 "…네?"

 -죄송합니다.

 쿵.

 순간 넋을 잃었고 심장으로 내려앉은 벽돌이 마음에 균열을 냈다. 훅, 숨을 들이켰다. 심장이 빠르게 뛰었고 목구멍이 아팠다.

 "어, 어떻게."

 -정확한 상황은 알 수 없습니다. 시간이 얼마 없는지라… 어쨌든, 상황은 알아야 할 것 같아 말해 드립니다.

시종일관 침착한 제임스의 목소리가 괜히 야속했다. 은재가 손에 힘을 주었다. 손이 파르르 떨리고 있었다.

"결국, 제가… 발목을… 잡았네요."

솔직한 말에 제임스는 곧장 부정했다.

-그건 아닙니다. 서은재 씨를 보호하는 것이 저희의 일이었습니다. 실수는 저희가 한 겁니다. 그런 생각은 절대 할 필요 없습니다.

제임스의 말에 은재는 입술을 물었다. 머릿속이 엉망으로 엉켰다.

'들켰어.'

들켜선 안 되는, 적어도 지금은 그래선 안 되는 것을 가장 안 좋은 시기에 들켜 버렸다. 전부 듣지 않아도 모두 이해가 되었다.

'그 사람이 나를 가지고 이 사람들을 몰아세웠겠지.'

요사스럽게 웃고 있을 미연의 얼굴이 떠오르자 소름이 돋아났다. 그녀는 눈을 질끈 감았다. 솔직히 말해 무서웠다. 장미연이 어떻게 나올지 알기에 더욱 그랬다.

'어떤 짓도 스스럼없이 하는 사람이니까.'

그녀는 어떻게 해서든 은재를 이용하려 들 것이다. 아니, 이미 이용하고 있겠지. 자신을 다치게 하려 했고 지섭을 다치게 했다. 온갖 고약한 수로 사람을, 태희를 괴롭히고 이용하는 사람이다.

"하아."

막힌 숨이 목구멍을 찌른다.

-서은재 씨.

제임스의 부름에도 은재는 잠시 대답하지 않았다. 지켜야 할 것이 많은 만큼, 반드시 지켰어야 할 비밀. 그것을 들켰고 위기가 되었다.

하지만.

지켜야 하는 것은 '나'뿐만이 아니다. 은재는 감은 눈을 떴다. 흔들리는 눈은 어느새 선명해져 있었다.

"실장님, 총회가 정오부터 시작이었나요?"

-그렇, 습니다만.

다음, 그다음만 생각하며 움직일 시간은 없다. 어차피 이곳도, 저곳도 절벽이라면 답은 하나다.

"아직 시작 안 했겠네요."

-……예?

반문하는 제임스에게 은재가 말했다.

"아직 시작 전이라면 차를 좀 보내 주시겠어요?"

-그게 무슨······.

그녀의 말을 이해하지 못한 제임스가 당황했지만 은재는 담담했다.

"지금 갈게요."

'지금' 중요한 건 정지섭이다.

"아, 안녕하세요, 실장님."

수줍게 건넨 인사에 사람들의 시선이 움직였다. 꼴깍. 침 넘어가는 소리가 들렸다. 특유의 냉담한 시선이 인사를 한 사람에게 옮겨 갔다. 그리고 이어진 건.

까딱.

참 간소한 답사였다. 아니, 말이 없었으니 답이라기엔 뭣하지만. 정 없는 인사에도 여자는 개의치 않는 듯 연신 힐끔대다 용기 내어 물었다.

"저기, 혹시 무슨 일이 있으신가요? 혹시 도와 드릴 일이라도……."

"없습니다."

너무 단호해서 단호박인 줄 알았다. 애써 낸 용기는 수그러들고 그녀 역시 뒤로 총총 물러났다. 이로써 여섯 번째 퇴출자였다.

"차갑다, 차가워."

조금 먼 곳에서 지켜보던 데스크 직원의 말에 대다수가 수긍했다.

"내 말이. 아까부터 한참 동안 저러고 있어서 이사님이라도 오시는 줄 알았는데."

"정지섭 이사님은 이른 아침에 출근하셨잖아."

"그러니까. 도대체 뭐 하는데 망부석이야?"

"그걸 알면 다들 이렇게 구경만 하고 있게?"

코웃음 치며 대꾸하는 그들의 눈이 한곳으로 향했다. 재무이사 정지섭의 수석비서 제임스 실장에게로. 그가 로비에 선 지도 벌써 30여분이었다. 평소 잘 볼 수 없는 사람이 로비에 있으니 호기심을 유발하는 건 당연했다.

"서 있기만 해도 찬바람이 숭숭. 상관 닮아서 그런가, 어쩜 저렇게 까칠한지 몰라. 얼굴만 내 취향이 아니었어도."

"얼마 전까진 정 이사님이 최애라며?"
"거긴 만인의 얼굴. 저긴 나만의 얼굴."
"얼씨구."
"근데 진짜 뭘 저렇게 기다리는 거야? 궁금하네. 다리에 뿌리라도 박힌 거 아니야?"

온갖 가십과 궁금증 속에서도 제임스는 꿋꿋이 정면만 응시했다. 그러기를 잠시, 마침내 그의 다리가 움직였다.
"움직인다."
"다리에 뿌리는 안 박혀 있는 걸로."

키득키득, 웃음을 터트리던 그때.
"…어?"

짧은 농담을 쏙 들어가게 만드는 장면이 눈앞에서 벌어졌다. 목석처럼 꿋꿋했던 그가 허리를 숙이고 있었다. 그것도 공손하게.
"이, 인사한다."
"어어?"

재무이사를 제외하곤 누구에게나 한결같던 싸가지, 아니 성정을 보이던 제임스의 흔치 않은 모습에 모두 그곳으로 시선을 집중했다. 그러나 제임스는 물론 인사를 받은 당사자도 개의치 않고 곧장 엘리베이터로 향했다.
"뭐야?"

옅은 화장에 하얀 얼굴을 가진 수수한 차림의 여자. 천하의 제임스의 머리를 숙이게 만든 정체 모를 그녀에게 모든 이들의 이목이 집중되었다. 그들이 모습을 감출 때까지.

"…대체 누구야?"
뻔한 질문 속에, 머리 위로 물음표가 뜬 순간이었다.

"괜찮습니까?"
빠르게 올라가는 엘리베이터 안, 제임스가 물었고 은재는 고개를 끄덕였다.
"네. 이제 상관없어요."
사람들의 시선이 자신을 궁금해하는 게 보였다. 하지만 이제 정말 상관없다.
'더 숨기고 말고 할 것도 없어.'
이미 들킨 마당에 숨어 들어갈 이유는 없으니까. 얼굴에 김주경이니 서은재니 써 놓고 다니는 것도 아니고 말이다.
"후우."
숨을 고르는 사이 엘리베이터가 목적지에 도달했다. 그곳을 나서며 제임스가 말했다.
"이사님께는 말씀드리지 않았습니다."
"네. 차라리 그게 나아요. 먼저 알면, 그 사람은 저에게 가장 이로운 방법 먼저 생각할 테니까요."
보고 듣지 않아도 알 수 있는 일이다. 그녀는 제임스가 이끄는 대로 그에게 향했다. 그리고 곧 예상했던 표정을 한 지섭을 만날 수 있었다.
"제임스."
잠시 놀란 얼굴을 한 지섭은 제임스부터 불렀다. 상황 파악을 위해 제임스부터 잡자는 취지였다.

"제가 직접 오겠다고 말씀드렸어요."

괜히 책망당할 제임스를 대신해 은재가 먼저 입을 열었다. 그녀는 한 걸음 나서며 말을 이었다.

"내가 필요했잖아요. 그래서 전화한 거고."

"…너."

"잠깐이면 돼요. 아직 시간 있죠?"

시간이 있다는 것은 충분히 알지만 다시 한번 물었다. 지섭이 입을 다물고 제임스는 타이밍 좋게 물러섰다.

"얘기 나누십시오."

"감사합니다."

제멋대로 상황을 이끄는 두 사람에 지섭은 이제 기가 막힌 듯했다. 그것이 어쨌건 은재는 이곳으로 오는 내내 마음먹은 것을 꺼냈다.

"회사 사람들이 보고 수군대는 건 신경 쓰지 않으려고요. 그냥 다른 말 안 할게요."

"……."

"하세요."

뜸을 들인 것이 무색하게 가슴이 시원해졌다. 숨을 길게 뱉은 그녀는 다시 쐐기를 받았다.

"망설이지 말아요."

짧지만 분명한 말로 지섭은 은재가 모든 상황을 알고 있다는 걸 깨달았다. 그가 얼굴을 쓸어내리며 한숨을 쉬었다.

"입이 저렇게 가벼운 줄 알았으면 해고하는 건데."
"제 일이기도 하니까요."
"그래, 당신 일이야."
"……."
"내가 가장 최우선으로 생각해야 할 일. 나한텐 서은재가 가장 먼저야."

그는 분명했고 흔들리지 않았다. 청성을 위한 것, 그것은 지섭에게 아주 중요한 일이지만 그건 '서은재'가 있기 전의 일이다.
"지섭 씨."
"당신이 한 말이 뭘 뜻하는지 알아?"

지섭이 물었다. 화를 내거나 짜증을 내는 건 아니라 차분히 고집을 부리는 은재를 설득시키려는 듯했다. 그녀는 순간 울컥했다.
"그분이 저를 가지고 흥정이라도 하셨을 거라고 생각해요. 그리고 분명… 제 가족들을, 주변을 걸고넘어졌을 거예요. 알고 있어요. 충분히 예상할 수 있어. 내가, 결국은 내가……."
"은재야, 서은재."

조금 흥분하는 은재에게로 그가 다가왔다. 지섭은 그녀의 어깨를 잡고 눈을 맞췄다. 언제나처럼 상냥한 눈이 달콤하고 따뜻하게 은재를 향했다.
"내가 실수한 거야. 내가 잘못한 거라고. 당신에게 피해를 주고 겁을 먹게 만든 건, 모두 내가 당신을 지키지 못한 탓이야. 당신 잘못은 없어."
"……."

"분명 말했지. 다른 건 몰라도 네가 있을 자리는 반드시 지킨다고. 그건 달라지지 않아. 날 신경 쓰지 마. 지금은 그냥……."

"싫어요."

그녀는 지섭의 옷을 쥐었다. 침착하자고, 대범하자고 굳게 마음먹었지만 바보 같을 정도로 자신을 생각하는 지섭에 감정이 흔들렸다. 은재는 빠르게 고개를 저었다.

"다른 걸 생각 안 해 본 게 아니에요. 여기 오는 내내 쭉 고민하고 생각했어. 하지만 겨우 나 하나로 전부 망가지는 건 싫어요. 거짓말까지 해 가면서, 다른 사람들 속여 가면서 날 데려왔으면 그에 합당한 결과물을 보여 줘요."

"은재야."

"당장 내가, 우리 가족이 어떻게 되는 게 아니잖아. 충분히 이겨 낼 수 있잖아요. 그러니까 지금은 좀 이기적이어도!"

"당신은."

한껏 터트리는 감정의 끝. 그것을 감싸 안는 부드러운 목소리가 물었다. 순간 멍해진 은재가 반문했다.

"…네?"

이해하지 못해 넋을 놓고 올려다보자 그가 천천히 그녀를 안았다. 아주 깊이, 뜨겁게.

"그러는 넌 왜 이기적이지 못해."

마치 울음을 달래는 것처럼 지섭은 은재의 등을 다독이고 머리를 쓰다듬었다. 소중한 손길과 함께 그가 속삭였다.

"가족을 지켜 달라고, 네 주변을… 너를 지켜 달라고 말해야지."

"……."

"은재야, 내 마지막은 청성도, 후계자도, 총수도 아니야."

"지, 지섭……."

"너야."

언제나 그랬듯 지섭은 그녀의 가장 깊은 곳을 거짓말처럼 짚어 준다. 반박할 수조차 없게 애써 감춘 마음을 꺼내 들고 다정하게 감싸 준다. 은재의 눈이 흔들리고 지섭은 더 세게 그녀를 안았다.

"장미연이 회사를 떠나도 결국 아버지의 곁에 있겠지. 십 수 년을 아버지 곁에서 있던 사람이니까. 그럼 그 사람은 결국 널 아프게 할 거고, 난 당신이 다치는 걸 봐야 해."

깊은 숨을 내쉰 그가 잠시 은재를 떼어 놓았다. 얼굴을 마주한 지섭은 그녀가 안심하도록 웃고 있었다.

"괜찮아."

머리 위로 살포시 내려앉은 큰 손이 은재의 머리를 쓰다듬었.

"무서웠지. 두려웠을 거야. 장미연이 너뿐만이 아니라 네 가족들에게까지 못된 짓을 할 수 있을 거라는 게. 그런 걱정을 하게 한 것조차 미안해."

"…아, 아니에요. 나는."

"내가 그래. 네가 다칠까 봐. 무섭고 두려워."

언젠가 미연이 그랬다.

'네가 혼자가 아니라는 게 얼마나 큰 약점인지 알게 되었으면 좋겠어.'

그것은 저주가 아닌 예언이었을지도 모른다. 사랑할 수밖에 없는 여자를 만났고 결국 사랑하게 된 것. 이 감정, 모든 것에 그는 후회하지 않았다.
"당신이 여기까지 와 줘서, 더 확실해졌어."
지섭이 잠시 눈을 감았다 떴다. 행여나 그녀가 제 결정에 죄책감을 느낄까, 걱정했던 마음도 이젠 괜찮다. 그는 애써 눈물을 참고 견디는 은재를 향해 말했다.
"보고 싶었어."
"……."
"아침에 보고 겨우 한두 시간 지났는데, 그래도 보고 싶더라."
눈앞이 일렁였다. 그녀는 가까스로 눈물을 삼키고 그를 응시했다.
"내가 서은재를 너무 사랑해."
정말 바보 같은 고백은 끝없이, 틈을 주지 않고 은재를 향한다. 지섭이 그녀의 뺨을 감쌌다.
"이게 내 답이야."
느리게 다가온 입술이 그녀의 입술에 닿았다. 마른 입술이 조심스럽게 겹쳐 서로를 받아들였다. 여전히 조금은 서툰 은재를 지섭이 안았다. 가슴이 터질 것처럼 뜨겁게 아프게 뛰었다.

은재는 손으로 두 눈을 꽉 짓눌렀다. 그러지 않으면 당장이라도 눈물이 나올 것 같아서였다. 한참 뒤, 겨우 손을 떼는 그녀의 앞으로 커피가 건네졌다.

"마셔요."

제임스였다. 그는 보지 않아도 다 안다는 듯 말했다.

"수고했습니다."

비꼬는 게 아니라 진심으로 하는 말이었다. 그리고 그것은 은재를 더욱 비참하게 만들었다.

"아무것도 못 했어요."

"할 수 있는 모든 걸 한 겁니다. 받아들이는 건 이사님 몫이고요."

제임스는 생각보다 담담했다.

"이사님은 그런 분입니다."

어쩌면 이미 모든 것을 예견했는지도 모른다. 사무실로 찾아왔지만 결국 아무런 성과도 없이 나서고 말았다. 그녀는 고개를 저었다. 이건 아니다. 이대로 돌아가면 자신은 후회할 거다.

"알려 주세요."

"예?"

"제가 지섭 씨를 위해 할 수 있는 일이요."

"…서은재 씨."

"뭐든 할게요. 저 사람이 날 위해서 전부를 포기한다고 했으니까, 나도 할게요."

울지 않는 건, 지금 울어서 해결되는 일이 없다는 걸 알기 때문이다.

"실장님."

그녀는 울지 않았다. 기회가 있다면, 방법이 있다면 반드시 그것을 잡을 터였다.

"조심히 돌아가십시오."

그러나 제임스는 끝내 입을 열지 않았다. 그는 정중히 인사를 남기고 돌아섰다. 멀어지는 그를 보며 은재는 고개를 숙였다.

"왜, 보호하려고만 하는 거야."

그렇게 자신이 못 미더운 걸까. 이해는 하면서도 속이 쓰리다. 정말 이대로 당하는 수밖에 없을까. 이게 최선일까. 도통 나오지 않는 대답에 자리에 멈춰 선 그때였다. 벼락같은 부름이 은재의 귀에 들렸다.

"서은재 씨."

"……!"

절대 들을 수 없는 제 이름이었다. 아주 당연하게 은재를 '서은재'라고 부를 수 있는 사람은 얼마 되지 않았다. 은재의 두 눈이 빠르게 흔들렸다.

"…어떻게."

놀란 은재의 더듬거림에 그녀, 윤정은 특유의 무표정과 함께 말했다.

"장미연 이사님께서 부르십니다."

#25

"이제 정말 끝이야."

미연의 말에 남자가 답했다.

"오래 기다리셨습니다. 수고하셨어요."

그의 위로에 그녀는 눈웃음을 그리다 사납게 으르렁거렸다.

"날 술집 출신이라고 멸시한 것들, 다 내 발 아래 두고 밟아 줄 거야. 아니, 모조리 씹어 먹을 거니까 두고 봐요."

그간 당해 온 수모를 생각하는 듯 미연의 몸이 바르르 떨렸다. 잠시 치솟은 분노를 갈무리한 그녀는 남자, 임태현에게 말했다.

"이 모두가 임 이사님이 아니었으면 꿈도 꾸지 못했을 일이죠. 충분히 감사하고 있어요."

"천만의 말씀입니다. 저는 그저 살짝 도움만 드렸을 뿐, 해내신 건 장 이사님이십니다."

"시작이 반이죠. 그때, 당신이 정창만에 대해 알려 준 덕분에……."

미연은 먼 과거를 떠올리며 아련한 눈을 만들었다.

"그게 벌써 20년 전이네요."

죽은 아내를 잊지 못한 창만을 만날 수 있게 한 것. 그의 마음을 가져올 수 있게, 제2의 최서영이 되도록 사진을 건네고 도와준 것도 모두 태현이었다.

"오래 기다린 만큼 값진 결과가 올 겁니다."

"…물론 그래야죠."

살짝 고개를 끄덕인 미연이 태현을 바라보았다. 촉촉하게 젖은 눈동자가 그를 향한다. 닿을 듯 말 듯 가까운 거리의 손이 이내 멈췄다. 그녀가 속삭였다.

"청성을 완전히 내 것으로 만들었을 때."

"……."

"그땐, 더 이상 숨지 않아도 돼요."

두 사람은 하염없이 서로를 응시했다. 짙고 깊은 눈빛 속, 태현이 고개를 끄덕였다.

"기다리고 있겠습니다."

더없는 간절함을 머금고 그는 웃었다. 간질간질한 분위기에 당장이라도 서로 겹쳐질 것 같던 때, 미연이 시간을 확인하고 말했다.

"지금은 나가고 이따 회의장에서 만나요. 같이 있는 걸 보여선 좋을 것 없는 사람을 불렀거든요."

"사람? 누구."

그녀의 말에 태현은 순순히 일어서며 물었다. 미연이 어깨를 으쓱했다.

"상황 파악 못 하고 홀린 멍청한 계집애 하나 있어요."

"…아, 설마."

"네. 맞아요."

올라가는 입꼬리를 손으로 감춘 그녀는 눈을 가늘게 떴다. 겁도 없이 제 본진까지 와 준 손님을 그냥 보낼 수는 없는 일이다. 미연이 등을 소파에 길게 기댔다.

"선물이라도 좀 줘서 보내야지."

불온하게 흔들리는 손가락 끝이 소파를 두드렸다.

"쫄지 마."

거울 속 자신을 보며 은재가 말했다. 거울 안의 얼굴은 묘한 표정이었다.

"지금에서 더 나빠질 건 없어."

그것은 다짐이기도 했고 세뇌이기도 했다. 갑자기 자신을 찾는 미연의 속내를 알기란 어려웠다. 굳이 만날 필요가 없는 것도 맞지만 왠지 피하고 싶지도 않았다.

'아니, 그 사람이 날 부른다는 건 내가 필요하다는 거잖아.'

분명 허투루 넘길 일이 아니다. 그것이 은재의 발목을 잡고 결정을 내리게 했다.

후우.

가슴을 길게 쓸어내린 그녀는 허리를 곧게 폈다. 그리고 휴대폰을 들어 지섭의 이름을 눌렀다.

'…지금은 아니야.'

미연을 만나러 가는 것을 말할까 싶었지만 일단 만나는 게 우선이다. 만나서 무슨 소리를 하는지 듣고 지섭에게 전할 생각이었다. 대신 액정에 뜬 그의 이름에 마음을 편히 먹었다.

'당신은 내 아내야.'
'내가 죽도록 사랑하는, 내 사람.'

귀로 지섭의 속삭임이 맴돌았다. 그것으로도 충분히 용기가 생겼다. 은재는 휴대폰을 집어넣고 화장실을 나서며 말했다.

"가요."

쭉 화장실 밖에서 그녀를 기다리던 윤정이 움직였다. 그렇게 몇 걸음 옮길 무렵, 모퉁이에서 양복 차림의 남자가 돌아 나오고 있었다.

'어?'

그리고 남자는 이상하게 낯이 익었다. 처음 보는 남자는 덤덤한 시선으로 윤정을 보다 자연스레 은재를 보았다. 남자의 눈이 커지고 순간 무언가를 중얼거렸다.

"…김주…….."

"안녕하십니까, 임 이사님."

윤정이 남자의 말을 막으며 인사를 건넸다. 공손한 인사에 남자가 퍼뜩 정신을 차리며 입을 다물었다. 그와 은재가 스치며 시선이 마주쳤다. 꿀꺽, 침이 넘어갔다.
'분명 김주경을 부른 것 같았는데.'
확실하진 않지만 낯선 사람에게서 제 가짜 이름을 들은 것 같았다. 거기다.
'임 이사. 임 이사… 아.'
그것은 분명 기억에 있는 호칭이었다.

'임 이사는 회장으로 가 있어요.'

지섭의 귀국 환영 파티에서 온실에 숨었을 때, 미연이 대화를 나누던 사람도 그렇게 불렸다. 저도 모르게 멈춘 은재가 멀어지는 그를 돌아보았다. 큰 키에 듬직한 체구가 멀어진다.
"어서 가시죠."
없던 채근까지 하는 윤정에 은재는 애써 걸음을 옮겼다. 찜찜한 것이 가슴에 남았지만 그것도 잠시, 곧 마주한 사람으로 인해 가라앉았다.
"왔어요, 우리 며느님."
넓고 고풍스런 디자인의 사무실. 그곳의 주인임을 말해 주듯 유난히 아름다운 그녀, 미연이 두 팔까지 뻗어 가며 은재를 반겼다.
"아니다. 아무것도 아닌데 며느님이라고 하면 곤란하고… 뭐라고 해야 하나."

"……."

"김주경? 서은재? 아니면 또 뭐, 다른 이름이… 아! 에블린. 그게 있었네."

마치 모노드라마라도 찍듯이 홀로 신난 미연은 입가를 가리며 이죽거렸다.

"웃기지도 않지. 제깟 것이 뭐라고 이름을 두세 개씩."

코웃음을 친 그녀는 살짝 턱짓을 했다. 자연스레 윤정이 밖으로 나가고 자리에 앉은 미연이 다리를 꼬았다.

흔들흔들.

꼰 다리 끝을 흔든 그녀가 말했다.

"고작 몇 시간 사이에 얼굴이 말이 아니네. 이런저런 소식을 벌써 다 들었나?"

비웃는 어조 가득히 공격이 담겨 있었다. 은재는 침착하게 대꾸했다.

"부르셨다고 들었는데요."

생각보다 차분한 은재의 모습에 미연이 혀를 찼다. 그녀가 몸을 기울였다.

"혹시 서로 울고불고 좋아 죽고 있나, 궁금해서. 물론 지금 상황에 그거라도 해야 위안이 되겠지만."

몸과 함께 기운 고개가 묘한 압박감을 주었다. 철퇴를 쥔 교도관처럼 미연이 은재의 마음을 파고들었다.

"정말 겁도 없어. 어떻게 그런 수작들을 부릴 생각을 했을까. 물론 지섭이가 시작했지만, 그쪽도 적잖이 대범해."

이미 승기를 잡은 미연은 은재의 굳은 표정을 즐기며 말을 이었다.

"생각해 보니까 지금까지 이상했던 것들이 하나하나 아귀가 맞아. 혼인신고도 안 해, 겉으로 드러내지도 않아. 같잖게 말이야. 재밌었니? 사람 우롱하고 노는 건 할 만 했어?"

미연은 보기 좋게 은재의 아킬레스건을 파고들었다. 칼같이 찔리는 말에 은재는 주먹을 꾹 쥐다 말했다.

"당신에게 사과할 생각은 없어요."

일순 미연의 표정이 일그러졌다.

"…당신? 너 지금 당신이라고 그랬어?"

"이렇게 된 마당에 어머님이라고 부르는 것도 이상하잖아요."

"…하, 하하! 이거 진짜 골 때리는 년이었네?"

"적어도 그쪽 골이라도 때릴 정도였다면 후회도 안 되네요. 오히려 잘한 것 같아."

지고 싶지 않아. 은재의 머릿속엔 오직 그것뿐이었다. 지섭을 위해서라도, 아니 자신을 위해서라도 그녀는 지고 싶지 않았다. 덕분에 미연의 신경을 건드린 듯 그녀가 붉은 입술을 일그러트렸다.

"너 뭘 믿고 그렇게 나대?"

"……."

"내가 무섭지 않아? 너를 알아보면서 내가 네 가족, 네 친구들 하나 알아보지 않았을 것 같아? 내가 그것들을 그냥 둘 것 같으냐고. 당장 무릎 꿇고 잘못했다고 빌어도 모자랄 판국에, 뭐? 후회도 안 돼? 사과를 안 해? 이 싸가지 없는 년이."

사나운 말들은 은재의 폐부를 사정없이 후려쳤다. 누군가에 겐 가장 무섭고 두려운 것들을 장난처럼 입에 담는 저 입에 화가 났다.

'어째서.'

어째서 저런 사람에게 지섭이 당해야 하는가. 입에서 단내가 날 만큼 화가 나, 그녀는 두 눈을 부릅뜨고 말했다.

"해 봐요."

"…뭐가 어째?"

"당장 못 하잖아. 충분히 써먹을 수 있는 걸 아무 이득도 없이 사용할 리 없으니까."

그것으로 지섭과 딜을 했을 게 뻔한 일이다. 결국 미연은 제 카드로 원하는 걸 얻어 냈으니 이제 사용할 수 있는 패는 없는 것과 마찬가지다. 흐트러지지 않는 은재에 미연의 표정도 점점 더 일그러져 갔다.

"…너 물에 빠져도 입은 뜰 년이구나?"

"그런 말 자주 들었어요. 그리고 함부로 욕하지 말아요. 우리 엄마도 그런 취급 안 했어."

끝까지 꿋꿋하게. 이 사무실에 제 발로 온 이상, 어수룩함은 용서되지 않는다. 은재는 똑바로 미연을 응시했다. 잠시 날카로운 시선이 오가고 미연은 핏대 오른 주먹에 겨우 힘을 풀었다. 그녀는 애써 여유를 가장하며 눈을 흘겼다.

"그래, 좋아. 넌 내가 생각했던 것 이상으로 괜찮은 애였어."

결코 칭찬으로 들리지 않는 소리였다. 아니나 다를까 곧장 삐딱한 말이 이어졌다.

"생각했던 것 이상으로 멍청하고."

"……."

"정말 아무것도 모르니까 정지섭 편만 들어 대는 거겠지."

꿈틀.

지섭의 이름에 은재의 미간이 좁아졌다.

"서은재 씨, 엄마한테도 그런 취급 안 당했다면서 지금 너무 불쌍한 거 아닌가."

"말 삼가세요. 더 안 참아요."

"놀리는 거 아니야. 진심이라고."

미연은 과장된 손짓을 보이며 어깨까지 으쓱여 보였다. 도통 속내를 알 수 없는 말과 행동에 은재는 좀 더 그녀를 주시했다.

"그렇게 믿는 사람이 사실 가장 먼저 널 밑바닥으로 끌어내렸다는 걸 아직도 모른다는 건 좀 아니잖아."

들으면 들을수록 미연의 말은 미궁이었다. 은재의 표정은 점차 굳어 갔고 미연은 그것을 즐기며 눈웃음을 지었다.

"어차피 다 끝난 마당에 재미있는 사실 하나 알려 줄게. 어째서 너였을까?"

"…무슨 소리죠?"

"잘 생각해 봐. 뭔가 이상하지 않니?"

뻔뻔하게 되묻는 말에 은재의 온몸에 힘이 들어갔다.

"절 부른 게 고작 이간질을 시키기 위해서였나요?"

"이간질? 그런 걸로 떨어질 것들이었으면 이러지도 않았지."

"그럼 지금 무슨 이상한 말로 나를……."

"왜, 그깟 작은 실수 하나로 50만 달러라는 말도 안 되는 귀책금을 받게 되었을까? 고작 인턴에 불과한 네가, 상관의 지시대로 따랐을 뿐인 네가, 왜."

빠르게 은재의 말을 막은 미연이 몸을 세웠다. 그리고 제 책상으로 가 서랍을 열어 무언가를 꺼내 들었다. 살짝 보인 가장 앞장엔 영문이 가득 쓰여 있었다.

"아무리 생각해도 이상하잖아."

그녀가 다시 다가왔다. 쿵쿵. 벌을 받은 것처럼 심장이 뛰었다.

"이 상식적으로 말이 안 되는 일이 어떻게, 누구 때문에 벌어졌을까?"

느린 걸음으로 다가온 미연은 서류에서 한 장을 꺼내 그녀의 눈앞에 보였다.

"답은 이미 나왔잖아."

"……."

"당연히 전부, 우리 대단하신 아드님 때문이지."

서류에서 보이는 많은 글자 중, 가장 먼저 보인 것은 숫자.

$ 10,000.00

단 한 번도 본 적 없는 숫자였다.

'그, 그럴 리가 없는데. 인턴한테 이렇게 많이 부과할 리가. 뭔가 잘못된 거 아니야? 갑자기 왜?'

50만 달러의 귀책금을 본 아서는 은재만큼이나 놀란 눈을 했었다. 변호사를 써 보는 게 어떻겠냐는 말과 함께. 은재가 떨리는 손으로 서류를 잡았다. 미연은 피식 웃으며 돌아서 서류를 테이블에 던지듯 놓았다.

"너는 고작 인턴이었고 전체적인 책임은 네 상관에게 있었어. 누구도 예상하지 못한 과도한 귀책금이 나왔을 거고 네가 그것에 대해 알아보기도 전에 접촉을 해 왔겠지."

"……."

"일단 겁부터 줬을 거야. 빠져나갈 수 없는 근거들을 잔뜩 보여 주면서 널 압박했을 거고."

잊을 수 없는 날, 지섭과 마주했던 날들이 떠올랐다. 두 남자 사이에서 잔뜩 겁에 질렸던 그날이.

"그리고 마지막엔 손을 내밀었겠지? 가장 달콤하고 위험한 조건을 내세우면서."

'잡아.'

지섭의 낮은 목소리가 들렸다. 그것을 잡을 수밖에 없던 순간이 파노라마처럼 지나갔다. 숨이 좀 더 가빠졌다.

'무슨 일이 벌어진 거야?'

머리가 과부하에 걸린 것 같았다. 아무 말도 하지 못하는 은재를 미연은 만족스럽게 보며 말을 이었다.

"처음 책정된 귀책금은 고작 만 달러. 한화로 하면 천만 원 정도이려나? 물론 너한텐 큰돈일지 모르지만… 중요한 건 그게 아니지?"

조롱하듯 묻는 질문에 빼놓았던 넋이 돌아왔다. 퍼뜩, 정신을 차린 은재가 할 수 있는 말은 고작 하나였다.

"말도 안 되는 소리, 하지 말아요. 그 사람이 그럴 리가……."

거짓말이다. 이깟 서류는 이간질을 위해서 충분히 만들어 낼 수 있다. 은재는 손에 쥔 서류를 구겼다.

"이게 진짠지 아닌지는, 내가 판단해요."

"그래."

미연은 생각보다 담담히 대답했다.

"믿고 말고는 네 자유야. 그냥 나는 단지 협상을 좀 하자고 부른 거거든."

"…협상?"

"그래, 협상. 이게 바깥에 드러나면 어떻게 될까? 진짜인지, 가짜인지는 내보내면 자연스레 알게 될 테고."

심장박동이 제어할 수 없을 만큼 빨라졌다. 머리 위로 식은땀이 흘렀고 머릿속은 혼란으로 엉켜 버렸다.

'아니야. 아니야, 그럴 리 없어. 그 사람이 그럴 리가…….'

한번 물꼬를 튼 의심은 쉽게 가라앉지 않았다.

'이게… 진짜라면?'

'미안해.'

거듭되던 그의 사과.
한 번씩 말하고 싶은 것을 참던 얼굴.

'잘못된 시작은 끝내야 해.'
'처음으로 돌아갈 수는 없지만 다시 시작할 수는 있어.'
'내가 당신에게 전부를 보여 주는 날 말할게.'

숨은 더 가빠졌다. 모든 것들이 그의 잘못을, 진실을 증명하고 있었다. 은재는 눈을 꽉 감았다 바로 떴다. 온몸이 떨리고 있었지만 그녀는 가까스로 마음을 다잡았다.
"상관없어."
"…허."
미연이 기가 막힌 듯 헛바람을 뱉었다. 은재는 손에 들린 서류를 단호히 찢었다.
"진짜라고 해도 내가 용서하면 될 일이에요. 당사자는 나니까. 내가 피해자고 용서를 해도 내가 하면 되는……."
"과연 바깥에 있는 사람들도 그렇게 생각할까?"
꼭 소녀처럼 미연이 키득거렸다. 입가를 가리고 조소하듯 웃었다.
"그 사람들한테 피해자는 중요하지 않아. 가해자가 누구이고 무슨 짓을 했는지가 중요하지. 서류를 조작하고 부당한 귀책금을 내려, 너를 이 자리에 끌고 와 이런 짓거리를 하게 만든 그 더러운 수작을, 그들은 어떻게 생각할까."

그녀는 몸에 힘을 살짝 풀고 천장을 보았다. 슬슬, 미연의 손이 고급스러운 소파를 쓸었다. 꼭 보물을 탐하는 것처럼.

"이 자리를 갖기 위해선 말이야, 합당한 타당성이 있어야 해. 명분이 있어야 한다고. 정지섭은 태어나면서 가졌고, 그걸 질투하는 사람은 아주 많아."

"……."

"당장 총수가 아니라 직권남용으로 자리 보존도 힘들 수도 있겠지. 아, 다시 지사로 쫓겨날 수도 있겠네."

결국 미연이 말하는 건 그것이다.

'이번엔 지섭 씨를 이용해 나를 쳐내리는 거야.'

자비도 온정도 없이 원하는 것을 위해 멈추지 않았다. 은재는 구역질이 날 것 같은 속을 애써 누르고 말했다.

"원하는 게, 뭐예요."

"청성에서 떠나."

기다렸다는 듯 나온 대답이었다. 미연의 눈이 번쩍 빛났다. 그 순간 은재의 머릿속에 의문이 생겼다.

'…왜?'

불현듯 든 생각이었다. 그것을 알 리 없는 미연은 교활한 눈빛으로 말했다.

"이건 널 위한 거야. 그런 일을 당하고도 남아 있겠다는 것도 우습잖아. 그리고 설마 집안을 뒤집어 놓은 너를 정말 내 며느리로 받아들일 거란 생각을 하는 건 아니지?"

"……."

"더 귀찮게 굴지 말고 꺼져. 다신 내 눈앞에 나타나지 마."

미연은 거듭 같은 요구를 했다. 은재는 더더욱 의심을 지울 수가 없었다. 자신이 지섭의 곁에 있으면 결국 그는 함부로 움직일 수가 없을 거다. 오히려 훌륭한 약점임이 분명하다.

'그런데도 떠나게 한다고? 어째서?'

은재의 침묵에 미연은 더 몰아치고 채찍질을 해 댔다. 서로가 서로의 약점이 되도록. 그럴수록 은재는 점점 침착해져 갔다. 왜 굳이, 이걸 나한테만 알려서 떠나게 만들지? 정말 내가 할 수 있는 건 아무것도 없는데.

'생각해. 생각해, 서은재.'

이득 없이 날 내보낼 리가 없어. 뭔가 있어.

'내가 떠나서 장미연이 얻을 수 있는 것.'

쥐어짜듯 머릿속을 뒤집듯이 채근하던 그때.

"너 내 말 듣고 있는 거야?"

거짓말처럼 눈앞이 트였다.

"아."

잊고 있던 것이 떠올랐다.

'이 모든 일의 시작.'

그것은 눈앞에 있는 장미연이었다. 미연은 이채영을 내세워 지섭을 결혼하게 만들려고 했다.

"그러니까."

자신의 사람을 '타당성'을 가진 지섭의 곁에 세우고 힘을 갖기 위해서. 주식을 받고 제 자리에 힘을 싣기 위해서.

"결국."

그 자리를 '김주경'이 가지면서 모든 게 엉망이 된 지금, 미연에게 '김주경'이란. 은재가 멍하니 중얼거렸다.

"내가 이 자리에 있으면 독이 되는 거군요."

"잘 아네. 그거야. 잘 알아들었으면 이만 꺼지라고. 우린 우리대로……."

제 생각대로 흐르는 상황에 오만해진 미연에게 은재가 다가갔다. 그리고 똑바로 눈을 맞추고 속삭였다.

"당신에게."

"…뭐?"

순식간에 분위기는 뒤바뀌었다. 은재는 테이블에 놓인 서류들을 힐끗 보곤 한쪽 입꼬리를 올렸다. 지섭과 비슷한 미소였다. 악착같이, 악을 쓰고 모은 자료들. 여유 따윈 느껴지지 않는 모습.

"날 질투한 건, 당신이 갖지 못한 것들을 너무 쉽게 가지기 때문이야. 그리고 당신은 그게 필요했을 거예요. '정지섭의 아내'가 갖는 힘. 일선에서 물러나 계시는 회장님에겐 도움을 받을 수 없으니까."

"지금 어디서 건방을……!"

"당장 총수가 되어도 결국은 회장님의 대리겠죠. 진짜 주인이 되기 위해선 힘이 필요했을 거예요. 그래서 지섭 씨 옆에 이채영 씨를 붙이려고 한 거죠? 당신의 사람이 필요해서."

"…너, 너 무슨 헛소리를 하는 거야."

"내가 만약 진짜 결혼이라도 한다면, 결국 당신이 가진 건 전부 지섭 씨의 것이 돼. 당장은 괴롭더라도, 이쪽은 급할 게 없어."

몰아치는 은재의 말에 미연의 낯빛이 하얗게 질렸다.

"나는 절대 장미연의 힘이 되어 주지 않을 걸 아니까."

그야말로 정곡을 맞았다. 은재의 말대로다. 은재가 정식으로 청성의 사람이 되면 미연의 자리가 위태로워진다. 하다못해 청성의 '안주인'으로서도.

"야!"

감정을 주체하지 못한 미연이 소리 지르며 벌떡 일어섰다.

"내 말을 뭐로 들었어! 정지섭이 너한테 한 짓거리를 퍼트리면 그 자식은!"

"결국 돌아오겠죠. 그 사람은 하나뿐인 후계자니까."

"……"

"급한 건 당신이지. 언제 뺏길지 모를 것들을 쥐고서 매일매일 불안에 떨면서 지낼 당신."

은재의 단언에 미연의 눈이 흔들렸다.

'그래 봐야 술집 여자 아닌가. 첩실이지.'

'지금이야 하늘 높은 줄 모른다지만, 회장님 돌아가셔 봐. 무슨 대우를 바라겠어.'

'분수도 모르고.'

십 수 년간 들어 온 멸시들이 미연을 괴롭혔다. 뗄 수 없는 모멸적인 꼬리표들에 그녀가 고함을 질렀다.

"이 빌어먹을 년이, 뭘 안다고 지껄여! 네가!"

사나운 외침에도 은재는 눈 한 번 깜빡이지 않았다. 지금을 놓치면 안 된다. 아니, 놓칠 수 없다. 그녀는 이를 악물고 떨림을 감췄다.

'그래, 남을 수 있어. 남으면 결국 이기는 건 이쪽이야. 하지만.'

기약 없는 긴 시간을 기다리는 동안 자신도, 지섭도 가족들도 모두 망가질 거다. 장미연이 청성에 있고 창만의 아내로서 버텨내고 있는 한.

'그렇게 둘 순 없어.'

애석하게도 결과는 같았다. 떠난다면 모든 것을 뒤집을 수 있다. 지섭이 가진 것들도, 가족들도 지킬 수 있다.

"협상, 다시 하죠."

잠시 숨을 고른 은재가 다시 고개를 들었다. 그녀는 찢어진 서류를 쥔 손에 힘을 주고 말했다.

"원점으로 돌아가 나 없이 다시 시작하든지 아니면."

"……."

"남자에 미쳐서 부모고 형제고 다 버리고 버티는 '김주경'을 보든지."

이것은 부탁도 경고도 아니었다.

"이거, 협박이에요."

은재를 너무 쉽게 본 것이, 가볍게 여긴 것이 미연의 패착이었다. 지난 반년간 청성에서 지내며 성장한 그녀를 깨닫지 못한 것이. 결국 미연의 입이 열렸다.

"원하는 게… 뭐야."

핏발을 세운 눈이, 떨리는 목소리가 짜릿한 전율을 안겨 주었다. 은재는 다시 눈을 한 번 감았다. 숨을 고르고, 감정을 누르며 해야 할 말을 정리했다.

'방법은 있었어.'

애초에 깊이 생각할 것도 없었다. 우리의 처음, 모두가 좋을 수 있던 방법.

"내 가족, 내 사람들, 관련 없는 그 누구도 건드리지 않는 건 당연하니까, 가장 중요한 걸 말하죠."

선명한 두 눈이 언뜻 물기를 머금은 것처럼 촉촉해졌다. 상황은 언제나 선택을 종용한다. 그럴 때마다 은재는 후회 없는 선택을 한다.

"총회."

이 자리에 남아 정지섭의 약점이 되느니.

"엎어요."

장미연의 약점이 되는 것. 그리고 그를 떠나는 것.

바스락.

반으로 찢어진 종이를 쥔 손이 떨렸다. 글자가 살짝 흔들렸지만 그것들이 달라질 리 없었다. 물론 서류에 적힌 숫자도.

$ 10,000.00

같은 내용이 담긴 서류를 봤을 때 적힌 것보다 현저히 적은 숫자다. 이것이 진짜인지 아닌지는 당사자인 지섭에게 물어야 했다. 다만 이것을 보는 그녀의 마음은 반년 전으로 돌아가 있었다.

'부탁드립니다.'

지섭의 바짓단을 부여잡고 애원했던 순간.

'한 번만 기회를 주세요.'

하늘이 무너진 것 같았던 그때가 눈앞에 펼쳐졌다.

'…엄마, 나 어떻게 해?'

비참함에 할 수 있는 건 엄마를 부르는 것뿐이었다. 정작 엄마에겐 연락조차 할 수 없었다. 그녀를 도와줄 사람이 없었다.

'난 서은재 씨 몸이 필요해.'

농담처럼, 거짓말처럼 건넨 그의 말이 귓가를 울린다.

'서은재 씨 지금 도움 필요하잖아. 난 내 도움이 필요한 사람이 필요해.'

하루 살기가 벅차고, 부모님에게는 폐만 끼치는 것 같던 나날. 나아지지 않는 생활 속에 악착같이 견뎌 온 몇 년. 그것도 모자라 억대의 빚까지 지기 직전이었다.

'잡아.'

그런 지옥 같은 상황에서 내밀어진 지섭의 손은 은총처럼 느껴졌다.
"자기 도움이 필요한 사람이 필요하다는 게."
그런 뜻이었구나. 손에 들린 종이가 바닥으로 떨어졌다. 멍하니 아무런 생각도 들지 않았다.
"어떻게 그럴 수 있었지?"
홀로 중얼거린 말이 허공으로 흩어진다. 꼭 영상이라도 튼 것처럼 그날의 대화가 끝없이 반복되고 있었다.
'어떻게.'
사람을 그렇게까지 몰아칠 수가 있었을까. 밀려오는 서러움에 그녀가 눈을 감았다. 감정이 요동치는 것은 아주 잠깐이었다. 어느새 마음은 다시 평온히 가라앉았다.
"…그럴 수밖에."
타인을 상처 내고 속여야 할 만큼 절박한 사연들을 이제 알고 있다. 이해할 수 없었던 순간은 지나고 모든 것이 받아들여진다. 반대로 그렇게까지 사람을 몰아쳐야 할 만큼 지켜야 했던 걸, 그는.

'은재야, 내 마지막은 청성도, 후계자도, 총수도 아니야.'

'너야.'

'이게 내 답이야.'

오직 그녀를 위해 포기했다. 감았던 눈을 다시 뜬다. 눈빛은 조금 더 선명해져 있었다. 은재가 물었다.

"당신은 어떤 마음이었어요?"

그 순간, 그때 지섭은 무슨 생각이었을까.

'그럼 지금 나는 무슨 감정이지?'

은재가 가만히 제 두 손을 바라보았다. 힘 하나 들어가지 않는 하얀 손이 보였다. 원망? 분노? 배신감?

"…아니."

이것은 슬픔. 그의 거짓말에 속아 여기까지 오게 된 것보다 결국 지섭을 떠나야 한다는 사실에 대한 슬픔만이 가득했다. 은재는 그 손으로 제 눈을 가렸다.

"말하고 싶었을 거야."

처음엔 말하지 않는 게 옳았을 것이고, 후엔 말할 수 없었을 거다.

"그래서 그렇게 미안하다고, 다 끝내고 처음으로 돌아가야 한다고……"

드문드문 비치는 지섭의 슬픈 눈이 그것을 말했음을 알겠다. 털썩, 소파에 주저앉은 그녀가 몸을 숙였다. 아주 조금씩 몸이 떨리고 있었다.

'그런데도 말하지 못한 건.'

너무 사랑해서.

"미움받고 싶지 않으니까. 너무 이기적이게도, 못나게도."

은재는 두 눈을 가렸던 손을 떼고 고개를 들었다. 다행인지 불행인지 눈물은 나지 않았다. 멀지 않은 곳, 선반 위의 인형 두 개를 멍한 시선으로 보고 있었다. 웃음이 났다.

"…난 당신을 미워할 수가 없어요."

그의 잘못을 옹호하는 것이 아니라, 지섭이 보여 준 마음을 알기 때문이다.

"말하지 않아서 다행이야. 몰라서 다행이야. 이제, 이제 알아서 정말 다행이야."

가장 먼저 자신을 생각하고 그녀를 위하던 그의 마음.

"정지섭이 나를 너무 사랑하잖아."

그 사랑에 사죄와 미안함이 담겨 있다는 것을 아는 이상, 은재는 지섭을 용서했다. 아니, 용서하고 말 것도 없이 그녀는 이미.

"나만큼."

정지섭을 사랑하고 있다.

커다란 문이 열리고 그가 들어선다. 늘 그랬듯 조금 무표정했던 얼굴이 마중을 나온 은재를 보곤 환히 웃는다. 언제부터였더라. 기억은 나지 않지만 그 미소에 그녀 역시 웃으며 말했다.

"다녀오셨어요."

평범한 인사말에 지섭이 성큼성큼 다가왔다. 그리고 은재의 이마에 입을 맞추며 답했다.

"다녀왔어."

참 당연한, 아주 평범한 일상. 보기만 해도 애정이 넘치는 두 사람의 모습에 고용인들마저 가만히 미소를 지었다. 별채의 방으로 가는 동안 지섭은 은재의 손을 잡고 작게 속삭였다.

"당신이 알면 놀랄 일이 많아. 바로 연락하고 싶었는데 정신이 없었어."

얼마나 정신이 없었는지는 조금 삐뚤어진 넥타이만 봐도 알 수 있다. 아, 살짝 삐져나온 머리카락도. 겨우 말을 아끼던 지섭은 방 안으로 들어서자마자 본론부터 꺼냈다.

"아직 이유는 파악하지 못했지만 장미연 이사 쪽에서 총회를 거부했어. 표면적으론 아직 회장님이 건재하신데 대리인을 세우는 것이 옳지 않다고 한 모양인데, 자세한 건 알아봐야 할 것 같아."

예상했던 이야기.

미연이 약속, 아니 협상을 지켰다는 것을 알게 했다. 생각 외의 결과에도 그는 들떠 보이지 않았다. 오히려 차분하고 냉정하다.

"뭔가 다른 수가 있는지 파악이 필요해."

침착하게 상황 파악을 우선하는 것 같았지만 은재는 알 수 있었다.

"좋은 일이죠."

그가 돌아보았다. 살짝 미소가 걸린 입꼬리가 보인다.

"확실하진 않지만 당장은, 아마도."

"아마도?"

"운이 좋았어."

이번엔 지섭도 순순히 인정했다. 제 노력보다 '운'이란 것이 통했다고. 그에겐 처음 있는 낯선 일이었다. 은재도 고개를 끄덕였다.

"그럼 나도 좋아."

지섭이 안도하고 기뻐하고 있다는 사실을. 그녀는 방긋 웃으며 지섭의 목을 끌어안았다. 드물게 먼저 다가와 안아 주는 은재에 그가 살짝 놀란 듯 굳었다.

"은재야?"

의외라고 생각하는 것 같았다. 그녀는 짧게 웃으며 말했다.

"지섭 씨가 좋아해서 다행이다."

자그마한 목소리에 지섭의 입가에도 미소가 번졌다. 그가 은재의 등을 감쌌다.

"당신은 꼭 가장 필요한 말을 찾아."

"……."

"지금을 기뻐할 수 있게 해."

모든 일에 의심할 수밖에 없는 그에게 평온을 주는 안식처처럼. 그녀는 고개를 끄덕였다.

"지금은 좋은 일에 기뻐하는 게 먼저예요. 다음 얘기는 나중에."

나중에. 그게 언제가 될지, 아니 어쩌면 영원히 들을 수 없게 될지도 모르지만. 이어질 말을 멈추고 떨어진 은재는 지섭의 손에서 가방을 가져가며 물었다.

"시간 많이 늦었는데 식사는 했어요?"

"아직."

"그럴 것 같았어. 그럼 같이 먹어요."

"아직 안 먹었어?"

"네. 여기도 하루 종일 싱숭생숭했거든요. 다 따로 챙겨서 먹었어요. 그럼 옷만 갈아입고 주방으로… 응?"

일단 가방부터 제자리에 놓으려 돌아서는 그녀를 지섭이 잡았다. 은재의 팔을 잡아 그대로 다시 제 쪽으로 당긴 그가 웃었다.

"……."

옅게 짓는 미소는 열 마디 말이 필요치 않게 했다. 쪽, 하고 귀여운 소리가 났다. 저절로 웃음이 나는 소리였다. 순간 몸이 경직되고 가슴에서 울컥 무언가가 올라왔다.

'아, 안 돼.'

눈 밑이 뜨거워지는 것을 느낀 은재는 떨어지는 지섭을 잡았다. 공교롭게도 잡힌 것은 넥타이였다. 그가 반항할 틈도 없이 그녀에게 이끌렸다.

"은……."

조금 전의 귀여운 입맞춤보다 훨씬 더 깊은 키스가 이어졌다. 한없이 수줍기만 했던 은재가 어느 때보다 용기 있게 다가섰다. 매번 밀리던 그녀의 몸이 이번엔 그를 밀어 냈다.

툭, 투둑.

털썩.

뒤에 뭐가 있는 줄도 모르고 일단 밀어붙이는 바람에 지섭의 뒤꿈치에 소파가 걸렸다. 그러면서 멈추지 않는 통에 결국 그가 완전히 주저앉았다.

"…위험한데."

겨우 떨어진 입술에 지섭이 농담처럼 말했다. 물론 진짜 농담은 아니었다. '처럼'이었을 뿐.

"응."

그새 흐트러진 그를 올려다보며 은재는 웃었다. 방금 말했듯 중요한 건 '지금'이니까.

"나도."

그러니 좋아하는 지섭을 보면서, 설레는 심장을 느끼면서 그렇게 좋아하고 싶다. 따뜻한 속삭임과 함께 은재가 그의 뺨에 입을 맞췄다. 촉, 촉. 양 뺨에 한 번씩 입 맞추고 나니 지섭의 손이 어느새 그녀의 어깨에 닿아 있었다.

"어……."

그러다 문득 은재가 말했다.

"밥 먹어야 할 텐데."

"…농담이지?"

금방 찌푸려진 미간에 그녀는 웃음이 날 것 같았다. 은재는 어깨를 으쓱하며 몸을 세웠다.

"그야 당연히… 어억!"

"어!"

안 하던 짓을 해서인가, 뻣뻣하게 허리를 세우던 그녀의 몸이 옆으로 기울었다. 기운 몸은 그대로 소파 아래로 떨어졌고 지섭은 망설임 없이 은재를 당겨 안았다.
"우앗!"
쿵.
결국 꼴사납게 바닥으로 떨어진 두 몸이 좀 전보다 가깝게 겹쳐졌다.
"…아이고."
꽤 얼얼한 충격에 은재가 겨우 정신을 차렸다. 그 와중에 지섭의 손이 머리를 받치고 있었다. 정작 바닥에 떨어진 건 본인이면서. 그녀가 자그맣게 말했다.
"항상 날 구해 주네요."
"당연한 일이라니까."
"당연한 건 없다고 전에 말했던 것 같은데."
"서은재에게만."
언제나.
항상.
매일.
평범한 서은재를 세상에서 가장 특별하게 만들어 주는 사람. 은재의 눈이 기쁘게 호선을 그렸다.
"그럼 내가 지섭 씨를 돕는 것도 당연하겠다."
아주 약간 떨리는 말끝이 간신히 감춰졌다. 그녀는 지섭의 옷을 꽉 쥐었고 그는 그 작은 손을 겹쳐 잡았다.
"미안해."

"……."

"진심으로."

꽤 여러 번, 이따금씩 하던 이유 없는 사과의 의미를 알았다. 얼마나, 얼마나 말하고 싶었을까.

"네."

은재는 힘껏 고개를 끄덕이고 그를 바로 보았다.

"사과 받아 줄게요."

정작 이유도 듣지 못했지만, 지섭은 말하지 못했지만 지금 하는 말은 진심이었다. 그녀는 이번에도 먼저 지섭에게 입을 맞췄다. 행여 그가 무언가를 묻기 전에.

'당신도 말하지 못했으니까, 내가 말하지 못하는 것들을 이해해 줘요.'

아주 작은 이기심과 함께. 그들의 몸이 겹쳐졌다. 아직 환한 불이 부끄럽지만 옅게 나는 살 냄새와 분위기에 취해 한없이 서로를 바랐다.

"아……."

낮은 신음과 함께 지섭이 은재의 몸 위로 올랐다. 그가 제 넥타이를 길게 당겨 뺐다. 흐트러진 모습이 야릇하고 빠르게 다가선다.

"지섭 씨."

"은재야."

꺼지지 않은 천정의 밝은 불빛에 그녀가 지섭의 목을 끌어안았다. 환한 빛을 두 눈에 담고 은재는 곱씹었다.

'마지막 불이 꺼지기 전까지는.'

그때까지만.
'조금만 더.'
조금만 더 지금을.
똑똑.
그리고 '조금'은 너무도 짧았다.

#26

"갈 필요 없어."

지섭이 말했다. 문고리를 잡던 은재가 돌아보며 웃었다.

"도리는 해야죠."

생각보다 표정 관리는 어렵지 않았다. 반년 가까운 시간 동안 이곳에서 보낸 시간이 헛되지 않은 모양이다.

"그런 거라면 나도 같이 부르는 게 맞아. 당신만 부른다는 것부터 뭔가 있어. 오늘 총회를 철회시킨 것도 그렇고, 그냥 있을 사람은 아니야."

그의 걱정은 당연했고 은재는 지섭의 가슴을 다독였다.

"그렇다고 해도 저만 가는 게 맞아요."

"은재야."

"저 괜찮아요."

지섭은 조금 불안한 눈이었다. 본능적으로 이상 징후를 느낀 게 분명했다. 은재는 어깨를 으쓱였다.

"정말로. 믿어 주세요."

그녀는 주먹까지 불끈 쥐어 올렸다. 그제야 경직된 얼굴을 조금 푼 지섭이 말했다.

"무슨 말이건 신경 쓰지 마."

"응."

"바로 근처에 있을 테니까 일 생기면 바로 나와."

"누가 보면 호랑이 굴에 들어가는 줄 알겠어요. 저 잡아먹히러 가는 거예요?"

장난스럽게 말하며 웃자 그 역시 자신이 조금 과했다는 것을 깨달았다. 머쓱한 눈 아래 지섭이 은재의 머리를 쓰다듬었다.

"다녀와."

아주 조금 경계가 남은 손짓에 은재가 고개를 끄덕였다. 지섭의 경계를 뒤로하고 나선 그녀는 천천히 미연이 있을 온실로 향했다. 긴 복도를 홀로, 자박자박.

'그래, 괜찮아.'

그에게 했듯 스스로에게도 위로를 건넸다.

'충분해.'

미연의 귀가. 그리고 호출. 그것은 신호였다. 두 사람의 협상에 마무리를 짓는 신호. 짧고도 짧았던 인사를 나눌 마지막 시간이 끝났다는 뜻이었다. 열두 번도 넘는 다짐 끝에 온실에 다

다를 즈음이었다.

"어, 언니!"

반가운 목소리가 은재를 부른다. 그건 본채에서 오고 있던 태희였다. 순간 감정이 왈칵 치밀어 올랐다.

"안 그래도 언니한테 가는 길이었는데. 언니, 언니, 이것 봐요."

태희는 뭐가 그렇게 반가운지 밝게 웃으며 손에 든 것을 내밀었다. 인형이었다.

"…이건."

"저번에 언니가 준 선물에 있던 가족들이요. 그 가족들을 만들어 봤어요."

"아, 사진이요?"

"네! 보기만 해도 너무 좋아서 손이 저절로 움직였다니까요."

싱글벙글. 얼굴 가득한 미소와 함께 태희는 은재의 칭찬을 기다렸다. 눈이 별을 박은 듯 반짝인다. 처음 봤을 때 그저 까맣기만 했던 눈과는 전혀 달랐다. 생기가 살아 넘치는 눈. 그저 관심과 애정이 필요했던 어린 소녀가 이제 막 피기 시작했다.

"그 사진 보고 생각했는데요, 이제 인형만 말고 배경이나 장소도 같이 만들어 볼까 해요."

"…어떤 거요?"

"집이나, 학교 같은 거요. 학원을 좀 다녀야 할 것 같은데, 또……."

예쁘고 예쁘다.

정말 이렇게 예쁜 사람을 은재는 어디서도 본 적이 없다. 그래서 그녀는 더 마음이 아파 왔다. 이 눈에 배신을 안겨야 하는 자신이 더 없이 미워졌다.

'어떡해. 어떻게 말을 해.'

모든 게 거짓말이었다고.

'김주경'이라는 사람은 이 세상에 없고 그저 전부 만들어진 허구에 불과하다고.

그것을 알게 되면 태희는 어떤 얼굴을 할까. 아니, 어떤 상처를 받을까.

'겨우… 웃을 수 있게 되었는데.'

이제야 비로소 자신을 사랑하고 웃게 된 태희인데. 지금이라도 말해야 한다는 것을 안다. 더 늦기 전에, 다른 사람의 입으로 듣기 전에 말해야 하는 것을 아는데도 입이 떨어지지 않았다.

"참, 저 전시회도 가 보려고요. 언니처럼 사진을 배워 보는 것도 좋을 것 같아요. 아, 정말 하고 싶은 게 너무 많아요. 지금까지 왜 아무것도 안 했는지 모르겠어."

"……"

"언니, 저기 서울에 유명한 외국 작가의 그림이 전시된다는데 같이 가실래요? 원화도 온다는데 우리 같이……."

"미안해요."

의식하지 못한 사과가 툭 튀어나왔다. 지섭이 그랬듯, 그녀도 똑같았다.

"응? 뭐가요?"

의아한 듯 묻는 태희에게 은재는 입술을 깨물었다. 머리는 지금이라도 사실을 말하라고 하는데 마음이 움직이지 않았다. 대신 몸이 먼저 움직였다.

"아가씨가 있어서 저는 정말, 감사했어요."

"…언니?"

"고마워요. 고맙고, 미안해."

"언니, 왜 그래요? 무슨 일 있어요?"

은재는 태희를 끌어안고 숨을 골랐다. 영문을 모르는 태희는 당황하다 어색하게 그녀의 등을 감싸 안았다.

토닥토닥.

"꽤, 괜찮아요. 언니, 다 잘될 거예요."

태희는 이유를 묻는 대신 위로했다. 등을 토닥이고 예쁜 말로 그녀를 감쌌다. 제 오빠처럼, 지섭처럼 그렇게.

미연은 꽤 오랫동안, 한참 은재를 응시했다. 곁에 선 윤정은 늘 그랬듯 무표정한 얼굴로 허공만 보고 있었다. 그것조차 지금 은재에겐 조금 압박이 되었다.

후.

낮은 숨을 내쉰 미연이 마시던 와인을 내려놓으며 말했다.

"네 같잖은 놀음에 놀아나 줬으니 너도 이행해야지."

"……."

"지금 당장 나가."

긴 말은 필요하지 않았다. 필요한 건 행동뿐. 예상했던, 약속했던 말이었다. 인사할 시간을 줄 리 없었다. 하지만 저도 모르게 멈칫하는 그녀를 미연이 비웃었다.

"왜, 짐 챙길 시간이라도 필요해? 뭐라도 챙겨 줘?"

코웃음이 담긴 조소였다.

'챙길 것.'

그런 건 없다. 정말 맨몸으로 나가면 된다. 애초에 가지고 온 것 없는 곳이니까. 은재는 입술을 한 번 말아 물고 답했다.

"약속은 지켜 주세요."

"어차피 문제가 생기면 네가 가장 잘 알겠지. 허접한 수는 안 써."

맞는 말이다. 부모님이건, 지섭이건 그녀가 움직이면 어떻게든 알게 되기 마련이다. 거기다 미연은 먼저 총회를 포기했다. 긴 말은 필요치 않았다.

"아."

몸을 돌리던 은재가 마른 입술을 움직였다.

"태희 아가씨한테는 부디 잘······."

"꼴값 떨지 마."

"······."

"네가 뭐라고 태희를 신경 써. 진짜 뭐라도 되는 줄 알아? 내 딸은 내가 알아서 해."

야속하지만 틀린 말은 아니었다. 이제 자신을 미워하고 원망할 일만 남은 태희에게는 참견일지도 모른다. 은재는 말없이 돌아서 온실을 나섰다.

달칵.

문이 닫힘과 동시에 미연의 한이 터져 나왔다.

"저거는 끝까지 사람 속을 뒤집고 가. 제깟 게 뭔데 태희를 신경 써?"

미연은 마저 잔을 들며 이를 갈았다. 이러쿵저러쿵 잃은 것 같아도 얻은 게 더 많은 협상이었다. 만약 서은재가 아니었으면 총회에서 당하는 건 그녀였다. 비록 청성을 눈앞에서 놓쳤지만, 기회는 있다. 더 확실한 기회가.

"태희는 뭐 하고 있어."

"방에 있는 것 같습니다. 부를까요?"

"아니, 급할 거 없지. 내일이면 저절로 알게 될 테니까."

미연의 입가로 진한 미소가 번졌다. 아무리 서은재가 떠나도 결국 정지섭 머리엔 한동안 그녀가 있을 거다. 적어도 마음이 식기 전까진 '약점'이 되겠지. 그동안 자신은 천천히 준비하는 거다.

'이제 우위는 이쪽이야.'

그녀가 와인을 마시며 말을 이었다.

"서은재 끝까지 주시해."

"예?"

"건드리란 소리가 아니야. 소재 파악만 확실히 해 두라고."

윤정의 눈이 살짝 당황스럽게 흔들렸다. 미연은 피식 웃으며 다리를 꼬았다.

"그 좋은 패를 그냥 버릴 수야 없지. 안 그래?"

약점은 많을수록 좋은 법이다. 상황이 어떻게 될지 모르니 언제고 이용할 수 있게.

"결국 청성은 내 손에 있어."

고약한 미소와 함께 목구멍으로 와인이 넘어갔다. 너무도 길고 긴 하루는 아직 끝나지 않았다.

그녀는 떨고 있었다. 애써 힘을 주어 웃고 있었지만 그는 알 수 있었다.
"뭔가, 있어."
은재가 무언가를 가지고 있는 것이 분명했다. 떨리던 손길이 아직도 손끝에 남아 있는 것 같았다. 아닌 척했음에도 보일 정도로 그녀는 흔들렸다. 어쩌면 정말 떨려서. 순진하고 여린 여자니까, 순간순간이 설레어 그랬을 수도 있다. 그러나 가슴에 뭔가가 자꾸 걸린다. 그저 그렇게 지나가선 안 될 것 같은 기분이었다.
"후우."
지섭은 곧장 휴대폰을 들어 제임스에게 연락을 넣었다. 얼마 지나지 않아 제임스의 목소리가 들려왔다.
-예, 이사님.
"CCTV를 좀 확인해야겠어."
-예? 어느 쪽 CCTV 말씀이십니까?
"…오늘 오전 9시부터 12시 사이, 은재가 회사에 왔던 때부터 나갔을 때까지. 엘리베이터, 복도, 사무실 전부 확인해."
-비공식적으로 확인하시려면 시간이 조금 걸립니다.
"이틀. 이틀 안에 확인해서 보고해."
-알겠습니다. 그런데 무슨 일로 그러십니까?
당연한 질문에 지섭의 말문이 잠시 막혔다. 그는 제 손에 힘이 들어가는 것을 느꼈다.

"그 사람이 뭔가를 숨기고 있어."

그리고 아마 그것은 본인이 아닌 자신을 위한 것일 확률이 높다. 지섭은 강하게 주먹을 쥐었다.

"그게 장미연 이사가 총회를 포기한 이유와 엮여 있을 수도 있고."

-그럴 리가요. 장 이사와 서은재 씨가 어느 점에서 접점이 있겠습니까.

"…일단 알아봐."

갑작스러운 총회의 취소는 여전히 의심스러운 사안이었다. 창만을 위한 것이라는 명목은 맞지만 미연이 그럴 사람이었다면 시작도 않았을 거다.

"도대체 뭘 한 거지?"

지섭이 머리를 쓸며 미간을 찌푸렸다. 어느 때보다 속이 답답하게 막혀 왔다. 그때, 도어록 소리가 들리고 문이 열렸다. 은재였다.

"은재야."

바로 그녀에게 다가간 지섭이 은재의 안색을 살폈다. 평온하고 담담한, 무표정한 얼굴이었다.

"…은재야?"

무표정. 아무런 표정이 없다. 마치, 죽은 것처럼. 그런 얼굴로, 한 번도 본 적 없는 얼굴로 그녀가 그를 올려다보았다. 탁한 눈동자에 그를 담은 은재가 입을 열었다.

"날 속였어요?"

주어도 없이 먼저 던진 말이 파문을 일으켰다. 순간 이해하지 못한 지섭이 반문했다.
"···뭐?"
"말 그대로예요. 지금 내가 들은 게 사실이에요?"
"······."
"귀책금이 사실 5억이 아니라 천만 원 정도라는 거."
일순 숨이 막혔고 모든 공기가 멈췄다. 멈춰 버린 지섭을 빤히 바라보며 은재는 그저 물을 뿐이었다.
"사실이에요?"
그녀가 물었고 지섭은 대답하지 못했다. 그러나 그것은 이미 대답과 같았다. 은재의 눈동자가 빠르게 흔들렸다. 곧 물기를 머금은 것처럼 젖어 들어갔다.
"그 거짓말이, 나를 속이려던 순간이, 내 실수를 알고 난 후에 만든 일이라면."
"···은재, 은재야."
"내가."
부질없이 부르는 이름을 막은 그녀가 그의 옷을 잡았다. 하얗게 질린 손이 힘없이 옷을 잡고 떨었다.
"주저앉아서 바지 붙잡고 살려 달라고 했을 때."
다른 한 손도 지섭의 옷을 쥐었다. 꼭 뉴욕 어느 사무실에서 그랬던 것처럼. 구겨지는 옷깃을 쥐고 그녀는 일그러진 입술로 말을 이었다.
"내가 정말 죽고 싶을 만큼 힘들었던 그때, 당신은."

"……."
"나를 이용하려 했군요."

웃으며 나섰던 그녀가 더 이상 웃지 않는다. 시든 동공이 그의 심장을 찔렀다. 필요했던 일. 반드시 해야만 했던 일. 눈앞의 문제를 해결하기 위해 대수롭지 않게 끼운 잘못된 단추.

'서은재 씨 몸이 필요해.'

말 그대로 지섭에게 필요했던 건 은재의 '몸'이었다. 서은재라는 사람의 의견이나 감정은 필요치 않았다.

'처음부터 허구였습니다. 그 사람이 원래는 이 사람이라고 설명하시겠습니까? 얼마나 놀림감이 되실 생각이십니까.'
'거기다 그게 전부가 아니라는 걸 알고 계시지 않습니까.'

제임스의 경고는 옳았다. 알고 있었고, 인지하고 있었다. 그것에 대해 수백 번, 수천 번도 더 생각하고 생각했다. 그럼에도 불구하고 지섭은 은재를 포기할 수 없었다.

'나를 밀어 내도, 미워하고 원망하더라도.'

잃을 수 없었으니까. 하지만 그는 한 가지는 예측하지 못했다. 자신이 얘기하기 전에 먼저 그녀가 알게 될 것이라고는.

"……."

사과조차 나오지 않았다. 그 한 마디로 모든 것을 해결할 수 있는 것이 아님을 알기에 더더욱.

"지섭 씨."

그녀가 그를 불렀다. 이번에도 대답할 수가 없었다.

"……."

거짓말을 한 것은 물론, 은재의 말대로 그녀의 절박함을 이용하기 위해 지섭은 은재를 사지로 몰아붙였다. 그녀의 감정과 기분 따윈 생각하지 않고서. 어차피 시간이 지나면 끝날 일이니까. 서은재라는 여자에겐 어떤 해도 입히지 않을 것이라 자신했으니까.

"…내가."

이렇게 사랑하게 될 줄 몰랐으니까.

우매함이 부른 결과에 연거푸 말문이 막혔다. 그러다 결국 나오는 말은 하나였다.

"미안…해."

감히 입에 담는 것조차 죄스러운 사과뿐이었다. 그가 제 옷을 잡은 은재의 손을 쥐었다.

"그래선, 안 됐어."

손은 떨리고 있었다. 꼭 겁을 먹은 것처럼. 흔들리는 시선과 함께 그가 겨우 입을 열었다.

"내가 당신에게."

"아니요."

고개를 저은 그녀가 지섭의 손에서 제 손을 빼냈다.

"어느 누구에게도 그랬으면 안 됐어요. 우리가 이런 관계가 되지 않았다고 하더라도."

"……."

"나도, 당신도 거짓말은 하면 안 되는 거였어요."

먹먹한 음성이 촉촉해진 눈동자와 맞물려 그를 향했다. 지섭은 감히 은재를 잡을 수도, 변명할 수도 없었다. 한 걸음씩 뒤로 물러선 그녀가 숨을 고르고 물었다.

"언제, 말하려고 했어요?"

은재는 침착했고 차분했다. 길길이 날뛰어도 모자랄 상황에서도 묻고 또 물었다. 마치 작은 오해도 바라지 않는 것처럼. 아주 작은 거짓도 집어내려는 듯이. 때문에 그는 어떤 감언이설도 내놓지 못했다.

"…하고 싶지, 않았어."

이것이 얼마나 미련한 대답일지 알면서도. 지섭은 애써 그녀를 응시했다.

"끝까지 몰랐으면 좋겠다는 생각밖에 들지 않았던 것 같아."

"……."

"결국 말해야 할 걸 알면서도."

때를 놓친 사과는 아무리 빨라도 늦다. 후회가 그러하듯이. 이미 모든 것을 알아 버린 은재에겐 어떤 설명도 변명이 된다. 그녀의 눈은 하염없이 그렇게 말하고 있었다. 최소한 제 입으로 들었어야 할 말을 가장 낯선 이에게 들어야 했던 은재의 감정이 물밀듯 밀려들고 있었다.

"지섭 씨……."

그녀가 두 손으로 제 얼굴을 가렸다. 감정이 요동쳤다. 차마 그의 얼굴을 보고 있을 수가 없었다. 그랬다간 눈물이 터지고 그대로 지섭을 안아 버릴 것 같아서였다.

'아프면 안 되는데. 상처받으면 안 되는데.'

은재의 마음엔 그에 대한 걱정으로 가득했다. 그녀는 입술을 깨물며 눈을 질끈 감았다.

'말해 버릴까. 말할까? 그 사람하고 무슨 말을 했는지, 어떤 일이 있었는지 전부 말한다면…….'

욕심 같아선 전부 말해 버리고 싶다. 지섭이라면, 그라면 어떻게든 방법을 찾을지도 모른다.

'하지만.'

그 어떤 수가 나와도 결국 미연은 이 집에 남을 테고, 그녀가 있는 한 자신은 지섭의 약점이 된다. 모든 도돌이표를 끝내기 위해서라도 애써 마음을 다잡았다.

"한국으로 돌아와서 공항에서 했던 말, 기억해요?"

손을 내린 은재가 물었다. 그의 눈이 다시 흔들렸다.

'앞으로 반년이면.'
'전부 없던 일로 해 주시는 거… 맞죠?'

긴장감과 경계 그리고 겁에 질려 물었던 확인. 그만큼 무서워했었던 그녀의 모습이 지섭의 눈앞을 스쳤다. 그가 무언가 말하기 전에 은재가 먼저 말했다.

"그렇게 해요."

울지 않으려고 주먹을 쥐었다. 조금 전까지, 방금 전까지 웃던 공간이 다른 세계가 되어 버렸다. 그녀가 물러섰다.

"아무 일도 없던 일처럼, 그렇게 해."

"아니."

물러서는 은재의 손을 지섭이 잡았다. 그는 새하얗게 질린 얼굴로 다가와 그녀의 어깨를 쥐었다.

"안 돼."

"……."

"없던 일은 될 수 없어. 그렇겐 안 돼. 미안해, 못 해. 그럴 수가 없어."

내젓는 고개에 절박함이 담겨 있었다. 지섭은 그녀의 뺨과 어깨를 쓰다듬다 속삭였다.

"사랑해. 사랑해, 은재야."

당장 할 수 있는 말이 그것뿐이라는 것처럼 고백하는 그의 몸이 굽었다.

"원망해도, 미워해도 다 견딜게. 당신의 마음이 조금이라도 풀릴 수 있게 기다릴게. 그러니까 제발."

무너지듯 점점 더, 조금 더 아래로 내려간 몸이 거짓말처럼 무릎을 꿇었다.

"지섭 씨!"

놀란 은재가 황급히 마주 앉았지만 그는 일어서지 않았다.

지섭은 자신과 마주한 그녀를 향해 애원했다.

"날… 버리지 마."

가슴에 번개가 내리친 듯, 누군가 아프게 후려친 듯 통증이 밀려왔다. 목구멍이 미어지듯 아려 왔고 숨이 잘 쉬어지지 않았다. 은재는 저도 모르게 지섭을 끌어안았다.

"아니야, 그런 게 아니라."

눈에 보이지 않아도 그가 울고 있는 것만 같았다. 그녀는 고개를 저으며 말했다.

"솔직히 나한테는 천만 원도 버거웠어요. 이제 와서 하는 말이지, 천만, 아니 백만 원도. 그런데 지섭 씨가 도와준 건 사실이잖아. 그러니까 미안해하지 말아요. 오히려 고마워. 만약 잘못이 있다면 온전히 지섭 씨만의 잘못은 아니에요. 제발 이러지 말아요."

"은재야, 서은재."

"맞아요. 나 서은재야. 서은재로 돌아가려고 그래. 김주경을 버리려고, 서은재로 돌아가려고 당신에게 부탁하는 거예요."

"……."

"이런 별것 아닌 걸로 흔들리고 있잖아요. 겨우 이런 걸로 당신이 밉고 이 집이 힘들고 떠나고 싶어 해. 고작 이런 거야."

은재가 말을 할 때마다 지섭의 몸은 점점 굳어 가고 있었다. 그것이 온몸으로 전해졌지만 그녀는 멈출 수 없었다. 더 흔들린다면, 정말 전부를 버리고 그의 곁에 남고 싶어질 테니까.

"내가 겨우 그런 마음이었던 거예요."

상처 없는 이별은 없다. 더욱이 이유가 있는 이별에는 상처

입지 않을 수가 없다. 예견되었던 일. 야속하지만 은재는 마음에 비밀을 머금고 지섭을 밀어 내야 했다.

"그러니까 이러지 말고……."

"그 여자가 당신에게 뭐라고 했는지, 말해."

낮게 울리는 말에 은재가 흠칫 몸을 굳혔다.

그녀는 빠르게 그에게서 떨어지며 말했다.

"…사실을 말해 줬을 뿐이에요. 귀책금이 잘못되었고 내가 속고 있다고."

"그걸 말한 사람이 총회를 철회할 리는 없어. 혹시 그 여자가 너를."

빠르게 파고 들어오는 지섭의 손을 은재는 강하게 밀어 냈다. 완강한 거부에 그가 멈추는 사이 그녀가 두 눈에 힘을 주었다.

"그런 이유까지 내가 알아야 하나요?"

"……."

"지금 지섭 씨한테는 그게 중요한 거예요? 나는 회사도, 이렇게 큰 집도 몰라. 나는 그냥 사진만 찍고 살고 싶을 뿐인데."

은재는 아직 주저앉은 지섭을 두고 일어서 매몰차게 돌아섰다. 그런 그녀의 눈에 하필 선반 위의 인형들이 보였다. 왜인지 슬퍼 보이는 인형들이었다.

'참아.'

할 수 있는 것은 주먹을 쥐고 참아 내는 게 전부였다.

"은재야."

그녀는 고개를 숙이며 눈을 꾹 감고 말했다.

"또 거짓말을 하면요?"

하고 싶지 않지만 할 수밖에 없는 말을. 그가 일어서다 멈추는 것이 느껴졌다. 은재는 어금니가 부서져라 깨물다 돌아서며 말을 이었다.

"처음처럼, 내가 뭔가 실수하고 잘못하면 그걸 빌미로 또 부풀리고 거짓말을 해서 날 괴롭히고 잡아 둘지도 모르잖아. 당신에게 필요하면 또 그럴 수도 있는 거 아니에요?"

아니다. 그럴 사람이 아니라는 것, 누구보다 잘 안다. 이런 식으로 그를 몰아가는 것이 얼마나 못된 것인지 그녀도 알고 있다. 그러나 남은 방법은 이제 이것뿐이었다.

"이 집에서 믿을 수 있는 사람은 지섭 씨 하나였는데, 이젠 아무도 없어요."

거짓과 진심 사이에서 줄을 타는 말들은 지섭의 머리를 강하게 내리쳤다. 그는 더 이상 움직이지 않았다. 처음부터 변명할 생각조차 없던 지섭에게 은재의 말은 철퇴가 되었다.

"정말, 아무도 없어."

제 말을 되짚은 은재의 가슴에서 눈물이 차올랐다.

"내가 너무 편협하고 모자라서, 지섭 씨마저 의심하고 겁낼지도 몰라. 아니, 지금도 그런 것 같아요."

이미 그를 용서하고 받아들였음에도 불구하고, 마음이 이야기하고 있었다.

'전부, 이해했는데. 다, 용서했는데.'

여전히 남아 있다. 지섭의 거짓말과 이용당했다는 상처받은 마음이.

"내가 뭐라고, 당신들이 뭐라고 내 부모님을 가지고, 우리 오빠를 가지고 그렇게 얘기하는지 견딜 수가 없어. 이미 각오를 했다고 생각했는데."

"……."

"그 사람 말 들으면서 알았어요. 내가 이 집을 나갈 수 있는, 내가 다치지 않고, 우리 가족이 상처받지 않고 나갈 수 있는 마지막 기회가 지금이라는 거."

은재의 붉어진 눈을 보며 지섭이 다가섰다. 그러나 그녀는 두 걸음 더 물러섰다.

"사람들을 말 하나, 손짓 하나로 해칠 수도 있고 망가트릴 수도 있는 당신들이 너무 무서워."

끝내 차오르기 시작한 눈물은 수많은 감정이 담겼다.

원망, 미움, 배신.

그리고 슬픔.

지섭은 은재의 말에 담긴 그녀의 상처를 고스란히 알 수 있었다. 장미연이 무슨 말을 했건 중요한 건 그것이 아니다. 지금 이 자리에 있는 건.

"…미안해. 미안해, 은……."

똑같은 말밖에 할 수 없는 자신과.

"그러니까 나 좀 여기서 내보내 줘요."

상처받은 은재였다.

시간은 똑같이 흘렀고 새 아침은 다시 찾아왔다. 하지만 평소와 다른 건, 이른 아침 별관으로 모이는 고용인들이 답지 않게 소란스럽다는 점이었다.

"어젯밤에 차 나가는 거 봤어?"

"혼자 타셨지? 운전은 이사님 비서님이 한 것 같던데. 그 왜, 항상 같이 다니는 분."

"다시 안 돌아오셨지?"

"아마도. 아직까지 문 열렸다는 소리는 없었으니까."

"이사님도 새벽에 나가셨다는데."

"그럼 정말……."

꿀꺽. 누군가 침을 삼키다 중얼거렸다.

"이혼하신다는 게 사실인가?"

순간 주변이 찬물을 끼얹은 듯 적막에 휩싸였다. 고작 하룻밤 사이, 그저 대문이 열리고 닫힌 것만으로 퍼진 소문이었다. 그때 누군가 다시 입을 열었다.

"이혼은 무슨."

앙칼지고 날카로운 목소리였다. 사람들의 이목이 모이자 고용인은 팔짱을 끼며 코웃음을 쳤다. 집사인 홍혜란과 자주 다니던 고용인 중 하나였다.

"애초에 그런 사람이 아니라며. 어디서 데려온 고용인 같은 거라던데?"

"누가 그래?"

"집사님이나 다른 사람들 다. 아주 악질이래. 우리 다 속여 먹으려고 일부러 친한 척 군 거고. 결국 우리랑 똑같은 모양인데 우리한테 작은 사모 소리 들었으니 얼마나 우쭐했겠어."

억측을 넘어선 험담에 고용인들의 표정이 굳었다. 웅성웅성. 놀라고 당혹스런 이야기들에 소란이 이어졌고 다시 의문이 고개를 들었다.

"근데 좀 이상하지 않아? 이사님이나 작은 사모님이나 그런 사이로는 안 보였잖아."

"하긴, 누가 봐도 신혼부부였지. 그럼 대체 뭐야?"

"혹시 꽃뱀 같은 건가? 이름이랑 신분 다 속이고 들어와서 이시님이 당하신 거지."

"어머, 맞다. 야! 그럴 수 있겠다!"

"세상에……. 그럼 작은 사모가 청성 사람들 죄다 속인 거야?"

결국 누군가의 흐름대로 '김주경'이라는 사람에 대해 근거 없는 이야기가 씌워질 즈음이었다.

"그거 확실해?"

불쑥 나온 질문에 사람들을 선동하던 고용인의 말문이 막혔다.

"…어?"

"확실한 얘기냐고."

"아, 아니, 그게 아니라……."

"확실하지 않으면 함부로 얘기들 하지 마."

"그래. 그런 식으로 폄하할 분 아니야. 다들 도움받아 놓고 어떻게 그런 식으로 말해?"

반론을 꺼내 든 건 소영과 선하였다. 그들은 차례로 동료들을 보다 일갈했다.

"그리고 뭐가 됐건 이 집에서 난 일에 대해선 무조건 함구, 잊었어?"

"괜히 일 치르고 싶지 않으면 그냥 다들 입 다물고 있어."

약간의 불만이 일었지만 결코 틀린 말은 아니었다. 청성에 들어온 입주 고용인들의 첫 계약 사항이 무거운 입이다. 잦아드는 말들에 소영과 선하는 한숨을 쉬었다.

"아."

멍하니 일어나 시간을 확인하니 어느새 아침 7시가 되어 가고 있었다. 이른 아침을 시작하는 이 집에서는 다소 늦은 시간이었지만, 태희는 미적거리며 이불에 얼굴을 묻었다.

"졸려……"

멍하니 눈을 뜬 태희가 중얼거렸다.

"오늘 아침은 건너뛰고 싶은데."

어제 인형을 만드느라 새벽에야 겨우 잠들었던 터라 입맛이 있을 리 없었다. 욕심 같아선 학교도 잊고 자고 싶었지만.

"웃차."

태희의 몸은 침대에서 내려오고 있었다.

'아침은 같이 먹어요.'

 게으름을 피우고 싶을 때마다 주경의 말이 환청처럼 떠돈다. 나쁜 기분은 아니었다.
 "일어나야지."
 이 집에서 자신을 찾아 주는 사람이 있다는 게 얼마나 기쁜지 모른다. 태희는 히죽이며 욕실로 향했다.
 "늦었다, 늦었어."
 대충 세수를 하고 교복으로 갈아입은 태희는 얼른 방 밖으로 나섰다. 지금 가도 벌써 식사를 하고 있을 거다.
 '이놈의 집은 쓸데없이 크다니까.'
 지나치게 큰 집을 탓하며 바쁘게 움직일 때였다.
 "작은 사모님이……."
 "그럼 어제 정말로 나가 버린 거야?"
 "갑자기 나갈 정도면 쫓겨난 건가?"
 "그러게. 대체 무슨 일이야?"
 식당으로 가는 복도 끝에서 이야기 소리가 들리고 있었다. 다른 때라면 무시하지만 '작은 사모'라는 단어가 태희를 잡았다.
 "보통 일은 아닌 것 같아."
 "집사님한테 여쭤 보면……."
 "무슨 얘기들 하는 거예요?"
 "엄마야!"
 "아이고!"

가던 길을 멈춘 태희가 대뜸 묻자 놀란 고용인들이 소리를 질렀다. 꼭 잘못이라도 한 것 같은 모습에 태희가 고개를 갸웃거렸다.
"왜 그렇게 놀라요?"
"아, 아가씨."
"아무튼 언니가 왜요? 무슨 일 있어요?"
안 그래도 어제 주경의 모습이 이상했던 참이다. 순진한 물음에 고용인들이 서로의 눈을 맞췄다. 조심스러운 시선 속에 머뭇거리던 차.
"아가씨."
익숙한 목소리가 태희를 불렀다. 고개를 돌린 태희의 미간이 확 좁아졌다. 불쾌감이 느껴지는 그녀의 미간에도 아랑곳 않은 혜란이 말을 이었다.
"사모님께서 부르십니다."
역시 달갑지 않은 소식이었다. 유학 문제로 대화조차 없던 터라 더욱 그랬다. 그렇다고 무시할 수도 없는 일, 결국 태희의 걸음이 느리게 움직였다.
"무슨 일인데요?"
"가 보시면 압니다."
"먼저 말해 주면 안 돼요?"
"직접 들으세요."
바라지도 않았지만 역시나 혜란은 도움이 되지 않았다.
"빨리 언니한테 가야 하는데."
작은 불평에 혜란은 코웃음을 감췄다. 어쩐지 바쁜 혜란을 따라 금방 도착한 온실은 이름만 온실이지 따뜻함은 없었다.

"부르셨어요."

빼곡한 난과 꽃들 사이, 어김없이 온갖 치장을 한 미연이 태희를 돌아보았다.

"왔니?"

유난히 상냥한 말투에 태희는 한쪽 팔을 쓸며 말했다.

"무슨 일이신지는 몰라도 저 바빠서요. 빨리 말씀해 주시면……."

"태희야."

상냥함을 넘어선 다정함이 느껴지는 음성에 태희는 저절로 뒷걸음질을 쳤다.

"…왜요?"

저를 향한 불신 가득한 반문에도 미연은 한없이 자애롭게 말을 이었다.

"너한테 말을 할까, 고민했는데… 너도 아주 어리지 않고 또, 너야말로 꼭 알아야 할 것 같아서."

태희는 불안함을 지우지 못하고 눈을 찌푸렸다. 눈에 보이는 적개심을 이해하듯, 미연은 다가서지 않으며 본론부터 꺼냈다.

"김주경이 떠났다."

순간 이해하지 못한 태희가 혜란을 올려다보았다. 그녀는 덤덤히 고개만 끄덕였다.

"그게 무슨 말이에요."

우선 부정부터 하던 태희가 퍼뜩 정신을 차리며 눈을 부릅떴다.

"엄마예요? 엄마가 내보냈어요?"

"……."

"언니한테 무슨 짓을 한 거예요!"

기죽은 듯하다 순식간에 달려드는 태희에 미연은 기가 막혔다.

'저 야생마 같은 애를 어떻게 구워삶은 거야?'

씩씩대는 태희에 말문이 막힌 미연을 대신해 혜란이 나서 말했다.

"김주경이라는 사람은 없었습니다, 아가씨."

"그러니까 아까부터 대체 무슨 말을……."

"아가씨가 믿고 의지하던, 감언이설만 하던 그 여자. 그 사람, 사실은 김주경이라는 껍데기만 뒤집어쓴 완전히 다른 사람이에요. 뉴욕에서 쭉 살던 사람이 아니라 유학생으로 정지섭 이사님과 짜고 이 집에 들어와서 재산을 노린 사람이요."

"……."

"그것 때문에 사모님이 얼마나 곤란하셨는지 아세요? 그런데 어떻게 아가씨는."

혜란은 태희를 이해할 수 없다는 듯 내려다보았다. 꼭 탓을 하는 것처럼 느껴졌다. 태희는 힘껏 고개를 저으며 뒷걸음질을 쳤다.

"어디서 거짓말을, 그런 헛소리를."

"아가씨!"

"언니한테 들을게요. 지금 가서 본인한테 직접……."

"떠났다고 방금 말했잖아."

귀를 닫고 나서려는 태희를 잡은 미연이 그제야 움직였다. 그녀가 움직이자 태희의 다리가 멈췄다. 미연이 태희의 어깨를 세게 쥐었다.

"언제까지 미련하게 굴래?"

"…거, 거짓말이야. 내가 언니랑 너무 친하니까… 엄마한테 도움이 안 되니까 지금."

"너한테 잘해 주던 것, 이 집안사람들 모두에게 끼 부리던 거 전부, 계획된 일이었어. 거짓말이라고. 김주경이라는 사람은 애초에 만들어진 사람이란 말이야."

어느새 태희의 숨이 가빠지고 있었다. 가슴을 들썩이며 시선을 이리저리 움직인 태희는 마지막까지 고개를 저었다.

"그럴 리가요. 그럴 리가 없어요. 어떻게 그게 거짓말이에요. 어떻게, 어떻게 그게 전부."

먼저 내밀어 준 손.

상냥한 미소.

다독여 주던 손길.

이제야 겨우 이 집이 좋아지고 '정태희'가 좋아지던 태희에겐 벼락같은 말이었다. 미연은 태희와 눈을 맞추고 말을 이었다.

"내 말이 거짓말이라면 김주경이 떠났을 리가 없지. 지섭이도 가만히 있는 것 봐. 그것만 봐도 답 나오잖아. 확인하고 싶어? 그럼 별채에 가서 확인해."

멍하니 굳어 버린 태희의 얼굴에 미연은 한숨을 쉬었다. 그리고 천천히 제 딸을 끌어안았다. 태희가 서너 살이었던 때를 빼면 처음으로 닿는 품이었다.

"네가 받을 충격을 생각하면 말하지 않으려고도 했어. 그냥 이혼했다고, 헤어지게 되었다고 할 참이었어. 하지만 어떻게 그래."
"……."
"다른 건 몰라도 너한테 내가 어떻게 거짓말을 하니."
"…거짓말이야."
"그래, 그렇게 믿고 싶겠지. 내 딸. 가여운 내 새끼. 그렇게 영악한 계집애일 줄 누가 알았니."

전부 이해한다는 듯, 안타깝다는 듯 미연은 태희의 등을 토닥였다. 울음을 달래기라도 하는 양 몇 번이고 등을 쓰다듬으며 세게 안았다.

"네가 속은 게 아니야. 엄마가 그동안 네 마음 헤아리지 못해서 태희, 네가 잠깐 헷갈렸던 거지. 엄마가 미안해."
"……."
"유학 가고 싶지 않으면 가지 않아도 돼. 엄마 옆에 있어. 엄마가 도와줄게. 인형이건 뭐건 말만 해. 다 해 줄 테니까."

인형처럼 굳어 버린 태희의 손에서 가방이 툭 떨어졌다. 의지를 잃은 듯한 태희의 몸을 더욱 끌어안은 미연이 입꼬리를 올렸다. 늘 전쟁 같던 태희와의 관계에서 필요한 것이 '다정함'이라는 것은 서은재를 통해 알았다.

'그 계집애도 도움이 될 때가 있네.'

피식 나오려는 웃음을 겨우 참은 미연은 다시 속삭였다.

"엄마만 믿어."

세상에서 둘도 없는 엄마의 모습으로. 아무도 읽을 수 없는 속은 흑심으로 가득할 지라도 말이다.

'급했던 건 당장 총회에서 정지섭이 치고 올라오는 것 때문이었지, 처음부터 다시 시작이라면 나쁠 거 없어. 태희가 20살이 되면 상속부터 시키는 거야. 그러면 돼. 그래, 시간은 있어.'

어릴 적 자신의 모습과 빼닮은 태희를 보면 언제나 화가 치밀었다. 잊고 싶은 자신의 과거를 보란 듯이 보이는 것 같아서. 마침내 태희에게도 쓰임새가 생겼다. 승기와 지섭의 약점이 동시에 생긴 지금.

'이건 내가 이긴 싸움이야.'

그녀에게 두려운 것은 없었다. 태희의 고개가 툭, 미연의 어깨에 떨어졌다.

#27

 지섭은 아무 말도 하지 않았다. 아니, 하지 못한 것 같다. 어떤 말도 변명밖에 되지 않는다는 것을 알기 때문이었다. 좋은 사람. 남들이 뭐라 하건 은재에게 그는 좋은 사람이다.
 "……."
 정말 어떤 말도 하지 않았다. 대신 두 눈에 가득한 슬픔이 고스란히 전해졌다.
 "고마워요."
 진심을 담아 말했다. 그러나 지섭은 여전히 아무 말도 없었다. 그저 바라볼 뿐. 일부러 제임스를 불러 차에 태우는 순간에도, 차가 멀어지고 보이지 않을 때까지, 그는 움직이지 않았다. 짐 하나 없이 몸 하나만 불쑥 뛰쳐나온 새벽녘, 은재가 말했다.

"감사합니다."

작은 인사에 제임스가 룸미러로 그녀를 보았다.

"…무슨 말씀이십니까?"

조금 당황한 반문에 은재는 덤덤히 말을 이었다.

"실장님은 다 알고 계셨겠죠. 그러니까 제가 지섭 씨에게 가까이 가지 않길 바라셨잖아요."

"……."

"지섭 씨를 위해서도, 저를… 위해서도."

은재는 제임스의 경고 아닌 경고를 기억하고 있었다. 그땐 단순히 서글펐다면 지금은 충분히 이해가 가는 말이었다.

후우.

그가 낮게 한숨을 쉬다 말했다.

"죄송합니다."

어쩐지 지섭을 대신한 사과인 것처럼 느껴졌다. 그리고 다행이라고 생각했다. 그의 곁에 이렇게 좋은 사람이 있어서, 정말 다행이라고.

늦은 새벽, 찬바람이 부는 밤. 은재가 갈 수 있는 곳은 한 곳뿐이었다.

"정말 괜찮겠습니까?"

멍하니 아파트 앞에 선 그녀에게 제임스가 물었다. 은재는 겨우 고개를 끄덕였다.

"네. 그래도 여기가 나아요."

"…잠시 머물 곳을 구해 드릴 수 있습니다."

"아니에요. 여기 있는 게 여러모로 편할 것 같아요. 저도 그렇고……."

지섭에게도.

물론 미국에 있을 딸이 갑자기 나타난 것을 받아들일 부모님에게 죄송하지만 말이다. 은재는 꾸벅 허리를 숙였다.

"그동안 감사했습니다."

몇 번을 거듭해도 모자람이 없는 인사였다. 어쨌건 그들이 은재에게 부과될 귀책금을 해결해 준 것은 사실이다.

'더 냉정하게 말하면 당장 반년을 일해도 천만 원을 모으는 건 어려우니까.'

현실적인 자기평가였다. 제임스는 몇 번째인지 모를 한숨을 쉬고 고개를 숙였다.

"도움이 필요하시면 언제든 연락 주십시오."

"조심히, 가세요."

정말 마지막 인사와 함께 은재가 돌아섰다. 아직 그가 보고 있는 것 같았지만 굳이 돌아보지 않았다. 그때, 조금 먼 곳에서 반짝임이 보였다.

"…설마."

순간 그것이 지섭의 차라고 생각했지만 곧 고개를 저었다. 왔을 리 없고 그녀가 출발하고도 한참 보던 사람이 벌써 도착했을 리도 없다.

"그래, 그럴 리 없고, 그렇지 않아도 괜찮아."

먼저 끊어 낸 관계를 붙잡고 싶지는 않았다. 차가운 밤길을 걸었다. 어둡지만 태어나서 쭉 살아온 제 집이 보이기 시작했다. 시린 손끝을 주머니에 넣고 걷는다.

저벅저벅.

익숙한 길, 변함없는 길목. 가슴이 두근거리기 시작했고 마음 한구석이 찌릿찌릿 거렸다.

'우리… 집.'

그렇게 오고 싶어 했던 집이 코앞에 있었다. 엘리베이터를 타고 누르는 버튼도, 특유의 냄새도 그대로였다. 신기할 정도로 생생한 기억 속에서 그녀는 금방 집 층수에 도착했다.

"어……."

눈을 깜빡이고 집 호수를 빤히 지켜보았다. 정말 집이었다. 넋 빼놓고 오느라 잠시 이 감정을 잊었다.

'몇 년 만이더라.'

오가는 돈이 아까워 제대로 오지도 못했던 집. 은재는 숨을 잠시 몰아쉬다 도어록의 버튼을 눌렀다. 그리고 무심코 누른 번호에 기기가 울었다.

삐삐, 삐.

틀렸다는 뜻이었다.

"어?"

당황한 그녀가 다시 한번 번호를 눌렀다. 결과는 같았다.

"이게 왜……."

번호가 바뀌었나? 집이 아닌가? 하는 생각과 함께 다시 번호를 누르던 손이 멈췄다. 손가락 끝을 떨던 은재가 중얼거렸다.

"…이 번호가 아니잖아."

그녀가 누른 건 지섭과 자신의 방 비밀번호였다. 가슴의 울렁거림이 심해지고 들썩임이 일어났다. 웅성거리는 소리가 집 안에서 들리고 있었다.

"엄마."

결국 은재는 번호를 누르던 손을 툭 떨어트리고 소리 내어 불렀다.

"엄마아아."

눈물이 났다. 왜 이제야 눈물이 나는 건지는 알 수 없었지만 펑펑 쏟아졌다.

아주 엉엉.

"그럼 큰 사모님만 큰일 날 뻔한 거네?"

"당연하지. 사실 요즘 집안일은 작은 사모님이 다 했었잖아."

"세상에… 나 좀 무섭다. 그런 분으로는 안 보였는데."

"사람은 겉으로만 봐선 모르는 거니까. 솔직히 우리 큰 사모가 성격은 지랄 맞아도 지고지순한 건 인정해야지. 쭉 회장님 곁에서 간병하고 지켜 주는 거보면 조강지처가 따로 없어. 이것도 그래."

고용인은 손에 들린 쟁반을 들어 올렸다. 쟁반엔 값비싼 약재로 달인 한약이 놓여 있었다.

"진짜 모를 일이다."

"무서운 거지."

"그래도 사람은 좋아 보였는데."

묘한 아쉬움 속에서 그들은 어깨를 으쓱였다. 작은 사모가 청성가를 떠나고 겨우 며칠. 발칵 뒤집힌 집안엔 그저 수많은 추측들만 난무했다. 사기꾼에서부터 스파이까지. 온갖 추측들이 가득한 가운데, 당사자들은 나타나지 않았다. 하물며 지섭까지도 며칠째 집에 돌아오지 않고 있었다.

똑똑.

노크에 곧 대답이 들려왔다.

"들어와."

짧은 허락에 안으로 들어선 고용인은 허리를 깊이 숙였다.

"회장님, 약 드실 시간입니다."

"거기 두게."

방의 주인, 창만은 휠체어에 앉아 커튼으로 닫힌 창밖을 보고 있었다. 매일 아침 미연이 열어 주던 커튼이 닫혀 있기 때문이었다. 고용인은 얼른 쟁반을 놓고 말을 이었다.

"큰 사모님께서 이른 아침부터 일정이 바쁘셔서 직접 오지 못하신다고 말씀 전해 드리라 하셨습니다, 회장님."

"…나가 봐."

늘 그랬듯 대화 아닌 대화를 남기고 고용인이 나섰다. 창만은 고개만 돌려 테이블을 보다 다시 창밖을 보았다. 물론 여전히 커튼 때문에 아무것도 보이지 않았다.

"어둡군."

그의 손에는 오래된 카메라가 들려 있었다. 제 것이었다가 주었으나 다시 돌아온 것이었다. 그것을 쓰다듬던 창만이 중얼거렸다.

"…서은재."

벌써 입에 달라붙은 이름이었다. 그는 잠시 눈을 감고 전날의 기억을 더듬었다.

'…죄송합니다.'

하얗게 질린 얼굴로 카메라를 들고 찾아온 그녀는 조아리듯 머리를 숙이며 사과했다.

'정말, 죄송합니다.'

목소리는 물론 몸까지 떨고 있는 게 눈에 보였다. 창만은 테이블에 놓인 카메라를 보다 물었다.

'왜 나한테 왔지? 굳이 올 필요는 없었을 것 같은데.'

냉정한 말에 은재가 움찔했다. 하지만 겨우 용기 내어 말을 이었다.

'모든 상황을 가장 먼저 말씀드려야 할 것 같았습니다. 그리고 직접 사과를 드리는 게, 옳은 것 같아서.'

'그보다도 다른 말할 거리가 있겠지.'

무심히 던진 말은 정확했고 은재의 고개가 더 내려갔다. 불안하게 제 손을 맞잡던 그녀가 입을 열었다.

'뻔뻔스럽지만, 가당찮다고 생각하실지 모르지만.'

'……'

'저는 지섭 씨를 원망하지 않습니다.'

창만의 눈이 찌푸려졌다.

'원망하지 않는다?'

'…네.'

'어째서.'

의아한 듯 되묻는 말에 은재가 고개를 들었다.

'분명 그 사람이 좋지 못한 일을 한 건 사실입니다. 하지만 처음 잘못은 제가 시작했고 그 제안을 받아들인 것도 저였습니다. 만약 제가 피해자라면 저는 지섭 씨를 모두 용서했다고 말씀드리고 싶었습니다.'

조금 떨리는 목소리지만 얼마나 많이 생각하고 연습했는지 막히는 부분도 없었다. 헛웃음이 나왔다. 이 와중에 지섭을 위하는 게 당황스럽기까지 했다.

'그러니까 그 아이를 탓하지 말아 달라는 거구나.'

'네, 회장님.'

회장님이라. 상황 파악이 빠른 건지, 영악한 건지. 그가 의자 팔걸이를 느리게 두드렸다. 긴장한 듯 침을 삼키는 게 보였다. 창만이 읊조렸다.

'원망하지도 않고 용서까지 했으면서 나가려는 이유가 궁금한데.'

'……'

'말 못 할 사정이란 것도 결국 지섭이를 위한 거겠지.'

은재는 대답도 행동도 하지 않았다. 대신 무겁게 입을 다물고 손가락만 움직였다. 충분한 대답이 된 모습에 창만이 카메라를 가져왔다. 그간 얼마나 곱게 썼는지 줬을 때보다도 훨씬 깨끗해 보였다.

'전에도 말했지만… 너는 참 착하다. 거기다 솔직하고 대범해. 아닌 것 같아도 그래.'

'제가 잘못한 건 달게 받겠습니다.'

'네게 잘못이 있다면 그저 살기 위해 버틴 것밖에 없겠지.'

빠르게 흔들리는 그녀의 눈에 창만은 쓰게 웃었다. 그리고 카메라를 톡톡 두드렸다.

'내가 너에게 은혜를 입었으니 이제 그 은혜를 갚을 때라고 생각하마.'

'…네?'

'네 잘못은 없다.'

'아버님?'

다시 습관대로 돌아온 호칭에 그가 웃었다.

'이건 잠시 맡아 두마.'

맡아 둔다는 말에 은재의 두 눈엔 의아함이 가득했다. 그러면서도 아무것도 묻지 못하고 입만 달싹였고 창만은 몸을 조금 기울이며 말했다.

'아가야.'

'……'

'착한 것이 나쁘다곤 할 수 없지만 무조건 옳은 건 아니야. 사람은 때론 이기적이어야 할 때가 있지.'

'…아버님.'

'그때가 오면, 절대 그 기회를 놓치지 말거라.'

당장 그가 할 수 있는 말은 그것뿐이었다.

내내 겁먹고 있던 눈은 지섭을 이야기할 때만큼 선명해져 있었다. 창만은 다리 위의 카메라를 쓰다듬으며 중얼거렸다.

"적어도 그 아이는 후회는 남기지 않을 것 같더군."

제 행동에 대한 확신이 있으니, 흔들리지도 않았던 거겠지. 자신보다 한참 어린 은재에게서 그는 그것을 배웠다. 후회하지 않을 선택.

"내 잘못이야."

지쳤다는 이유로, 미연이 주는 잘못된 안식을 알면서도 그것에 빠져 살았다. 차라리 이대로 아무것도 하지 않을 수 있다면 어떻게 되든 상관없었던 것 같다. 후회도 없을 거라 생각했다.

"내, 죄."

하지만 탐욕에 물들어 망가진 미연을 보며, 그것을 막고자 똑같이 잘못된 선택을 한 지섭을 보면서 깨달았다. 이렇게 가만히 있으면 자신은 분명 후회할 것이라고. 창만이 휴대폰을 들어 어디론가 전화를 걸었다.

"날세."

잠깐의 연결음 뒤, 반갑게 들리는 목소리에 그가 말했다.

"잘못 생각했어. 다 놓는 것이 옳다고 생각했는데 쉴 때가 아니었던 것 같아."

그가 카메라를 들어 테이블에 놓았다. 그리고 천천히 휠체어에서 몸을 세웠다.

"아직은."

촤악. 창만의 손이 커튼을 걷었다. 늘 미연에 의해 걷어지던 장막이 걷히고 빛이 쏟아졌다. 넓고 아름다운 정원이 보였다. 탁하게 가라앉았던 눈빛이 선명하게 빛나기 시작했다.

"이대로 계시겠습니까?"
제임스가 물었다.
"이대로라면 저희가 얻을 수 있는 것은 없습니다."
그것은 일종의 경고였다. 총회의 취소 후 미연은 자신의 흔적들을 지워 나갔다. 아직 굵직한 것들은 정리하지 못한 것 같지만 시간이 해결해 줄 문제였다. 즉, 지섭이 가진 카드들이 하나씩 쓸모없는 것이 된다는 뜻이었다.
"덕분에 회사는 정상으로 돌아가겠지."
우습지만 미연의 지금 행동으로 순기능이 일어난 셈이었다. 불법 조작을 그만두고 적어도 지금 당장은 정직하게 움직이는 중이니까.
"지금까지처럼만 운영이 된다면, 굳이 내가 청성을 욕심낼 필요도 없어."
"…서은재 씨 때문인 것, 알고 있습니다."
"……."
"그쪽에 해가 될까 봐 함부로 움직이지 못하시는 거 아닙니까."
정답. 능력 좋은 부하는 언제나 눈치가 좋았다. 지섭은 피식 웃으며 펜을 놓았다. 업무에 집중하려던 노력은 헛수고가 되었다.

"뒤따라오셨던 거 압니다. 아니, 한참 뒤에 출발하셔 놓고 먼저 도착하셨더군요. 얼마나 속도를 내신 겁니까?"

퉁명스러운 질책에 지섭의 몸이 뒤로 기울었다.

"이대로 사고가 나면 돌아오지 않을까, 생각할 만큼."

"…제정신이십니까?"

"그래 보여?"

"……."

"제정신일 리가 없잖아."

당장 제 목이라도 졸라 버리고 싶은 걸 참고 있는 중이니까. 그날, 은재를 보내고 그는 곧장 그녀의 뒤를 따랐다. 정신없이, 지금 당장이라도 붙잡을 것처럼.

"나 같은 걸 상관이라고 믿은 너도 불쌍해."

"예. 라인 잘못 탔습니다. 결국 회사도 서은재 씨도 잃으시게 되겠군요. 덕분에 저도 다 잃게 됐고요."

"내 목적은 회사를 정상화하는 거지, 가지려는 게 아니야."

"변명이 구차하십니다."

"상관없어."

지섭은 더없이 담담했다. 이미 모든 것을 결정한 것 같았다. 그는 잠시 놓았던 펜을 손가락 사이에 굴리며 말을 이었다.

"그 사람이 있을 자리만 지키면 돼. 은재, 은재 가족. 그 사람 미래."

"……."

"그거면 돼."

웃고 있지만 웃는 것이 아니다. 제임스는 분명하게 그것이 보였다. 말하자면 시한폭탄 같은 거다. 도화선은 서은재. 장미연은 그녀를 고작 '약점'으로 생각하겠지만, 만약 잘못 건드린다면 그건 '역린'이 될 거다.

'젠장.'

오싹한 것이 어깨를 타고 흘렀다.

딩동.

괜히 얼어 있는 제임스를 돕듯 때맞춰 그의 휴대폰이 울렸다. 얼른 그것을 확인한 제임스의 표정이 굳었다.

"보안팀에서 연락이 왔습니다. 바로 확인하시겠습니까?"

지섭이 벌떡 일어섰다. 그의 눈이 빠르게 흔들리고 있었다.

"당장."

일전 지섭의 지시로 보안팀에 요청했던 CCTV가 온 듯했다. 곧장 일어선 지섭의 자리로 돌아온 제임스가 메일을 확인했다. 이내 영상이 모니터를 채웠다. 은재가 지섭의 사무실을 나선 시간부터 복도와 휴게실, 엘리베이터까지.

"찾았습니다."

그들이 그녀를 발견하는 건 그리 오래 걸리지 않았다.

"…은재가 왜 이쪽으로 들어가."

미연의 비서를 만난 은재가 미연의 사무실로 가는 모습이 똑똑히 찍혔다. 그리고 그녀가 다시 나온 것은 한참 후였다.

"왜?"

문을 나서는 그녀는 눈가를 비비고 있었다. 잠시 비틀거리는 듯하다 벽을 짚고 결국 주저앉았다. 지섭은 미친 듯이 뛰는 심장에 숨조차 쉬지 않고 화면에 집중했다. 다시 은재가 일어선다. 그러다 겨우 걸어 사라졌다. 제임스가 시간을 확인하고 말했다.
"17분가량, 장미연 이사 사무실에 있었습니다."
무려 17분. 이해할 수 없는 시간에 지섭이 중얼거렸다.
"…그 긴 시간 동안 무슨 얘기를 하지?"
"절대 단순한 집안일은 아닐 겁니다."
이런 상황에서 은재가 미연을 만날 이유가 무엇이 있을까. 그가 주먹을 세게 쥐었다. 비틀거리던 그녀의 모습이 눈앞에 아른거렸다. 지섭은 영상을 돌리고 또 돌려보다 퍼뜩 무언가를 떠올렸다.

'그럼 내기 지섭 씨를 돕는 것도 당연하겠다.'

흘러가듯 들려오는 은재의 목소리.

'미안해.'

그녀를 속이고 있는 죄책감에 나온 사과.

'사과 받아 줄게요.'

그리고 이유도 모르고 그 사과를 받아 주던 그녀.
쿵쿵.

머릿속이 뒤집어질 것처럼 엉키다 끊어진다. 그의 눈이 끝없이 흔들렸다. 화면 속 은재를 두 눈에 담으며 지섭은 목이 멘 듯 낮게 중얼거렸다.

"그때, 알고 있었던 거야."

"예?"

"이미 알고 있었어. 이때 장미연을 만나서 들었던 거라고."

지섭이 자신을 속이고 있었다는 것을 들은 게 분명했다. 그러면서도 그를 향해 웃어 주고 사과를 받아 주었다. 숨이 막힐 만큼 심장이 아파 왔다. 제 입이 아닌 미연의 입에서 거짓말을 들어야 했던 은재의 감정이 전해지는 것 같았다.

"…빌어먹을."

밀려드는 죄책감에 주먹을 쥐고 어금니를 깨물었다. 견딜 수 없는 제 혐오감에 몸이 떨릴 정도였다. 하지만 한 가지, 풀리지 않는 의문이 있었다.

"왜, 떠난 거지?"

이후 이유도 없이 총회가 취소되고 모든 것을 알고 있었을 은재가 떠났다. 아무런 연관이 없는 두 가지가 한 번에 일어난 거다. 그리고 거기엔 '장미연'이 있었다. 지섭의 눈이 번뜩였다.

"장미연이 내가 귀책금 문서를 조작한 걸 알고 은재에게 말했다면, 그걸 이용했을 거야. 문서 조작혐의로 뭐든 덮어씌울 수도 있겠지."

"그럼 설마."

"그래. 두 사람이 총회 취소를 두고, 협상을 한 거야."

답이 나오는 순간 눈앞이 선명해졌다. 은재는 마지막까지 지섭을 위했다. 청성을 떠나는 순간까지. 제임스가 물었다.
"바로 가시겠습니까?"
언제라도 출발할 수 있게 조치를 할 얼굴이었다. 당연히 지섭은 당장이라도 출발할 생각이었다. 그러나 그를 잡은 것은 다시 들려오는 은재의 목소리였다.

'나 좀 여기서.'

모든 것이 그를 위한 것이었을까.
전부 만들어 낸, 연극이었나.

'당신들이 뭐라고 내 부모님을 가지고, 우리 오빠를 가지고 그렇게 얘기하는지 견딜 수가 없어.'
'그 사람 말 들으면서 알았어요. 내가 이 집을 나갈 수 있는, 내가 다치지 않고, 우리 가족이 상처받지 않고 나갈 수 있는 마지막 기회가 지금이라는 거.'
'그러니까 나 좀 여기서 내보내 줘요.'

그것은 진심이었으리라. 소중한 사람들이 상처 입을까 두려워하는 마음은. 장미연이 아버지의 곁에 있는 한, 결국 그녀는 똑같은 공포에 떨게 된다.
툭.

"이사님?"

지섭의 손이 아래로 떨어졌다. 아래턱이 떨릴 만큼, 핏대가 오를 만큼 강하게 힘을 주어 물었다.

"지켜야 하니까."

지금 은재에게 가는 것은 그녀를 상처 주는 것과 다름없었다. 모든 것을 알았다 한들, 은재가 자신을 사랑한다는 것을 안다 한들.

"달라지는 건 없어."

그의 잘못이 사라지지 않는 것처럼. 죽을 것 같은 통증이 심장을 조여 오기 시작했다.

괴로워서, 아파서.

미안해서.

너무도 보고 싶어서.

"어때?"

방 밖으로 나서는 지선에게 영철이 물었다. 지선이 고개를 저었다.

"별말 안 해. 평소랑 같아 보이려고 하는 것 같긴 하지만… 정말 무슨 일 있는 거 아닌가 모르겠네."

걱정 가득히 방문을 보는 아내를 영철이 다독였다.

"무슨 일이 있건 몸 멀쩡히 왔으면 됐지."

"하는 말이야 쉽지. 인턴 끝나서 특별히 보내 줘서 왔다고 하는데 짐도 없이 저렇게 덜렁 온다는 게 말이나 되나 싶고."

"짐 다 잃어버렸다며."

"그렇긴 한데 애 얼굴이 말이 아니잖아. 새벽에 온 것도 그렇고 보자마자 울지를 않나."

두 사람은 잠시 서로를 마주하다 한숨을 쉬었다.

"걱정돼 죽겠네."

은재가 돌아온 것은 보름 전 새벽이었다. 처음엔 도어록 번호를 연이어 틀려 도둑이 든 줄 알았다. 잔뜩 겁을 먹고 확인한 인터폰엔 은재가 있었다.

"사기당했나?"

"갑자기 무슨 사기."

"어디 외국 봉사인지 연수인지 간다고 그랬잖아. 그게 뭐 사기였다든가, 잘못되었다든가."

"설마. 청성그룹 이름으로 우리 검진까지 받은 거 기억 안 나?"

"아, 그랬지. 그럼 회사 쪽 문제는 아닌 거고……. 아니면 회사 사람 때문에 문제 생긴 거 아니야? 어떤 놈이 우리 은재를 막 꼬드겼다든가. 그래서 혹시!"

"뭐? 회사 누구! 어떤 놈이야! 어떤 자식이 내 딸을 건드려! 그 자식 다리몽둥이를 다 분질러 놓는다! 청성 사장이 와도 내가 가만 안 둬!"

"아, 아니, 말이 그렇다고."

펄펄 날뛰는 영철에 지선은 황급히 남편을 말려야 했다.

Rrrrr. Rrrrr.

왠지 소란스러운 거실에서 전화 벨소리가 들렸다. 슬쩍 고개를 들었던 은재는 다시 푹 이불에 얼굴을 묻었다. 축 늘어진 몸이 세워질 줄 몰랐다.

"…이렇게 있으면 안 되는데."

죽은 듯 중얼거린 말은 벌써 몇 번째인지 모른다. 보름째 이렇게 다 죽어 가는 모양새니 부모님이 걱정하시는 것도 당연했다.

"하아."

저절로 난 한숨도 몇백 번째다. 엄마를 보자마자 눈물을 터트렸으니 속이 좀 후련할까 싶었는데 전혀 그렇지 않다. 오히려 더 답답하기만 했다.

"멍청이."

이럴 바엔 어서 뉴욕으로 돌아가는 게 좋을 것 같다. 물론.

'…돌아갈 비행기 값부터 벌어야겠지만.'

현실과 이상 사이, 슬퍼할 겨를조차 없는 처지에 다시 마음이 울컥 올라왔다. 은재는 얼른 몸을 웅크렸다.

"안 돼, 울지 마. 울 이유 없어. 잘했어."

울면, 정말 바보 같아지는 거니까. 가장 좋은 선택을 했고 최선을 다했다. 그러니 견뎌 낼 거다. 그녀는 베개를 꽉 쥐고 눈을 감았다.

"은재야, 전화 받아!"

벌떡. 자동으로 세워진 몸이 번개처럼 방 밖으로 향했다. 숨까지 몰아쉬며 달려간 은재가 물었다.

"누, 누, 누… 누구요?"

"친구라는데? 정민이라나 뭐라나."

순간 올라갔던 텐션이 순식간에 바닥으로 떨어졌다. 혹시나, 설마… 하는 기대감이 있었던 모양이다. 걱정스레 보는 부모님을 뒤로 하고 터덜터덜 전화를 받았다.

"여보세요."

정민은 대학 동기 중 하나다. 딱히 친구랄 것도 없던 은재에게 몇 안 되는 연락처 있는 지인이었다.

-너 진짜 한국에 있었구나!

대뜸 들려온 목소리에 은재가 눈을 깜빡였다. 전화를 건 사람이 더 놀랄 건 뭐람.

"어, 있는데. 내가 여기 있는 건 어떻게 알았어?"

-희수가 알려 줬어! 너 한국에 왔다고! 언제 돌아온 거야? 세상에 반갑다, 야!

문희수. 달갑지 않은 이름에 신음이 절로 나왔다. 그녀는 머쓱하게 뒷목을 문지르며 말했다.

"그래, 그런데 무슨 일로……."

-뭐긴! 나오라고!

듣던 중 가장 뜬금없는 소리였다.

황당함에 말문이 막혔던 은재가 겨우 물었다.

"갑자기, 그게 무슨 소리야?"

-다른 게 아니라 오랜만에 동기들끼리 모였거든. 그러다가 네 얘기가 나왔는데 저번에 희수가 너 한국에 있다고 그랬던 게 기억나서. 혹시나 싶어서 연락해 봤지.

"…집으로?"

-휴대폰을 안 받아서 그랬어.

'그럼 연락을 포기하는 게 일반적이지 않을까.'

…라고 묻고 싶었지만 꾹 참았다.

저절로 나오는 한숨을 삼킨 그녀는 머리를 넘기며 늦은 답을 했다.

"아니, 괜찮아."

깔끔한 거절이었다. 예상했다는 듯 정민이 웃는 목소리로 말했다.

-에이, 그러지 말고 나와. 우리 다 너 궁금해. 몇 년 동안 못 봤 잖아. 응?

"글쎄."

그녀는 정민의 제안이 썩 달갑지 않았다. 딱히 친한 사이도 아닐뿐더러 그럴 마음도 들지 않아서였다.

"어차피 중간에 유학 가서 모르는 사람들만 있을 텐데 뭐."

-이제 좀 친해지는 거지 뭐. 인맥 늘리고 좋잖아.

"내가 가 봤자 분위기만……."

무심히 대꾸하며 몸을 돌리던 그녀의 말이 잠시 멈췄다. 멀지 않은 곳에서 부모님이 걱정스레 지켜보고 있었다. 특히나 엄마는 당장 울 것처럼 눈까지 촉촉했다.

'이런.'

보름 동안 방에만 박혀 있던 것 때문인 듯했다. 그녀는 눈을 굴리며 다시 말을 이었다.

"···분위기만 어색하게 할지 모르는데, 그래도 괜찮으면 갈게."

-어, 정말? 야, 야, 은재 나온대!

그제야 부모님의 얼굴도 환해졌다. 정민은 얼른 장소를 말해 주었다. 전화를 끊은 은재가 말했다.

"저 잠깐 친구 좀······."

"다녀와, 다녀와! 맞다, 용돈 필요하지?"

"···조, 조금만 주시면."

"은태 아빠, 내 지갑 어디 있어."

서둘러 안방으로 들어가는 아빠를 보며 그녀는 어색하게 웃었다.

'잠깐 들렀다가, 바람이나 쐬고 와야겠다.'

아니, 차라리 잘됐다. 혼자 있으면 끝없이 미끄러질 것 같았다.

"후우."

기운 없는 한숨만 바닥으로 깔렸다.

장소는 평범한 바(Bar)였다. 버리지 못한 어색함과 함께 그곳으로 들어서자 제법 익숙한 얼굴들이 보였다.

"진짜 몇 년 만인지 모르겠다. 2년? 3년?"

가장 먼저 은재를 반기던 정민이 말하자 저들끼리 시간을 유추했다.

"거의 5년일걸. 은재 1학년 마치고 바로 유학 갔잖아."

"맞아. 엄청 좋은 대학으로 간 것 같은데. 졸업은 했어?"

인사를 마치기가 무섭게 기다렸다는 듯, 묻는 안부에 은재가 담담히 대답했다.

"휴학 중이야."

"휴학? 왜?"

"등록금 때문에. 휴학하고, 일하고. 다 똑같지 뭐."

가볍게 마신 물맛이 좋았다. 이내 입 안 가득 물을 머금었다. 정민이 고개를 갸웃거리며 되물었다.

"어, 근데 희수 말로는 은재 너 남자 친구랑 곧 결혼할 것 같다고 그러던데. 그 남자 친구가 돈도 엄청 많다고 그러고. 그런데 안 도와줘?"

품. 하마터면 입에 가득했던 물을 뿜을 뻔했다. 기가 막힌 소리에 은재의 미간이 좁아졌다.

"농담이지?"

서늘하게 닿는 시선에 정민은 물론 친구들 모두 찔끔했다. 몇 년 전에 봤던 '서은재'와는 뭔가 많이 달랐다. 정민은 얼른 사과했다.

"…그, 그렇지? 하긴, 결혼할 사이라 그래서 좀 오버했나 봐. 미안해."

"다른 것도 그렇지만 결혼 이야긴 도대체 어디서 나온 거야?"

그들의 시선이 자연스레 한쪽으로 향했다. 거기엔 어느새 다가온 희수가 뻔뻔하게 되물었다.

"왜? 틀린 말이야?"

"틀린 말이야. 그리고 없는 사람 얘기를 함부로 하는 건 곤란하지 않아?"

"왔잖아. 그럼 문제없네?"

시종일관 까칠한 태도에 은재는 황당해졌다. 아마 전시관에서 당한 것에 여전히 속이 쓰린 모양이다.

'이런 데서 지섭 씨 얘길 하게 될 줄은 몰랐는데.'

예기치 못한 상황에 머리가 다 지끈거렸다. 희수는 코웃음을 치며 말을 이었다.

"난 당연히 그 정도는 내주는 줄 알았는데. 저번에 만났을 때 남자 친구가 전시관을 사 주네, 마네 그랬잖아. 결혼할 사람이니 그런 거 아니야? 등록금 정도는 껌값일 거 같은데?"

"대박, 진짜?"

"뭐 하는 사람인데?"

"어떤 사람이야? 나이 많아?"

순식간에 쏟아지는 질문들엔 호기심이 가득했다. 술자리 안줏거리로 삼기에 딱 좋은 가십이다. 헛웃음이 나왔다. 은재가 차갑게 말했다.

"농담으로 한 소리를 진지하게 받아들일 줄은 몰랐네."

"어머, 그거 농담이었어? 허우대만 멀쩡하고 허세만 부릴 줄 아나보다. 은재야, 너 그런 사람들 함부로 만나면 안 돼."

"농담이라고 그랬지, 거짓말이라고는 안 했어."

"……"

"판단은 알아서 해. 대신 쓸데없는 소리 나서 문제 생겨도 난 책임 못 져."

단호한 말에 주변이 찬물을 끼얹은 듯 조용해졌다. 은재는 다시 물을 한 모금 마셨다.

"굳이 왜 날 부르나 했는데, 괜찮은 안줏거리가 필요했던 모양이야."

정곡을 찔린 듯 다들 눈동자를 굴렸다. 예상은 했지만 생각보다 더 기분이 좋지 않았다. 그녀는 혀를 차고 자리에서 일어났다.

"어? 버, 벌써 가려고?"

정민의 말에 은재는 들으란 듯 말했다.

"화장실. 여기까지 온 시간이랑 차비가 있는데 그냥 가면 손해지."

잠시 주위를 휘 둘러본 그녀가 어깨를 으쓱였다.

"안줏값은 이미 낸 것 같으니까."

주눅 든 기색 하나 없이 담담한 태도에 모두 할 말을 잃었다. 그녀가 화장실로 향하자마자 삼삼오오 머리가 모였다.

"애가 뭔가 달라진 것 같지? 예전에는 좀 맹한 느낌이었잖아."
"그러니까. 겁도 많았던 것 같은데… 말은 원래 좀 잘했지만."
"자세도 그렇고, 말투도 좀 부티 나지 않아?"
"어, 나도. 처음에 오는데 예절 교육이라도 받은 줄 알았다니까."

역시나 술자리에선 없는 사람 얘기가 제일 재미있는 법이었다. 그렇게 잠시 은재에 대해 얘기하던 그들의 표적은 금방 바뀌었다.

"희수 너는 왜 정확하지도 않은 얘기로 사람을 곤란하게 하냐?"
자신을 탓하는 얘기에 희수의 눈이 휘둥그레졌다.
"내가 뭘?"
"우리만 나쁜 사람 됐잖아."
"웃긴다, 너네. 같이 깔 땐 언제고!"
"우, 우리가 언제."
결국 이번에도 별다른 소득 없이 끝나 버린 시비였다. 그녀가 벌컥벌컥 술을 들이켰다.
"아, 짜증 나!"
그날 은재를 만나고 남자 친구와 헤어진 희수는 더욱 열이 올랐지만, 당사자는 알 리 없었다.

쏴아.
거센 물줄기에 벅벅 손을 씻은 은재는 깊이 한숨을 내쉬었다.
"하아."
하루 종일 하는 것 중 제일 많이 하는 일 같다.
"문희수가 있을 거란 생각은 했어야 했는데."
부모님의 슬픈 눈에 깊은 생각까진 하지 못했다. 그녀는 세면대에 손을 얹어 몸을 기대며 거울을 보았다. 뻣뻣한 표정의 자신이 보였다. 헛웃음이 났다.
"꼴좋다, 서은재."
누군가 톡 건드리면 울 것 같은 눈이 기가 찼다. 은재는 고개를 숙이며 입술을 물었다.

'어디를 가나 계속 생각나게 만들어.'

안 그래도 생각나서 미칠 것 같은데 주변이 더 괴롭히는 것 같다.

정지섭, 정지섭.

고작 180일 남짓한 시간이 뭐라고 사람을 이렇게 힘들게 한단 말인가. 그녀는 얼른 눈가를 문질렀다.

"그래, 결혼이라고 생각해서 그래. 부부고 뭐고, 그런 말에 홀려서 그런 거라고. 그리고 이혼한 거야. 이혼했는데 이러면 반칙이잖아."

당사자들 말곤 이해하지 못할 소리를 속삭인 은재는 숨을 들이켰다.

"됐어."

어차피 이렇게 된 것, 더 뻔뻔하게 있어 줄 요량이었다. 겨우 마음의 안정을 찾은 그녀는 화장실 밖으로 나섰다. 그런 은재를 잡은 건 낯선 남자였다.

"괜찮아? 애들이 좀 짓궂었지? 대신 사과할게."

말끔한 인상의 남자는 친근하게 말을 걸어왔다. 은재는 당연히 경계하며 물러섰다.

"누구신데 반말을."

"…나 현오야. 조현오. 전에 같이 조별 과제도 했었는데 기억 안 나?"

상세한 설명에 그녀의 고개가 기울다 멈췄다. 다행히 기억이 났고 은재의 경계는 조금 누그러졌다. 그녀는 다시 자리로 향했다.

"사과는 이미 받았으니까 됐어."

"그래도. 워낙 가십들을 좋아해서······. 아, 그래. 칵테일 좋아해? 저쪽에서 바로 칵테일 만들어 주거든. 계산도 회비로 다 처리할 거야."

은재를 뒤따른 현오가 한쪽을 가리켰다. 그녀는 가볍게 거절했다.

"난 괜찮아."

"저기로 다시 가 봤자 또 귀찮아질 텐데? 혼자 있고 싶으면 있어."

하지만 집요하게 따라붙은 그는 은재의 속내를 금방 파악했다. 확실히 희수가 있는 자리로는 다시 가고 싶진 않았다. 잠시 머뭇대는 사이 현오가 그녀를 바(Bar)로 이끌었다.

"여기 앉아. 사장님, 여기 아까 주문한 거 주세요."

"아니, 술은 별로 마시고 싶지 않아서."

"술 아니야. 달아. 마셔 봐."

순박한 눈으로 웃는 현오의 말이 끝나기 무섭게 칵테일 한 잔이 나왔다. 오묘하고 밝은 색깔의 칵테일이었다.

'어디서 본 것 같은 색인데.'

그녀는 힐끔 그를 보다 잔을 들었다. 안 그래도 조금 목이 타고 있었다.

홀짝.

'···다네.'

칵테일은 무척 달았다. 의외의 맛에서 이상하게 자꾸 기시감이 들었다. 약간 의심스레 잔을 보자 기다렸다는 듯 현오가 말했다.

"너무 많이 마시지는 마. 술이 아니라곤 했지만 조금 알코올이 들어가긴 했거든. 아, 그럼 술은 술이네."

"…어, 그래."

미리 언질까지 해 주는 것을 보면 뭔가 꿍꿍이가 있어 보이진 않았다. 조금 더 풀린 긴장과 함께 은재가 잔을 들며 인사했다.

"고마워."

"이런 걸로 뭘. 근데 쭉 미국에 있었던 거야?"

"응. 다시 돌아갈 거야. 아무튼 이건 잘 마실게. 이제 네 볼일 봐."

물론 단단히 세워진 철벽을 무너뜨릴 일은 없었지만. 틈 하나 주지 않는 그녀에 현오는 머쓱하게 웃으며 자리에서 일어섰다. 어느새 은재의 잔이 거의 비어 있었다.

"여기 한 잔 더요. 그럼 은재야, 놀다 가."

마지막까지 친절을 베푼 현오는 손까지 흔들며 그녀에게서 멀어졌다. 그는 미련 없이 멀어지며 시간을 확인했다. 그리고 다시 잔을 기울이는 은재를 슬쩍 보다 씩 웃었다.

"갈 수 있으면."

#28

 달고 단 칵테일이 목구멍으로 넘어갔다. 코끝에서 오묘한 향이 올라온다. 어느새 은재의 앞에 또 잔이 놓였다.
 "색 예쁘다."
 그녀는 잔을 들어 빙글빙글 돌렸다. 찰랑이는 액체가 제법 예뻤다. 먹먹한 감정이 서서히 가슴으로 올라왔다.
 "…차라리 싸운 거면 좋을 텐데."
 무심코 흘린 말이 다시 제 귀로 들어온다. 바람인 듯, 소원인 듯 은재의 눈이 아래로 내려갔다.
 "그럼 화해할 수 있으니까."
 가게 안을 가득 채운 음악 소리에 묻힌 속삭임은 솔직했다.
 "화해하면 만날 수 있고."

또.
"만나면."
서글펐다.
"안아 줄 수 있는데."

어디에도 말할 수 없는 솔직한 마음이었다. 은재 스스로도 내내 입 밖으로 내지 못한 말. 하지만 약간의 알코올 덕분인지 아니면 분위기 때문인지 술술 흘러나왔다.

"…보고 싶다."

목이 아플 정도로 감정이 넘실거렸다. 그녀의 눈이 결국 다시 그렁그렁 젖어 들었다.

"진짜, 보고 싶어."

사진 한 장 옮길 생각도 못 한 게 바보 같았다. 지체하면 그곳에서 나오지 못할까 봐 서두른 탓이었다. 은재는 칵테일을 확, 입에 털어 넣었다.

"으……."

달지만 그 안에 담긴 미약한 쓴맛이 혀끝에 남았다. 그녀는 자신을 보는 사장에게 손가락을 들어 보였다.

"한 잔 더 주세요."

자리는 무르익고 너 나 할 것 없이 흥에 취한 가게의 가장 구석. 유난히 은밀하게 모인 서넛이 한 곳을 응시하고 있었다.

"시간 얼마나 지난 거냐. 몇 잔 마셨지?"

팔을 툭툭 치며 문자 옆에 앉아 있던 현오가 말했다.

"몰라, 등만 보여서 잘 안 보여."

"칵테일은 회비로 충당 안 되는 거 알지?"

"거사를 위해 이정도 투자는 해 줘야 하는 거다, 새끼야."

오만한 말과 함께 거들먹거린 현오는 친구의 손에 들린 잔을 빼앗았다. 그리고 눈을 가늘게 뜨며 혀를 찼다.

"쟤가 저렇게 괜찮은 줄 알았으면 진작 손써 보는 건데."

"내 말이. 미국인지 어디인지 물 좋은가 보다. 야, 근데 쟤 남자 친구 있다고 하지 않았어? 돈 존나 많다는데."

"알 게 뭐야. 다시 돌아간다는 거 보니까 헤어진 것 같고 뒤탈도 없을 것 같아."

"이야, 조현오 간만에 계 탔는데?"

으스대는 현오의 시선은 문녕하게 은재에게 닿았다. 그는 단숨에 잔을 비우고 음흉하게 물었다.

"외국에서 놀다 왔으면 존나 화끈하겠지? 먼저 달려드는 거 아니야? 아, 떨려."

고약하고 새까만 속내가 고스란히 보이는 소리였다. 친구들은 익숙한 듯 낄낄댔다.

"당연히 그래야지. 어디로 갈 거야? 방은 잡아 놨어?"

"방은 무슨. 적당히 작업 들어가면 네 자취방 가려고."

"아니, 시발. 내 자취방이 무슨 모텔이야?"

"좀 봐줘, 새끼야. 요즘 자금 쪼들려."

"뒷정리나 잘하고 가라. 저번처럼 흔적 남기면 뒈진다. 후기나 잊지 마."

친구는 자취방 열쇠를 현오에게 던지며 말했다. 그것을 바로 받아 든 그가 씩 웃었다.

"서라운드로 알려 주마."

"하여간, 이 새끼… 어, 쟤 신호 온다."

은재의 몸이 흔들렸다. 시종일관 가볍게 수다를 떨던 현오는 머리를 정리하고 일어섰다.

"간다."

마치 거사를 앞둔 듯 진지한 태도였다. 얼른 얼굴에 순박함을 담은 현오가 은재에게 향했다. 걱정과 배려를 가득 담고서.

"은재야, 너무 많이 마신 거 아니야? 괜……."

그러나 그의 시도는 시작도 전에 무산되었다. 은재에게 향하는 현오를 누군가가 지나쳤다. 아니, 지나치다 아주 매서운 눈으로 그를 한 번 보곤 다시 걷는다.

꿀꺽.

순간 걸음을 멈춘 현오가 눈을 깜빡였다. 사람은 둘이었다. 둘 다 키가 크고 배우 못지않게 잘생긴 남자들이었다. 특히나 은재를 받친 남자는 남다른 기운이 뿜어지고 있었다.

'뭐, 뭐야, 시발.'

뭔가 일이 틀어진 것 같았지만 그냥 물러설 수는 없었다. 칵테일 값이 얼만데. 현오는 서둘러 다가갔다.

"누, 누구세요?"

저도 모르게 말을 더듬고 묻는 현오에게 남자는 시선도 두지 않았다. 그러다 무심히 혹은 쓸쓸히 답했다.

"짝사랑 중인."

"……?"

"전남편."

끝말은 노래에 묻혀 제대로 들리지 않았다. 하지만 분명 '짝사랑'은 들었다. 현오는 순간 생긴 용기에 성큼 다가서 은재의 어깨를 잡았다.

"뭐예요, 그쪽. 비켜요. 어디서 나타나서 갑자기……."

"놔."

"…예?"

"놓으라고."

남자의 시선은 은재의 어깨를 잡은 현오의 손에 있었다. 현오는 본능적으로 손을 거뒀다. 조금 누그러지긴 시선이 이젠 그에게 닿았다. 남자가 물었다.

"이름."

"…왜, 왜요."

"이름."

"나, 남의 이름은 왜… 조, 조현오입니다."

분명 용기 있게 반발했으나 어느새 얌전히 대답을 하고 있었다. '내가 이걸 왜 말하고 있지.'

형용할 수 없는 압박감이 매섭게 느껴졌다. 초식동물의 본능 같은 것이랄까. 혼란에 빠진 그 앞에 남자가 뒤에선 동행에게 말했다.

"제임스, 이 친구 얼굴 기억해 둬. 교육 좀 시켜야 할 것 같으니까."

"예, 이사님."

이사님? 어디서 쉽게 듣지 못할 호칭에 놀라는 것도 잠시.

'아니, 잠깐. 교육이라니.'

당황한 현오가 허둥거리며 달려들었다.

"그게 무슨!"

"한통속인 놈들도 남김없이."

남자의 눈은 현오부터 차례차례 사람들을 짚어 나갔다. 마지막엔 칵테일을 주던 사장에게까지. 모두의 입을 기세로 막아 버린 그는 바로 은재를 안아 올렸다. 두 남자가 가게를 벗어나고도 한참. 조용하던 가게가 왁자지껄해졌다.

"저, 저 사람 누구지?"

"미쳤다, 진짜 잘생겼어."

"저 미친놈들 은재한테 무슨 짓 하려고 한 거 아니야?"

"그러니까. 근데 저렇게 보내도 되나? 아는 사람인가?"

들뜬 분위기 속, 멍하니 이 상황을 지켜보던 희수가 길길이 날뛰었다.

"으아아, 짜증 나! 아악!"

"얘 왜 이래! 악!"

차 안에 얌전히 그녀를 앉힌 지섭은 벨트를 당기다 까만 눈과 시선이 마주쳤다. 몽롱하게 휘청거리던 사람이 맞는지, 은재는 선명한 눈으로 그를 보고 있었다.

"…스토커예요?"

딱히 곱지 않은 말과 함께. 조금 퉁명스럽고 딱딱한 말에 마저 벨트를 채운 지섭이 답했다.

"스토커 맞아. 신고해."

금방 운전석으로 돌아온 그가 시동을 켰다. 잠시 얌전하던 그녀가 몸을 돌리며 물었다.

"…어디서부터 따라다녔어요?"

"당신이 집에서 나온 때부터."

"나 내내 집에만 있었는데. 그럼 맨날 있었어요?"

"스토커니까."

농담인지 진담인지 모를 말이다. 말 그대로 매일, 시간이 날 때마다 그는 언제나 은재의 집 앞에 있었다. 그녀의 눈동자가 빠르게 흔들렸다. 획, 몸을 돌린 은재가 중얼거렸다.

"정말 신고할까 봐."

이 와중에 지섭은 그녀를 걱정했다.

"아픈 건 아니지?"

"내가 왜 아파요. 아플 이유 없지. 잤어요."

"다행이네."

그는 진심으로 그렇게 생각했다. 은재가 멍하니 말을 이었다.

"그러는 그쪽은 안 잤나 봐. 얼굴이 까칠해."

"잘 수가 없어."

"……"

"아무것도 할 수가 없어."

숨길 마음 따윈 조금도 없어 보인다. 머리가 아팠다. 조수석

창문으로 지섭이 보였고 차는 곧 출발했다. 마치 아무 일도 없던 것처럼 느껴졌다. 그들이 만나고 헤어졌던 것이 전부 거짓말처럼. 왜인지 밀려오는 졸음에 은재는 눈을 감았다.

마음이… 시끄럽게 울렁이고 엉키던 심장이 바르게 뛴다.

다시 눈을 떴을 때, 은재의 몸은 흔들리고 있었다. 깨어나 훑은 주변은 그녀의 집 아파트 단지였다. 곧 자신이 지섭에게 안겨 움직이고 있음을 깨달았다.

"내려… 내려 줘요."

은재가 지섭의 넥타이 부근을 쥐고 말했다. 그가 내려 주자마자 그녀가 화단 앞에 쭈그리고 앉아 기침을 했다.

"콜록, 콜록. 우욱."

"괜찮아? 은재야."

다급히 다가온 지섭이 은재의 등을 두드렸다. 그녀는 손을 휘저어 그의 손을 밀었다. 그리고 겨우 몸을 세우고 일어나 집으로 향했다. 당연히 지섭 역시 은재를 따랐다. 느리게 엘리베이터에 오른 그녀를 대신해 지섭이 층수를 눌렀다.

"정말 모르는 게 없네."

농담인 양 흘린 말이 흩어졌다. 야속하게도 엘리베이터는 금방 도착했고 은재가 먼저 나섰다. 어김없이 따라오는 지섭을 향해 말했다.

"이제 오지 마요."

"……"

"당신이 오면, 그 사람도 알게 될 거야. 그러면 나온 보람도 없어. 그러니까 엮이지 말아요."

늘 당당하고 웃음이 머금어진 얼굴에 어둠이 드리워졌다.

상처받은 얼굴이었다. 은재는 눈을 이리저리 뜨고 감다 그에게 다가갔다.

"…넥타이, 내가 그런 거죠."

나지막한 중얼거림에 지섭의 고개가 내려갔다. 잠시 숨을 고른 그녀는 조금 전 자신이 당겨 삐뚤어진 지섭의 넥타이를 잡았다.

"이것도 습관인가 봐."

약간 느슨해진 넥타이가 바로 채워졌다. 꾹, 올라간 손과 함께 그녀가 고개를 들었다. 저도 모르게 은재가 배시시 웃어 버렸다.

"아내인 척하는 게 습관이……."

그 순간 지섭의 손이 그녀의 뒷머리를 감쌌다. 강한 힘에 밀린 은재는 벽에 등이 닿은 것도 느끼지 못했다. 온 신경이, 온 정신이 그와 겹쳐진 입술에 몰려 있었다.

"읏… 으읍."

감히 밀어 낼 수 없는 뜨겁고 강렬한 입맞춤이었다. 아니, 밀어 내고 싶지 않은 키스였다. 어떤 때보다도 아찔한 지섭에 그녀의 몸에서 힘이 풀렸다. 혀끝이 말리고 엉키다 다시 깊이 파고든다. 숨이 모자랄 만큼 거칠었다.

"…아."

풀려 버린 다리에 은재가 주저앉았다. 몽롱한 눈이 취한 듯 보였다. 아마 지금을 기억하지 못할 것처럼. 함께 몸을 낮춘 그가 그녀의 뺨과 목을 감싸다 속삭였다.

"사랑해."

야속하게도 지섭은 이런 순간에조차 스스로를 속이지 않았다. 은재를 대신해 벨을 누른 지섭이 멀어졌다. 그리고 흐릿한 그녀의 눈이 선명해진 건 그를 태운 엘리베이터가 문을 닫은 때였다.

"정말… 거기서 헛구역질을 할 건 뭐야."

헛웃음이 섞인 허탈한 중얼거림이었다. 은재는 몸을 웅크리며 두 손으로 얼굴을 가렸다.

"서은재 등신."

그의 품에 안긴 것이 너무 긴장되고 설레어 사나운 꼴을 보였다. 그녀는 취하지 않았다. 생각보다 도수가 세서 정신이 살짝 없었지만 마신 것은 고작 한 잔이었다. 다만 욕심을 부렸다.

"자주 취한 척할 걸 그랬다."

조금 더 솔직하고 대범해질 수 있는 순간을.

유달리 고요해진 저택의 한편이 소란스러웠다. 많은 사람들이 오가고 물건들이 드나드는 가운데, 혜란이 고용인들을 향해 까다롭게 지시했다.

"물건들 다치지 않게 조심하고, 그쪽 먼지도 다 닦아. 잠깐, 그건 이쪽으로 옮겨."

드물게 바쁜 그곳은 태희의 방이었다. 주인도 없는 방은 빠르게 바뀌고 있었다.

"왜 이렇게 굼떠? 조금 있으면 사모님 오실 시간인 거 몰라?"

그녀의 지시에 사람들이 바쁘게 움직였지만 만족스럽지 않은 모양이었다.

"스탠드를 거기다 두면 어떻게 해? 아가씨 왼손잡이잖아! 좌측에다 둬야 할 거 아니야!"

"예, 예! 죄송합니다!"

"하여간 쓸데없이 오냐오냐하는 버릇들만 들어서……. 이래서 사람 함부로 들이면 안 되는 건데."

'함부로 들인 사람'이란 것이 누구인지는 굳이 묻지 않아도 알 수 있었다. 그리고 대다수의 고용인이 본의 아니게 '그 사람'을 그리워하는 중이었다.

"움직여!"

마치 작은 사모라도 된 양 전보다 더 날카로워진 혜란의 외침이 방 안을 가득 채울 때였다.

"…이게 다 뭐예요?"

막 학교에서 돌아온 방의 주인, 태희였다. 말도 없이 변하는 제 방에 적잖이 당황한 눈이었다. 혜란은 살짝 인사를 하곤 답했다.

"사모님께서 지시하셨습니다."

"무슨 지시를요?"

"보시다시피 아가씨께서 하시고 싶은 작업을 편히 하실 수 있도록 환경을 조성하는 것입니다. 봉제가 쉽도록 책상을 넓히고 전문 용품들을 구비하고 조명까지 교체했습니다."

혜란은 손까지 뻗어 가며 뿌듯하게 말했다. 물론 태희에겐 쓸모없는 자랑스러움이었다.

"난 그런 얘기 들은 적이 없는데요."

오히려 표정만 더욱 굳어 갔다.

"깜짝 선물이라고 생각하시면 됩니다."

"…선물?"

"예. 요즘 사모님이 아가씨를 위해서 정말 많은 것을 준비하고 계시거든요. 아마 조만간 인형을 만드는 데 도움이 되는 전문가도 초빙하실 예정이신 것 같습니다."

"……."

"좋으시죠? 사모님이 이제 아가씨를 인정해 주시는 거니까요."

뭐가 그렇게 자랑스러운지 콧대가 하늘을 찌른다.

"엄마가."

나지막이 중얼거린 태희가 물었다.

"제 인형, 보신 적 있으세요?"

"예? 아, 뭐… 그야 당연히."

조금 얼버무리던 혜란의 눈이 가늘어졌다. 뭐가 불만이냐는 눈이었다.

"아니에요."

태희의 시선이 휘 움직이다 한쪽 벽면에 멈췄다.

"저기 있던 사진은 어디 갔어요?"

벽 한 쪽, 머리 위에 두고 늘 보던 액자가 보이지 않았다. 혜란이 턱 끝을 움직이며 말했다.

"그건 창고에 있습니다. 방 분위기와 어울리지 않아서요. 그게 아니더라도 계속 두는 것은 여러모로 불편하지 않으시겠어요?"
"……."
"그런 불순한 사람의 선물을 그냥 둘 순 없으니까요."
불순한 사람.
말 속에 담긴 악의가 고스란히 전해졌다. 태희는 주먹을 꾹 쥐며 돌아섰다.
"뭔가 마음에 안 드는 게 있으시면 바로 반영해 드릴게요."
"아니에요. 엄마 뜻대로 해 주세요."
전에 없이 순종적인 태도의 태희는 꾸벅 고개까지 숙이고 멀어졌다. 멀어지는 태희를 보며 혜란이 웃었다.
"이제야 좀 말을 듣네."
만족스러운 그녀의 말을 뒤로 하고 태희는 멍하니 중얼거렸다.
"불순한 사람."
그것은 주경을 말하는 거다. 태희는 그것을 반박할 수가 없다.
"…나쁜 사람."
그게 사실이니까. 집 안은 낯설도록 고요해졌다. 아니, 제자리로 돌아간 거다. 원래 이 집은 그랬다. 지나치게 넓은 저택, 사람 냄새가 나지 않는 공간. 태희는 다시 혼자가 되었고 말문을 닫았다.

'김주경은 없어.'

충격은 상상 이상이었다. 태희는 한동안 아무것도 하지 못했다.

학교를 가는 것도, 먹는 것도 모두 부질없게 느껴졌다. 소중하게 가졌던 보석을 잃은 것처럼.

"…거짓말쟁이."

우뚝 멈추고 주어 없는 원망을 던졌다. 서러운 손이 눈가를 닦았다.

"정말 나빠."

비어 있는 줄도 몰랐던 마음이 채워지고 비어 버렸다. 다시 채워지지 못할 것처럼. 그렇게 설움만 남아 울음을 삼키던 때, 주머니가 울렸다.

우웅.

거의 울리지 않는 휴대폰이었다. 얼른 얼굴을 닦으며 휴대폰을 꺼낸 태희의 눈이 휘둥그레졌다.

"…아빠?"

뜻밖의 수신인이었다.

태희와 창만은 아주 데면데면한 사이다. 워낙 나이 차이가 많이 나기도 했지만 태희에게 '아빠'는 나약한 노인의 모습이었다. 때문에 둘이 있던 적도, 많은 이야기를 나눈 적도 없었다.

"부르셨, 어요?"

적어도 반년 전까지는 그랬다. 아직은 조심스러운 말에 창만이 고개를 들었다. 태희는 문득 그의 모습이 조금 '젊다'고 생각했다.

"속이 많이 상한 것 같구나."

"……"

"굳이 숨길 필요는 없어."

두루뭉술한 말의 주어가 '김주경'임을 모르지 않았다. 태희의 눈이 옆으로 흘렀다.

"숨기지 않아요."

마지막 남은 고집과 같은 것이었다. 단호한 얼굴에 창만이 몸을 세웠다. 그가 일어서서 움직이는 것에 태희는 재차 놀랐다. 천천히 다가온 창만이 태희에게 물었다.

"미우냐."

"네, 미워요. 날 속였잖아요. 아니, 모두를 속였어요. 웃는 얼굴로 거짓말을 하고 우리를 기만했어요. 용서가 안 돼요."

"용서할 만큼 미워는 하고 있고?"

"…네?"

생각하지 못한 말에 태희는 조금 당황했다. 입만 벙긋거리는 딸에게 창만이 말했다.

"억지로 미워할 필요는 없어."

"…억지가 아니에요. 참는 거지. 언니가, 그 사람이 잘못한 건 맞잖아요. 착한 척 와서 우리를 속이고 잘해 주고, 웃어 주고. 뭘 바란 건지는 뻔해요. 적어도 엄마는 얄팍한 수는 안 썼어요."

말을 마친 태희는 입을 다물었다. 얼굴이 붉게 달아오르는 것 같았다.

"거기다 사과 한마디도 없이 도망쳤어."

어쩐지 스스로가 바보 같았다. 그런 태희에게 창만이 무언가를 내밀었다.

"받아라."

태희는 단번에 그것이 무엇인지 알았다.

"이게 뭐… 어, 이거."

"그래. 주경, 아니 그 아이 거다."

당황한 태희를 향해 창만은 가볍게 답했다. 얼떨결에 카메라를 받아 든 태희가 더듬거렸다.

"아, 안 가지고 나간 거예요?"

"내가 잠시 맡아 두고 있지."

돌려받은 것도 아니고 맡아 둔다니. 그 말에 은재를 향한 마음이 느껴졌다. 조금의 원망도 없는 말투에 오히려 태희가 답답해졌.

"아빠는 언니가 괘씸하지 않아요? 안 미워요? 그렇게 큰 잘못을 했는데 어떻게 아빠는 이렇게 아무렇지 않으세요? 혼내고 싶지 않으세요?"

"그래."

창만은 망설임 없이 대답했다.

"…왜요?"

"내가 그런 마음이니까."

"하, 하지만 다들."

"내 마음이 그런데, 다른 사람을 신경 쓸 필요는 없지."

시종일관 태연한 대답에 태희는 왠지 분이 찼다. 카메라를 꽉 쥔 태희가 날카롭게 물었다.

"이걸 왜 저한테 주세요? 저도 용서하라고 하시는 건가요? 제가 직접 가져다주라고요?"

성난 말에 창만이 태희의 어깨에 손을 얹고 말을 이었다.

"여기에 있는 건 네 엄마나 주경이, 아니 서은재 그 아이를 저울질하게 할 것들이다."

"…그게, 무슨."

"너에게 보여 줘서 좋을 것 없다는 걸 알지만, 그래도 나는 이게 옳다고 생각한다."

이해하지 못하던 태희가 카메라와 창만을 번갈아 보았다. 그리고 순간 눈을 크게 뜨며 무언가를 추측해 냈다. 설마 했으나 아마도 분명할 것을.

"혹시 여기에."

어떤 사진이 어떻게 들어갔는지 모르지만, 어쩌면. 창만은 부정도 긍정도 하지 않았다.

"태희야."

대신 남은 한 손으로 태희가 든 카메라를 함께 받치며 말했다.

"네가 필요한 걸 선택해라. 보는 것도, 보지 않는 것도 네 뜻이니까. 하지만 하나는 분명히 하마."

"……"

"태희 네가 무얼 선택하든 네 뒤에는 내가 있을 거다."

그 어떤 말보다도 든든한 말이었다. 지금껏 느끼지 못했던 '아빠'에 대한 든든함. 이내 카메라를 꽉 쥔 태희가 작게 물었다.

"언니는… 왜, 이 집을 나갔어요?"

여태 궁금했지만 차마 누구에게도 묻지 못했던 것이었다. 그는 태희의 머리를 쓰다듬었다.

"후회하지 않기 위해서."

태희의 눈이 빠르게 흔들렸다. 창만은 담담히, 하지만 따뜻하게 미소 지었다. 아마도 처음으로.

"어디 갔지······. 분명 주머니에 넣었는데."

이불을 들추는 은재의 손이 다급했다. 이미 몇 번째 들추고 뒤지는 이불과 침대지만 아무것도 없었다.

"미치겠네."

다시 가방과 옷 그리고 온 방을 뒤졌지만 찾는 것은 나오지 않았다.

"나가서 꺼낸 적이 없는데."

그녀가 찾는 것은 바로 어제 나갔다 오면서 빌렸던 엄마의 휴대폰이었다. 밤늦게 나가면서 휴대폰도 없으면 곤란하다고 엄마가 쥐여 준 것이었다.

"빠트렸나."

바로 그게 보이지 않았다. 은재는 머리를 벅벅 긁으며 머리를 굴렸다. 어디서 빠트렸는지 도통 기억나지 않았다.

"진짜 되는 일이 하나도 없어."

밤이 지나 하루 종일 찾아봤지만 휴대폰은 없었다. 잃어버렸다는 뜻이었다. 툭 어깨를 늘어뜨린 그녀는 슬금슬금 방 밖으로 나섰다. 밖으로 나서자 주방에 있던 엄마가 말했다.

"마침 잘 나왔다. 정육점에 가서 삼겹살 좀 사 와. 오늘 오빠 온다더라."

"오빠요?"

"그래, 너 온 거 알고 보러 온대. 네 올케언니 몸이 안 좋아서 바로 못 왔다고 오늘 온대."

엄마는 조금 즐거운 눈치였다. 아마 오빠인 은태가 오면 은재의 기분이 나아질 것이란 기대 때문인 듯했다. 나이 차이가 많이 나는 남매는 우애가 꽤 좋았으니까. 은재는 어색하게 웃었다.

"잘됐네. 보고 싶었는데."

"그렇지?"

"근데 엄마, 저기 있잖아요."

"어, 왜."

다시 주방으로 가는 엄마를 졸졸 따른 은재가 눈을 굴렸다.

"뭔데, 말해."

이리저리 휘휘. 불안하게 눈동자를 움직이던 그녀가 조심스레 말했다.

"나… 휴대폰 잃어버린 것 같은, 그런 느낌이 들어서."

"뭐? 그걸 어디서……!"

예상했던 대로 곧장 터져 나오던 대노가 순간 멈췄다. 엄마는 벌어진 입술을 뻐끔거리다 간신히 말을 이었다.

"이, 잃어버릴 수도 있지. 괘, 괜찮아."

안 그래도 은재의 눈치 보던 엄마라 화도 제대로 내지 못하는 듯했다. 은재의 어깨가 축 떨어졌다.

"죄송해요."

"괜찮다니까. 얼른 심부름이나 다녀와. 너 먹고 싶은 거 있으면 사 와도 돼."

애써 웃어 주는 엄마를 보며 은재의 죄책감은 더욱 부풀었다. 그녀는 더 말하지 않고 옷을 챙겨 밖으로 나섰다. 스스로가 이렇게까지 한심할 수가 없었다.

"하아."

은재는 저절로 나오는 한숨과 함께 엘리베이터에 등을 기댔다. 얼른 일이라도 구해 다시 미국으로 가는 것이 나을 것 같았다.

'멍청이, 바보, 등신.'

연이어 자기 비하를 해 대는 사이 엘리베이터가 1층에 도착했다.

"분명 봤는데."

시무룩한 그녀의 귀로 익숙한 목소리가 들린 것은 엘리베이터 문이 열릴 때였다.

"진짜 없습니까? 어디서 본 얼굴인데."

귀에 익은 이 목소리.

그것은 분명.

"오빠?"

오빠 은태의 것이었다. 어쩐지 심상찮은 웅성거림에 엘리베이터에서 내린 은재는 곧장 소리가 난 곳으로 향했다.

"…어억!"

그리고 그대로 굳어 버리고 말았다.

'왜, 왜?'

눈앞의 상황에 그녀의 얼굴이 경악으로 물들었다.

'저, 저 사람이 왜?'

아파트 우편함 앞엔 세 사람이 있었다. 한 사람은 서은태. 다른 한 사람은 올케언니. 남은 하나는.

'정지섭이 왜 저기 있어!'

📷

"난 아직도 네가 여기 있는 걸 이해 못 하겠다."

미연의 낯선 목소리가 말했다. 움직이던 펜이 멈추고 지섭이 고개를 들었다. 그가 잠시 주변을 둘러보다 물었다.

"그 얘기 하려고 서재까지 오셨습니까?"

이곳은 별채에 있는 지섭의 서재였다. 그의 무표정이 불청객의 침입을 불쾌하게 느끼는 것을 고스란히 드러냈다. 미연은 어깨를 으쓱였다.

"서로 불편한 짓을 고수할 필요가 있니? 멀쩡히 네 집 놔두고 여기 있는 이유가 뭐야?"

한껏 여유로운 그녀의 태도에도 그는 담담했다.

"뭐겠습니까."

주어 없는 설명에 그녀가 헛웃음을 지었다. 미연은 달리 고집 없이 본론부터 꺼냈다.

"뭐, 좋아. 곧 이사회가 열릴 거야. 그때 날 의장으로 좀 추대해 줬으면 해. 아무래도 네 도움이 있으면 아주 쉬워질 것 같거든."

이사회는 분기별로 열리는 작은 총회였다. 사내외 이사들이 모여 결의된 의견이 총회로 이어지곤 했다. 다음 총회 전까지, 제 입지를 다지겠다는 뜻이다.

"왜, 싫어?"

그녀가 뻔뻔하게 물었다. 그곳에서 지섭이 미연을 지지한다면 그녀의 힘이 막강해지는 것은 분명했다.

기가 차 아무 말도 않는 그에게 미연이 빙긋 웃었다.

"너한테 회사보단 서은재잖아. 아니야?"

보란 듯이 그녀는 지섭을 우롱하고 있었다. 그녀는 미련 없이 몸을 돌려 나섰다. 청성을 갖기 위해 미연은 지체하지 않았다.

"…하."

그가 헛웃음을 뱉던 그때였다.

딩동.

작은 알람이 휴대폰에 떴다. 그것을 보던 지섭의 표정이 모호하게 변했다.

"벌써……."

가만히 액정을 보던 그는 자리에서 일어나 서재 옆에 있는 제 방으로 향했다.

삑, 삐리릭.

늘 그랬듯 가벼운 도어록 소리와 함께 문이 열렸다. 텅 빈 방이 보였다. 지나치게 넓은 방이다.

'다녀오셨어요.'

'다녀오세요.'

'씻고 나오세요. 금방 저녁 준비할게요.'

환영과 환청이 번갈아 그를 괴롭혔다. 화사한 미소를 지은 그녀가 손을 뻗으며 말했다.

'지섭 씨.'

저도 모르게 이끌리도록 달콤하게. 헛걸음을 걷던 지섭이 중얼거렸다.
"…틀린 말은, 아니지."
미연의 말에 틀림은 없었다. 은재가 원한 건 다시 '시작하는' 거였을 터다. 서로가 서로를 속이며 엉킨 실타래를 끊고 처음부터 시작하는 것. 그것을 위해 그녀는 스스로 이곳을 떠났을 거다.

'여기서 내보내 줘요.'

마치 그를 원망하듯, 미워하듯 탓하면서. 지섭이 자신을 생각하지 않고 청성만을 위해 달릴 수 있도록. 하지만 은재는 한 가지를 간과했다.
"…은재야."
그가 그녀의 마음을 알았다는 것과 몰랐다 하더라도, 정지섭의 선택은 언제나 하나라는 사실이다.

"서은재."

모든 곳에 은재의 흔적이 가득했다. 아무것도 가지고 나가지 않은 탓에, 전부 놓고 떠난 탓에 이곳엔 그녀의 모든 것이 있었다. 그것이 지섭을 이곳에서 나가지 못하게 만들었다.

"하아."

은재는 많은 것을 가르쳤고 떠나가며 '외로움'이라는 것을 남겼다. 지독한 공간에 그는 혼자 남겨졌다. 지섭의 고개가 들렸다. 나란히 자신을 향해 웃는 인형들이 보였다. 작고 귀여운 한 쌍의 인형. 그 순간 견디지 못한 감정이 그를 움직였다.

"아가씨, 괜찮은 거겠지?"

희진의 걱정에 막 차를 세운 은태가 답했다.

"괜찮을 거야. 짐 좀 잃어버린 걸로 아직까지 죽상이면 안 되지."

"중요한 게 많았었나 봐. 아버님, 어머님이 그렇게까지 걱정하시는 걸 보면."

"하여간 자식이 칠칠맞게. 올라가자."

동생에 대한 걱정과 한숨을 겨우 삼킨 은태는 바깥으로 손짓했다.

열 살 남짓한 나이 차가 나는 어린 동생의 유학길은 늘 걱정이었다. 그나마 어른스러운 점을 믿고 있었더니.

"아직 어려, 아직."

한숨을 쉰 그는 고개를 내저었다. 이내 차에서 내린 희진은 바로 곁으로 온 은태의 옆구리를 찔렀다.

"가서 괜히 잔소리 하지 말고 다독여 주기만 해."

"잔소리는 무슨. 내가 언제 잔소리를 했다고."

"자기 엄청 해. 너무 많이 해. 나이 들수록 더해."

"…그야 다 걱정해서 그런 거고."

"아무튼 격려와 잔소리는 돈으로 하라고. 알았어?"

아내의 단호한 말에 은태는 조금 시무룩해졌지만 곧 고개를 끄덕였다. 물론 지켜질지는 모르지만. 씩 웃은 희진은 금방 그의 팔에 팔짱을 꼈다.

"일른 갑시다, 서방님."

"진짜 누구 편인지 모르겠어."

"나야 당연히 우리 아가씨 편… 어?"

기분 좋게 농담을 나누며 집으로 향하던 희진이 걸음을 멈췄다.

"왜 그래?"

덩달아 멈춘 은태가 그녀의 시선을 따라 고개를 돌렸다. 희진의 눈이 가늘어졌다.

"저기 저 사람."

"누구."

"저기, 우편함 앞에 있는 남자 말이야. 어디서 본 것 같지 않아?"

"…이 와중에 남자를 보는 용기는 대체 뭐냐."

은태가 짜증을 섞어 남자를 보다 고개를 갸웃거렸다. 남자가 우편함에 무언가를 넣고 있었다. 두 사람이 슬금슬금 남자에게로 향했다. 그리고 슬쩍 그의 손이 닿은 우편함을 확인하고 눈을 크게 떴다.

"얼레, 이봐요."

남자가 손대고 있는 곳은 분명히 그의 부모님 집 우편함이었다. 일단 그를 붙잡은 은태가 미간을 좁히며 불쾌감을 드러냈다.

"누구신데 남의 집 우편함에 손대고 있습니까?"

갑작스런 상황에 남자는 살짝 놀란 듯 돌아보다 눈을 크게 떴다. 안 그래도 잘생긴 얼굴에 순간 후광이 비추듯 반짝였다. 덕분에 잠시 멈칫한 은태에게 남자가 곧 사과했다.

"죄송합니다. 다른 게 아니라 뭘 넣을 게 있어서."

"뭘 넣는… 어, 진짜네."

생전 처음 보는 사람이 제 집 우편함을 손대니 당연한 반응이었다. 그러나 이어진 놀람은 또 다른 것이었다.

"맞지?"

"그러게."

남자는 이해 못 할 대화를 짧게 나눈 두 사람이 이리저리 그를 살폈다. 정말 잘생겼다. 그래서 더 기시감이 느껴졌다.

"우리 어디서 본 적 있지 않습니까?"

이 정도로 임팩트가 넘치는 남자는 잊는 게 더 어렵다. 그것도 제 집 우편함을 뒤지는 사람이니 더더욱.

"…글쎄요. 저는 잘 모르겠습니다만."

그는 담담하게 부정했다. 표정 변화가 없어 의아하지만 분명히 어디서 본 것만은 확실했다.

"분명 봤는데."

"……."

"진짜 없습니까? 어디서 본 얼굴인데."

의심과 추측으로 가득한 눈에 남자는 슬그머니 눈을 피했다. 그때, 유심히 그를 보던 희진이 속삭였다.

"자기야, 병원."

순간 은태의 머리로 깨달음이 떨어졌다.

"맞다! 병원! 청성병원 산부……!"

"오빠!"

비로소 해답이 눈앞에 떨어지기 직전, 그것을 막은 건 우렁찬 외침이었다. 부리나케 달려온 것은 점퍼만 간신히 걸친 은태의 동생, 은재였다.

"어, 은재 너……."

"…은재야."

획.

어디서 본 것 같은 남자가 집 우편함을 뒤지더니 이젠 동생의 이름까지 안다. 은태의 눈이 활활 불타오르기 시작했고 은재의 낯빛이 사색이 되었다.

"그쪽이 내 동생을 또 어떻게 압니까?"

상황은 꼬일 대로 꼬이고 있었다. 갑작스러운 일에 튕기듯 달려왔던 은재는 머리가 다 아파 왔다. 하지 않던 실수를 연거푸 던져 주는 지섭을 보던 그녀는 그의 앞을 막으며 말했다.

"아는 사람이야! 마, 말하자면 선배 같은 거!"

물론 은태의 가늘어진 눈이 정상으로 돌아오진 않았다.

"…선배면 선배지, 같은 거는 또 뭐야?"

"선배! 어, 같은 회사 사람이거든! 청성그룹!"

"…청성그룹 선배라고?"

"어! 마, 맞죠?"

허둥거리며 뱉은 변명치곤 제법 그럴싸했다. 거기다 딱히 거짓말도 아니다. 일반적인 상관이 아니라는 게 문제지. 다행히 지섭도 금방 은재와 말을 맞췄다.

"예, 맞습니다."

"근데 선배가 왜 여기 있어?"

"어, 어제 내가 동기 모임 갔다가 우연히 거기서 만났거든. 방향이 비슷해서 나 여기에 데려다주셔서. 내가 나중에 밥 산다고 했는데 날짜를 착각하셨나 봐."

팽팽.

은재의 머리가 신나게 돌아가고 있었다. 그녀는 수능 보던 때보다 더 머리를 쓰며 지섭의 등을 밀었다.

"그렇다니까. 하하, 참. 서, 선배. 제가 나중에 다시 연락드릴게요. 오늘은 이만 가시……."

"너 데려다준 게 이 친구였어?"

오, 마이, 갓.

맙소사.

은재의 노력은 부질없이 부서지고, 이 답 없는 상황에 벽돌 하나가 더 추가되었다.

"아버지, 오셨어요."
"아버님, 다녀오셨어요."
"……."

상황이 꼬여도 이렇게 꼬일 수가 있을까! 하필 이 시간에, 이 상황에 남매의 아버지가 퇴근을 했다. 은재의 눈이 정처 없이 흔들리는 사이 아버지가 성큼성큼 다가왔다.

"집 앞이 왜 이렇게 소란스러운가 했더니, 다 내 식구였네."
"아, 아빠, 그게, 그러니까."

한 번 당황하기 시작하자 더 이상 머리가 돌아가질 않았다. 은재는 입만 뻐끔거리며 지섭을 올려다보았다.

'뭐라고 말 좀 하지!'

그는 침착하게 서 있을 뿐이었다. 아버지는 은재의 어깨를 툭 치며 너털웃음을 지었다.

"너 인마, 그런 고마운 사람을 그냥 보내면 쓰냐. 안 그래도 어제 술 냄새 풍기면서 문 앞에 앉아 있기에 어떻게 왔나 궁금했는데."

"…아니, 그게."

"밥이라도 한 끼 대접해서 보내야지. 아이고, 뉘 집 아들인지 무진장 잘생겼네. 혹시 시간 괜찮으면 우리 집 잠깐 올라갈래요? 은재가 대접하려고 했으면 우리가 마땅히 해 드려야지."

아버지는 은재의 어깨를 다독이며 말했고 그녀는 필사적으로 고개를 저었다.

"아니야, 이분 바빠! 엄청 바빠! 그렇죠… 선배님?"

어떻게든 난관을 헤쳐 나가기 위한 노력이었다. 그러나 왜인지 시종일관 조용하던 지섭이 꺼낸 대답은.

"저는 괜찮습니다. 안 그래도 같이 밥 먹으려고 온 것이기도 하고요."

결코 그녀를 돕지 않았다. 무슨 생각인지 모를 그의 담담한 대꾸에 은재는 그대로 굳어 버렸다. 완전히 가동을 멈춘 그녀를 두고 아버지는 지섭을 이끌었다.

"오, 그래요? 잘됐네. 그럼 갑시다."

"염치없지만 감사히 따르겠습니다."

"거, 시원시원하고 좋네!"

호탕하게 웃으며 두 사람이 멀어지고 은태만이 눈을 부릅뜨고 말했다.

"심부름 나온 거냐? 그럼 오는 길에 만두도 좀 사 와라."

만두 옆구리 터지는 소리와 함께. 순식간에 많은 일이 벌어졌다. 그녀의 노력은 물거품이 되었고 멀어진 그들의 사이에는 '정지섭'이 있었다.

"빨리 다녀와!"

엘리베이터 문이 닫히며 은태가 외쳤다. 은재는 멍하니 닫히는 문을 응시했다. 탕. 문이 닫혔고 그녀는 눈을 깜빡였다.

"…이게 대체 뭐야."

혼란의 도가니. 머릿속이 뒤죽박죽 엉키며 뭉쳐졌다. 은재가 두 손으로 제 머리를 감싸며 소리 없는 비명을 질렀다. 이 상황은, 그러니까.

'이게 뭐야아!'
총체적 난국이었다.

#29

"입맛에는 맞아요?"

조심스러운 질문에 지섭이 대답했다.

"아주 맛있습니다. 감사합니다."

진심이 뚝뚝 묻어난 대답에 은재의 엄마, 지선이 화사하게 웃었다.

"어머… 어쩜 말도 이렇게 예쁘게 잘해."

다소 과분한 반응이었다. 이 모습을 가만히 지켜보던 은태가 한마디 던졌다.

"이거 진짜 맛있네. 이거 엄마가 한……."

"그거 희진이가 했다."

"…그렇구나. 자기 음식 잘한다."

오랜만에 살가운 아들 노릇 좀 하려다 실패한 은태였다. 겨우 웃음을 참은 희진이 남편의 등을 다독일 때, 지선이 조기 구이를 그에게 밀었다.

"이거 좀 더 먹어 봐요. 물 좋을 때 얻은 건데……."

지섭에게 밀어진 생선에 은재가 말했다.

"지섭 씨는 생선 잘 안 먹어요."

정말 무심코. 순간 주변이 싸하게 굳었다. 깜빡깜빡. 역시 침묵하던 지선이 은재의 어깨를 팡팡 쳤다.

"얘는 건방지게 어떻게 선배님한테!"

"…회사를 그만둬서, 호, 호칭이 조금 복잡해서 저도 모르게."

어영부영 넘어가긴 했지만 일순 등골이 오싹했다. 그녀는 코를 박고 밥알을 넘겼다.

'진짜 쓸데없는 습관만 들어서.'

반년 가까이 '부인 노릇'을 했더니 별 버릇이 다 들었다. 그사이 지선은 지섭에게 좀 더 다가서서 물었다.

"몇 살……?"

"서른둘입니다."

왜인지 성실한 지섭의 대답에 그녀가 고개를 끄덕였다.

"그렇구나. 약간 나이 차이가 있긴 하네."

"…나이 차이가 여기서 왜 나와요?"

황당한 은재의 반문에 지선은 어깨를 으쓱였다.

"그냥 못 묻니? 좋은 사람 있으면 중매도 할 수 있지."

"중매 싫어하시는 분이 무슨 중매야?"

"나이 먹으면 다 변해."

어쩐지 수상한 엄마의 태도에 은재만 노심초사다. 갑작스럽게 찾아온 손님에 놀란 것도 잠시였다. 한참 지섭을 힐끔대던 지선은 부리나케 시장을 가더니 재료를 산더미처럼 사 왔다. 이유는 하나였다.

'맞아. 우리 엄마 잘생긴 사람 좋아했었어.'

아주 단순한 이유였다. 아니, 이 집안 사람들 대부분이 그랬다. 여러모로 과한 관심을 주는 가족들에 눈치만 살폈다. 이 와중에 지선이 눈을 반짝였다.

"실례지만 혹시 배우 했었어요?"

"푸흡."

뜬금없는 말에 은재는 억지로 넣은 밥알이 튀어나올 뻔했다. 놀란 그녀의 눈에 지섭만 호호 웃었다.

"내가 좀 주책이네, 미안해요."

그럼에도 지섭은 성실히 답변했다.

"아닙니다. 저는 아니지만 어머니가 배우를 하셨었습니다."

"어머나, 그랬구나. 어쩐지 피가 다를 것 같았어. 어제 고생 많았죠. 쟤가 강골이라 은근히 무겁거든."

"엄마, 이제 그만."

결국 은재의 목소리가 바닥에 깔리고 나서야 지선의 사적인 질문은 멈추었다. 그녀는 밥알이 입으로 들어가는지 코로 들어가는지 구분도 되지 않았다.

'미치겠다.'

어쩌다 지섭이 제 집, 제 식탁에 앉아 있는 건가. 이야기가 해피엔딩으로 끝났다면 모를까, 멋지게 이별한 마당에. 어제도 오늘도 연이어 만나고 있다.

'이 사람은 뭐가 좋다고 계속 웃고 있는 거야.'

도통 속을 알 수 없는 그의 모습에 겨우 물 한 모금을 마셨다.

'…뭘 또 이렇게까지 잘해 주고.'

그래도 고마운 건 지섭이 성심성의껏 가족들을 대해 주고 있다는 거다. 꼭 은혜라도 갚는 것처럼. 듣지 않아도 알 수 있는 마음에 속이 쓰려 왔다. 이를 알 리 없는 엄마는 끝없이 지섭에게 관심을 더하고 있었다.

"근데 은재는 해외 쪽에서 있었는데 어떻게 한국에서 인연이 닿았을까?"

"제가 직속상관이었습니다."

"그렇구나. 애가 좀 맹한 구석이 있어서 어땠는지 모르겠네요. 실수는 안 하고 잘했는지 몰라."

"전혀요. 어디에도 없을 인재입니다. 그리고 도움은 제가 받았습니다."

그는 진심을 다해 은재를 평가했다. 말에 담긴 진심은 고스란히 가족들에게 전해졌다. 그녀의 가족들은 하나같이 서은재 같다. 그게 웃음을 자아냈다.

"진심으로 고맙게 생각하고 있습니다."

이런 당황스러운 상황에서도 웃을 수 있는 건 그것 때문이었다. 서은재의 가족을 보고, 그들을 느끼고 알고자 하는 욕심.

그녀가 얼마나 당황할지 알면서도 부린 이기심이었다.

"그렇군요."

지선은 어느 때보다 뿌듯하게 은재를 보았다. 그것도 모르고 은재는 지섭을 빤히 보고 있을 뿐이었다.

"어느 날 갑자기 사진을 배워야겠다고, 하던 공부 다 무르고 학원 다니겠다고 고집 부리던 애예요, 얘가. 그만큼, 저 할 일은 하는 애야. 맹해도 늘 입은 살았거든. 물에 빠져도 주둥이는 물에 둥둥……."

"허흠, 흠!"

칭찬인지 자부심인지 모를 한탄을 영철이 막았다.

"…실수. 미안해요."

겨우 말을 멈춘 지선이 목을 가다듬었다. 그녀는 지섭의 앞에 생선 대신 고기를 밀어 주었다.

"무슨 일이 있었는지, 요즘 내내 기 죽어 있어서 걱정했는데."

"……."

"정지섭 씨가 오니까 표정이 좀 밝아진 것 같아요. 좋은 선배로 많이 도와줬다는 걸 알겠어."

그녀의 말에 지섭의 고개가 들렸다. 아주 잠깐 흔들리는 그의 시선에 지선은 빙긋 웃었다.

"그간 우리 딸 잘 돌봐 줘서 고마워요."

그 말은 꼭 지난 반년간의 시간을 말하는 것 같았.

고맙다. 그것이 자신이 받을 수 있는 인사일까. 아니, 적어도 그 자신은 그럴 자격이 없었다.

"어서 먹어요."

상냥한 손짓에 지섭의 입이 다물렸다. 대수롭지 않게 생각했던, 타인을 무시하고 벌인 제 오만을 뼈저리게 느낀다. 당장의 이익에 눈이 멀었던 순간이 후회로 밀려들었다.

'있어. 소문이 날 만큼 좋은 방법.'

보이지 않는 상대를 향했던 무지한 태도. 화목한 웃음으로 가득한 가족들을 보며 그는 가슴에 가득 차오르는 감정을 깨달았다. 그것은 죄책감이었다.

지섭과 은재 가족의 식사는 짧았다. 그의 휴대폰이 바쁘게 울려 댔기 때문이다. 어쩔 수 없이 나오게 된 지섭의 손엔 과일이 담긴 비닐봉지가 들려 있었다.

'혼자 살면 과일 못 챙겨 먹을 거 아니에요.'
'……'
'앞으로도 우리 은재 잘 부탁해요.'

마지막까지 은재를 위하던 지선의 말이었다. 그의 손에 들린 봉지에 은재가 말했다.
"놓고 가셔도 돼요. 제가 알아서 처리할게요."
민망함이 느껴지는 말투였다. 지섭은 고개를 저었다.

"받아 본 선물 중 가장 귀해."

"겨우 과일인데요."

"이렇게 고마운 선물은 받아 본 적 없어서."

그 또한 진심인 듯 그의 눈이 맑았다. 은재는 지금 제 눈앞에 있는 지섭이 신기했다. 제 집에서 자신의 가족들과 밥을 먹은 거다. 정지섭이라는 사람이. 순간 꿈인가, 싶었다.

"…아."

입술이 달싹거렸다. 하지만 원하는 말 대신 담담한 질문이 먼저 나왔다.

"왜, 왔던 거예요?"

그가 답했다.

"돌려주고 싶은 게 있어서."

"돌려주고 싶은… 아, 혹시 휴대폰인가요?"

그의 말에 하던 반문을 멈춘 그녀가 눈을 휘둥그레 떴다. 설마 잃어버린 휴대폰이 그에게 있을까, 싶어서였다. 지섭은 고개를 젓고 우편함에서 뭔가를 꺼냈다.

"정신없어서 놓고 갔네."

그가 꺼낸 건 인형이었다. 은재의 두 눈이 빠르게 흔들렸다. 지섭은 인형 두 개를 그녀에게 주며 말했다.

"싫지 않다면, 이건 당신이 가져야 할 것 같아서."

그것은 태희가 만들어 준 것이다. 하나는 고마움의 표시로 받은 토끼 인형. 또 다른 하나는 신랑 신부 중 신부 인형이었다.

'짝꿍은 없네.'

선반 위에 나란히 놓았던 신랑 인형은 없었다. 은재는 겨우 마음을 고르고 물었다.

"…태희, 아가씨는 잘 지내나요?"

이제 아가씨라고 부르는 것도 잘못된 것 같지만. 지섭은 잠시 침묵하다 말했다.

"아마도 그렇게 될 거야."

에둘러 한 답은 지금은 그렇지 못하다는 것이었다.

"끝까지 사과를 못 했어요."

마음에 남은 앙금은 그것이었다. 태희에게는 마지막까지 사과를, 진실을 말하지 못했다는 거. 그것이 그녀를 아프게 했다. 은재는 인형을 꼭 쥐었다.

"많이 달래 주세요. 다 큰 것 같아도 아직 어리고 외로움을 많이 타니까요. 마음도 여려서 상처도 쉽게 받고 또, 저 때문에……."

"당신은 끝까지."

"……."

"모든 것에 질투를 하게 만들어. 아니, 내가 치졸하고 유치한 거겠지."

콩콩.

눈치 없이 심장이 뛰었다. 이런 상황에서조차 멋대로 반응하는 감정이 야속했다. 그녀는 고개를 옆으로 돌려 버렸다. 계속 보고 있으면 안 그래도 넘치는 감정을 들킬 것 같아서였다.

"당신을 미워하지 않을 자신이 없어서 나온 나한테 뭘 더 바라는 거예요."

괜히 퉁명스럽게 말하는 은재에 지섭은 쏩쓸히 웃었다. 그가 머리를 쓸다 천천히 말했다.

"이제 알았어."

느리게 깔리는 목소리에 지섭을 보자 그가 말을 이었다.

"당신이 지키려고 했던 것, 다치게 하고 싶지 않았던 게 뭔지."

"……."

"그걸 다치게 할 뻔한 게 나라는 것도."

울렁거리는 은재의 속을 알 리 없는 지섭이 한 걸음 물러서 정중히 고개를 숙였다. 어떤 때보다도 깊은 사과였다. 미연이 있는 한 은재는 돌아갈 수가 없다. 그에게도 그녀에게도 옳은 선택이 아니다.

'알아. 그걸 아는데.'

알면서도 목구멍까지 왈칵 뭔가가 차오른다.

"오늘이 약속한 날이야."

"…네?"

"당신을 보내 주기로 한 날."

순간 은재는 숨을 멈추고 입술을 깨물었다. 빠르다, 느리다 달력 잡고 세던 날이 벌써 그렇게 되어 버린 모양이다. 그가 왜 굳이 온 것인지도 이제 이해가 갔다. 지섭은 몇 걸음 물러선 그 자리에서 말했다.

"소용없는 말인 건 알지만, 지난 180일 정말 고마웠고, 수고… 했어."

마음을 아릿하게 만드는 말은 그녀의 말문을 막았다. 숨이 떨려 아무 말도 할 수 없었다. 은재의 아래턱에 가득 힘이 들어갔다. 그가 손을 들었다. 꼭 그녀의 머리를, 어깨를 그리고 몸을 안아 줄 것처럼. 그러나 지섭은 더 다가오지 않고 말했다.

"추워, 들어가."

무언가에 홀린 듯 은재가 돌아섰다. 빠르게 걷는 걸음 끝에 오른 엘리베이터 안, 닫히는 문 사이로 그가 보였다.

"…가지……."

속마음이 나올 뻔한 입을 간신히 막았다. 문이 닫히고 순간 숨을 멈춘 것 같다. 그때, 거짓말처럼 문이 열렸다. 잠깐의 기대, 설렘에 퍼뜩 고개를 들었을 때 그곳엔 아무도 없었다.

"…아."

문이 열린 건 층수를 누르시 않은 탓이있다.

"뭐야."

먹먹한 심장이 거칠게 뛰었다. 가슴이 들썩이며 못다 한 숨을 뱉는다.

부르릉.

어디선가 차가 출발하는 소리가 들렸다. 두 손에 쥔 인형을 내려 본 그녀가 일그러진 입술을 움직였다.

"너네는… 진짜, 이혼한 거네."

신랑과 떨어진 신부. 웃고 있지만 이상하게 울고 있는 것 같은 인형에 은재가 속삭였다.

"정말, 정말… 헤어진 거야."

더없이 외로워 보이는 인형만이 그녀에 손에 들려 있었다.

돌아가고 싶지 않았다. 자신이 갈 곳은, 자신이 가야 할 곳은 그녀가 있는 곳이라고 생각했다. 다녀오라 배웅을 하고 다녀왔느냐 마중을 해 주며 웃어 주는 은재가 있는 곳이 '집'이라고 여겼다. 그러나 그는 돌아왔고 잠시 아무런 생각도 할 수 없었다.

'…아버지.'

아이러니하게도 지섭은 이 상황에서 제 아버지를 이해했다. 한없이 나약해지고 모든 것을 포기해 버린 그를, 가장 소중한 사람을 가장 후회스럽게 놓친 이 순간에.

"하아."

숨을 모두 뱉는 한숨을 내쉰 지섭은 느리게 움직였다. 그럼에도 그가 이 집에 돌아온 건 은재의 흔적 때문이었다. 지섭은 비칠비칠 방으로 향했다. 그런 그의 눈에 응접실 소파에 앉은 인영이 보였다.

"…정태희?"

늦은 밤, 은재가 떠난 후 얼굴도 제대로 보지 못한 태희가 그곳에 있었다. 지섭의 부름에 태희가 그를 보았다. 조금 야윈 얼굴로 잠시 머뭇거리던 태희가 말했다.

"다녀오셨어요."

어색하지만 꽤 용기 낸 말이었다. 의미 없는 고용인들의 인사를 제외하고 이 집에서 이렇게 인사를 해 주는 사람은 없다. 물론 수를 셀 사람조차 없지만. 가만히 다가간 지섭이 여러 말을 찾다 물었다.

"밥은."

평범하지만 익숙하지 않은 질문에 태희의 시선이 흔들렸다.

"…대충요."

본래 이런 대화조차 없던 남매 사이라 더욱 그랬다. 바스락. 지섭의 손에 들린 봉지가 움직이자 태희의 시선도 움직였다. 이 집에선 흔히 볼 수 없는 검은 봉지 하나.

"아."

곧 지섭이 손을 들어 봉지를 보였다.

"과일 있는데, 먹을래?"

난데없는 과일 얘기는 아무런 대답도 받지 못했다. 대신 짧게 주측은 가능케 했다.

"언니한테서 받았나 봐요."

정확한 추측이었다. 태희의 입에서 나온 '언니'는 은재다. 설마 은재의 이야기가 나올 줄 몰랐던 지섭이 입을 다물자 태희가 물었다.

"어떻게 지내요?"

무슨 말을 할까, 잠시 고민하던 그가 겨우 대답했다.

"네 생각을 많이 해."

태희의 눈이 무심히 깔렸다.

"…쓸데없는 생각을 하고 있네요. 오지랖이야."

차가운 말에 지섭이 할 수 있는 답은 없었다. 태희는 소파를 돌아 나오며 별채 쪽을 보았다. 그리고 감정 없는 눈으로 말을 이었다.

"저는 장미연의 딸이에요."

"……."

"그 사람 딸. 오빠랑 언니가 그렇게 잡아먹으려고 한 사람의 딸이요. 그 반대이기도 하네요. 아… 확실하게 보자면 오빠랑 저는 이렇게 이야기할 때가 아니네요."

"태희야."

"겨우 반년 알게 된 사람보다 날 낳아 준 우리 엄마 편을 들 거라는 생각은 안 해 봤어요? 결국 내 엄만데. 엄마를 속이겠다고 모두를 속이고 그런 짓을 한 사람을 제가 가만히 둘 것 같아요?"

잔잔하다고 생각했던 태희의 목소리가 떨리고 있었다.

"결국 남들이 다 싫어하는 사람이 내 엄마라는 건 달라지지 않아."

화인지 슬픔인지 모를 흔들림과 함께 그녀가 주먹을 쥐었다.

"정작 그 사람은 사과 한마디도 없이 도망갔는데."

분명한 상처가 전해졌다. 처음으로 마음을 준 상대가 온통 거짓말투성이였다는 것을 알게 된 순간부터 모든 것이 고통이었다.

"그랬으면서."

지섭은 태희에게 다가섰다. 무엇보다 태희를 달래고 싶었다.

"미움받고 싶지 않아서. 너무 좋아하니까, 그 사람에게 받을 미움이 무서워서. 그런 이기심으로 사과하지 못했을 거야. 아마, 나처럼."

"이기적이네요."

순간 태희의 눈이 붉게 물들었다. 그리고 가슴에 담긴 감정이 터지듯 튀어나왔다.

"당하는 사람은 생각도 않고, 사과조차 자기 이기심으로 하지 않는다는 게 변명이 되나요? 받아야 할 미움은 받아야죠. 그래야 진짜 사과가 되는 거 아니에요? 그게 싫다고 도망가는 게 말이나 돼?"

지섭의 말은 아무것도 통하지 않았다. 오히려 더욱 감정을 부추긴 꼴이 되었다.

"전부 다 똑같아."

눈에 핏대를 세우고 바르르 떤 태희는 그대로 돌아섰다.

"태희야."

지섭은 그런 태희를 두지 않고 다가가 잡았다. 갑자기 잡힌 태희가 깜짝 놀라자 그는 태희의 머리를 쓰다듬었다.

"내가 오는 거 기다렸던 거지."

순간 태희의 얼굴이 붉어졌다.

"고맙다."

"……"

"뭐가 어쨌든 밥은 제대로 먹고 다녀."

은재가 그랬듯, 소소하지만 평범한 걱정을 담고서.

은재가 그랬던 것처럼 마중을 나오고 인사를 하는 것처럼.

이 넓은 집 곳곳에 그녀의 흔적이 가득 남아 있었다.

"그래?"

조금 전 응접실에서 있던 이야기를 혜란에게 들은 미연이 품,

웃음을 터트렸다.

"잘됐네. 태희는 신경 쓰지 않아도 되겠어."

만족스럽게 웃은 그녀가 몸을 기울였다.

"이럴 땐 어린 게 또 다행이야. 일이 쉽잖아. 조금만 잘해 주면 그런 것을, 나도 참 모자랐지."

딸이라기보단 도구를 대하는 듯한 모습이었다. 미연은 곁에 선 윤정에게 말했다.

"변호사 따로 알아봐. 태희가 만으로 열아홉이 되면 지섭이 처음 받았던 만큼의 주식이 상속될 거야. 그거면 빠져나간 놈들 메우고도 충분히 할 만해."

"예."

"태희는 분명한 정통성이 있는 거라고. 태희만 제대로 자리를 잡으면 노인네는 아무래도 상관없어."

까딱까딱. 그녀의 구두가 흔들렸다.

화려한 온실, 값비싼 난초들과 화분들.

"조금만 기다리면 돼."

당장 코앞의 총회도 끝났고 지섭은 주춤하고 있다. 그러니 조금만 시간이 지나면 창만을 등에 업고 누린 수많은 특권들을 이젠 태희로 누릴 수 있다. 멀지 않은 미래에 미연이 황홀한 눈을 할 때였다.

"저, 이사님."

윤정이 미연을 불렀다.

"왜."

"그럼 그동안 유학을 보내시는 건 어떠십니까? 혹시 괜한 접촉이 있을 수도 있으니까요."

"언감생심 그 계집애가 어떻게 태희를 찾아와? 물벼락을 맞으려고."

"하지만 아가씨는 마음이 약해 마음이 흔들리거나 하면 후에……."

"헛소리!"

미연은 단호하게 부정했다. 그녀는 곁에 놓은 난초의 이파리를 쓰다듬으며 코웃음을 쳤다.

"이러니저러니 해도 결국 내 딸이야. 내 배 아파서 낳은 내 애라고. 늘 내 눈에 들려고 애쓰던 애가 고작 반년 같이 산 서은재에게 간다고?"

"그건 그렇지만……."

"쓸데없는 소리 말고 태희한테 확실히 말해 놔. 서은재 그 계집애에 대한 건 악감정만 남겨 놓으란 말이야. 홍 집사도 마찬가지야."

"네, 사모님."

혜란은 얌전히 대꾸하며 허리를 숙였다. 다만 윤정만은 조금 께름칙한 표정으로 되물었다.

"그렇게까지 하실 필요가 있으십니까?"

"당연하지. 나는 몰라도 태희는 서은재를 건드릴 수 있잖아."

"……."

"약속은 내가 했지, 태희가 한 건 아니잖아? 반쪽짜리라도 태희가 제 동생인 이상 정지섭도 어쩌지 못해."

끝까지 미연은 은재를 그냥 놓아줄 생각이 없었다. 이용할 만큼 이용하고 후엔 뒤탈 없이 정리할 생각이 분명했다. 표독스러운 미소가 미연의 입가에 걸렸다.

"내가 여기 있는 한, 변하는 건 아무것도 없어."

이곳은 청성.

그곳의 여왕은 자신.

절대 변할 리 없는 왕좌였다.

날은 변하고 하루는 제법 빠르게 지났다. 계절이 변하고 있다는 것이 조금씩 느껴질 만큼의 시간이 흘렀다.

"후우."

은재는 쨍하게 밝은 하늘을 올려다보며 숨을 내쉬었다. 이마로 땀이 맺혔다.

"짐 진짜 많네."

아주 잠깐, 혼자 중얼거리는 말을 들은 듯 멀지 않은 곳에서 누군가 외쳤다.

"막내! 쉴 시간 있냐! 빨리 물건 날라!"

우렁찬 부름에 그녀가 반사적으로 대답하며 내달렸다.

"네, 네!"

지지부진 방구석에 박혀 흐르는 시간만 셈하던 날은 끝났다.

무슨 일이 있건 결국 은재는 뉴욕으로 돌아가야 했다. 그곳에서 학업을 마치고 다시 당당히 돌아오기 위해서라도.

"앞으로 보름 정도면 되겠지."

그간 모은 돈들을 셈한 그녀는 이마를 닦았다. 지금 은재가 일하는 곳은 일산의 어느 스튜디오였다. 학과 우대에 유난히 시급이 좋아 덜컥 들어왔더니 사진보다 짐을 더 많이 날랐다.

"후우."

이렇게 일을 하는 것도 비행기값을 위해서였다. 지섭이 돌아간 후, 제임스가 몇 번 연락을 해 왔다. 마땅한 보상을 하고 싶다는 연락이었다. 그때마다 은재는 단호히 거절했다.

'이미 충분히 받았다고 생각하고, 더 엮일 마음 없어요. 특히나 돈으로는.'

그게 그녀의 마음이었다.

"여기서 돈까지 받아 버리면 진짜 쪽팔린 거잖아."

얄팍한 자존심 혹은 자격지심인지 그것도 아니면.

'미련일지도 모르지.'

최소한의 바닥은 남겨 두고 싶은 미련. 그녀는 피식 웃으며 움직였다. 정신없이 일을 하면 다른 생각도 들지 않는다는 이점도 있었다.

"몸이 힘들어야 헛생각도 안 드는 거야."

말 그대로 그랬다. 텔레비전을 틀면 심심찮게 '청성'에 대해서 나온다. 은재는 일부러 그 모든 것들을 차단했다. 바쁘면 그런 것을 볼 시간도 없다.

"웃차."

그렇게 땀을 뻘뻘 흘려 가며 온갖 박스들을 지하로 옮기던 은재를 누군가 소리쳐 불렀다.

"막내, 막내 어디 있냐! 이리 와 봐!"

"예, 지하에 있습니다!"

은재는 성실히 대답하며 움직였다. 동네북처럼 불리는 '막내' 소리에 현기증이 날 지경이지만 세상이 다 그렇다. 헐레벌떡 계단을 오르자 바로 위 선배가 입가를 씰룩였다.

"너 아주 빠졌다. 동생도 오게 하고?"

짜증이 서린 선배의 모습에 찔끔한 은재가 조심스레 되물었다.

"…동생이요?"

"그래! 누구 왔다고 게으름 피울 생각 하지 마라. 바로 시간 제할 거니까."

선배는 단호하게 으름장을 놓고 휙 돌아섰다. 매서운 말이었지만 그녀는 어깨를 으쓱하며 마저 계단을 올랐다.

'저 정도는 뭐.'

지난 반년이 멘탈을 단련시키긴 한 모양이다.

"누구지."

서둘러 계단을 오른 은재는 볼을 긁적이며 중얼거렸다. 친구도 없는 마당에 동생이 있을 리가 없었다. 그녀는 주변을 둘러보았다. 있는 건 인부들과 여전히 하나 가득한 박스들뿐이었다.

"없잖아."

은재는 벅벅 머리를 긁으며 미간을 좁혔다.

"근데 내가 동생이 어디 있……."

아무 생각 없이 중얼거리며 수많은 짐들 사이를 두리번댈 때. 비로소 보인 낯익은 사람에 의미 없이 흐르던 혼잣말이 멈췄다.

"…아가씨."

태희였다.

태희는 그간의 마음고생을 보이듯 조금 수척해진 모습이었다. 예민하게 날 선 감정도 보이는 듯했다. 적막한 침묵이 흘렀다. 쉽게 말을 이을 수 없는 고요함 속에서 태희가 먼저 입을 열었다.

"이름이, 뭐에요?"

어쩐지 조심스러운 질문이었다. 은재는 마른 입술을 겨우 뗐다.

"서, 은재."

이름을 말하면서 이렇게 가슴이 무거운 적은 처음이었다. 이름 자체가 잘못이 되는 듯한 기이한 기분. 태희는 덤덤히 말했다.

"확실히 김주경보단 잘 어울리는 것 같아요."

생각보다 훨씬 차분한 반응이었다.

'하긴 그러니까 여기까지 찾아왔겠지만.'

어떻게 여기에 왔는지, 왜 왔는지는 묻지 않았다. 이미 알 것 같기도 했고 또 물을 자격이 없었다. 잠시 고개를 내렸던 태희가 물었다.

"왜 그랬어요?"

"……."

"이유요. 듣긴 들었는데 정확하게 듣고 싶어서요."

추궁이라기 보단 기회를 주는 것처럼 느껴졌다. 마치 변명할 기회를 주는 듯이. 은재는 불안하게 흔들리는 손을 맞잡으며 대답했다.

"…들은 그대로일 거예요."

마지막 변명의 기회를 스스로 차 버린 거나 다름없었다. 태희의 입술이 불퉁하게 튀어나왔다.

"우리 엄마를 내치려고 오빠랑 짜고서 언니가 우리 집으로 들어왔다는 거요?"

울음이 조금 섞인 듯한, 원망이 담긴 목소리에 은재는 눈을 한 번 감았다 떴다. 가슴을 콕콕 찌르는 죄책감이었다.

"네, 맞아요."

그럼에도 다른 변명은 하지 않았다. 어떤 이유에서건 자신은 태희를 속였고 태희가 상처를 받았다. 잘못을 부정할 수는 없다. 그런 그녀가 답답한 듯 태희가 주먹을 꾹 쥐었다.

"그래서 언니가 얻는 건요?"

"……."

"결국 이렇게 쫓겨나는 거 말고, 얻는 게 뭐예요?"

이번에도 추궁하듯 하지만 이상하게 탓하는 것 같지가 않았다. 이런 때에도 여린 태희의 마음이 보였다. 은재는 더욱 단호하게 자신의 잘못을 보였다.

"제가 잘못을 했고 그것에 대한 귀책금이 있었어요. 그걸 제해 주는 대신 지섭 씨… 아니, 이사님을 도왔던 거예요. 그게 저에게 이득이 되었으니까요."

철저하게 사실만을 말했다. 어설픈 말로 호감을 사고 싶지는 않았다. 적어도 상대가 태희이기 때문에 더더욱. 태희는 허탈한 얼굴로 읊조렸다.

"그럼 다 거짓말이었겠네요. 저한테 잘해 주던 것도, 먼저 다가온 것도 전부 오빠가 시킨 거겠죠?"

"그건."

"언니한테 도움이 되는 거니까."

상처받은 얼굴이 보였다. 여기까지 와서 은재에게 이야기를 들으려던 마음에 간 금이 보인다. 은재의 입술이 여러 번 달싹였다.

'단호해야 해.'

복잡한 인연으로 지지부진 끌고 갈 게 아니라면, 여기서 끝내는 게 맞다. 더 많은 것은 태희에게 혼란만 줄 게 분명했다. 차라리 미움을 받을 거라면 그렇게 알고 있는 게 나았다. 분명 그랬다.

"아니."

그런데.

"아니요."

입이.

"지섭 씨보다 먼저, 아가씨가 좋았어요."

멋대로 움직였다.

"그 집에서 숨 쉴 수 있는 곳을 찾은 것 같아서 기뻤어요."

이 순간만큼은 솔직해야 할 것 같았다. 태희에게 '좋은 사람'으로 남고 싶은 욕심이었을지도 모른다.

"미안해요. 정말… 미안해요, 아가씨."

몇 번을 해도 부족한 사과를 던지며 그녀가 고개를 숙였다. 그리고 태희의 입가로 천천히 미소가 번졌다.

"그럴 줄 알았어요."

"…아가씨?"

방금 전과 다른 밝은 목소리에 은재가 고개를 들었다. 태희는 어느새 밝게 웃고 있었다.

"나는 언니한테 도움이 될 수 있는 사람이 아니었어요. 엄마도 나를 귀찮아했고 그 집에서 전 없는 사람이나 다름없었으니까요. 그런 저를 구슬려 봐야 좋을 건 하나도 없었을 거예요. 그런데도 언니는 먼저 다가와 줬죠."

은재는 지금 태희가 무슨 말을 하고 있는지 알 수 없었다. 칭찬인지, 아니면 상황을 말하고 있는 건지 도통 이해가 되지 않았다. 당황한 그녀에 태희가 몸을 앞으로 기울였다.

"저는 똑똑하진 않지만 바보는 아니에요. 그래서 선택했어요."

무언가를 깨달은 듯 선명해진 눈으로 태희의 입꼬리가 씩 올라갔다. 그것은 꼭 지섭의 것처럼 여유로운 미소였다.

"전 끝까지 절 물건 취급 하는 사람에게 이용당하고 싶지 않아요. 제가 선택한 건 언니예요. 그래서 슬프지도 않아. 애초에 그럴 관계도 아니었고."

"…아가씨, 지금 무슨 말을 하는 건지."

"다음은 언니에게 넘길게요. 날 가장 예쁘게 봐 준 사람은 언니니까."

태희는 끝까지 알아들을 수 없는 말을 남기고 자리에서 일어섰다. 여전히 어안이 벙벙한 은재를 둔 태희가 그녀의 손을 잡았다.
"저도 언니 좋아해요, 아주 많이."
"……."
"기다릴게요."
어느 때보다 화사한 웃음을 남기고 태희는 돌아섰다. 마치 제 할 일을 모두 마친 것처럼 홀가분하게 떠났다.
팔랑팔랑.
"이게, 무슨."
혼자 남은 은재는 태희가 사라질 때까지 멍하니 앉아 있었다. 도저히 이해할 수 없는 상황에 옆에 놓인 물건을 발견한 것도 한참 뒤였다.
"어?"
그것은 카메라였다. 반년 간 은재의 욕구를 채워 준 그 카메라. 만나서 반갑고 그리웠던 감촉이지만 당황스러운 것도 사실이었다.
"이걸 왜……."
태희가 실수로 놓고 갈 리 없었다. 어쩌면 처음부터 목적은.
"야, 막내! 너 잘리고 싶냐! 아직도 여기서 뭐 하는 거야!"
카메라에 대한 의문을 가질 즈음, 갑작스런 불호령이 떨어졌다. 놀라 벌떡 일어선 그녀에게 쌍심지를 켠 선배가 다가왔다.
"일 산더미 같은 거 안 보여? 당장 안 움직여?"
"예, 예예!"

"그 카메라는 또 뭐야?"

상황은 당장 카메라에 집중할 시간도 주지 않았다.

"빨리 와!"

"네!"

은재는 태희가 사라진 길목을 보다 카메라를 목에 걸었다.

유난히 바빴던 하루에 은재는 녹초가 되었다. 지상과 지하를 백번도 넘게 오르내렸고 인력이 부족해 4시간 넘게 조명 판을 잡고 버티기도 했다. 온몸의 근육이 비명을 지른다.

"하아."

완전히 진이 빠진 그녀는 버스 창문에 기대어 한숨을 쉬었다.

"번갯불에 콩 구워 먹은 것도 아니고."

아니, 그보다 더하다. 구워진 콩은 맛있기라도 하지. 은재는 땀에 절어 눅눅한 머리를 쓸며 가방을 무릎 위에 올렸다. 피곤한 것은 피곤한 거고 일단 봐야 할 것이 있었다.

'카메라를 왜 주고 간 거지.'

그녀는 가방에서 카메라를 꺼냈다. 일을 하면서도 하루 종일 신경을 쓰이게 만들었던 물건이다.

'용서… 아니면 정리하는 의미?'

늘 자신이 쓰던 것이니 선물처럼 주려고 했던 걸까. 아무리 생각해도 답이 나오질 않았다. 그녀는 침을 한번 삼키고 카메라를 켰다. 웅. 작은 울림이 느껴졌다.

"얘가 다시 올 줄은 몰랐는데."

새삼스러운 반가움을 담아 카메라를 쓰다듬은 은재는 천천히 사진들을 확인했다. 그리고 모든 풍경과 사람들이 화면을 통해 나타났다. 눈앞이 빠르게 일렁였다.

"…지섭 씨."

몇 장의 사진이 지나가기가 무섭게 지섭의 모습이 보였다. 어느 공원, 벤치에 앉아 먼 곳을 응시하는 그가 있었다. 여러 장의 사진들의 끝에, 비로소 자신을 보는 것도 보인다. 그가 웃고 있었다.

"아, 정말."

그녀는 얼른 고개를 들어 올렸다. 당장이라도 눈물이 나올 것 같았다. 사진에 담긴 기억과 감정이 너무도 생생하게 떠올랐다. 집, 공원, 여수. 곳곳에 담긴 추억들이 은재를 울렸다.

'참아, 참아.'

그렇다고 버스에서 울 수도 없는 노릇이라 그녀는 애써 참아 냈다. 숨까지 멈춰 가며 눈물을 참은 은재는 빠르게 사진을 돌렸다. 어쨌건 사진 속에 별다를 건 없어 보였다.

"정말 그냥 사진을 보라고 주고 간 건가."

이것이 선물이라면 어느 것보다 고맙게 받겠지만… 왠지 그것이 전부일 것 같지가 않았다. 그녀는 다시 사진을 살폈다. 한 번, 두 번.

-이번 정류장은 **입니다.

어느새 버스는 은재가 내릴 목적지에 다다랐다. 뒤늦게 정신을 차린 그녀가 벌떡 일어섰다.

"기사님, 내려요!"

서둘러 벨을 누른 은재는 간신히 맞춰 멈춘 버스에서 내렸다.
"어휴."
어쩐지 정신이 없었다. 왠지 어지러운 머리에 휘휘 머리를 흔들 때, 찬바람이 길게 불었다. 안 그래도 어지러운 머리카락이 마구 흩날리고 정류장 옆에 섰던 나무에서 나뭇잎이 우수수 떨어졌다. 그 순간 무언가가 머리를 스쳤다.

'그래서 선택했어요.'

화려한 네온사인 불빛에 떨어지는 나뭇잎.

'정태희는 예쁘고 소중해요.'

아름다운 정원, 그곳에서 불던 바람.
해맑게 웃으며 자신을 바라보던 태희의 모습.
"아."

'날 가장 예쁘게 봐 준 사람은 언니니까.'

불현듯 떠오른 생각은 거짓말처럼 은재를 그날, 지섭의 귀국 환영 파티로 되돌렸다. 그녀는 빠르게 카메라를 확인했다.
"찾았다."
파티 날, 태희의 인형이 버려져 쓰레기 수거장으로 갔었다. 그곳에서 인형들을 찾고 돌아오던 길, 예쁜 조명들로 가득한 그곳에서 태희의 사진을 찍었다.

'그래, 이건데. 이게… 왜?'

화려한 불빛을 등지고 천사처럼 웃는 태희가 있다. 조금씩 장소를 바꿔 가며 하나하나. 이질감이 든 것은 마지막 사진에서였다.

"…어?"

태희의 뒤에 줄지어진 그것이 조명이라고 생각했다. 파티를 밝히는 화려한 조명. 그러나 그 조명들 사이에 분명 무언가가 있었다.

"뭐지? 조명이 아닌데."

유나히 짙은 색의 조명이 보인다. 은재는 빠르게 확대 버튼을 눌러 이질감을 찾아 손을 움직였다.

하나. 하나.

다시 한번 더.

"…뭐야."

오래된 카메라지만, 결코 요즘 것에 비해 성능이 떨어지지도 않았다. 몇백 미터의 것을 찍는 게 아닌 이상, 사진은 거짓말을 하지 않는다.

"이게, 이게 대체……."

카메라를 든 은재의 손이 덜덜 떨렸다. 작은 액정 속, 확대된 화면에 보이는 건 두 남녀였다. 확대할수록 선명도는 떨어지지만 얼굴을 못 알아볼 정도는 아니었다. 얼굴을 붉힌 은재가 입술을 꽉 깨물었다.

"어떻게… 당신이."

 사람들이 오가지 않는 정원의 뒤편, 나무에 기대 서로를 끌어안고 있는 남녀. 조명으로 오해할 만큼 붉은 드레스를 입고, 어느 남자와 입을 맞추고 있는 여자는 분명.

"장미연."

 장미연이었다.

#30

 은재는 순간 그대로 주저앉을 뻔했다. 다리가 후들후들 떨리고 멀미가 났다. 그녀는 간신히 정류장 기둥을 잡았다. 겨우 심호흡을 한 은재가 다시 사진을 확인했다.
 "…어떻게."
 감히 의심한 적도 없는 것이 눈앞에 있었다. 그뿐만이 아니었다.
 '이 사람.'
 미연과 함께 있는 남자 또한 눈에 익었다.
 '흐릿해서, 잘 보이지는 않지만… 분명 봤어. 어디서였지? 분명, 분명 본… 아!'
 거짓말처럼 정신이 번쩍 들었다. 청성그룹에서 미연에게 가던 길에 만났던 남자. 그를 윤정은 이렇게 불렀다.

'안녕하십니까, 임 이사님.'

 몇 번이나 들었던 호칭에 얽힌 기억들이 밀려들었다. 이 사진의 날짜는 분명 지섭의 귀국 환영 파티다. 그리고 그는 그날, 미연과 함께 있었다.
 '내가 분명하게 들었으니까.'
 더군다나 회사에서 그는 은재를 지나치며 분명 알은체를 했다. 다름 아닌 '김주경'의 이름으로.
 "…그 사람, 날 알고 있었어."
 그렇다는 건 결국.
 '처음부터 이 남자가 있었던 거야. 이 모든 일에.'
 다른 것은 몰라도 창만을 향한 미연의 지고지순함은 세간에 알려진 일이다. 그녀가 청성의 임원이 될 수 있던 것도 그것이 초석이 되었다. 정창만 회장의 화신처럼.
 "말이 안 되잖아."
 이 사진은 이 모든 것을 부정하는 것이었다. 생각이 정리됨과 동시에 태희가 떠올랐다.

 '전 끝까지 절 물건 취급 하는 사람에게 이용당하고 싶지 않아요. 제가 선택한 건 언니예요. 그래서 슬프지도 않아.'
 '다음은 언니에게 넘길게요.'

 그늘 없이 웃으며 말하던 태희가.

"…봤어."

그렇지 않고서야 이 카메라를, 그 말을 할 수 있을 리가 없다. 멍하니 허공을 향하던 은재의 눈이 질끈 감겼다. 카메라를 쥔 손은 물론 몸까지 바르르 떨렸다.

"진짜 어떻게 끝까지 이럴 수 있는 거야, 당신은."

이것은 원망이었다. 미연의 발목을 잡을 기회라고는 생각도 되지 않았다. 이런 꼴을 제 딸에게까지 보인 미연이 한탄스러울 뿐이었다.

"도대체 어떻게 하려고."

다 갚을 수도 없는 이 죄를. 은재는 정류장 벤치에 털썩 주저앉았다. 태희가 어떤 감정으로 이것을 자신에게 주었을지 상상도 되지 않았다.

"정태희… 정말."

그녀는 두 손으로 얼굴을 가렸다. 냉정하게 말해 이 사진은 미연의 뿌리를 뽑을 수 있다. 즉, 그녀를 청성에서 내보낼 수 있다는 뜻이다. 다른 것도 아니고 근간이 되었던 창만을 배반한 것이니까.

'하지만.'

미연은 누군가의 아내이기 전에 태희의 엄마였다. 머릿속이 복잡하게 엉켜 왔다.

'확실하지 않아. 완전히 선명한 사진도 아니니까. 이걸로는……'

그러나 은재는 알고 있다. 단서가 잡힌 이상 이것을 증명하는 일은 어렵지 않다는 것을. 이게 기회라는 사실을 말이다. 그녀가 다시 사진을 보았다. 이번엔 더러운 밀회가 아닌 태희의 환한 미소였다.

"대체 뭘 선택한 거예요. 뭘 보고, 뭘 포기한 거냐고."

상상조차 할 수 없는 태희의 마음에 눈물이 찡하게 밀려왔다. 그녀가 입술을 아프게 물며 고개를 숙일 때였다.

"야! 서은재!"

벼락 치는 소리가 은재의 귀를 찔렀다. 화들짝 놀라 얼른 고개를 들자 거기엔 막 제 차에서 내리고 있는 낯익은 얼굴이 있었다.

"너 왜 집에 안 들어가고 길바닥에서 청승 떨고 있어! 사람 귀찮게 하는 것도 유분수가 있지! 여기서 안 봤으면 또 왔어야 하잖아!"

탕!

신경질적으로 차 문을 닫은 건 아주 뜻밖의 인물이었다.

"…무, 문희수?"

"짜증 나, 진짜! 집에도 없어서 헛걸음할 뻔했잖아!"

발까지 탕탕 굴러 가며 온 건 분명 희수였다. 두 눈이 휘둥그레진 은재가 물었다.

"네가 왜 여기 있어?"

"내 말이! 쓸데없이 불러서 이따위 심부름이나 하게 됐잖아! 넌 도대체 그날 왜 나온 거야?"

도통 알아들을 수 없는 말에 황당해진 은재를 두고 희수는 무언가를 획 내밀었다.

"…어?"

"넌 칠칠치 못하게 휴대폰이나 놓고 다녀! 내가 여기까지 와야겠어?"

"이, 이게 어떻게 너한테 있어?"

희수가 내민 것은 이미 한참 전에 잃어버린 엄마의 휴대폰이었다. 희수는 거칠게 머리를 쓸어 넘기며 으르렁거렸다.

"가게 사장이 주워 놨다가 받은 거다, 왜! 내가 훔쳤을까 봐?"

"아니, 그게 아니라……. 근데 전화로 해도 됐을 텐데."

"방금 내 말 뭐로 들었어! 전화는커녕 집에도 아무도 없었다고! 내가 뭐 내내 네 휴대폰이나 들고 있어야 해? 나 바쁜 사람이거든?"

쌍심지를 켜고 찔러 대는 목소리가 얼마나 짜증이 났는지 알게 했다. 휴대폰을 내치기 전에 얼른 받은 은재가 말했다.

"고마워."

담백한 감사 인사에 희수는 팩 돌아섰다. 정말 여기까지 온 것이 매우 짜증이 난 듯했다. 막 차 문을 열고 돌아서는 그녀를 보던 은재는 퍼뜩 무언가를 떠올렸다.

"저기, 문희수!"

"아, 뭐!"

"하나만 물어볼게."

"묻지 마! 짜증 나니까!"

"그래도 넌 솔직하고 대범하니까 답을 알려 줄 것 같아서 그래."

이번에도 은재는 꽤나 솔직했다. 당장 차에 오를 것 같던 희수가 잠시 멈췄다. 그녀는 머리카락을 툭, 쳐 귀 뒤로 넘기곤 삐딱하게 섰다.

"뭐, 말해 봐. 짧게 말해."

"나한테 이득이 되는 일이 남에게 해가 된다면, 넌 어떻게 할래?"

앞뒤 모두 자른 질문에 희수의 얼굴이 일그러졌다. 이해는 하지만 지금은 정말 제삼자의 눈이 필요했다.

"허."

기가 찬 듯 헛바람을 들이켠 희수가 이를 드러냈다.

"야, 너 장난해? 착한 척하는 것도 정도껏 해. 네가 하고 싶은 대로 하면 될 거 아니야? 그런 것도 질문이라고⋯⋯. 진짜 재수 없어."

희수는 신랄하게 말하곤 미련 없이 차에 오르곤 정류장을 빠져나갔다. 은재는 감히 쉽게 판단할 수 없는 것을 야무지게 정리하고서.

"⋯그러게."

순식간에 혼자가 된 은재가 헛웃음을 흘렸다. 아주 잠시 배부른 생각을 했다. 그녀의 눈이 곧게 뜨였다.

"착한 척도 이 정도면 됐잖아."

몸을 돌린 은재는 마치 지체하지 말라는 듯 생긴 휴대폰으로 익숙한 번호를 눌렀다. 뚜르르. 신호음이 흐르는 동안, 그녀는 창만을 떠올렸다.

'착한 것이 나쁘다곤 할 수 없지만 무조건 옳은 건 아니야. 사람은 때론 이기적이어야 할 때가 있지.'

'그때가 오면, 절대 그 기회를 놓치지 말거라.'

그분은 언제부터 알고 있었던 걸까.

'맡아 두마.'

어디서부터 어디까지.

뚜르르, 달칵.

곧 그가 전화를 받았고 은재는 상대가 입을 열기도 전에 먼저 말했다.

"지금 바로 사진 하나를 메일로 보낼게요. 사진이 선명하진 않지만 얼굴이랑 옷차림은 구분할 수 있으니까 날짜랑 시간대 보고, 그 날짜의 집안 CCTV 확인해 보세요. 특히 정원이랑 별채 그리고 온실 쪽이요."

-……무슨 말이야. 무슨 일이 있어?

"직접 확인해요."

-은재야.

"다른 말 안 할게요. 아가씨가 나한테 이걸 준 건, 내가 아니라 지섭 씨를 선택했다는 뜻이야. 그러니까 지켜요."

전화의 상대, 지섭은 잠시 숨을 들이켜는 소리를 냈다. 은재는 카메라를 꽉 쥐고 말을 이었다.

"후회가 남지 않게."

"하아……."

미연이 따뜻한 물속에서 긴 숨을 내쉬었다. 참방이는 물결이 욕조를 살짝 넘쳤지만 그조차도 기분을 좋게 만들었다.

"완벽해."

정말 모든 게 완벽한 하루들이었다. 그녀는 나른하게 풀리는 몸을 느끼며 하나씩 시간을 되짚었다. 총회에서 쓰일 카드가 서은재에 의해 물거품이 되고 정지섭이 뒤를 캐 올 때는 잠조차 잘 수 없는 날의 연속이었다. 그런데 그것이 지섭의 약점이 될 줄이야.

"얼마나 고맙게 생각하는지, 서은재 네가 알아야 할 텐데. 오히려 급한 불을 꺼 줬으니 얼마나 다행이니."

이름만 들어도 치가 떨리던 '김주경'은 몰라도 '서은재'는 이렇게 달콤할 수가 없다. 그녀가 와인잔을 들었다.

"앞으로 2년, 아니 1년이면 될까."

창만의 뒤에서 보내온 세월을 보상받을 때가 온다. 이 자리를 있게 해 준 '정창만'을 떼어 낼 유일한 기회다.

"태희가 주식을 받으면 지분은 정지섭을 상회해. 어차피 노인네는 내가 아니면 안 될 테니까, 그때까지만 잘 구슬리면 되겠지."

그때가 오면 미연에게 그 어떤 장애물도 없다. 청성은 장미연의 것이 된다.

"일단… 유능하신 우리 이사님을 사무실에만 박혀 있게 할 순 없지."

황홀한 이야기다. 변방으로 도는 후계자. 얼마나 멋진 일인가. 그녀는 다시 웃음을 터트렸다.

촤악.

"후우."

한창 즐기던 욕조에서 나선 미연은 가운을 집어 들다 거울을 바라보았다. 나이가 무색하게 완벽한 몸매가 보였다. 갖은 노력으로 가꾸고 만들어 낸 모습이었다.

"이걸 다 죽어 가는 노인네에게만 보이긴 너무 아깝잖아. 안 그래?"

처음엔 분명 창만을 위한 것이긴 했다. 최대한 최서영을 닮기 위해 시작했던 것들이지만, 그것은 아주 잠시. 만족하지 못한 욕구로 그녀는 태현을 품에 안았다.

"좋은 날은 즐겨야지."

가슴속에서 탐욕이 피어오른다. 미연은 가운으로 몸을 감싸고 욕실을 나섰다. 결국 임태현도 나이가 들었고, 그녀에겐 새로운 것들이 필요했다. 이미 아주 오래전부터.

"홍 집사, 홍 집사 어디 있어!"

욕실을 나선 미연이 혜란부터 찾았다. 목욕을 끝내면 당연히 있어야 할 혜란이 없어서였다. 그녀는 가운 차림 그대로 방을 나섰다.

"어디 있는 거야."

살갗을 후비는 찬 공기에 미간을 좁힌 미연이 성큼성큼 움직였다. 일단 잡히는 고용인 하나라도 잡아 시중을 들게 할 생각이었다.

"다들 뭔데 안 보여?"

미연의 짜증이 조금 더 높아졌다. 집 안 곳곳에 있어야 할 고용인들이 보이지 않았다. 점점 오르는 짜증에 거침없이 집안을 헤집던 그때, 한데 엉켜 있는 고용인들이 보였다.

"지금 여기서들 뭐 하는 거야!"

확 치밀어 오른 분노에 그녀가 소리쳤다. 벼락 맞은 고용인들이 기겁하며 뒤를 돌아보았다. 단지, 그 고용인들의 기색이 평소와 다를 뿐.

"이것들이 미쳤나."

인사도 없이 건방진 그들의 시선에 미연이 이를 갈며 다가섰다. 오묘한 싸늘함 속에서 그녀가 고성을 내뱉었다.

"어디서 감히 그따위 눈을 나한테!"

어디선가 들리는.

「…취재 결과 대기업 임원인 J씨의 부적절한 관계를 맺고 있는 상대는 같은 회사 임원 L씨로 알려졌으며, J씨는 평소 몸이 불편한 남편을 십수 년간 보살펴 온 것으로…….」

고약한 말소리만 아니었다면.

아주 오래전.

'어때. 구미가 당기지 않아?'

남자는 유혹적으로 말했다. 미연의 손이 파르르 떨리고 있었다.

순간 그녀의 머리가 팽팽 돌았다.

'당장 갚아야 하는 게 3천. 앞으로 내놓아야 하는 게 5천이니까.'

머릿속엔 일단 돈부터 계산이 되었다. 가게에 빚진 것부터 온갖 사치품들을 사들이느라 써댄 카드값이 수천이다. 이미 감당할 수 있는 수준을 넘은 지 오래다. 꿀꺽 침을 삼킨 미연이 물었다.

'제가 뭘 하면 되는데요?'

'딱히 뭘 할 필요는 없어. 그냥 얼굴 가꾸고 몸매 가꾸고 나긋하게 대하면 돼. 그럼 그 양반은 넘어오게 되어 있어.'

그는 오만하게 말을 이었다. 어깨를 으쓱 올린 남자, 임태현이 그녀의 턱을 잡아 올렸다.

'복인 줄 알아. 너는 돌아가신 전 사모님과 꽤 닮았거든. 그것만으로도 충분할 거야. 뭐, 적당히 고상한 말투 써 가면서 달래 주면 돼.'

'…그래도 나이 차이가 많이 나는데. 나랑 열두 살 차이밖에 안 나는 아들도 있다는데… 제가 어떻게 그 자리를.'

'뭔가 착각하는 거 아니야?'

'……'

'아무리 용을 써도 너는 사모님이 될 수 없어. 언감생심 네깟 게 어떻게 진짜 사모님이 되려고 해? 그냥 따라 하는 것뿐이라고. 그것만 하면 네 인생이 달라지는데 고민할 필요가 있어?'

모욕적인 말이었지만 미연은 꾹 참았다. 어차피 이곳을 찾는 놈들은 하나같이 똑같았다. 저 잘난 맛에 사는 놈들. 지금, 인생이 바뀔지도 모르는데 중요한 건 그런 게 아니었다.

'청성은 앞으로 더 커질 거야. 너는 정창만을 구슬리기만 하면 돼. 그 집에 들어가서 자리를 잡아. 그리고 하나씩, 하나씩 내가 시키는 대로 하면 돼. 그래, 애부터 갖는 게 좋겠다.'

'…아, 아이요?'

'그거라도 있어야 너 같은 게 그 집안에 들어갈 핑계가 생기지.'

그가 비웃듯이 코웃음을 쳤다. 미연은 밀려드는 모멸감에 고개를 숙였다. 어차피 선택은 한 가지 뿐이었다.

'청성.'

그녀의 손엔 이미 자신이 닮아야 할 여자의 사진이 들려 있었다.

철저히 조작되고 만들어진 관계는 기대 이상의 결과를 낳았다. 아내를 잃은 슬픔에 빠진 남자는 아내와 닮은 여자에게 금방 빠져들었다. 미연은 품 안에 창만을 안고 저가 누릴 수 있는 모든 것을 누렸다.

'완벽해. 완벽해!'

더 이상의 행복은 없을 것 같던 때, 딸을 낳았다. 술집 여자, 조롱, 비웃음으로 가득했던 시선들이 그것 하나로 완전히 바뀌었다.

'앞으로 잘 부탁드립니다, 사모님.'

심지어 이 모든 일을 함께 주동한 태현까지도. 늘 자신을 물건 취급하던 임태현이 고개를 숙인 순간, 미연은 권력과 힘에 중독되었다.

'꿇어.'

그녀가 태현의 턱 끝을 잡았다. 그렇게 마주친 입술이, 몸이 순식간에 얽혔다. 놀라운 일이었다. 밑바닥만 쓸던 자신이 감히 쳐다볼 수도 없는 이들을 조라리게 만들었다.

'고작 정창만 하나로.'

흥분에 이기지 못한 몸이 떨렸다. 미연은 황홀한 미소를 지으며 눈물을 흘렸다.

'정창만만 있으면, 그 노인네만 있으면 나도.'

진짜 이 세계의 사람이 되는 거야. 끝없는 욕심이 불을 지폈다. 만족 따윈 없었다. 더 많은 것, 더 높은 곳. 그리고 마침내.

'나는 왜 정창만처럼 될 수 없어? 이미 그 사람이 내 손에 있는데.'

욕심은 과욕이 되었다.

📷

"어떤 미친 새끼가 이딴 기사를 내! 당장 매스컴부터 기사 전부 막아! 당장!"

벼락같은 미연의 고함에 전화기 속 상대, 윤정은 답지 않게 더듬거렸다.

-최, 최대한 확인 중입니다마는… 저희도 갑작스러운 상황인지라 좀 더 상황 파악을…….

"지금이 상황 파악하고 있을 때야? 일단 올라간 것들부터 막아야 할 거 아니야!"

-예, 예! 그리고 있습니다. 다만 신문사들이 배짱을 부려 대고 있는 터라.

"배짱? 이따위 짓을 하고도 가만히 둘 것 같아? 최초로 낸 놈부터 유포한 놈들까지 싹 다 알아내. 바로 담가 버리라고!"

-그, 그게… 확인은 되고 있는데… 무슨 이유인지 너무 당당해서.

도무지 이해할 수 없는 상황이었다. 어떤 기사이건 청성과 관련된 것은 유포되기 전 모두 미연에게 오게 되어 있다. 그간 들인 공이 한두 푼이 아니라는 뜻이다.

'그런데 이딴 걸 언질도 없이 올려?'

뒤에 무언가 있지 않고서야 이럴 수는 없었다. 그렇게 생각이 들자 퍼뜩 정신이 들었다.

"…정지섭, 이 새끼가."

단번에 이 사달이 나게 만든 한 사람이 떠올랐다. 그녀의 입꼬리가 마구 들썩였다.

"얌전한 줄 알았더니, 뒤통수를 쳐?"

미연은 이를 갈고 읊조렸다.

"당장 허위 사실 유포로 싹 다 고소해. 명예훼손부터 전부 다 처넣으라고. 그리고 서은재 위치 확인해서 바로 알려."

그녀는 대답도 듣지 않고 전화를 끊곤 서랍을 열어 또 다른 휴대폰을 들었다. 명의가 다른 휴대폰이었다.

"왜 안 받고 지랄이야!"

시급한 상황에 이 사태의 또 다른 당사자인 태현과 연락이 닿지 않았다. 조급해진 미연이 다시 번호를 누르며 중얼거렸다.

"말부터 맞추면 돼. 아무 증거도 없어. 그래, 일단 말부터 맞추면 그만……."

똑똑. 이 와중에 누군가 노크를 했다. 순간 열이 뻗쳐오른 미연이 소리쳤다.

"누구야!"

안으로 들어서던 건 젊은 고용인이었다. 눈에 불을 켠 그녀에 고용인이 더듬거렸다.

"회, 회장님께서 부르십니다."

아차 싶었다. 맞다, 지금 중요한 것은 창만이다. 미연은 아픈 머리를 감싸다 말했다.

"지금 바로 간다고 말씀드려. 방으로 약 준비하고."

"아닙니다, 사모님. 회장님 외출하셨습니다."

순간 미연의 움직임이 멈췄다. 그녀의 눈이 사정없이 찌푸려졌다. 창만이 제 허락도 없이 외출을 했다? 있을 수 없는 일이었다.

"그게 무슨 소리야. 나한테 말도 없이 회장님이 어디를 가셔."

"저, 저도 자세한 상황을 모르지만 일찍 회사로 나가신 것 같습니다. 준비하시고 바로 회사로 가시면 될 것 같습니다."

고용인은 연신 눈치를 보며 겨우 말을 전했다. 살짝 겁을 먹은 것도 같았다. 그러거나 말거나 미연은 잠시 멍한 얼굴을 만들었다.

'회사라니?'

그녀가 임원을 맡은 후로 지난 몇 년간 근처도 간 적 없던 곳에 있다니.

"…그 노인네가 왜 거기 있어."

넋 나간 중얼거림만이 허무하게 퍼져 나갔다.

미연은 거침없이 걸음을 옮겼다. 회사에 들어서면서부터 쏟아지는 눈빛들 따윈 아무래도 좋았다. 그녀는 곧장 임원 엘리베이터를 타고 올라 회장실이 있는 최상층으로 향했다.

"회장실에 있을 건 또 뭐야. 무슨 꿍꿍이지?"

회사, 그것도 모자라 회장실에 있다던 창만이다. 도저히 속을 알 수가 없는 상황에 미연은 입술을 물며 움직였다.

"오셨습니까, 이사님."

곧 도착한 회장실 앞, 그곳엔 지섭의 비서인 제임스가 서 있었다. 정중한 인사에 미연이 말했다.

"문 열어."

"조금만 기다려 주십시오. 지금 안에서 정지섭 이사님과 대화 중이십니다."

"당장 문 열라고 했어."

이유 따윈 아랑곳 않고 으르렁대는 그녀에 제임스는 무심히 말을 이었다.

"기다려 주십시오."

"야, 이 새끼야, 너 나를 뭐로 보고……."

삐.

험상 맞은 말이 다 나오기 전, 인터폰이 울렸다.

-모셔.

젊은 목소리.

'정지섭.'

분명 지섭의 것이었다. 그제야 제임스가 움직여 문을 열었다.

"들어가시죠."

그의 태도에 파르르 떤 미연은 꾹 참으며 안으로 들어섰다. 예상했던 대로 사무실 안에는 창만과 지섭이 있었다. 그녀는 지섭을 매섭게 노려보다 소파에 앉은 창만에게 다가갔다.

"회장님, 저한테 말씀도 안 하시고 어떻게 이렇게 오셨어요. 미리 말씀 주셨으면 저도 같이 왔을 텐데. 설마 지섭이 네가 모시고 왔니?"

간드러지는 목소리는 평소의 그것보다 훨씬 부드러웠다. 창만의 어깨를 꼭 쥔 미연이 그를 주시했다. 무덤덤한 시선에 그녀는 과장되게 미소 지었다.

"아, 설마 갑자기 뜬 그 해괴한 기사를 믿으시는 건 아니시겠죠? 정말 저도 깜짝 놀랐어요. 그런 말도 안 되는 기사가 뜨다니. 지섭이 넌 누가 그런 저급하고 천박한 헛소리를 퍼트렸는지, 알고 있니?"

'어디 터진 입이라면 한번 말해 봐.'

변명처럼 긴 말이 마치 그렇게 말하고 있는 듯했다. 지섭은 가만히 미연을 바라보다 이내 살짝 웃었다.

'…웃어?'

생각지도 못한 대답과 함께.

"글쎄요."

"……."

"무슨 기사가 떴습니까?"

태연하고 담담한 태도에 미연의 미간이 좁아졌다. 오리발을 내밀 줄은 알았으나, 설마 모르쇠를 할 줄은 몰라서였다. 기가 막힌 그녀가 입가를 씰룩였다.
"…뭐라고?"
"어떤 저급하고 천박한 내용의 기사인지는 몰라도 많이 놀라신 모양입니다?"

알 수 없는 조소와 함께 지섭은 눈웃음을 지었다. 미연은 속에서 북받치는 감정에 손에 힘을 주었다. 제 손이 창만의 어깨를 짓누르고 있는 것도 모르고.
"너 지금 무슨 말을 하고……."
"날세."

창만은 안중에도 없다는 듯 들썩이던 그녀의 말이 막혔다. 거짓말처럼 말문이 막힌 미연이 창만을 돌아보았다.
"…예?"
"나라고 말했어."

창만은 지섭만큼이나 덤덤한 표정으로 말하며 어깨에 있는 미연의 손을 뗐다. 생각지 못한 강한 힘에 물러난 그녀가 그를 불렀다.
"회, 회장님?"
"지극히 개인적이고 사적인 이야기를 해 볼까 하네. 누가 들을까 무서워 이곳으로 자리를 정하긴 했지만 사실 부질없는 짓이지. 일단 당사자들이 모여야 일이 정리가 될 것 같으니까."
"무슨… 지, 지금 무슨 말씀을 하시는지 저는 잘."
"곧 올 거야."

미연은 지금 이 상황이 조금도 이해가 되지 않았다.

"도대체 무슨 말씀을 하시는 거예요. 당사자라니요?"

창만이 기사 내용을 알면 충격은 받겠지만 그리 심각하게 생각하진 않았다. 정창만은 장미연의 것이니까. 그녀의 꼭두각시니까.

"회장님, 저한테 말씀을 해 주셔야죠. 뭘 하시려고 그러세요? 저한테 말씀하시면 제가 알아서……."

"온 것 같군."

문밖의 소란이 들리고 바로 문이 열렸다. 열린 문으로 헐레벌떡 들어온 것은 다름 아닌 임태현이었다. 그의 안색은 하얗게 질려 있었다.

"회장… 회장님."

"자, 이제 빠짐없이 설명해 봐."

태현의 부름에 기다렸다는 듯 말한 창만이 몸을 세웠다. 마르고 볼품없던 노인이 이상할 정도로 거대하게 보였다. 미연은 저도 모르게 몇 걸음 더 물러났다.

저벅저벅.

그가 소파를 지나 느리게 책상으로 향했다. 곧 책상을 돌아 지섭이 빼 준 의자에 앉은 창만은 책상에 팔을 괴었다.

"듣고."

주변이 싸늘하게 식는다. 차가운 공기 속, 늘 흐릿한 눈이 선명하게 빛을 발했다. 역광으로 그의 표정이 보이지 않았다. 다만 이곳에 있는 이들 모두 알 수 있었다.

"누구를 살릴지 결정할 테니."

그는 청성의 주인이었다.

모두가 잊었고 차치해 두었던 진실. 청성그룹의 진정한 주인, 정창만. 그가 제자리에 앉는 순간 그 모든 것이 현실로 다가왔다. 그는 청성 그 자체였다.

"회장……."

말문이 막힌 미연이 가까스로 그를 불렀으나 창만은 개의치 않고 턱짓했다. 지섭이 움직이며 미연과 태현이 있는 소파 테이블에 무언가를 내놓았다.

"…헉."

테이블에 놓이는 것에 태현이 숨을 들이켰다. 그것들은 사진이었다. 귀국 환영 파티에서 찍힌 사진들. 그리고 정확히 서로 입을 맞추고 있는 사진까지.

"본인들 동선을 따른 영상은 모두 삭제한 것 같지만, 다행히 복구가 가능했습니다."

지섭은 이 모든 것이 남 일인 듯 무심히 말을 이었다. 미연 역시 태현처럼 거친 숨을 몰아쉬었다. 창만이 피식 조소했고 미연은 다급히 변명했다.

"아, 아닙니다, 회장님. 저는 그날 임태현 이사와 단둘이 있던 적은……."

"파티 당일, 임태현 이사가 장미연 이사와 동행하고 있다는 것을 확인해 줄 사람이 있습니다."

"뭐?"

"그날 온실에 두 분만 있었던 건 아니었거든요."

단호한 지섭의 반론에 미연의 눈이 흔들렸고 해선 안 되는 말을 하고 말았다.

"설마 그때… 흡."

서둘러 입을 막았지만 이미 늦은 후였다. 지섭이 짙게 미소 짓고 있었다.

'서은재.'

그날, 갑자기 찾아온 지섭이 굳이 온실에서 사람들을 내몰던 그때. 미연의 등으로 오소소 소름이 돋아났다.

'후문에 사람이 없습니다. 제임스가 확인했습니다.'
'혹시 길을 잘못 들까, 알려 드리는 겁니다.'

당시엔 이해할 수 없었던 그 말. 그것은 '서은재'를 향한 것이었다. 미연의 얼굴이 확 붉어졌다.

'이, 이 연놈들이!'

그러나 이미 늦은 깨달음이었다. 지섭은 아주 두툼한 서류들을 테이블 위에 놓았다. 이번엔 사진 같은 것이 아니었다.

"언제나 하나씩 퍼즐이 빠진 것 같았습니다. 심증은 있으나 물증이 없는 상황이었죠."

"……."

"임 이사님 덕분에 말이 되지 않는 것들이 모두 말이 되더군요."

빠진 퍼즐은 임태현이었다. 미연 혼자라기엔 지나치게 방대하고 연이 없던 비리들이 '임태현'을 끼우는 순간 맞아떨어졌다.

"임 이사님 동선이 장 이사님과 겹치는 곳이 굉장히 많았습니다. 두 분, 아주 데면데면한 관계이신 줄 알았습니다만."

"정 이사!"

"물론 지금 이 자리에서 공적인 사안까지 문제 삼진 않을 겁니다. 여기 있는 건, 지극히 개인적인 집안일이죠."

태현과 미연이 일부러 적대하는 척하던 것에는 이런 이유가 숨겨져 있었다. 태현은 테이블에 엎어진 제 잘못을 보다 고개를 저었다.

"조, 조작입니다, 회장님! 애초에 정 이사는 저를 마음에 들어 하지 않았습니다. 그래서 만들어 낸, 그러니까 저건 전부 다 조작된!"

"나를 등신 취급 하는 건 그 정도면 되지 않았나?"

창만은 진심으로 안타까운 듯 말하고 있었다. 단숨에 태현의 입을 막아 버린 그는 책상을 두드렸다.

툭툭.

"아니지. 등신 취급이 아니라 정말 멍청한 등신이었지. 스스로 그렇게 만들었어. 하지만 말이야."

"……."

"자네가 처음 저 사람을 데려왔을 때부터, 내 옆에 두고 내 전처를 흉내 내게 만들었을 때도 가만히 있던 건, 적어도 숨기려는 노력을 했기 때문일세."

애쓰는 태현의 말에도 창만은 무심했다. 그는 몸을 조금 앞으로 기울이며 덤덤히 말을 이었다.

"내게 숨긴다는 건, 잘못이라는 것을 알고 있다는 뜻이니까.

그런데 봐, 적어도 이따위 일이 일어나지 않게."
"……"
"들키질 말았어야지."
쭉 소름이 돋아났다.

'들키지 마십시오.'

언젠가 지섭이 미연에게 말했다. 그녀는 그 말의 주체가 당연히 '정지섭'이라고 생각했다. 그러나 들켜선 안 되는 대상은 지섭이 아니었다. 그가 잇지 않은 말의 주어는.

'내, 아버지에게.'

창만이었을 거다.
도대체 어디서부터 알고 있었을까. 언제, 어떻게. 아니, 중요한 것은 그게 아니다. 미연은 최대한 애처로운 표정으로 창만에게 다가갔다.
"회장님… 제 말을 들어 주세요."
누가 봐도 안타까운 표정이었다.
"이게 무슨 모함인지 모르겠어요. 저, 저예요. 제가 어떤 불찰로 이런 일에 휩싸였는지 모르지만 아시잖아요. 저한테는 회장님밖에 없어요. 지난 십 수 년간 회장님 곁에서 헌신한 저예요. 그런 제가 어떻게 회장님을……"

"그래. 아주 고맙고 또 여전히 고마워."

"……."

"자네를 탓하진 않아. 나는 나를 눈멀게 해 줄 사람이 필요했고, 자네는 그것을 해 줬어."

창만의 말 어디에도 거짓은 보이지 않았다. 그는 쓸쓸한 눈으로 미연을 보았다. 처음으로 감정을 드러내듯 낮은 한숨을 쉰 창만이 흘러가듯 중얼거렸다.

"그 여린 아이도 저가 가진 것을 다 내놓고 소중한 걸 지키는데, 내가 그래선 안 되는 거였어."

불현듯 미연의 가슴에 불안감과 공포가 엄습했다. 무언가 다르다.

'물러서야 해.'

평소 같지만 다르고, 다르면서도 두려워졌다. 그녀는 황급히 창만에게 다가갔다.

"아니에요, 회장님. 저는… 저는 그저 저 사람 말을 따랐어요. 회장님 곁에 가라고 해서 갔고, 회장님을 위로했던 것밖에는 없어요. 어쩌다 보니 이렇게 되었지만 저는, 저는……."

미연이 선택한 것은 일보 후퇴였다. 일단 자신이 살아야 임태현도 살 수 있다. 급한 불을 꺼야만, 최악의 상황을 막을 수 있었다. 그녀는 이 와중에 태현에게 눈짓했다.

'멍청한 게 아니면 알아들어.'

하지만 태현의 눈은 끝없이 흔들리고 있었다. 그의 머릿속엔 이곳으로 오기 전에 받았던 지섭의 연락을 떠올리고 있었다.

'결국 그 사람은 당신을 희생시킬 겁니다. 그리고 눈치를 주겠죠. 그게 최선인 것처럼. 물론 맞습니다. 하지만 말입니다.'
'꼭 당신이 죽어야 하는 법은 없지 않습니까.'

뿌리칠 수 없는 유혹이었다. 사람은 가장 절박할 때, 눈앞의 유혹을 저버리지 못한다.
"아닙니다, 회장님!"
미연의 말을 막고 소리친 태현이 책상까지 가 허우적거렸다. 경악하는 그녀의 얼굴 따윈 보이지 않았다.
"저, 저는 회장님을 도와줄 사람이 필요할 것 같아 제안을 했던 것뿐입니다! 회사까지 들어오리라곤 상상도 못 했습니다! 정말입니다!"
순식간에 일을 어그러트리는 태현에 미연의 숨이 덜컥 막혔다. 그녀는 바락 소리 질렀다.
"닥쳐, 무슨 헛소리를 지껄이는 거야!"
"맞잖아! 내 말만 따르다니? 그래, 처음엔 그랬겠지. 하지만 아가씨를 낳고부터 오히려 끌려다닌 건 나라고! 틀려?"
"닥치라고!"
"회장님, 저는 억울합니다. 저는 정말 다른 뜻은 없었습니다. 처음은 몰라도 후엔 제가 무슨 힘이 있겠습니까. 사모님으로 모시는 분의 명령에 따라야만 제가 살 수 있는……."
"임태현!"
추악한 진실 게임이었다. 콧대 높게 기세등등하던 두 남녀가 고작 사진 한 장에 본색을 드러냈다. 물먹은 종이보다 못한 신뢰. 그것이 욕심으로 만들어진 관계의 말로였다.

'마치, 내가 은재에게 그랬던 것처럼.'

지섭은 이 모든 것이 허무해졌다. 진심으로 부질없다고 생각했다.

"새삼 모두가 아는 내용을 다시 읊을 필요가 있겠나? 그것도 내 아들 앞에서."

그것은 창만도 마찬가지인 듯했다. 창만은 아예 턱을 괴며 말을 이었다.

"나는 자네들을 탓하자고 부른 것이 아니야."

"……."

"누가 더 쓸모없는가를 판단하려고 했던 것뿐."

그는 마치 감정이 없는 듯 보였다. 그저 판단하기 위해 앉은 판관처럼 보였다. 미연은 고개를 저었다. 그녀는 당장이라도 울 듯했다.

"회장님, 저예요. 저… 장미연이요. 회장님 아내, 지섭이… 엄마."

끝내 미연의 입에서 태희의 이름은 나오지 않았다. 창만은 가만히 그녀를 보았다. 여전히 아름다운, 곱고 사랑스러운 여자. 그가 입을 열었다.

"모든 것을 떠나 나는 자네를 아주 많이 사랑했네. 최서영을 닮아서가 아니라, 그저 장미연이라는 여자를 아주 많이 바랐어. 지금도 마찬가지야."

"…회장님."

자그마하게 희망이 보이는 것 같았다. 일단 이 상황만 벗어난다면, 길이 보일 듯했다.

'그래, 아직 기회는 있어. 승산이 있다고. 그럼 그렇지. 이 사람이 나를 이렇게 쉽게 보낼 리 없어.'

그러나 창만은 그 어느 때보다 아픈 목소리로 말했다.

"그런 나를 자네가 버렸어."

쿵쿵.

머리로 낙석이 떨어져 내리는 것 같았다. 분명 보였던 길들이 하나둘씩 접힌다. 미연이 지섭을 보았다. 그는 비웃지도, 즐거워하지도 않았다.

지독히 쓸쓸한 표정. 그 얼굴에 그녀는 고개를 저었다. 넋두리처럼 중얼거리는 말도 잘 들리지 않았다. 창만이 몸을 세워 일어났다.

"탓할 생각은 없어. 이 또한 자네를 괴물로 만들고 망가트린 내 죗값이야. 알면서도 눈을 감고 모르쇠로 살았으니까. 그게 편했거든."

"잠깐만요, 잠깐만."

"지섭이 넌 이 사람이 머물 집을 구해 봐. 최대한 여기서 멀리, 괜찮은 곳으로. 꼼꼼하게 따져서 잘 알아보도록 해."

마지막 통보가, 판결이 내려지고 있었다. 창만은 미연은 보지도 않고 말을 이었다.

"물론 생활비는 충분히 조달할 테니 걱정하지 마. 지금까지처럼 보내면 돼. 갖고 싶은 것은 갖고 만나고 싶은 사람은 만나.

서류는 곧 보낼 테니 기다리도록 해."

서류.

그것이 의미하는 것은 하나였다.

'이혼은 안 돼. 안 돼, 이건 아니야.'

지금의 장미연을 있게 한, 장미연이 구심점으로 삼은 마지막 힘, 정창만이라는 이름을 빼앗겠다는 뜻이었다. 그녀가 발악처럼 달려들었다.

"회장님, 회장님! 제발… 제발 제 말 한 번만 들어 주세요. 회장님. 이러지 마세요."

미연은 창만의 옷자락을 쥐며 바들바들 떨었다.

"사랑해요."

"……."

"제가 실수했어요. 네, 죄송해요. 너무 많은 걸 얻어서 갑자기 눈이 멀었던 거예요. 조용히 있을게요. 회사에서도 나가고 집에만 조용히 있을게요. 욕심내지 않겠습니다, 회장님."

숨이 넘어가도록 헐떡이는 그녀의 모습은 차마 보기가 다 아플 지경이었다. 지섭은 고개를 돌려 회피했다. 창만은 매달리는 미연을 보다 천천히 몸을 세웠다. 그리고 그녀의 머리를 쓰다듬다 말문을 열었다.

"자네는."

마른 목소리에 흔들리는 감정이 느껴졌다. 미연은 그의 옷이 구겨지도록 세게 쥐고 몸을 떨었다. 안타깝다. 애처롭다. 그러나 창만은 알고 있었다.

"나를, 회장 그 외의 것으로 부른 적이 있던가."
"…네?"
이 모든 것이 부질없다는 사실을.
"나는 당신에게 회장이 아닌 남편이고 싶었지."
"……."
그가 고했다.
"그간 수고했소."
마치 오랫동안 곁을 지켜 준 직원을 해고하듯이. 그것은 은재가 청성에 온 지 약 180여 일 후의 일이었다.

#31

 차가운 사무실에 적막만이 흘렀다. 모든 것은 너무도 쉽게 끝나 버렸다. 오만으로 가득했던 아름다운 얼굴이 눈물범벅이 되었으나 그것을 닦아 줄 사람은 아무도 없었다.
"…말도 안 돼."
 그녀가 허무하게 중얼거렸다.
"내가, 내가 몇 년을 공들였는데. 얼마나 노력했는데, 그걸 고작… 말 몇 마디로 다 빼앗는다고?"
 미연이 고개를 들었다. 아직 한 사람, 지섭이 남아 있었다. 그녀의 핏대 오른 눈이 매섭게 그를 노려보았다.
"너… 무슨 짓을 한 거야?"
"……."

"뭘 한 거냐고. 대체, 네가 뭔데. 네깟 것이 뭔데!"

흡사 발악하듯 달려든 미연이 지섭의 멱살을 잡았다. 힘껏 움켜쥔 손이 당장이라도 그를 할퀼 것 같았다.

"대단하신 핏줄 덕분인가? 태어날 때부터 금칠을 하고 태어나서 부족한 것 없이 살아와 나 같은 년이 자리 넘보는 게 아니꼬워 보였어? 아니다, 우스웠겠구나. 그 긴 시간 발광해 봤자 말 몇 마디면 이따위 취급이 될 게 보였을 테니까. 안 그래?"

자격지심으로 가득한 두 눈이 이젠 안쓰러울 지경이었다.

'그 사람도, 이랬을까.'

은재와 미연을 비교하는 건 옳지 못하다. 하지만 크게 다르지도 않았다. 완전히 무너진 미연을 보면서 지섭은 은재를 떠올렸다. 한없이 고통스러웠을 그녀가.

"나도 다를 바 없습니다."

작게 중얼거린 지섭은 미연의 손을 쥐고 아래로 내렸다. 부질없이 떨어진 손에 미연이 휘청거리다 풀썩 주저앉았다.

"네가 뭔데, 네가 뭔데 나를… 나를."

끝없이 중얼거리는 그녀에게 지섭이 말했다.

"아무것도 하지 못했습니다."

미연이 고개를 들었다.

"아는 것도 없었고 할 수 있는 것도 없었으니까."

그것은 사실이었다. 은재가 사진을 건네주기 전까지, 지섭은 어떤 시작도 하지 못했다. 꼼짝없이 묶여 아파하는 방법밖에는. 그가 무릎을 굽혀 앉아 미연과 눈을 맞췄다. 그녀의 독기 서린 눈은 여전히 깨달음이 없어 보였다.

"결국 나나 당신이나 아무것도 아니라는 뜻이야."

"…웃기지 마."

미연이 이죽거리며 지섭의 넥타이를 쥐었다.

"나 장미연이야. 정창만의 아내, 청성 안주인."

"……."

"네 엄마."

표독스럽고 욕심으로 가득한 목소리엔 허영이 가득했다. 지섭은 동정 없는 시선으로 말을 이었다.

"예, 어머니. 어머니 덕분에 한 가지는 배웠습니다."

지푸라기처럼 잡힌 제 넥타이를 빼내며 그가 몸을 세웠다.

"타인의 고통을 먹이 삼아 가지는 것은 부질없다는 걸."

"……."

"내 오만함은 반드시 내게 죗값을 치르게 한다는 것을요."

지섭은 몇 걸음 움직여 아직 테이블에 놓인 사진을 들었다. 해맑은 미소를 짓고 있는 태희의 사진이었다. 은재의 말이 떠올랐다. 사진 속엔 찍히는 사람뿐만이 아니라 찍는 사람의 감정까지도 함께 남는다는 것을.

이 사진을 찍었을 그녀가, 은재가 보였다. 그때 미연이 악다구니를 썼다.

"내가, 내가 가만히 있을 줄 알아? 나 장미연이야! 내가 누군지 알고!"

"당신이 누군데."

"나는!"

"정창만 회장의 아내? 내 어머니?"

순간 미연은 아무 말도 할 수 없었다.

"나는, 나는……."

이혼을 선고받은 이상, 그녀는 더 이상 그런 호칭들을 댈 수 없다. 하지만 완전히 모두 버려진 것은 아니었다. 미연의 입가로 해괴한 미소가 걸렸다.

"태희… 태희가 있어. 그래, 태희가……."

마지막의 마지막에 다다라서야 그녀는 태희를 찾았다. 이용할 구실로밖에 찾지 못한 제 딸을.

지섭이 진심으로 한탄하듯 이를 드러냈다.

"그걸 버린 게 당신이잖아."

그는 태희의 사진과 겹쳐 올라온 더러운 사진을 바닥에 던졌다. 미연과 태현이 짙은 입맞춤을 하는 사진이었다.

"태희가 이딴 사진을 보게 만든 주제에."

혐오가 담긴 말에 그녀가 사진을 구기며 외쳤다.

"…태희가, 보다니. 태희가 봤다니? 그건 무슨 소리야!"

아직 모든 상황을 다 파악하지 못한 미연의 외침이었다. 지섭에게 그것을 대답해 줄 마음 따윈 없었다.

"정지섭!"

돌아서는 그에게 미연이 악착같이 소리 질렀다.

"내 딸한테 무슨 짓을 한 거냐고!"

이제 와 내 딸이라니, 웃음도 나지 않았다. 뻔했다. 태희조차 이용할 수 없게 된 상황을 믿지 못하는 것이다. 상종도 하고 싶지 않아 떠나려는 그에게 미연은 멈추지 않았다.

"서은재!"

아니, 역린을 건드렸다.

"네가 나한테 이러고도 서은재가 무사할 것 같아! 내가 서은재를 가만히 둘 것 같으냐고! 당장 그년을……!"

지섭의 손이 미연에게 뻗어진 것은 한순간이었다. 큰 손이 그녀의 입을 틀어막고 강하게 조였다. 순식간에 입이 막힌 미연이 숨을 멈췄다. 엄습하는 공포가, 지금껏 겪어 보지 못한 두려움이 그녀를 휘감았다.

"닥쳐."

그가 천천히 얼굴을 가까이하며 속삭였다.

"이 입, 찢어 버리기 전에."

그간의 신사는 없었다.

눈앞에 있는 건 맹수였다.

뉴스는 연일 시끄럽게 떠들어 댔다. 이니셜로 말해 봤자 사람들이 당사자들을 알아내는 것은 어렵지 않았다. 모든 것이 알려지는 건 금방이었다. 비단 그것만이 문제가 아니었다.

「…또한 청성그룹과 관련된 중소기업 및 하청 업체들에게서 분식회계 정황이 포착된 것으로 알려졌습니다. 과도하게 이익을 늘려 자금 순환을 돕고 주식을 조작한 혐의인데요. 이로 인해 청성그룹은 또 한 번의 직격탄을⋯⋯.」

청성의 이름으로 벌어진 일들은 모두 고스란히 돌아오기 시작했다. 비리, 비자금, 인사 청탁 외 수많은 죄들이 물밀 듯이 쏟아졌다. 피해를 받은 사람들의 고소와 고발도 이어졌다.

각성과 자성의 이름 앞에, 감당해야 하는 것은 청성의 이름을 지닌 창만과 지섭이었다.

"오빠."

창만의 방으로 가던 지섭을 잡은 건 태희였다. 그가 멈춰 돌아보자 조르르 다가온 태희가 물었다.

"괜찮은 거예요?"

안팎으로 소란스러운 탓에 조심스러워진 모양이다. 그는 솔직하게 말했다.

"한동안 시끄러울 거야. 아니, 꽤 오래."

"⋯괜찮을 거예요. 잘될 거예요."

잠시 고민하던 태희는 지섭을 위로했다. 예전과 비교도 할 수 없을 만큼 달라진 태희를 보며 그가 쓰게 웃었다.

"어머니도, 무사하진 못할 거야. 당사자니까."

아주 잠깐 태희의 눈이 흔들렸다. 하지만 곧 고개를 저었다.

"전 걱정 마세요. 생각보다 슬프지 않아요. 아니, 씁쓸하긴 한데 하나도 안 슬퍼. 우리는 처음부터 모녀인 적이 없었거든요."

태희는 강해졌고 더 이상 흔들리지 않았다. 지섭은 고개를 끄덕였다.

"너는 내 하나뿐인 동생이야."

이젠 분명하게 말할 수 있는 사실이었다. 태희는 어느 날 찍은 사진 속의 모습처럼 밝게 웃었다.

"알아요."

묵직한 침묵이 내려앉은 방 안, 커튼이 활짝 열린 창밖을 보던 창만이 한참 만에 입을 열었다.

"너 역시 죄가 없다곤 할 수 없겠지."

무거운 말에 지섭은 담담히 대답했다.

"예."

창만이 돌아서며 지섭을 바라보았다. 모든 것을 초탈한 모습에 창만은 단호하게 말을 이었다.

"네 행동이 청성을 위한 것이건, 다른 무엇을 위해서건 잘못이 사라지진 않아."

"알고 있습니다."

"그리고 나는 사람을 기만하고 오만하게 군 너에게 수많은 사람을, 하나하나 소중히 여겨야 할 내 사람들을 맡길 수는 없다."

그가 말하는 사람들은 청성의 사람들일 것이다. 미연도 지섭도 잠시나마 잊었던 그들 말이다. 창만은 창가에서 멀어지며 물었다.

"이제 어떻게 하고 싶으냐."

"다시 시작하겠습니다."

"……."

"저는 아직 많이 모자랍니다."

'벌'을 원한 것은 지섭의 뜻이었다.

은재를 보내고 미연을 보면서 그는 자신의 부족함을 깨달았다. 아닌 척했으나 타고난 것에 의존했고 당연하다고 생각했다.

"배우겠습니다."

아들의 솔직함에 창만이 코웃음을 쳤다.

"그래서 발령처까지 직접 정했다?"

"지켜야 하니까요."

역시나 당당했다. 창만이 뒷짐을 지었다. 그리고 어느 때보다 흐뭇한 얼굴로 웃었다.

"그래야 내 아들이지."

무척 뿌듯한 모습이었다. 창만과의 대화를 마치고 나선 지섭은 어느 때보다 홀가분해 보였다. 이제 그는 사장도 이사도 아니었다. 한동안은 청성의 이름을 달지도 못할 거다. 하지만 왠지 후련했다.

"이사님."

언제 왔는지 제임스가 지섭을 향해 다가왔다. 그의 짧은 인사에 지섭이 가장 먼저 물은 것은 하나였다.

"넌 어디로 발령이 났어?"

자발적으로 좌천을 당한 지섭이니 부하인 제임스의 처지도 비슷할 거란 생각에서였다. 제임스는 담백하게 말했다.

"승진했습니다만."

놀랍게도 좋은 소식이었다. 다만 그건 그거대로 충격이었다.

일순 침묵한 지섭이 찌푸려지는 미간을 막지 못하고 분통을 터트렸다.
"…왜 넌 승진이야?"
"상관의 명령을 따랐을 뿐인지라. 그간 해 온 노고와 능력을 인정받아 정창만 회장님 직속비서로 발령받았습니다."
"……."
"아, 재무이사 비서에서 회장님의 비서가 된 터라 연봉도 두 배로 상승했습니다."
"…너 인마, 지금 자랑하는 거냐?"
"눈치채셔서 정말 다행입니다. 제 입으로 차마 상여금까지 받았다고는 말씀드릴 수가 없었는데."
"……."

한없이 깐족대는 제임스지만 알고 있었다. 지섭이 자신을 창만에게 부탁했다는 것을. 피식 웃은 제임스는 마저 말을 이었다.
"그러니 지금은 보내 드리죠."
"무슨 소리야?"
"오늘 오후 8시 비행기입니다. 지금 집 앞으로 가시면 아슬아슬하지만 만나실 수 있을 겁니다."

주어도 없는 말이었지만 못 알아들을 수가 없었다. 지섭은 심장이 거칠게 뛰는 것을 느꼈다. 제임스는 품에서 차 키를 꺼내 그의 손에 쥐여 주었다.
"사과는 마음으로만 하는 게 아닙니다. 용서를 비세요. 서은재 씨가 받아 주고 정말 용서를 할 때까지 기다리십시오."

지섭은 제 손에 쥐어진 차 키에 잠시 머뭇거렸다. 생각의 틈이 생기면 은재의 얼굴이 떠오른다. 울지도 못하고 일그러진 그녀의 얼굴이. 그가 입술을 깨물었다.

"…아직 일러. 그 사람이 받은 상처는 내 사과 따위로는……."
"무릎 꿇어 보셨습니까?"
"……."
"손이 발이 되도록 빌어 보셨어요?"

 뜬금없는 말이었지만 지섭은 아무 대답도 하지 못했다. 제임스는 혀까지 차며 고개를 저었다.

"이사님은 아직 아무것도 하지 않으셨습니다."
"…제임스."
"사과에 감언이설, 사탕발림, 멋있는 척은 어울리지 않습니다. 오장육부 다 꺼내 놓고 빌고 또 비세요. 상대가 돌아볼 때까지."

 그 어떤 말보다도 직설적인 조언이었다. 다른 사람도 아닌, 여태 함께한 제임스이기에 할 수 있는 직언. 그리고 어쩌면 지금 지섭에겐 가장 필요했던 말이었다. 제임스가 웃으며 말했다.

"다녀오십시오."

 지금 당장 은재에게 달려가라고.

「…또한 청성그룹과 관련된 중소기업 및 하청 업체들에게서 분식회계 정황이 포착된 것으로 알려졌습니다. 과도하게 이익을 늘려 자금 순환을 돕고 주식을 조작한 혐의인데요. 이로 인해 청성그룹은 또 한 번의 직격탄을…….」

심각하게 보도하는 아나운서의 말에 한참 경청하던 영철이 말했다.
"진짜 말세야, 말세. 우리나라에서 손꼽히게 큰 회사도 저 지경이야."
혀를 차는 말에 지선 역시 고개를 저었다.
"구멍가게에서도 도둑질해 가는 판국인데, 저기라고 없으려고. 근데 진짜 무섭네. 없는 사람들 등골 빼서 자기 살자고 저런 거 아니야. 있는 사람들이 더하다니까."
"내 말이 그 말이야. 내가 이래서 재벌 안 된 거야. 소신을 지키려고."
"…그 소신은 좀 없어도 되는데."
자신도 모르게 나온 아내의 솔직한 말에 영철은 못들은 척 고개를 돌렸다. 그러다 막 방 밖으로 나온 은재를 발견했다.
"어, 은재야."
다행이라는 듯 일어서던 그는 곧 은재의 옆에 있는 캐리어를 발견했다. 영철의 눈에 금방 아쉬움과 서운함으로 가득 물들었다.
"가려고?"
그의 말에 지선 역시 은재에게 다가왔다. 벌써 눈가가 촉촉해진 지선이 은재의 팔을 쓸었다.
"밥은 먹고 가지, 벌써 가?"
"점심 먹은 지 이제 두 시간 됐는데?"

"그래도."

물기 머금은 목소리에 은재 역시 마음이 먹먹해졌다.

'이래서 더 한국에 못 온 것도 있었지.'

만날 때는 기쁘지만 다시 돌아갈 때의 슬픔이 너무 커서. 그게 무서워서 바보같이 시작도 하지 못했다.

'정말 바보같이.'

애써 마음을 굳게 먹은 그녀가 씩 웃었다.

"공항 가는 시간도 있고, 티케팅도 해야 하고."

"…그렇지. 그래야지."

알면서도 속상한 마음은 어쩔 수가 없을 거다. 잠시 부모님을 번갈아 보던 은재는 목을 가다듬었다. 그리고 은근슬쩍 엄마의 옆구리를 툭 쳤다.

"나 방학 때 들어와서 엄마 아빠 보고 싶으니까, 좀만 도와줘요."

"응?"

"다, 다른 건 내가 알아서 할 건데, 비행기 푯값은 너무 힘들잖아. 그러니까 그것 좀 도와주시라고."

이리저리 휙휙. 어색하게 움직이는 은재의 눈에 부모님이 서로를 마주했다. 도와주겠다고, 떼를 좀 썼으면 좋겠다고 생각해도 악착같이 버티던 딸이다.

"은재야."

매번 도움 받는 것이 잘못인 것처럼 여기며 지나치게 철이 빨리 들어서 아끼는 것만 알던 딸.

"그야……."

그런 은재가 변했다. 물론 나쁜 쪽은 아니다.

"당연하지."

영철과 지선이 더없이 환하게 웃었다. 달리 짐을 많이 챙길 것도 없었다. 한국에 올 때부터 대다수의 짐은 업체에 맡겨 놓은 상태고 그것을 찾아 미리 마련한 집으로 가면 된다.

"나오지 마, 나오지 마."

이후로도 한참, 헤어짐의 아쉬움을 나누다 아슬아슬하게 나섰다. 엘리베이터를 기다리며 손짓하자 지선이 물었다.

"정말 같이 안 가도 돼?"

"그래, 인마. 짐도 무거운데."

"진짜 괜찮아요. 오면 눈물 바람 날 거야. 그러니까 집에 계세요."

은재는 일부러 혼자 공항으로 가기로 했다. 빤히 울 것을 알기에 선택한 일이었다. 그녀는 부모님을 한 번씩 안아 주고 물러섰다.

"다녀오겠습니다."

사실 지금도 조금 울 것 같다. 겨우 눈물을 꾹꾹 참으며 말하자 지선이 다시 은재를 안았다. 토닥토닥. 가벼운 손길이 그녀의 등을 다독였다.

"뭐든, 네가 선택하는 일이 옳은 거야."

"……."

"고맙다, 은재야."

마지막까지 엄마는 그녀의 편이 되었다. 은재는 힘껏 고개를 끄덕이고 엘리베이터에 올랐다. 부모님의 인사를 마지막까지 받은 그녀는 툭, 벽에 몸을 기댔다. 가슴으로 스르르 울림이 밀려왔다.

"…괜찮아. 이제 다 끝난 거야."

혼잣말을 중얼거린 은재가 눈가를 눌렀다. 아쉬운 부모님과의 이별 저편, 텔레비전 속에서 흘러나오던 이야기가 끝없이 반복되고 있었다.

"당신도 다 끝난 거 맞죠. 이제 편해지는 거 맞죠?"

난장판이 되어 버린 청성그룹 속에서 끝없이 헤매고 있지는 않을까. 혹시 또 다른 상처를 받거나 공격을 받는 건 아닐까. 하염없이 떠오르는 지섭의 생각에 은재는 결국 두 손에 얼굴을 묻고 중얼거렸다.

"정지섭이 편해졌으면 좋겠어."

치마 본인에게 전하지 못하는 진심이었다. 후우, 깊은 숨을 내쉰 그녀가 겨우 감정을 다스릴 때였다.

Rrrrr. Rrrrr.

주머니 속 휴대폰이 바쁘게 울렸다. 오빠일까 싶어, 은재는 확인도 없이 전화를 받았다.

"여보세요."

-서은재 씨 되십니까?

그러나 전화기 속 상대는 낯선 목소리였다. 번뜩 정신이 든 그녀가 고개를 갸웃거렸다.

"네, 맞는데요. 누구시죠?"

금방 낯선 경계심으로 묻자 상대는 정중히 사과부터 건넸다.

-갑자기 연락드려 죄송합니다. 안녕하십니까. 청성그룹 법무팀입니다. 반년 전, 과다하게 책정된 귀책금으로 귀하에게 큰

실례를 범한 것을 진심으로 사과드립니다.

사과 뒤 이어진 말에 뒤통수가 얼얼해졌다. 당황한 은재가 말을 더듬었다.

"…예? 그, 그게 무슨."

-직접 만나 다시 말씀은 드리겠습니다마는, 간략하게 상황을 보고 드려야 할 것 같아 연락드렸습니다.

"…보고라니요?"

-예. 이번 일과 관련한 책임자는 모두 절차를 밟아 합당한 처분이 될 예정입니다. 또한 회장님께서 직접 서은재 씨에게 보상 여부를 당부하셨습니다.

"아니, 대체 무슨 말씀을 하시는……."

띵.

도대체 알아들을 수 없는 말에 미간을 찌푸릴 때, 엘리베이터가 1층에 도착했다.

스르릉.

부드럽게 열리는 문에 반사적으로 눈을 옮기던 그녀는 순간 할 말을 잊었다.

-그래서… 서은재 씨? 서은재 씨, 듣고 계십니까?

대답 없는 자신을 애타게 부르는 법무팀 사람에게 은재는 멍하니 말했다.

"나중에, 다시… 연락 주세요."

웅얼대는 듯한 말을 상대는 기가 막히게 알아들은 듯 전화를 끊었다. 그럼에도 그녀는 잠시 엘리베이터 안에서 나오지도 못했다. 먼저 말을 건 것은 그였다.

"데려다줄게."

차분한 목소리가 말한다.

헛것이 아니었다. 진짜였다.

진짜.

정지섭이다.

지섭이 캐리어를 잡아끌자 홀린 것처럼 은재가 뒤따랐다. 그녀가 정신을 차렸을 땐 어느새 차 앞이었다.

"고마워."

그는 조수석 문을 열며 이유 모를 감사 인사를 건넸다. 캐리어도 벌써 차에 실은 모양이었다.

"……."

이제 와 싫다고 말하기엔 너무 구차했다. 은재는 입을 벙긋거리다 차에 올랐다.

"차비 아끼고 좋네요."

괜한 퉁명스러운 말과 함께. 이럴 생각이 없는데도 저도 모르게 나오는 고약한 말이었다. 차에 오른 그녀는 제 입술을 사정없이 때렸다.

'멍청이.'

사실 머릿속이 순식간에 뒤죽박죽이 되었다. 이 사람이 왜 여기 있는지, 갑자기 이게 무슨 상황인지 이해가 가질 않았다.

'침착하자.'

…는 개뿔. 귓불부터 벌써 달아오르는 것 같았다. 여전히 그는

너무 잘생겼고 너무나 감미로웠고 또한 다정했다. 그게 미안하고 고맙고 또 복잡한 감정이었다.

'다 끝났는데, 난 왜.'

이렇게 그가 어려울까. 무엇이, 이렇게까지. 그들을 막고 있던 장미연이라는 그림자까지 사라지고 있는데. 답답함이 목구멍까지 차올랐다.

"알지도 모르지만, 장미연은 구속 수감될 확률이 높아. 워낙 죄질이 악하고 증거를 조작할 가능성이 높아서."

차를 움직이면서 지섭이 말했다. 창밖으로 향해 있던 은재의 고개가 조금 움직였다. 물론 아직 그를 제대로 쳐다볼 용기는 생기지 않았다.

"해피엔딩인가요?"

"그래 보여?"

"…아니요."

그녀는 헛바람을 뱉었다. 은재는 다리 위의 손에 힘을 주어 쥐었다.

"인과응보는 모두가 상처받은 이야기의 결말이에요."

어쩌면 그녀는 겁을 내고 있는 것인지도 모른다. 혹시나 반복될지도 모른다는, 그 아픈 시간들이 다시 올지도 모른다는 두려움. 은재는 약해지는 마음을 다잡고 말했다.

"조금 전에 법무팀에서 연락이 왔어요. 이번 일과 연관된 사람들은 모두 합당한 처분이 있을 거라고요."

"그래? 빠르네."

"…장미연 씨는 그렇게 된 걸 알겠는데… 혹시."

은재는 차마 말을 다 잇지 못하고 멈췄다. 제법 길게 침묵이 이어졌다. 달리는 차 안, 빠르게 스치는 주변 풍경을 보던 그녀의 귀로 지섭이 말했다.

"맞아. 그 연관된 사람에 나도 포함됐어."

내내 창밖만 보던 은재의 고개가 획 돌아갔다. 당황한 그녀가 어쩔 줄 모르며 눈을 깜빡였다.

"그럼 지섭… 아니, 이사님은 어떻게 되는 거예요?"

"좌천."

"…네?"

"말 그대로 좌천. 이사 직함도 조만간 사라질 거야."

세상에.

이 믿기지 않는 상황에서 지섭은 아무렇지도 않았다. 아니, 태연하기까지 했다.

"그게 무슨!"

꼭 다른 사람 얘기하듯 여유로운 모습에 오히려 은재가 패닉에 휩싸였다.

"잠깐만요, 저 지금 전혀 이해가 안 되고 있어요. 좌천이라니요? 누가요? 누가 어떻게 이사님을 좌천시켜요?"

상식적으로 말이 되지 않았다. 미연이 없는 이상 청성의 실세는 지섭이다.

'그런 사람을 누가 좌천시켜?'

해피엔딩이고 뭐고, 배드엔딩이나 다름없는 결말이었다. 경악한 그녀를 보며 지섭이 낮게 웃었다.

"회장님이 복귀하셨거든."

"…에에?"

"수순대로야. 장미연처럼 나 역시 그 자리에 있을 자격이 없는 사람이었고, 덕분에 조금 먼 곳으로 발령이 났어."

들으면 들을수록 황당 그 이상의 말들이었다. 대체 지섭은 왜 이렇게 덤덤한지 이해도 가지 않았다. 은재의 맥이 탁 풀려 버렸다.

'그럼, 이 사람은 이제 한국에도 없는 거야?'

순간 눈물이 날 것 같았다. 정말 멀어지는 거다. 아주 멀리. 그녀는 그를 보던 눈을 돌려 정면을 응시했다. 눈도 깜빡이지 않고 그대로 찡하게 아려 오는 코끝을 참았다.

끽.

신호에 맞춰 잠시 멈춘 차 안, 지섭이 물었다.

"어디인지 안 물어봐?"

"…안 궁금해요."

은재가 고집스럽게 대꾸했다.

"안다고 갈 수 있는 것도 아니고."

한국 오는 것도 버거운데 다른 나라, 멀다고 하는 나라까지 어떻게 가겠는가. 현실적으로 말도 안 되는 일이었다. 그런 와중에 지섭이 그녀의 속을 뒤집었다.

"멀긴 할 거야."

"됐어요. 말하지 말아요."

"삼십, 아니… 사십?"

30시간? 40시간?

기가 차서 정말 숨이 막힐 지경이었다. 얼굴이 달아오르는 것이 느껴졌지만 막을 수가 없었다. 그녀는 한껏 올라온 감정을 터트리고 말했다.

"뭐 어디 아프리카라도 가요? 아니, 내가 다 용서했다는데 대체 왜 좌천이 되는 거예요! 그 말도 안 되는 시간은 대체……!"

"당신 학교에서 지하철로 40분 정도 거리. 뉴욕 청성그룹 산하의 택배 업체의 팀장. 그래도 팀장직은 달아 주시네. 직원이 넷뿐인 곳이긴 하지만."

"…에?"

"다행이다."

머릿속이 뒤죽박죽이었다. 생각은 정리가 되지 않았고 눈앞은 흐렸다. 다시 차가 움직이다 금방 갓길에 멈췄다. 그는 긴 숨을 내쉬고 그녀를 바라보며 말했다.

"아직 당신이 날 사랑하는 것 같아."

분명한 확신을 담아서. 놀라움과 황당함을 지나자 이젠 화가 치밀었다. 은재는 두 주먹을 파르르 쥐고 그의 이름 석 자를 대놓고 불렀다.

"…야, 정지섭."

그럼에도 지섭은 웃는 얼굴이었다. 그가 어느새 그녀의 두 눈에 맺힌 눈물을 살짝 닦아 냈다.

"사과를 하러 왔는데, 지금은 그게 아닌 것 같아."

"……."

"이젠 대단한 직함도 없고, 힘도 없지만 그래서 말하고 싶어. 온전히 정지섭이라는 사람으로."

"……."

"사랑해."

눈 밑을 닦는 손길이 떨리고 있었다. 언제나 대범한 남자가 떨고 있다.

"과분한 당신을, 진심으로… 사랑해."

정말 평범한 사람처럼. 빠르게 달리는 차들을 배경으로 오직 한 사람만이 멈춘 도로. 그가 그녀의 눈을 지나 조금 흐트러진 머리를 감쌌다. 더 이상 아무것도 보이지 않았다. 오로지 정지섭이라는 남자만이 보이는 이곳, 이 공간에서 은재는 비로소 그를 완전히 보았다.

사랑에 설레고 사람에 떠는 사람 정지섭.

그녀가 픽 웃어 버렸다.

"…사장님도, 이사님도 아닌 '정지섭'은 아무 힘이 없으니까, 그런 나쁜 짓도, 사람 속이는 것도 못 하겠네요."

제대로 뒤끝 가득한 말에 지섭이 곤란한 눈을 했다. 또 사과의 말이 나올까, 싶었지만 그는 사과 대신 벨트를 풀고 조금 다가왔다. 그리고 품에서 무언가를 꺼냈다.

"아주 많이 돌아왔지만 이제 말할게."

작고 네모난 상자가 열리고, 그곳에선 당연하게도.

"서은재 씨, 나와 결혼해 줄래?"

예쁘고 소박한 반지가 모습을 드러냈다. 몇 번째인지 모르겠지만 은재의 숨이 연거푸 막혀 왔다. 그녀는 저도 모르게 입을 가렸고 그는 붉어진 얼굴과 긴장된 모습으로 간절히 말했다.

"평생 당신을 아끼고 존중하는 남편이 될게."

누군가를 이용하고 가르치는 것이 아닌, 진정한 프러포즈였다. 모든 것이 순서대로. '김주경'이 아니라 '서은재'가 주인공인 평범한 러브 스토리의 시작.

그녀가 입술을 깨물다 겨우 웅얼거렸다.

"이혼까지 한 마당에 무슨."

마지막 퉁명스러움에 지섭이 능글맞게 되물었다.

"언제?"

"……."

"우린 아직 아무것도 시작하지 않았잖아."

틀린 말이 아니었다. 이혼을 하려면 결혼이라는 전제가 필요하다. 우린 아직 결혼조차 하지 않았다. 연신 숨을 들이켜고 호흡을 잘 갈무리하지 못하던 은재가 물었다.

"아직도 내 몸만, 필요해요?"

수줍음도 부끄러움도 없는, 단호한 질문이었다. 마지막의 마지막까지 그녀가 묻는다. 그의 진심과 마음을. 지섭은 어색하게 허공에 뜬 은재의 손을 잡아끌었다. 그리고 작은 손에 살짝 입을 맞추고 그녀만큼이나 조심스럽게 대답했다.

"당신이 필요해."

더 이상의 대답은 필요하지 않았다.

"나보다 더."

이보다 더 완벽한 답은 없을 테니까. 참지 못한 은재가 지섭의 넥타이를 강하게 움켜쥐었다. 순간적인 힘에 그가 그녀의 코앞까지 당겨졌다.

"하아."

은재는 비로소 숨을 골랐다. 엉킨 머리도, 복작한 가슴도 이제 모두 한 방향을 향하고 있었다. 그녀가 지섭과 확실하게 눈을 맞췄다.

"어떡하죠?"

아주 조금 흔들리는 그의 동공을 보며 은재의 입꼬리가 올라갔다.

"난, 당신 몸 필요한데."

지섭의 그것처럼. 잠깐 홀린 듯 그녀를 보던 그가 그녀의 머리와 어깨를 감싸 안았다. 그리고 당장이라도 닿을 듯한 거리에서 속삭였다.

"얼마든지, 전부."

그가 그녀의 손을 감싸 쥐었다.

"가져."

복종.

"사랑해요."

그리고 허락.

환한 미소와 함께 두 사람의 입술이 겹쳐졌다. 뜨거울 정도로 깊은 입맞춤 속, 그들은 웃고 있었다. 그것으로 되었다.

'이 이야기는 해피엔딩이야.'

상처 없는 결말. 그것이면 충분했다. 그리고 은재가 제 약지에 끼워진 반지를 깨닫는 건 조금 뒤의 일이었다.

마침

MARONG ROMANCE STORY

여름의 캐럴

박 영 장편소설

"여름의 어떤 날을 가장 좋아해?"
"캐럴 나올 때."

한철이고 한순간일 이 계절을
추억으로 남기려는 여자와
영원으로 끌고 가려는 남자의 이야기

마야마루 스토어 한정 판매!

〈여름의 캐럴〉양장본 + 엽서 3종 + 시크릿 특전 세트